LA NUIT DU DÉCRET

Du même auteur

AUX ÉDITIONS RENÉ JULLIARD

Tanguy, *roman*
La Guitare, *récit*
Le Colleur d'affiches, *roman*
La Mort de Tristan, *roman*
Le Manège espagnol, *roman*
Tara, *roman*
LES AVEUX INTERDITS :
* Le Faiseur de rêves
** Les Premières Illusions
Attitudes espagnoles
(*en collaboration avec Richard de Combray*)
Les Écrous de la haine
Le Vent de la nuit, *roman*
(*Prix des Libraires et Prix des Deux Magots, 1973*)
Le Silence des pierres, *roman*
Le Sortilège espagnol
Les cyprès meurent en Italie, *roman*

AUX ÉDITIONS CHRISTIAN BOURGOIS

Gerardo Laín, *roman*

MICHEL DEL CASTILLO

LA NUIT DU DÉCRET

roman

ÉDITIONS DU SEUIL
27, rue Jacob, Paris VIe

ISBN 2-02-006071-X (éd. reliée)
ISBN 2-02-005917-7 (éd. brochée)

© ÉDITIONS DU SEUIL, 1981.

La loi du 11 mars 1957 interdit les copies ou reproductions destinées à une utilisation collective. Toute représentation ou reproduction intégrale ou partielle faite par quelque procédé que ce soit, sans le consentement de l'auteur ou de ses ayants cause, est illicite et constitue une contrefaçon sanctionnée par les articles 425 et suivants du Code pénal.

Pour
Monique et Jules Ledent,
en témoignage d'affection.

M. d. C.

« ... chacun de nous est coupable de tout envers tous. »
DOSTOÏEVSKI, *Les Frères Karamazov*.

1

La veille, j'avais appris que j'étais affecté à la brigade criminelle de Huesca. Je m'en étais réjoui en toute innocence, croyant à une promotion. Fatigué de Murcie et de son climat déprimant, la perspective d'un changement d'air me souriait aussi.

Je traversais le hall de l'hôtel de la police en direction de l'ascenseur quand Baza vint vers moi, un étrange sourire aux lèvres.

« J'ai entendu dire que tu allais chez Pared, à Huesca. C'est vrai ? »

Sur ma réponse affirmative, son visage cendreux, bizarrement plissé, prit une expression désolée. Avec quelque solennité, il posa sa main sur mon épaule. Le geste me surprit. J'eus du mal à réprimer un mouvement de recul.

Baza travaillait aux mœurs. Nous n'étions guère intimes, n'échangeant de-ci de-là que de rares propos. Dans la Maison, il jouissait du reste d'une réputation suspecte, qui ne me le rendait pas sympathique. Des bruits fâcheux circulaient sur son compte, et plusieurs de mes collègues l'évitaient ostensiblement. On murmurait qu'il avait été muté à Murcie après une trouble affaire de détournement de mineur. Voulant étouffer le scandale, l'Inspection générale l'aurait expédié à Murcie en attendant sa retraite, qu'il devait prendre dans deux ans. Je n'avais pas attaché d'importance à ces bruits. Simplement, j'évitais de me lier avec lui, me contentant de répondre à ses salutations et d'échanger, au hasard de nos rencontres, des propos sans importance.

C'était un petit homme replet, d'une apparence négligée et même sale. Il portait des costumes élimés et froissés, et ses cheveux, d'un jaune tirant sur le roux, étaient recouverts de pellicules qui se déposaient en une couche de poussière blanchâtre sur ses épaules. Deux énormes poches enfouissaient ses yeux. Plus que d'un policier, il avait l'air d'un représentant de commerce en produits hygiéniques.

« T'as vraiment pas de chance, fit-il de sa voix grasseyante. Je connais Pared. C'est un coriace. »

Je faillis lui demander ce qu'il entendait par là. Je me contentai cependant de sourire en secouant la tête.

« Bon, dit-il en touchant mon bras. Passe à la maison avant ton départ. Nous boirons un verre et je te raconterai. »

Je répondis « Oui, volontiers », sans la moindre intention de me rendre à son invitation. Perplexe, je le regardai s'éloigner vers l'ascenseur B, à l'autre extrémité du hall. Ses propos m'avaient laissé une vague gêne. Je me sentais sale également, comme si le contact de sa petite main molle et potelée sur mon épaule et sur mon bras y avait laissé je ne sais quelle souillure. Je revoyais ses ongles noirs et ses doigts jaunis de nicotine.

Dans le service, plusieurs de mes collègues voulurent également savoir s'il était vrai que j'étais affecté à Huesca. Je leur confirmai la nouvelle, et ils en parurent sincèrement désolés. L'un d'eux, Garcia, émit même un sifflement significatif. A leurs réactions, je compris que ma mutation leur paraissait rien moins qu'une promotion.

Comme dans toute administration, il existe dans la police des sections prestigieuses. Celles des grandes villes d'abord — Barcelone, Valence, Bilbao, Séville, pour ne rien dire de Madrid ; celles aussi qui passent pour tranquilles et agréables, comme Malaga ou Ségovie. Huesca, petite préfecture de vingt mille habitants environ, perdue dans les montagnes, appartenait à la catégorie de l'exil. On y envoyait les fonctionnaires en disgrâce ou proches de la retraite ; quelques débutants également y effectuaient de brefs séjours avant d'être mutés à une section plus dynamique. Je comprenais donc les réactions de mes collègues. Ils trouvaient que je n'avais pas de chance, et ils avaient peut-être raison. Pourtant, je n'arrivais pas à considérer cette affectation comme un malheur. Certes, Huesca devait être un trou perdu, un patelin paumé, où il ne se passait probablement rien d'important et où un jeune inspecteur avait peu de chances de se distinguer. Mais j'avais tout juste trente ans et je pouvais espérer ne pas moisir trop longtemps dans ce bled. Je ne détestais d'ailleurs pas les petites villes, étant né dans un village de moins de six cents habitants. Pilar, ma femme, aimait assez, elle aussi, la vie provinciale et, pour les enfants, une ville de dimension réduite offrait des avantages. Somme toute, je ne voyais pas que des inconvénients à ce séjour à Huesca, dont j'espérais seulement qu'il ne s'éterniserait pas. Mutations et promotions agitent toujours les services, dans la mesure où chacun espère gravir des échelons et passer dans l'une de ces sections prestigieuses qui constituent l'aristocratie de la police. Cet espoir me paraissait raisonnable et je devinais la déception de mes collègues, qui se lamentaient sur eux-mêmes en me plaignant. S'ennuyant à Murcie, qui est une ville terne, ils rêvaient tous d'y échapper, attendant impatiemment une nouvelle affectation. Or, ce qui m'arrivait leur montrait qu'ils pouvaient très bien être mutés dans une ville plus terne et plus oubliée encore. Cette idée les déprimait. Ils tournaient la chose en plaisanterie, imaginant dans quel trou perdu on allait pouvoir les expédier et passant joyeusement la revue de tous ces endroits sinistres : Teruel, Zamora, Palencia. Chaque nom suscitait de nouvelles plaisanteries ponctuées de rires nerveux. Pour ne pas les décevoir, je riais avec eux. Comme séjour de l'exil absolu, je citai Pontevedra, en Galice. Ils poussèrent de véritables rugissements, et l'un d'eux affirma qu'il pleuvait à Pontevedra trois cent soixante jours par an et que les cinq autres il bruinait ; pour tromper leur ennui, les policiers jouaient aux échecs, car, de mémoire d'homme, personne n'avait jamais commis le moindre délit à Pontevedra.

« Même les truands fuient cette ville, s'écria Garcia d'un ton joyeux. Ils ne sont pas si fous, tout de même ! »

Ce trait nous amusa fort.

Nous discutions et plaisantions debout, en buvant du café que Marina, la secrétaire du service, allait chercher aux distributeurs automatiques installés dans le couloir. L'ambiance était gaie, presque trop, comme cela se produit à l'occasion de certains enterrements.

« Le plus dur pour Santi ce n'est pas d'avoir à vivre à Huesca, déclara soudain le commissaire Anselmo, notre chef hiérarchique. Le plus dur, c'est de passer sous les ordres de Pared.

— Il ne va tout de même pas le manger ! rétorqua Garcia comme s'il avait bu de l'alcool.

— Le manger, non, répliqua Anselmo d'un ton sérieux. Mais le broyer peut-être...

— Mais qui est donc ce Pared ? Ce n'est pas la première fois que j'entends parler de lui comme d'un croque-mitaine.

— Il n'a rien d'un croque-mitaine. Il serait plutôt du genre... chevaleresque, si vous voyez ce que je veux dire. Le policier idéal. Une institution. »

Je me rappelai les propos de Baza, dans le hall. J'aurais aimé en savoir davantage sur celui avec qui j'étais appelé à travailler. Mais, dans le tumulte général, je ne réussis pas à interroger le commissaire Anselmo dont l'avis pourtant m'importait, car je le tenais pour un homme pondéré. Du reste, j'avais cru déceler dans sa voix, pour parler de Pared, une intonation respectueuse, presque admirative. Mais ce mot — broyer — ne manquait pas de m'inquiéter.

« Ce Pared, vous le connaissez personnellement ? » parvins-je à lui glisser.

Un instant, il me considéra de son regard pénétrant.

« J'ai travaillé trois ans avec lui, à Barcelone, répondit-il en continuant de fixer sur moi ses yeux d'un marron très clair où je crus déceler une hésitation.

— Il est donc si dur ? insistai-je.

— Dur ? répéta le commissaire, comme s'il cherchait à évaluer le mot. Tout dépend de ce que vous entendez par là... »

Sa réponse augmenta ma perplexité. Je devinais qu'Anselmo en savait long sur Pared mais qu'il répugnait à en parler. Peut-être craignait-il de m'influencer ? Une chose en tout cas me semblait sûre : son opinion sur mon futur chef était loin d'être négative. Aussi, malgré le risque de paraître importun, je revins à la charge, écartant Garcia qui poursuivait ses plaisanteries.

« Don Anselmo... accepterez-vous de me parler un peu du commissaire Pared ? »

Une fois encore, le regard méditatif tomba sur moi.

« Que voulez-vous savoir ? Passez un de ces jours dans mon

bureau, si ça vous tente. Mais je ne pourrai pas vous apprendre grand-chose, je le crains. Pared est un homme assez... énigmatique. C'est le mot qui convient, je crois. On l'aime ou on le déteste, il ne laisse personne indifférent. Moi, s'empressa-t-il d'ajouter, je l'aime bien. »

J'interprétai ses dernières paroles comme un avertissement : « Ne comptez pas sur moi pour vous dire du mal de Pared, qui est mon ami. » J'appréciai cette réserve qui révélait le caractère strict du commissaire. Je ne souhaitais d'ailleurs pas entendre dire du mal d'un homme que je ne connaissais pas. Je voulais seulement me faire une opinion.

Qu'Anselmo se déclarât ouvertement son ami suffisait d'ailleurs à me le rendre sympathique. Si certains parmi mes collègues n'appréciaient pas la personnalité du commissaire, lui reprochant ses manières distantes et sa rigueur dans le service, j'aimais bien, moi, cet homme qui refusait toute familiarité. Au contraire d'autres chefs de service préoccupés de leur popularité et toujours prêts, pour l'obtenir, à flatter leurs hommes, Anselmo se retranchait derrière une autorité appuyée, qui le protégeait autant qu'elle nous écartait. Pointilleux, respectueux de la légalité, il sanctionnait durement toute entorse faite au règlement. Son principe, qu'il répétait souvent sous forme de maxime, pouvait se résumer ainsi : « Si la police ne respecte pas la loi, c'est la loi qui dépérit. Dès lors, la société se trouve abandonnée à l'arbitraire. » Il disait cela d'une voix lente, en soignant sa diction qui était fort pure, comme c'est souvent le cas chez les Castillans, surtout ceux d'origine rurale. Peut-être croyait-il que la pureté du langage commande la précision de la pensée. Quoi qu'il en soit, ce souci grammatical agaçait certains de mes collègues, Garcia surtout, qui croyaient y déceler un brin d'affectation. Ils rapprochaient sa diction soignée et son goût du mot exact de son élégance, nette et stricte, comme de ses manières toujours courtoises. En fait, ils le soupçonnaient d'avoir une haute opinion de sa personne, ce qui était peut-être le cas.

Au physique, c'était un homme de taille moyenne, d'une figure agréable, au teint mat. Il donnait bien l'impression de surveiller ses gestes, qui frappaient par leur lenteur. On aurait dit qu'il maîtrisait ses émotions, retardant et contenant chacune de ses réactions. Cela se sentait surtout quand il était en colère. Son débit se faisait alors plus lent encore et sa voix devenait sourde. Nous avions du reste fini par craindre ce ton de douceur et de politesse, qui annonçait presque toujours une réprimande. Cela faisait dire à Garcia qu'Anselmo était un hypocrite, ce qui me semble inexact, puisque le commissaire ne dissimulait aucunement ses griefs. Il s'efforçait seulement de les formuler d'un ton posé et avec des mots aussi neutres que possible. Mais je pense que Garcia et lui n'étaient pas faits pour s'entendre. L'un, le Castillan, parlant peu et d'une voix toujours posée ; le Levantin, lui, bavardant en plaisantant sans cesse, malmenant tranquillement la langue et tutoyant tout le monde. De plus, Garcia professait, sur la fonction et le rôle de la police, des opinions opposées à celles du commissaire. Pour le premier, en effet, les délinquants ne pouvaient être réduits à l'impuissance que si on appliquait leurs mêmes méthodes. Il qualifiait le légalisme affiché par Anselmo de donquichottisme, ironisant sur le fait qu'espérer arrêter le crime, par la seule vertu de la loi, équivalait à espérer convertir une vipère en lézard. Cette comparaison assez idiote lui plaisait, je ne sais pourquoi, et il la répétait souvent, riant chaque fois.

Parmi nous tous, l'antagonisme entre les deux hommes était ouvertement débattu, les uns prenant position pour le commissaire, d'autres pour l'inspecteur. Chacun défendait son point de vue avec des arguments d'une valeur discutable. Parmi ceux avancés par les partisans de Garcia dominait, bien sûr, l'efficacité.

« C'est bien beau, disaient-ils, de respecter le règlement. Si tu sais pourtant que la salope qui se trouve en face de toi a commis un crime abject, l'interrogeras-tu gentiment, faisant attention à n'enfreindre en rien le code, au risque de le laisser filer, ou écraseras-tu sa petite gueule jusqu'à ce qu'il signe des aveux détaillés ? Moi, je ne veux pas passer pour une poire aux yeux des malfrats, qui se torchent le c... avec le code, passe-moi l'expression. »

L'argument, bien sûr, ne manque pas de poids. Il arrive chaque jour, dans nos services, que nous soyons placés devant une situation telle qu'il devient difficile d'observer le règlement, sauf à se condamner à l'échec. Pourtant, je comprenais la position du commissaire, qui refusait obstinément de déroger à ses principes, arguant que si un policier consent, ne fût-ce qu'une fois, à bafouer la loi, il est perdu pour la police. Position extrême, certes, dans la mesure où il n'est pas toujours facile de savoir où s'arrête l'observance de la loi. Du reste, personne, parmi nous, ne fouillait le code avant d'interroger un suspect. Mais je trouvais bon qu'Anselmo maintînt parmi nous une haute exigence, devinant que, sans cela, toutes les barrières céderaient. Nous avions d'ailleurs déjà rencontré des situations délicates, du fait de Garcia notamment. Chaque fois, Anselmo nous avait loyalement couverts, tout en marquant sa désapprobation. Cette attitude me semblait digne, mais elle faisait enrager Garcia.

« Il cherche à se couvrir, voilà tout, lâchait-il avec mépris. Si un pépin se produit, il pourra toujours prétendre qu'il n'était pas d'accord. »

Seulement, quand le pépin arrivait, Anselmo ne cherchait nullement à se défiler. Au contraire, il déclarait de son ton posé :

« Je prends sur moi. Mais je tiens à vous redire publiquement, Garcia, que vos méthodes jettent le discrédit sur tout le service, ce que je ne saurais admettre. J'inscrirai donc un blâme sur votre dossier. »

C'est, je crois, ce que mon collègue ne pardonnait pas au commissaire : de lui montrer publiquement ses torts et de les couvrir. C'était, ou trop de droiture, ou une tactique trop machiavélique. Des deux propositions, Garcia choisissait la seconde, quand je penchais, moi, pour la première.

2

Je passai le plus clair de la matinée à rédiger un rapport sur une affaire de détournement de fonds passablement embrouillée. Des différents aspects de notre métier, cette besogne d'écriture m'était la plus pénible. En deux ou trois feuillets, il fallait résumer des enquêtes qui avaient parfois duré plusieurs mois, occupé quatre ou cinq inspecteurs, nécessité l'audition de dizaines de témoins et de suspects. En outre, ce résumé devait paraître assez clair et assez cohérent pour que nos supérieurs puissent, en une dizaine de minutes, se former une opinion et prendre, en connaissance de cause, la décision adéquate. Or, comment rendre clair ce qui paraît le plus souvent confus, contradictoire, informe ? Je suais chaque fois sang et eau pour réduire une réalité insaisissable à une suite de faits, de dates, présentant l'aspect de la cohérence. De plus, je devais m'efforcer de demeurer le plus impartial et le plus neutre possible afin de conserver à l'ensemble une apparence d'objectivité. Il s'agissait, bien entendu, d'une apparence, puisque le simple récit des faits, selon l'ordre où on les rangeait, orientait l'ensemble de l'affaire. Mais il n'existait aucun moyen d'agir autrement, et nous en étions tous réduits à pondre de tels rapports, qui déformaient ou mutilaient la réalité. C'était d'ailleurs un simple truc, une technique qui s'acquérait avec l'usage. Certains de mes collègues étaient passés maîtres dans cet exercice et ils « torchaient », pour employer leur expression, un rapport en moins d'un quart d'heure, tout en plaisantant avec les secrétaires ou en commentant un match de football.

Je me rendis, mon pensum une fois achevé, à la cafétéria où je dus, en avalant mon repas, écouter les doléances de quelques-uns de mes collègues travaillant dans différents services. Tous paraissaient sincèrement désolés de mon affectation, y voyant un déni de justice. Je me gardai de les contredire, arborant une mine de circonstance, c'est-à-dire grave et résignée. Je m'étonnais néanmoins dans mon for intérieur de me sentir si peu affecté par ce qui apparaissait à tous comme un malheur. Je mangeais calmement mon veau au riz ; je buvais ma bière ; j'écoutais distraitement la rumeur jacassante que faisaient mes collègues ; je contemplais, par les grandes baies, le damier jaunâtre de la ville, hérissée de coupoles bleues et de palmiers. La chaleur décolorait le ciel qui avait un aspect anémié, presque exsangue. L'atmosphère semblait embrumée, comme imbibée d'une poussière crayeuse. En regardant cette ville morne et aplatie, je pensai, je ne sais pourquoi, à Damas, où je n'avais jamais été. Peut-être avais-je vu un film tourné à Damas ? Je m'aperçus que je n'avais jamais aimé Murcie ; que je m'y étais ennuyé ; que je n'avais par conséquent aucune raison de me lamenter d'avoir à la quitter, fût-ce pour Huesca où il ferait, à tout le moins, un temps plus clément.

Je n'en continuais pas moins de mâcher, de sourire, de répondre aux questions et de serrer des mains. Mais une joie secrète, une sorte de jubilation intense réchauffaient mon sang, accélérant les battements de mon cœur. Je me sentais délivré. Je me surprenais même à penser avec sympathie à ce Pared [1] — quel curieux nom pour un flic ! — dont on disait de tous côtés tant de mal.

Je dus, bien sûr, avaler trois ou quatre cafés à la suite et autant de coupes d'une anisette sirupeuse, qui me levait le cœur de nausée. C'était mon tribut à la grande fraternité de la police. Il me fallait aussi écouter d'autres plaisanteries sur les villes de province où l'on s'étiole, ainsi qu'un certain nombre d'anecdotes touchant les affectations et les nominations, sujet sur lequel les fonctionnaires se montrent intarissables.

Il était près de quatre heures lorsque je réussis à me dégager. L'alcool me tournait la tête, et l'anis avait déposé dans ma bouche un goût affreux, d'une douceur écœurante. Je pris l'ascenseur et appuyai sur le huitième étage où se trouve le fichier central de la police.

1. *Pared* : mur.

En m'apercevant, le vieux Trevos se leva de sa chaise et me tendit la main avec un sourire. Avec ses binocles ronds cerclés de métal, son museau pointu, sa tête chenue, il avait tout à fait la tête de l'emploi ; on aurait cru qu'il s'agissait d'un comédien choisi pour tenir le rôle d'un archiviste. Je me posai à ce sujet une question oiseuse, qui m'occupa un bon moment : l'emploi façonne-t-il le physique, ou le contraire ? J'aurais aimé demander à Trevos à quoi il ressemblait dans sa jeunesse, mais je n'osai pas.

« Je vous attendais, inspecteur Laredo, je vous attendais », marmonna-t-il de sa petite voix stridente tout en me faisant signe de le suivre.

Il marchait à petits pas pressés, en se dandinant comiquement. Il paraissait tout droit sorti d'un dessin animé.

Me précédant dans les larges allées bordées de dossiers cartonnés empilés du plancher jusqu'au plafond, il me mena à une table installée devant une fenêtre dominant la ville.

« Voilà, s'écria-t-il, d'un ton triomphant, désignant de l'index un carton posé sur la table et orné d'une étiquette où se lisait : Avelino Pared Costa.

— Comment avez-vous deviné... ? demandai-je en prenant un air surpris.

— Oh ! fit-il en mimant la modestie. Rien de plus simple. Vous êtes affecté à Huesca. J'ai donc su qu'on vous parlerait de lui et que vous auriez la curiosité de savoir... »

Il riait, se balançait d'une jambe sur l'autre, fixant sur moi un regard amusé. Dans son costume foncé, il avait vraiment l'air d'un furet.

« Je ne peux malheureusement pas vous permettre de l'emporter. Normalement, je ne devrais même pas vous autoriser à le consulter... Il s'agit de l'un des nôtres, n'est-ce pas ?... Hi, hi... Mais installez-vous là. Personne ne viendra vous déranger. Quand vous en aurez fini, vous me rapporterez la chose. Bien entendu, je ne vous ai *pas* autorisé à parcourir ce dossier... Vous me comprenez, n'est-ce pas ?... Hi, hi... A tout à l'heure. »

Et il repartit, trottinant et se dandinant, quelques pas pressés, un coup de roulis, quelques pas pressés... Avec regret, je le regardai s'éloigner, songeant au mystère de ces vies en apparence grises et banales. Qui saurait jamais par quel concours de circonstances ce petit homme lunatique avait échoué au sommet de cet immeuble, dans ces salles remplies de dossiers, et quelle jouissance il éprouvait à respirer l'odeur des vieux papiers, à compulser des documents, à griffonner des notes ? Se sentait-il appartenir, lui, l'humble scribe, à la police ou se considérait-il comme une sorte d'artiste, un poète ?

Ecartant ces réflexions, je m'assis à la table et défis les courroies serrant le carton, qui contenait une dizaine de chemises renfermant chacune un ou deux feuillets.

Les trois premières ne contenaient que les habituels renseignements d'état civil, calligraphiés à la plume par un modeste fonctionnaire dont l'écriture appliquée, en pleins et déliés, formait un dessin harmonieux, d'une belle couleur mauve.

L'homme s'appelait Avelino Pared Costa et il avait vu le jour à Sangüesa, dans la province de Navarra, le 21 octobre 1907, où son père, Marcelino Pared, tenait une officine de pharmacie, aidé de son frère cadet, Modesto, célibataire vivant dans le ménage de son aîné. Le scribe avait souligné le mot célibataire d'un beau trait net, tiré probablement à la règle. Le détail m'intrigua. Certes, un célibataire encourt toujours le soupçon d'un policier. N'y a-t-il pas, dans le refus du mariage, un ferment d'anarchie, une incertitude propres à intriguer toute police bien faite ? En effet, une police, c'est l'ordre : un dénombrement, un classement rigoureux, une fixation. Par ce qu'il implique de mobilité, d'errance, le célibat échappe à l'ordre. Mais ces considérations n'expliquaient pas ce beau trait rectiligne, qui semblait vouloir dire : « A regarder de plus près. » J'eus beau chercher pourtant : le dossier ne contenait rien concernant ce Modesto Pared. Du coup, le trait tiré par le scribe suggérait, chez ce personnage anonyme, l'existence d'un secret, d'une énigme à élucider. Etait-ce le fait de vivre dans le ménage de son aîné qui avait intrigué le consciencieux calligraphe ? Cela plaidait pourtant en faveur du célibataire, qui témoignait par là d'un esprit de famille tout à fait louable. Je faillis appeler Trevos pour lui demander son avis, mais j'y renonçai, me contentant d'enregistrer ce détail.

La mère, Adela Costa Ribera, sans profession, se trouvait

définie comme étant issue d'un bon lignage, honorablement connu. A quoi le scribe avait ajouté ceci, peut-être de son cru : « très pieuse », ce qui pouvait en effet suffire à la caractériser. Ces précisions, assez inhabituelles dans une fiche de renseignements, ainsi que l'emploi de certaines expressions archaïques, « bon lignage », « honorablement connu », m'en apprenaient autant sur celui qui avait, vers 1920, rédigé ce rapport que sur Pared. Je m'imaginais un fonctionnaire consciencieux, assez bigot, très au fait des menus secrets de ce village navarrais, Sangüesa, où il devait probablement occuper un poste subalterne, peut-être à la mairie. Dans mon esprit, il devait ressembler à Trevos, la malice et la vivacité en moins. Le choix des termes indiquait un respect soumis à l'ordre social dont la famille Pared symbolisait à ses yeux la nécessaire et juste perpétuation.

Jugement que confirmait le second feuillet, du même rose fané, où la même plume avait calligraphié avec soin : « Etudes primaires à l'Institution Saint-Joseph des Frères des Ecoles chrétiennes de Sangüesa. Excellent élève, travailleur et discipliné. Nombreux prix d'excellence. Des facilités pour l'étude du latin. Rédige avec aisance. Enfant de Marie. »

Ces nouvelles appréciations, plus pédagogiques que civiques — encore que le bon scribe fût en droit de penser que le comportement de l'écolier augure de la conduite du citoyen, la classe constituant le premier et décisif échelon de l'ordre social —, ces appréciations donc me firent supposer que le scribe appartenait au corps enseignant, tant il insistait sur les succès scolaires. Un maître d'école travaillant bénévolement à la mairie peut-être ? ou l'un des Frères de ces Ecoles chrétiennes dont le petit Pared fut l'élève exemplaire et, partant, choyé ? Cette dernière hypothèse n'avait rien d'invraisemblable. Il arrivait, surtout à cette époque, que la police demandât des renseignements sur un individu aux autorités locales, lesquelles sondaient ceux qu'elles savaient le mieux connaître les antécédents familiaux de leur concitoyen. Qui mieux que l'un des anciens maîtres du petit Pared pouvait renseigner la mairie ? Dans les couvents, dans les collèges religieux, le goût est fort répandu du renseignement confidentiel, fourni, bien sûr, pour la bonne cause. Quelle plus efficace police, dans un village, que les moines et les confesseurs, détenteurs des plus intimes secrets ? Aujourd'hui encore, c'est chez les prêtres que nous recrutons nos agents les plus sûrs. Certes, ils ne livrent rien qui touche au secret de la confession dont ils se montrent des farouches défenseurs. Mais leurs propos soigneusement pesés, leurs indications restrictives constituent de précieux indices, qui orientent avec une suffisante précision nos investigations. A plus forte raison est-on en droit de supposer qu'à cette période troublée où le rationalisme engageait une lutte sans merci contre la religion, combat qui dégénérerait, dix ans plus tard, en une guerre impitoyable, les religieux fussent enclins à contribuer à la sauvegarde de la paix sociale en signalant aux autorités les éléments sains de la population. Du reste, les partisans de la laïcité n'agissaient pas autrement, signalant à leurs associations et aux partis politiques les noms des familles qui partageaient leurs convictions. Ce détail, j'ai pu le vérifier moi-même en consultant le fichier central de Madrid où sont rangés d'innombrables rapports rédigés par des instituteurs gagnés à la cause républicaine.

Je croyais donc voir, penché sous la lampe dont la clarté dessinait un cercle tiède au-dessus de l'écritoire, dans une cellule impeccablement rangée sentant l'encaustique et la cire, l'encre et la craie, un vieux religieux rédigeant, avec un contentement intérieur, un brin d'émotion aussi, ces notations flatteuses sur un ancien élève dont il revoyait peut-être la figure grave et attentive, le regard intense, les oreilles décollées de chaque côté des tempes. Un col amidonné enserrait peut-être le cou gracieux, et l'uniforme noir accentuait la pâleur du teint. Il n'était pas exclu que le vieux maître eût enseigné des rudiments de latin, ce qui expliquerait cette remarque, « des facilités pour le latin », où se trahissait une secrète fierté. Et la précision, inutile au premier abord, sur les prix d'excellence renvoyait à toute une liturgie pédagogique, avec représentation théâtrale, récitation de poèmes, jacassement des familles couvant d'un regard extasié leur progéniture, solennelle convocation enfin des lauréats qui, rouges de confusion, traversaient la salle, montaient sur l'estrade, baisaient la main du supérieur avant de recevoir leurs médailles et des piles de livres, puis, figés de timidité, s'arrêtaient pour saluer l'assistance.

Dans un réfectoire ou dans un cloître, la foule des parents et des maîtres discutait ensuite par petits groupes, les femmes chapeautées, les hommes tenant leurs gants et leur feutre à la main, cependant que des élèves circulaient en tendant des plateaux de boissons et de petits fours. Une chaleur lourde pesait sur l'assistance et les Frères glissaient leurs mains entre leur cou et le col, pour calmer l'irritation causée par la sueur qui rougissait leur peau. Dans les propos, il était question de villégiature au Pays basque ou à la montagne, des travaux d'agrandissement du collège. Dans les massifs, les lauréats couraient, après avoir abandonné leurs rubans et leurs livres. Des nuages remplis d'orage cachaient par instants le soleil, couchant de grandes ombres sur le jardin aux allées en damier. Sans le savoir, un monde célébrait dans un éclat doré son déclin. Un monde où les écoliers se montrent sages et disciplinés et ont des facilités pour le latin ; un monde où les maîtres ne doutent pas que l'étude de Virgile soit la meilleure formation des futures élites qui n'auront, pour se reconnaître plus tard, qu'à citer des vers d'Ovide, miraculeusement sauvés de l'oubli ; un monde enfin où les femmes s'honorent d'être sans profession et affichent une piété écrasante.

Le feuillet suivant continuait de retracer cette course aux honneurs : « Etudes secondaires au collège Saint-Ignace de Pampelune, chez les Révérends Pères jésuites. Pensionnaire de 1918 à 1924. Brillant sujet. Se distingue en latin et en castillan. Dons éclatants pour la poésie. A seize ans semble attiré par la vie religieuse, mais y renonce sans qu'on en connaisse la raison. Obtient son baccalauréat avec une mention : Excellent. »

En quelques lignes, le petit Pared passait de l'enfance à l'adolescence, sans aucunement dévier de sa ligne. Deux détails seulement suggéraient les inquiétudes de la puberté : ces dons « éclatants » pour la poésie relevés par le scribe indiquaient une intériorité rêveuse, une fièvre pathétique ; cette vocation religieuse surtout, vite abandonnée, sans que le scribe puisse s'expliquer cette volte-face. Mais aucun de ces deux signes ne suffit à caractériser le jeune Avelino Pared. Vers 1923-1924, quel adolescent ne versifie pour soulager ce feu dont la brûlure le désarçonne ou l'irrite ? lequel ne rêve pas d'apaiser son ardeur dans un mysticisme rigoureux, comme si l'unique moyen d'échapper à la tentation était de l'abolir ? Ce que l'honnête scribe ne disait pas, mais que je lisais entre les mots, c'était l'impatience, la tension intérieure, l'affolement, l'obscure panique devant ces images qui naissent avec l'immobilité, la chaleur qui embrase la peau et procure une sorte de vertige. La plume du scribe ignorait cette insupportable raideur entre les cuisses qu'on serre et desserre, ces langueurs subites, ces attendrissements et cette fureur sans objet ; elle ne disait pas les prières ferventes, les confessions honteuses, les repentirs, les chutes et les remords. Tout ce tumulte pourtant se trouvait enfermé dans un don de poésie, probablement élégiaque et mystique, avec solitude, agonie, paysages désolés et nocturnes, mort, appels furieux à une Vierge consolatrice, comme aussi dans des velléités de renoncement, d'abstinence, de mortification. Rien là qui permette d'individualiser Avelino Pared. Il reproduisait les tics et les réactions d'une société, d'une caste, avec même un conformisme stupéfiant. Pas un mouvement de révolte, pas trace de ces crises où les jeunes bourgeois de sa génération se sauvaient en croyant se perdre. Cela seul, pour dire le vrai, m'intriguait : cette parfaite maîtrise de soi, qui dénotait soit un manque d'imagination, soit une volonté d'une exceptionnelle fermeté. N'eût-il été d'une si évidente intelligence, j'aurais opté pour la première. Mais ses dons, relevés avec tant d'insistance, me faisaient soupçonner une contention délibérée, un raidissement de l'esprit.

Une écriture différente, plus déliée, moins soignée mais aussi plus libre, courait sur le troisième feuillet, non plus rose mais d'un vert lui aussi passé. En haut, à droite, se lisait cette mention soulignée d'un trait non plus rectiligne mais incurvé comme un paraphe : *confidentiel*. De toute évidence, la main ayant tracé ce mot comme les notes qui suivaient était habituée à manier la plume. Une main non pas de fonctionnaire mais de notable, peu soucieux de faciliter le décryptage de son grifouillis pressé.

« A suivi les cours de la faculté de droit de l'université de Salamanque, jusqu'au doctorat. Sa thèse sur *les Fondements du droit international dans l'œuvre de Bartolomé de Las Casas* a obtenu les félicitations du jury présidé par Son Excellence

Amadeo de los Arcos, doyen honoraire de la très illustre faculté. Félicitations assorties d'une mention *Optima cum Laudae.*

« Sur le plan personnel, rien de notable à signaler. Le sujet a vécu toutes ces années, 1924-1931, chez une veuve honorable. Tous les témoins s'accordent sur la moralité stricte et même quelque peu puritaine du sujet, qui n'a jamais été mêlé à aucun scandale et qui semble avoir mené une existence studieuse et retirée. Consultée, la police locale confirme ces informations.

« En politique, ses opinions, pour autant qu'on puisse les déduire avec certitude des confidences recueillies, ont toujours été franchement et décidément conservatrices, avec cependant, au dire de certains, une nuance de traditionalisme d'inspiration carliste, qui s'expliquerait aisément par son origine navarraise.

« D'une piété rigoureuse, il fréquentait assidûment l'église et communiait régulièrement, son confesseur étant un jésuite, aumônier des Jeunesses universitaires catholiques (le Père Arreta).

« Avelino Pared aurait d'abord envisagé de faire carrière dans la Magistrature où l'évidence de ses dons lui laissait augurer un avenir brillant. Sa décision d'opter, après son doctorat, pour la police a surpris plus d'un de ses maîtres, qui le tenaient en haute estime. »

Plus rien, dans ce rapport volontairement schématique, de la sympathie teintée de respect que j'avais cru déceler dans les premiers feuillets du dossier. De ces notes hâtivement griffonnées par quelqu'un qui, manifestement, en avait l'habitude ressortait une image sinon antipathique, à tout le moins guindée d'Avelino Pared. Certes, l'informateur rapportait scrupuleusement les opinions flatteuses des maîtres de l'illustre université ; mais d'infimes détails trahissaient non pas peut-être une aversion déclarée, mais assurément un certain éloignement pour cet étudiant trop rangé, trop exemplaire. Exprimaient-elles, ces remarques, l'opinion des témoins ou l'attitude secrète du rédacteur, un conservateur libéral peut-être, un homme en tout cas que la bigoterie et la pruderie de ce jeune homme trop verticalement vertueux indisposaient passablement ? Je ne tranchai pas la question. J'éprouvais d'ailleurs moi-même un léger malaise devant la cohérence trop parfaite de cette vie rangée sous la bannière de l'ordre et de la religion. Non que je sois un partisan de la révolte et du relâchement. Mais une pareille persévérance dans le respect des valeurs apprises me causait une sorte de fascination. Ainsi, pas trace, dans ces notes, d'une liaison amoureuse, d'une aventure galante, que l'informateur anonyme, si elle avait existé, n'aurait pas manqué de signaler. Cela signifiait-il qu'Avelino Pared avait pu vivre toutes ces années, entre dix-huit et vingt-cinq ans, dans l'abstinence ? Ou bien se montrait-il à ce point secret que personne, même parmi ses intimes, n'avait pu percer son intimité ? L'une comme l'autre de ces hypothèses me paraissait pareillement invraisemblable. Pour qui connaît la vie des étudiants dans une ville universitaire, cette réserve farouche semblait inimaginable. Pas de doute possible : la chose courait entre les lignes, suggérée avec une insistance quelque peu scandalisée : « la moralité stricte et même quelque peu puritaine » indiquait clairement que l'informateur n'avait rien trouvé. Force était d'admettre l'inconcevable : l'étudiant avait préservé sa vertu avec l'obstination d'un trappiste. Pour quels motifs ? obéissant à quels commandements ? J'en étais réduit aux conjectures.

Deux autres points excitaient, dans cette biographie succincte, ma curiosité : le fait d'abord que les Pared aient envoyé leur fils à Salamanque, dotée certes d'une université prestigieuse, mais tout de même éloignée de la Navarre, ce qui impliquait des frais plus élevés et une séparation à laquelle les familles habituellement répugnent. L'explication pouvait être très simple : peut-être les facultés plus proches ne jouissaient-elles pas d'une excellente réputation ? Mais il y avait d'autres universités, Saragosse par exemple. Malgré moi, je voyais dans l'élection de cette université glorieuse un signe dont j'essayais de percer le sens, sans succès d'ailleurs.

Le deuxième point qui m'intriguait, c'était le sujet de thèse traité par Avelino Pared. Bartolomé de Las Casas représentait en effet l'une des plus hautes figures du libéralisme espagnol. Certes, il s'agissait d'un religieux, et il ne s'était élevé contre le pouvoir central et le colonialisme sauvage du bureau des Indes que pour des motifs éthiques, inspirés d'une lecture rigoureuse des évangiles. Il n'en demeurait pas moins vrai que ce farouche défenseur des Indiens opprimés symbolisait, aux yeux de tous les contempteurs de l'Etat, la révolte contre la politique impériale. Comment, dès lors, concilier le conservatisme teinté de traditionalisme d'Avelino Pared avec cet intérêt pour la pensée novatrice et libertaire d'un défenseur des colonisés ?

Dans cette vie qui, par petites touches, s'ordonnait sous mes yeux, surgissaient ainsi des vides, des blancs que mon imagination s'efforçait vainement de remplir. Par-delà les notations trop élogieuses apparaissaient, en filigrane, d'infimes craquelures que j'aurais souhaité explorer. Ces énigmes, qui forment la trame secrète de toute vie, contribuaient à animer le personnage qui, cessant d'être seulement « sage », « brillant », « pieux », etc., devenait trouble, ambigu, contradictoire, humain enfin.

Ces ruptures, décelables seulement à la loupe de l'analyse, le rapprochaient de moi. Ce qui n'avait d'abord été qu'une curiosité superficielle, le désir d'en savoir davantage sur un homme sous les ordres duquel j'aurais à travailler et qu'on me peignait sous un aspect redoutable, cette curiosité distraite s'était muée en une sorte d'avidité tremblante.

3

Les autres notes de renseignements provenaient toutes des services de la police. Rédigées dans ce style administratif neutre et incolore, elles signalaient que le nommé Avelino Pared, après son service militaire effectué dans l'artillerie (région militaire de Saragosse), et avoir obtenu le brevet de lieutenant, avait passé, avec succès, le concours d'entrée à l'Ecole supérieure de la police, à Madrid. Suivaient des appréciations de ses supérieurs : « esprit clair et logique », « caractère stable et déterminé », enfin, dans la rubrique « politique », cette simple remarque : « un élément tout à fait sûr ». Seule note discordante : quelqu'un avait tracé d'une écriture pointue : « Un goût trop prononcé pour la clandestinité et le secret. »
J'attachai moins d'importance à ces jugements qu'à la photo épinglée dans la partie supérieure de la feuille, celle-là d'un marron sale. Un visage long et maigre, aux traits réguliers, d'où ressortait un regard apathique : voilà ce que je découvris.
Une raie médiane séparait les cheveux qui devaient être d'un noir-bleu luisant. Quant à la bouche, grande et serrée, elle s'éclaircissait d'un soupçon de sourire.
De cette figure austère une impression de solitude et de dédain se dégageait. Ce qui produisait cette impression, c'était, me semble-t-il, le regard qui fixait l'objectif avec un bizarre mélange de concentration et d'indifférence. Les yeux, vastes et sombres, avaient l'impassibilité d'une optique photographique. Ils exerçaient parfaitement leur fonction, qui était d'enregistrer, sans pourtant réfléchir l'objet considéré. Comme déconnectés du cerveau, ils captaient l'image, sans doute même avec une précision et une acuité stupéfiantes. Mais ils l'empêchaient d'agir sur les terminaisons nerveuses commandant les émotions. C'étaient, pour ainsi m'exprimer, des yeux de pur voyant, un

peu comme les yeux de certains insectes. Non qu'ils m'aient paru froids, ce qui suggérerait qu'ils reflétaient des attitudes négatives ou haineuses. Ils n'étaient pas froids. Même, leur couleur, marron à en juger par ce cliché, leur donnait une apparence chaleureuse. Ils n'étaient ni chauds ni froids, pas même tièdes. Seulement vides.

Cette photo me fit mieux comprendre les réserves contenues dans le rapport rédigé par l'informateur de Salamanque. Nulle trace de jeunesse dans ce visage déjà pris dans la glace de la maturité. A cette figure pourtant agréable à regarder, on n'osait imaginer ni amis ni maîtresses. C'était un visage nimbé d'une solitude altière, qui refuse toute proximité, toute promiscuité — un visage d'absent, plongé dans je n'aurais su dire quelle distraction. A le contempler, on devinait qu'il avait dû inspirer peu de sympathies, et qu'il s'accommodait fort bien de cette répulsion générale.

Je restai longtemps à regarder ce cliché, sans pouvoir en détacher mes yeux. Il y avait là un mystère plus profond que tout ce que j'avais imaginé. Je ne pouvais m'empêcher d'éprouver pour cet inconnu une tristesse apitoyée. Il me donnait l'impression de rêver les yeux grands ouverts. Mais le rêve qu'il faisait n'était pas de ceux qu'un homme, même fraternel, puisse partager. C'était un rêve minéral.

Les annotations des différents services trahissaient, aurait-on dit, la même perplexité, répétant en éloges stéréotypés les constatations faites dans l'enfance : l'intelligence, la rigueur, la ponctualité, avec de-ci de-là une observation sur les aptitudes professionnelles : « Enquêteur hors pair dont les méthodes peu orthodoxes donnent pourtant des résultats indiscutables. » Connaissant le jargon de notre administration, je pus déduire de cette phrase ambiguë que ces méthodes peu orthodoxes ne devaient guère ressembler à celles, expéditives et brutales, affectionnées par Garcia. Le commissaire divisionnaire Romero, qui avait glissé cette phrase dans son rapport, pensait manifestement à autre chose qu'à des interrogatoires prolongés. Ce qu'il avait en tête, je n'arrivais pas à le déterminer avec précision. De toute évidence, l'homme était partagé entre son admiration devant les résultats obtenus par son subordonné et sa désapprobation de certaines pratiques qu'il n'osait pas non plus qualifier de blâmables. Aussi sa phrase trahissait-elle une restriction, comme une hésitation.

A partir de 1933, la carrière d'Avelino Pared se déroulait le plus normalement : inspecteur stagiaire à la section financière de Madrid ; inspecteur de troisième détaché à la brigade criminelle de Saragosse, sous les ordres du commissaire Romero ; de seconde à la brigade d'information de Ségovie... Un palier seulement dans cette tranquille ascension administrative : un séjour d'un an dans la brigade des fraudes de Soria, ville synonyme de disgrâce et de relégation. L'épisode trouvait d'ailleurs son explication dans une fiche de 1935 dont l'origine n'était pas indiquée, ce qui me fit penser qu'elle provenait de l'Inspection générale. On y lisait, dactylographiées, ces quelques lignes : « Ce policier, incontestablement doué et d'une intelligence puissante, affiche des opinions ouvertement hostiles à la République et à la démocratie en général. Il semble par ailleurs affectionner les complots, et l'on retrouve sa trace dans la plupart des conspirations ourdies par des adversaires du régime, rêvant d'un coup d'Etat militaire. L'évidence de ses dons ainsi que la fermeté de son caractère le rendent particulièrement dangereux pour les autorités légales. Du reste, ses fréquents déplacements à l'étranger au cours des derniers mois accréditent l'hypothèse selon laquelle l'inspecteur Pared servirait d'agent de liaison avec les polices des régimes totalitaires, notamment celle de Rome. Il semble en effet se confirmer de sources dignes de foi qu'il a été plusieurs fois reçu par des proches collaborateurs du Duce. Le but de ces voyages serait d'obtenir de Mussolini une aide financière et, le cas échéant, militaire pour les mouvements totalitaires de notre pays. Il est également établi que l'inspecteur Pared a organisé des réunions secrètes rassemblant des membres de la Phalange, de la CEDA de Gil Roblès, ainsi que des militaires de haut grade. » Deux clichés, face et profil, accompagnaient cette pièce portant la mention R.C. — réservé confidentiel — suivie d'un numéro de code. Prises le plus probablement dans les premiers mois de cette année 1936, ces photos marquaient moins un vieillissement qu'une sorte de condensation. Les traits ne paraissaient ni altérés ni même accusés ; le visage conservait même un aspect de jeunesse. Mais l'expression répandue sur cette figure nette dénotait un durcissement de caractère, comme un processus de fossilisation. Toute vie en semblait absente. Le regard donnait l'impression d'être pris dans un bloc de glace : figé dans une indifférence morne, teinté d'un mépris trop profond pour vouloir s'extérioriser. Aucune ombre ne venait adoucir la bouche tranchante, close sur un dégoût qui ne franchirait pas les lèvres. Seul le vaste front indiquait l'existence d'une activité intérieure.

Ces images accrurent mon malaise. J'étais partagé entre une obscure et instinctive détestation et une fascination trouble. Avec avidité, j'étudiais cette figure inhumaine. Je cherchais à établir une relation entre le texte et l'image. Le premier peignait en effet un agitateur aussi dangereux qu'habile, habité d'une haine farouche de la démocratie ; c'était le portrait d'un fanatique. Au contraire, les photos montraient un absent, un esprit gorgé de mépris, et devenu, de ce fait, indifférent à tout ce qui agite les hommes. Aucune flamme, aucune passion ne semblaient pouvoir fondre le bloc de glace où cette intelligence était prise. Cette statue du froid vivait pourtant, elle bougeait, elle nouait des intrigues, elle ourdissait des complots, elle franchissait les mers, elle plaidait avec le désir de convaincre, elle confortait et encourageait. Quelle énergie l'animait donc ? Des convictions, bien sûr : c'est du moins la pensée qui me venait tout naturellement. Mais j'observais mieux ce visage impassible et je renonçais à cette explication banale : nulle trace dans ces yeux morts d'une foi quelconque. L'image repoussait avec force la passion comme l'enthousiasme. Cet agitateur ne se dépensait pas pour assurer le triomphe d'une idée, dont il devait d'ailleurs sourire avec dégoût. Mais alors, quel mobile l'animait ?... Je renonçai à éclaircir ce point.

Un détail m'intriguait également : ce rapport, rédigé sous la République par un fonctionnaire évidemment fidèle au gouvernement légal, n'aurait pas dû figurer dans le dossier. Il n'aurait même pas dû exister, puisque toutes les enquêtes effectuées sous la République avaient été détruites. Quelqu'un avait donc soigneusement conservé cette pièce, en un endroit sûr ; cette même personne, ou une autre très proche de la première, l'avait récemment glissée dans le dossier. Aucun fonctionnaire n'aurait osé, c'est clair, prendre une pareille responsabilité, au risque d'être découvert et de voir sa carrière brisée. L'anonyme adversaire de Pared ne pouvait donc être qu'un très haut fonctionnaire, l'un des directeurs de la Sûreté sans doute. Et son geste avait pour but, à l'approche de changements politiques que chacun sentait imminents, de rappeler le trouble passé de Pared.

De tels procédés n'avaient certes rien d'exceptionnel. Des luttes sourdes, impitoyables, opposent les services de la police. Dans ces combats de l'ombre, tous les coups sont permis.

Ce qui cependant suscitait mon étonnement, c'était l'apparente vanité de ce combat contre un homme qui, dans un an, atteindrait l'âge de la retraite ; qui ne pouvait par conséquent menacer aucune ambition ; qui d'ailleurs avait été mis sur une voie de garage. Il fallait donc que l'anonyme eût des motifs plus puissants que l'ambition ou la rivalité des services, et ce motif ne pouvait être que la haine. Mais une haine assez forte, assez tenace pour avoir résisté à trente-cinq ans d'impuissance et de silence ; une haine entretenue avec une patience plus puissante que le désespoir. Et c'est la pugnacité, la violence de cette rancune qui m'emplissaient d'un étonnement mêlé de peur. Qu'avait pu faire cet homme pour que la haine qu'il avait suscitée le poursuivît jusqu'au seuil de la vieillesse et de la mort ?

L'insurrection militaire et la guerre civile qui s'ensuivit propulsaient Avelino Pared aux sommets de la hiérarchie policière dont il gravissait les marches à un rythme accéléré : inspecteur de seconde classe en mai 1936, une note assez laconique, datée de Burgos en octobre de la même année, le désignait comme « commissaire divisionnaire détaché aux armées et chargé de la sécurité de l'arrière ». La mission devait être d'importance, à en juger par l'appréciation suivante, dont la provenance se situait probablement dans la sphère gouvernementale : « S'est acquitté avec un zèle et une efficacité au-dessus de tout éloge d'une tâche aussi ingrate que délicate. Nommé à cette date (mai 1939) à la tête du service d'information de Barcelone, avec le titre et les privilèges y afférents de commissaire principal, en attendant une promotion justifiée. » Le dernier membre de la phrase indiquait assez que le commissaire principal Avelino Pared était en droit d'espérer, au lendemain du conflit, occuper un poste de direction à la Sûreté nationale de Madrid. Barcelone et sa région constituaient d'ailleurs à cette époque un poste clé que le gouvernement ne pouvait confier qu'à un homme jouissant de toute sa confiance.

Pourtant, douze ans passaient et Avelino Pared se trouvait toujours à Barcelone. J'aurais pu interpréter ce fait comme un signe de disgrâce ou comme le témoignage de l'ingratitude dont les administrations se rendent si souvent coupables, si je n'avais découvert cette note ainsi conçue : « Sur sa requête, le commissaire principal Avelino Pared est maintenu à son poste, avec le titre de directeur des services d'information, chargé de coordonner et de réorganiser l'ensemble des services du renseignement et de la répression. Dans ses activités, il dépend directement de la direction de la Sûreté nationale et du ministère du gouvernement. » Il n'y avait donc eu ni disgrâce ni oubli. Au contraire, le commissaire Pared se trouvait placé au-dessus de ses supérieurs hiérarchiques par une décision tout à fait inhabituelle dans notre Maison. Cette mesure exceptionnelle, il est clair qu'elle avait dû en mécontenter plus d'un et froisser bien des susceptibilités. Car elle faisait de Pared le véritable chef de la police en Catalogne, une sorte de gouverneur nanti des pleins pouvoirs. Elle expliquait pareillement que Pared ait préféré garder la réalité du pouvoir à une promotion, même flatteuse, qui l'aurait confiné dans un bureau madrilène. Il avait eu là une réaction de policier. Placé devant ce choix : la police ou la politique, il avait opté pour la première, ce que je pouvais comprendre.

En 1956, il acceptait pourtant d'être promu directeur principal de la police à Huesca. Sans doute pouvait-il interpréter cette nouvelle affectation comme une étape devant le conduire au sommet de la hiérarchie. Au moins était-ce la seule explication à son consentement, puisque, après Barcelone, Huesca, avec ses vingt mille habitants, sa situation excentrique, pouvait difficilement apparaître comme un poste prestigieux. Une note ultérieure ruinait cependant cette interprétation. On y lisait en effet : « Don Avelino Pared persiste dans son désir de conserver son poste de directeur général de la Sûreté de Huesca, arguant de la situation encore confuse dans la région. Consulté, le ministère consent à cette demande. » Cette dernière phrase surtout témoignait que le prestige du nouveau directeur demeurait intact en haut lieu. Contrairement aux usages et à la routine de l'administration, il était en effet consulté avant chaque affectation nouvelle, et ses souhaits étaient ponctuellement exaucés, preuve éclatante qu'on n'avait pas oublié en haut lieu les services rendus durant le conflit et dans les années qui suivirent. C'est peu dire que cette reconnaissance lui valait un traitement de faveur : on avait à son endroit des prévenances rares, excessives presque. Pour dire la chose simplement, on semblait vouloir le ménager. De cette situation privilégiée, il n'abusait du reste pas. Loin de réclamer sa part d'honneurs, que le pouvoir ne donnait nullement, tout au contraire, l'impression de vouloir lui marchander, il refusait obstinément tout rôle de premier plan, s'abritant, sous des prétextes toujours habiles, dans une pénombre qu'il semblait affectionner. Attitude qui ne me surprenait pas, tant elle me paraissait accordée à son regard minéral. Si un tel homme éprouvait une passion, ce ne pouvait pas être l'ambition.

Une note confidentielle, dotée d'un numéro de code, attira mon attention. Elle disait : « Recommandation a été faite, oralement, au directeur de la Sûreté de Huesca, de mettre un frein aux opérations poursuivies dans les régions montagneuses de la province. Les rapports en provenance du gouvernement civil signalent en effet l'existence d'un vif mécontentement parmi les populations rurales. Un tel état d'esprit pourrait susciter des troubles qui, s'ils venaient à être connus de la presse internationale, gêneraient les négociations en cours avec des pays voisins. Le directeur de la Sûreté de Huesca paraît s'être rangé à ce point de vue, mais il demande l'autorisation de conclure les enquêtes en cours. » Plus bas, ces quelques mots manuscrits : « Après consultation, autorisation accordée. »

Dans son laconisme, cette note énigmatique — de quelles opérations s'agissait-il ? à quelles négociations le document faisait-il allusion ? — annonçait clairement la fin d'une ère. Chaque mot sonnait comme un discret rappel à l'ordre, l'immunité dont Pared avait joui depuis pratiquement son entrée dans la police se trouvait nettement mise en cause. Avec certes de la prudence, le gouvernement demandait à ce serviteur fidèle et comblé de rentrer dans le rang. Timidement, la légalité osait affirmer sa suprématie, ce que démontrait avec éloquence l'attention soudaine prêtée aux rapports émanant du gouvernement civil.

Une date figurait en tête de ce document : octobre 1967. Quelque chose donc avait, en cette année, bougé au sommet de l'Etat. Le mouvement ne constituait certes pas un bouleversement, le ton du document le prouvait. Un imperceptible glissement tout au plus. Sans changer de nature, le régime changeait d'attitude. Les nouveaux maîtres faisaient discrètement comprendre à l'élève turbulent qu'il devait s'adapter à la nouvelle manière. Et, saisissant l'allusion à demi-mot, l'écolier rétorquait : « D'accord, mais permettez-moi d'achever le devoir commencé avant de remettre ma copie. »

Je m'interrogeais : qu'avait pu ressentir Avelino Pared en recevant cet hypocrite rappel à l'ordre ? Avait-il été surpris ou s'y attendait-il ?

Une autre photo le montrait sur le document suivant, une simple note de service indiquant que l'intéressé sollicitait un renfort de trois inspecteurs pour la brigade criminelle dont les effectifs se montaient à quatre hommes. Requête en partie agréée seulement, puisque la direction des polices lui envoyait un seul inspecteur, façon sournoise de bien montrer que, s'il n'était pas tombé en disgrâce, il ne se trouvait pas non plus en position de force.

L'image ne montrait, elle, ni déception ni amertume. Le visage, sans accuser la soixantaine, était griffé de fatigue ; deux plis s'étaient creusés aux coins des lèvres, donnant à la bouche une expression de mépris vertigineux. Sous les cheveux devenus rares et d'une teinte incertaine, ni blancs ni gris, la longue figure paraissait recouverte de cendres, impression due, me sembla-t-il, à l'obscurcissement du teint. Seul le regard conservait son immobilité bouleversante. Depuis l'âge de vingt ans, pour autant que j'en pouvais juger, rien n'avait terni ni adouci l'éclat pur et glacé des prunelles, enchâssées dans des paupières lourdes et fripées. Les années avaient passé, des bouleversements s'étaient produits : ce regard de glace et de feu avait gardé son mystère.

Une dernière note, fort brève, signait la déchéance du tout-puissant policier. Elle indiquait qu'un directeur général adjoint avait été nommé à Huesca pour « apporter son soutien au directeur en titre ». En termes administratifs, la cause était entendue : Don Avelino Pared était invité à solliciter sa mise à la retraite anticipée.

Le dossier ne contenait rien d'autre, ce qui signifiait que l'intéressé refusait d'entendre le signe qui lui était adressé. A la hiérarchie, il faisait une réponse altière : « Achevez vous-mêmes la besogne. Je ne vous aiderai pas. » Ce défi me semblait tout à fait dans sa manière.

4

Je rangeai soigneusement toutes les pièces dans le dossier cartonné ; je serrai les courroies qui le maintenaient ; je vidai le cendrier rempli de mégots et je m'étirai en contemplant la ville, étalée à mes pieds.

La chaleur pesait encore sur les maisons poussiéreuses, maintenant dans l'atmosphère une brume livide où les bruits s'engluaient. Les palmiers avaient un aspect exténué, leurs longues feuilles lancéolées pendant, inertes. Rien ne bougeait.

Ce spectacle, je le contemplais avec une indifférence distraite. Une autre image emplissait en effet mon esprit : celle de ce long visage impénétrable. Cette vie qui venait de se dérouler devant moi, en une succession de séquences elliptiques, formait un film étrange, plein d'ombres. Certes, je n'avais pas appris grand-chose : quelques dates, quelques lieux, les méandres d'une carrière... Ce peu suffisait cependant à me rendre tout à fait proche ce personnage. Ses secrets même m'aidaient non certes à le comprendre, mais à le saisir. Sa lourdeur pesait sur mon squelette ; son dégoût glaçait mon sang. Il m'était à la fois étranger et curieusement fraternel.

Au début, je ne voulais que me faire une opinion sur quelqu'un avec qui j'allais devoir collaborer. Je souhaitais connaître ce qui m'attendait. Petit à petit, ce souci m'avait abandonné. Ce caractère d'une inhumaine complexité m'avait aspiré. J'étais maintenant au-dedans de lui. Je pressentais que, loin d'en avoir fini avec cet inconnu, ma quête ne faisait que commencer. Où elle me mènerait, je ne me le demandais pas.

Le dossier sous le bras, je traversai la longue salle tapissée de dossiers, jusqu'au bureau de Trevos, près du palier.

Se dressant, le bonhomme fixa sur moi un regard où je crus déceler une lueur d'ironie.

« Alors, questionna-t-il de sa voix aigre, vous avez trouvé ce que vous cherchiez ?
— Pas exactement ce que je cherchais, fis-je d'un air distrait.
— Comme vous avez bien exprimé cela ! s'écria le petit furet. Hi, hi... Pas exactement ce que vous cherchiez !... C'est tout à fait ça ! On ne trouve jamais ce qu'on cherche. Voulez-vous savoir pourquoi on ne le trouve pas ? Parce qu'on ne sait pas, en vérité, ce qu'on cherche ; on croit seulement le savoir. »

Je l'observai avec attention. La bouche écartée dans un sourire malicieux, il me regardait par en dessous avec un air étrangement réjoui. Il ressemblait vraiment à un petit mammifère des bois.

« Au premier regard, je reconnais les véritables policiers. Les faux, ceux qui font le métier par inadvertance, parce qu'il faut bien manger, arrivent ici en sachant ce qu'ils cherchent. Bien entendu, ils le trouvent, au risque parfois de commettre des bévues. Pour les vrais, c'est différent. Eux aussi s'imaginent savoir ce qu'ils viennent chercher. Hi, hi ! Mais ils n'en sont pas sûrs, vous voyez la différence ? Dans leurs yeux flotte comme une légère brume qui brouille leurs certitudes. Alors, forcément, ils mélangent ce qu'ils lisent, ils se perdent, ici ils trouvent autre chose que ce qu'ils imaginaient chercher. La police ne se fait pas avec des faits, elle se fait avec des indices, comme la poésie.

— Vous trouvez que j'ai une tête de poète ? demandai-je avec un sourire.

— Mais, cher ami — vous permettez, n'est-ce pas ? —, les poètes ressemblent le plus souvent à d'honnêtes fonctionnaires. Connaissez-vous Claudel ? Ça ne fait rien. C'est un poète français, ou plutôt, c'était, car il est mort. Eh bien ! Si vous regardez ses photographies, vous aurez l'image d'un épicier en gros, d'un boucher ou, à la rigueur, d'un banquier. Vous penserez à tout, sauf à la poésie. Et pourtant il avait une sorte de génie, fait d'images énormes, de métaphores rougeoyantes, de grands cris qui font la chair de poule. Sa poésie n'était pas dans son visage, elle était dans ses yeux, qui brouillaient la réalité, transformant les cousettes en reines de malheur et les forêts en cathédrales baroques. Seuls les imbéciles s'imaginent que, pour bien voir, il faut écarquiller les yeux et regarder fixement. C'est absurde ! C'est même le plus sûr moyen de ne rien voir du tout, sauf les apparences, l'écorce pour ainsi m'exprimer. Non, pour voir, il faut oser imaginer le dedans, ce qui est le propre du poète. Notre Don Quichotte n'agissait pas autrement et c'est pourquoi il a pu, seul, voir des géants et des magiciens, des princesses captives et des armées étincelantes.

— Ça ne lui a pas porté chance, objectai-je, amusé malgré moi par ce discours étrange.

— La chance, cher ami ! Sont-ils plus chanceux, les réalistes ? Ils finissent leurs jours dans des maisonnettes lugubres et ils s'éteignent sans avoir vécu.

— Il y a longtemps que vous vous occupez du fichier ? » J'avais posé cette question malgré moi.

« Depuis toujours, pourrais-je dire, se hâta de répondre le remuant lutin. Dans ma jeunesse, je rêvais de devenir archiviste ou bibliothécaire. J'aimais déjà l'odeur du vieux parchemin, du cuir et du papier. Surtout, j'avais la passion de ces lieux paisibles, baignés de silence, où les plus folles visions peuvent s'épanouir, sans que rien ne vienne déranger leurs métamorphoses. Mes parents étaient pauvres, j'ai dû changer mon fusil d'épaule, façon de parler. Je ne le regrette pas du reste. La bibliothèque d'Alexandrie ne peut rivaliser avec un bon fichier. Ce qui dort là, sur ces rayons, c'est rien moins que la création, cher ami ! Tout y est, absolument tout ! Les pires folies, les débauches les plus fantastiques, les appétits les plus féroces, la lâcheté, la cupidité, le sang même. Surtout, tout y est à l'état de signe, comprenez-vous ? Des passions non encore dégradées, une pure énergie en quelque sorte. Lire des fiches n'est pas un travail d'information, c'est une activité purement mentale qui consiste à repérer des traces, à imaginer les actes qui peuvent en découler, comme le chêne dérive du gland. Voilà pourquoi je vous parlais de la création. Parfois, je me représente Dieu comme un immense fichier contenant des millions de noms qui engendreront l'héroïsme et le crime, le mensonge et l'amour. Dans les ténèbres et le silence, Dieu contemple cet écheveau fantastique, et Il attend, recueilli, que tous les fils soient dévidés. Alors, arrivera la Nuit du Décret et une aube triomphante éclairera l'humanité, arrivée au terme de son destin. »

En parlant, le vieux Trevos s'était insensiblement exalté et, derrière ses binocles, son regard étincelait cependant qu'un afflux de sang rougissait ses pommettes. Il faisait de grands gestes, agitant comiquement ses bras courts et, de l'index droit, il montrait la salle du fichier.

« Qu'appelez-vous la Nuit du Décret ? fis-je dans l'espoir d'apaiser son agitation.

— C'est l'ultime Nuit de Dieu, chuchota-t-il en se penchant vers moi et en me fixant d'un regard presque halluciné. La Nuit de l'ultime Révélation, qui précède le Jour de l'Eternité. Croyez-vous en Dieu ? »

Cette question abrupte me prit au dépourvu et j'hésitai avant de répondre.

« Je suis baptisé, fis-je d'une voix qui résonna bizarrement à mes oreilles.

— Ce n'est pas une réponse, riposta avec brusquerie le lunatique bonhomme. Pour bien lire un fichier, poursuivit-il sur le même ton sec, hargneux presque, il faut croire en Dieu. Car une fiche, pour éloquente qu'elle soit, garde son secret, si on ne la lit pas avec les yeux de la foi. Sa vérité relève de l'ordre du virtuel. Vous, par exemple, êtes-vous certain d'avoir su interpréter les décrets que renferme ce vieux carton ? »

Et, appuyant sa question, il posa son index sur le dossier que je venais de lui rendre.

« Non, dis-je malgré moi, me reprochant de répondre à une question manifestement dépourvue de sens.

— Ah, fit Trevos en rejetant violemment la tête. Vous l'avouez : vous manquez de foi. Du coup, vous avancez par énigmes, sans réussir à déchiffrer le texte. Pourtant, ajouta-t-il en baissant la voix comme s'il redoutait d'être entendu, tout se trouve dans ce carton, absolument tout. Mais il faut lire avec l'esprit, non avec les yeux... »

Je m'efforçai de sourire et, d'un ton conciliant :

« Vous avez certainement raison, fis-je : ma foi n'est pas assez grande.

— Vous n'êtes pas le seul, lâcha-t-il en hochant sa petite tête. La foi se perd et avec elle l'intelligence des profondeurs. Nous sommes devenus trop purement cérébraux, voilà notre tort. »

Je m'empressai d'approuver, souhaitant échapper à cette conversation manifestement délirante. Avec un sourire, je lui tendis la main, que Trevos saisit avec force.

« Merci, fis-je.

— Il n'y a pas de quoi ! »

De sa démarche pressée et déhanchée, il courut jusqu'à la porte de l'ascenseur et appuya sur le bouton.

« N'oubliez pas, murmura-t-il d'une voix redevenue paisible, un dossier contient tout, si on sait l'interpréter. C'est comme une partition : on joue des notes et ce qui en ressort c'est une mélodie. La symphonie de l'univers dort dans ces cartons. Mais il faut d'abord l'entendre dans sa tête... »

L'ascenseur s'arrêta à l'étage et l'étrange bonhomme ouvrit la porte avant de s'incliner comiquement pour me céder le passage.

Je m'interrogeais : ce vieux fou parlait-il sérieusement ? J'écartai la question. Ses propos n'en poursuivaient pas moins leur chemin dans ma tête. Je me rappelais ses dernières paroles sur les notes et la musique. Plusieurs fois, alors que je parcourais le dossier d'Avelino Pared, il m'avait en effet semblé écouter une mélodie lente et funèbre dont les échos se prolongeaient encore dans ma mémoire. Ces quelques notes administratives, sans chair ni sang, d'une banalité morne, n'avaient certes pas pu lever cette musique mélancolique. Le vieux fou n'avait pas tout à fait tort : au-delà des faits, une autre vérité courait entre les mots, les dates. Une vérité que je n'avais pas appréhendée, frôlée seulement, et qui déposait dans mon cœur cette inexplicable mélancolie.

Dans le service, je trouvai Garcia renversé dans un fauteuil pivotant, les pieds sur le bureau, le téléphone calé entre l'épaule et la joue. Il avait retiré sa veste, retroussé les manches de sa chemise et dénoué sa cravate. M'apercevant, il me fit un clin d'œil et m'adressa un signe de la main gauche, à l'américaine.

La sueur inondait son cou large et massif et peignait deux auréoles sombres sous ses aisselles. Son visage de sportif avait une expression butée.

« Ecoute-moi bien, fumier, si tu ne m'apportes pas avant demain ce papier, je casserai, l'une après l'autre, tes dents de petite gouape. Compris ? »

Il raccrocha, l'air furieux, et s'étira en bâillant : « L'ordure », marmonna-t-il.

Je pensai qu'il agissait tout à fait comme un acteur américain dans un film policier. Du reste, il ressemblait vaguement à l'un d'eux, je cherchai en vain son nom, spécialisé dans les rôles de flic cynique et brutal. Peut-être Garcia s'était-il aperçu de cette ressemblance ? A présent, il s'identifiait manifestement à son rôle. C'était un gars robuste, solidement bâti, très brun, et il plaisait aux femmes que sa force séduisait. Mais il manquait de subtilité et il était absolument dépourvu d'imagination, ce qui, en un sens, lui simplifiait la vie. Pour lui, tout en effet semblait clair : il dévorait avec un appétit féroce, il buvait sec, il se dépensait sur les courts de tennis, il se couchait brutalement sur les femmes qu'il méprisait ouvertement et il tapait sur les suspects. Cette innocence lui rendait la vie agréable et il jouissait sans remords de chaque plaisir qui s'offrait à lui, grognant avec une satisfaction intense : « C'est bon, la vie, nom de Dieu ! » — aphorisme qui résumait toute sa philosophie.

« Le grand patron t'a fait appeler, grommela-t-il quand il eut fini de bâiller. Marina est dans tous ses états. J'ai cru qu'elle allait piquer une crise de nerfs. Je lui ai proposé de la baiser dans les toilettes mais elle a refusé. Elle tient à conserver son hymen intact, la garce. Bientôt, même un éléphant ne pourra plus le percer. »

Je grimaçai un sourire et feignis de m'absorber dans la lecture d'un rapport.

« Quelle putain de ville ! fit Garcia en regardant par la fenêtre. Quand je pense que toutes ces putains de Suédoises et d'Allemandes se pâment : " La soleille c'est bonne, c'est la fie ! " Je leur en mettrais moi, du soleil ! Je t'envie presque d'aller dans le Nord. Tu pourras jouer au tennis...

— Je ne joue pas.

— C'est vrai, tu ne fiches rien. Baises-tu ta femme, au moins ?

— Je le crois.

— Tu le crois ? T'es un marrant, toi. Moi, je ne crois pas : je sais. Elle est mignonne. Mais si tu veux mon avis, elle s'ennuie, et une femme qui s'ennuie... Tu connais le remède contre l'ennui ?

— La banane, dis-je pour lui être agréable.

— Exactement, mon vieux : la banane et encore la banane. Ça les tient tranquilles. »

Je quittai le bureau pour échapper aux propos, toujours les mêmes, de Garcia.

Dans le couloir, je me heurtai à Marina qui s'écria :

« Vous êtes là, inspecteur ? Monsieur le directeur vous a...

— Garcia m'a prévenu.

— Le directeur a demandé que vous montiez quand vous seriez de retour.

— Bien, Marina, je vais d'abord boire un café. Il paraît que vous avez encore refusé de faire l'amour avec Garcia ?

— Vous aussi ? Vous me décevez, inspecteur : je vous croyais plus fin. Les plaisanteries grasses ne vous fatiguent pas ?

— Si, mais mieux vaut en sourire. Ce n'est pas votre avis ?

— Peut-être. A la longue, c'est l'écœurement qui prévaut. Imaginez que j'entre à mon tour dans ce jeu-là : qu'en penseriez-vous, les hommes ? Vous trouvez naturel de nous ridiculiser, nous les femmes. Croyez-vous que nous soyons incapables de riposter avec les mêmes armes ? Tenez, ce grossier personnage, conseillez-lui de mettre une sourdine à ses saletés, s'il ne veut pas que je lui cloue son bec en public. Quand on a une bitte d'enfant de chœur, comme il en a une, pas plus grosse qu'une allumette, on écrase... »

De surprise, je faillis laisser tomber le gobelet que je lui tendais. La crudité du terme, la vulgarité appuyée de l'expression s'accordaient si mal à son visage que je ne pus retenir un éclat de rire.

« Vous êtes vraiment furieuse...

— Pourquoi donc ? Parce que j'emploie son langage ? Je ne suis pas furieuse, tout juste excédée.

— Vous seriez vraiment capable de lui jeter ça à la figure ? Ce serait une estocade dans les règles !

— Et alors ? Vous n'avez pas remarqué qu'il s'acharne toujours sur les jeunes détenus, ceux surtout qui ont une jolie figure ? Un malade, voilà ce qu'il est, votre Garcia. Sa place n'est pas dans la police mais à l'asile. »

Interloqué, j'observais Marina qui fixait sur moi son regard sage. Elle devait avoir quarante ans environ. Courte, plutôt boulotte, la chevelure noire ramassée en un chignon, nous la surnommions « la maîtresse » depuis que quelqu'un avait trouvé qu'elle avait l'air et les manières d'une directrice de pensionnat. Emotive, s'effrayant d'un rien, près, aurait-on cru, de s'évanouir à chaque instant, nous la considérions comme une douce idiote, une vieille fille rendue hystérique par l'approche de la ménopause. Or voilà que...

Nous nous tenions debout dans le couloir, près du distributeur automatique de boissons. Du plafond, des tubes au néon faisaient tomber une lumière jaune et crue. Dans une robe grise à petites fleurs blanches, Marina trempait ses lèvres dans le gobelet sans me quitter des yeux.

« Vous avez l'air abasourdi, dit-elle d'une voix posée.
— Je le suis. Je ne vous imaginais pas...
— Capable de prononcer un gros mot ? Mais c'est à la portée du premier imbécile venu, à preuve votre copain Garcia.
— Ce n'est pas mon copain.
— C'est vrai. D'ailleurs lui non plus ne vous aime pas. Il y a une chose que je n'arrive pas à comprendre : pourquoi supportez-vous sans protester sa fastidieuse vulgarité ?
— Par lâcheté sans doute.
— Ta-ra-ta-ta. A d'autres ! Vous n'êtes pas un lâche.
— Qu'en savez-vous ?
— Je travaille dans la police depuis quinze ans. J'ai appris à reconnaître la lâcheté. Respirez ! Vous ne sentez pas l'odeur de la peur ? Moi, si. Chaque fois qu'on amène un suspect menottes aux poings, je peux dire s'il s'écrasera ou tiendra tête. Ça n'a rien à voir avec la carrure. C'est une question d'hormones ou de glandes. La sueur des lâches sent vaguement la pisse de chat.
— C'est assez vrai, fis-je, saisi soudain d'une bizarre tristesse.
— Bien sûr que c'est vrai. Garcia, par exemple, est un lâche. A la première menace, il se roulerait par terre. Pas vous.
— Je n'ai rien d'un héros.

— L'héroïsme n'a rien à voir avec le courage. Un héros, c'est un lâche qui fuit en avant. Le courageux, lui, endure.
— D'où tenez-vous tout ça, Marina ?
— Du Saint-Esprit ! Blague à part : vous pensez vraiment que les femmes sont des idiotes ?
— Je ne les connais guère.
— Ça se voit sur votre visage.
— Vraiment ?
— Vraiment oui. Vous avez une expression d'égarement. Une femme, c'est une boussole. Elle indique le nord. Allons ! le patron vous attend... »

Elle tourna les talons après avoir jeté le gobelet vide dans la boîte de métal, s'éloigna.

« Marina ! »

Elle se retourna, me sourit :

« Oui ?
— Je voudrais... Excusez-moi pour tout à l'heure.
— Je ne vous en veux pas. Même si vous le vouliez, vous ne sauriez pas être grossier. Il y faut des dispositions. Mais vous devriez vous débarrasser de votre timidité. Pour un flic, c'est gênant. Je suis sûre que Don Avelino vous aidera.
— Vous le connaissez ? questionnai-je avec un rien trop d'empressement.
— Ça vous étonne ? rétorqua-t-elle avec un rire clair, enjoué presque. Amelia, sa femme, est la sœur de ma mère.
— Il est marié ?
— Depuis trente-deux ans. Pourquoi ne le serait-il pas ?
— Marina... vous ne voulez pas me parler de lui ?
— Que souhaitez-vous savoir ? Vous avez consulté son dossier, non ? Ne rougissez pas, c'est tout à fait normal.
— Quel homme est-il, Marina ? »

J'avais formulé ma question à voix basse, chuchotée presque. Marina me dévisagea avec attention.

« Drôle de question ! fit-elle avec son même rire clair. Quel homme est chacun de nous ?
— De lui, je n'arrive pas à me faire une idée.
— C'est le premier policier d'Espagne, dit-elle avec simplicité. Je vous en parlerai une autre fois si ça vous amuse... »

Avec une curiosité intense, j'observais son visage. Sans être jolie, Marina possédait un certain charme. De ses longs yeux émanait une douceur sereine, teintée de mélancolie. Sa bouche, ronde et menue, souriait au contraire avec une malice enfantine. Ce contraste me frappa. Je me demandais comment j'avais pu regarder cette femme chaque fois, depuis trois ans, sans la découvrir vraiment. Pour mes collègues comme pour moi, elle n'était qu'une fonction : la secrétaire du service, une secrétaire souriante et dévouée, qui acceptait d'aller nous chercher des bières et des cafés lorsque la fatigue nous alourdissait ; une femme seule dont les travers et les tics nous amusaient et dont nous nous moquions avec une goujaterie très masculine. Il nous semblait aller de soi qu'une célibataire ne pouvait être qu'une chose pitoyable et ridicule, puisqu'il lui manquait ce qui fait d'une femelle une femme.

Dans ce couloir inondé d'une lumière implacable qui effaçait toutes les ombres, je découvrais soudain une femme intelligente et courageuse, pleine de vivacité et même de gaieté. Seule la mélancolie ténue du regard renvoyait à une intimité douloureuse.

Avant de m'éloigner en direction de l'ascenseur, je lui adressai un sourire contraint, auquel elle répondit par un imperceptible geste de la main.

5

Un linoléum crémeux, piqueté de brûlures de mégots, recouvrait les quatre premiers étages de l'hôtel de la police, bâti en 1967 à la périphérie de la ville, dans ce qui devait devenir, à en croire les urbanistes et les architectes, la cité administrative. Dans la réalité, ce n'était qu'une succession de terrains vagues plantés de quelques palmiers anémiés et où se dressaient des bâtiments gris et rectilignes. Des rues droites formaient un damier géométrique. Les chaussées, qui attendaient leur revêtement d'asphalte, s'effritaient sous l'effet du vent ; des fondrières, des tranchées se creusaient un peu partout. Durant les mois d'été, une brume de poussière noyait l'ensemble et, en hiver, les pluies remplissaient chaque trou, faisant des flaques boueuses. Comme tant de choses dans notre pays, le chantier, entrepris avec une frénétique célérité, avait été oublié, et cette cité, qui devait être une réalisation exemplaire, dont la presse et la radio nationales avaient abondamment parlé, que l'évêque, le gouverneur civil, les édiles municipaux, maire en tête, avaient inaugurée avec force discours, la cité donc était un décor fantomatique. La nuit, ses rues désertes où, dans la clarté brutale des réverbères, la poussière tourbillonnait, prenaient un aspect plus désolé encore, d'une absurdité poignante.

Dès qu'on quittait l'ascenseur, au cinquième étage, le décor changeait. Un tapis beige remplaçait le linoléum ; des boiseries couraient à mi-hauteur sur les murs décorés de gravures ; dans des jardinières d'un blanc étincelant, des plantes vertes, des cactées et des palmiers nains se dressaient ; du plafond tendu de liège, une lumière égale ruisselait. On était surpris, déconcerté, par le silence, qui évoquait celui de certains palaces ou des cliniques de luxe. Il vous enveloppait avec une suave persuasion et, intimidé, on se surprenait à marcher délicatement. Le plus léger craquement, une quinte de toux, un mot prononcé trop haut auraient fait sursauter, on le devinait, les habitants de cet Olympe administratif. Rien, ici, de l'incessante rumeur, du piétinement sourd, des claquements de portes, des courses dans les couloirs, pas de trace de cette insistante odeur de sueur et de désinfectant, de tabac refroidi et d'huile rance. A ces hauteurs, la police, de toute évidence, ne se faisait pas avec des hommes mais à coups de rapports soigneusement pesés, de fiches et de dossiers : une police abstraite en quelque sorte, qui devait considérer avec un rien de mépris condescendant les agitations des étages inférieurs.

Même les dactylos officiaient avec une componction recueillie. Nettes et lisses, elles tapaient sur des claviers qui n'émettaient pas le moindre grincement et qui se déplaçaient avec la majesté des paquebots sur la mer. Parlaient-elles dans l'interphone ou répondaient-elles au téléphone, c'était ce même murmure cajoleur des hôtesses de l'air ou des infirmières suisses. Leurs sourires mêmes vous incitaient à la retenue. « Soyez tranquille, paraissaient dire leurs bouches discrètement peintes, tout se passera très bien. » Et cette prévenance renforçait, loin de le dissiper, le malaise qu'on éprouvait.

L'une de ces hôtesses, vêtue d'une jupe plissée bleue et d'un chemisier blanc, m'avait introduit dans une pièce exiguë, meublée de canapés profonds et d'une table basse couverte de périodiques et de journaux. Avec un sourire professionnel, elle m'avait assuré que je serais reçu dans quelques instants par Monsieur le Directeur. Puis elle était repartie, légère et ondoyante, me laissant seul.

Depuis un moment je ressentais une impression de bien-être, que j'étais tenté d'expliquer par cette atmosphère ouatée. Dans l'angle supérieur de la baie regardant la ville, j'aperçus le climatiseur et compris que la température ambiante était en réalité la cause de cette sensation de détente. Entre le deuxième et le cinquième étage, l'écart devait être de près de dix degrés, si bien que l'organisme se relâchait brutalement en passant de la moiteur étouffante du monde inférieur à cette tiédeur printanière.

Je pensai à Don Avelino Pared, qui avait refusé ces langueurs amollissantes. J'essayais de comprendre ses réactions. Sa rigueur, à cet instant, me devenait sympathique. Je l'estimais d'avoir écarté ces tentations.

Soudain, une porte s'ouvrit et le directeur, Don Anastasio Menendez, parut la main tendue, un léger sourire sous sa moustache taillée et parfumée.

« Excusez-moi de vous avoir fait attendre, mon cher Laredo. Entrez, je vous prie. »

D'une taille légèrement au-dessus de la moyenne, vêtu d'un costume croisé gris à fines rayures, d'une chemise d'un bleu délicat et d'une cravate de tricot bleu uni, il paraissait, avec son visage énergique, ses yeux clairs, ses cheveux poivre et sel ondulés, dix ans de moins que son âge.

D'un pas mesuré il se dirigea vers son bureau, large et vide, et s'assit dans un fauteuil de cuir noir pivotant, en me désignant d'un geste de la main un siège identique, de l'autre côté.

Appuyant sa nuque contre le dossier, il fit doucement tourner son fauteuil en me considérant avec une expression amicale.

« Je voulais vous dire de vive voix, mon cher Laredo, combien votre affectation me désole. Dès que j'en ai reçu la notification, je me suis fait apporter votre dossier, qui ne comporte que des éloges, du reste mérités. Votre chef hiérarchique, le commissaire Anselmo, m'a d'ailleurs confirmé l'estime qu'il vous porte. Je vous considère comme un excellent policier. Pour en avoir le cœur net et comprendre la raison de cette mesure... regrettable, j'ai donc appelé Madrid. Il m'a été répondu qu'il s'agissait d'une mesure de routine, la direction de la Sûreté de Huesca sollicitant, depuis déjà pas mal de temps, un renfort de ses effectifs. Vous n'êtes victime que de votre jeunesse, mon cher Laredo. »

Je souris avec lui.

« Au fait, puis-je vous offrir un verre ?... Un Martini dry ? C'est excellent pour la tension. »

Sans attendre ma réponse, il se leva et, traversant la pièce, ouvrit une porte dissimulée dans la boiserie, découvrant un bar.

Le bureau était fort vaste, et des peintures à l'huile décoraient les murs. Presque toutes représentaient des paysages marins ainsi que des voiliers. J'en conclus que le directeur devait aimer la mer et pratiquer la navigation à voile.

Sur le mur de droite, une bibliothèque contenait une centaine de livres reliés et, dans un recoin, on voyait un portrait de Franco, en tenue d'amiral.

« Je force un peu sur le gin et je réduis le Martini, dit Don Anastasio en secouant vigoureusement le shaker. J'espère que vous aimerez. »

Avec une sorte de recueillement, il versa une dose dans un verre qu'il tourna dans sa main avant d'en vider le contenu dans le shaker pour, une seconde après, remplir à nouveau les verres.

« Voilà », fit-il l'air visiblement satisfait, en me tendant un verre.

Il attendit que je goûte en fixant sur moi un regard attentif. Je trempai mes lèvres dans le breuvage et dissimulai mon dégoût.

« C'est très bon, dis-je.

— N'est-ce pas ? Je souffre d'hypertension et me soigne avec ça, dit-il avec toujours ce sourire satisfait. Pour en revenir à votre nomination, je tiens à vous rassurer : Madrid m'a donné l'assurance que vous ne moisiriez pas à Huesca. »

Je le remerciai et l'assurai que je ne considérais pas cette mesure comme une sanction. J'ajoutai qu'il fallait bien que de jeunes inspecteurs acceptent de passer une période dans des petites villes, sans quoi l'administration ne trouverait personne à y envoyer.

Manifestement, ma réponse lui plut. Il agita son fauteuil en me considérant avec sympathie.

« Vous vous montrez compréhensif, et je vous en remercie. La fonction publique comporte ses servitudes, et un policier n'est jamais qu'un serviteur de l'Etat. Du reste, vous avez tout le temps de passer dans des services moins ensommeillés. Savez-vous, demanda-t-il en changeant de voix, que j'ai commencé ma carrière à Albacete ? Si on me donnait à choisir, je ne suis pas sûr que je ne préférerais pas Huesca. Albacete est une ville sinistre où j'ai bien cru dépérir d'ennui. »

J'approuvai.

« A Huesca, dis-je distraitement, la montagne n'est pas loin et j'aime le ski.

— Sur ce point, rétorqua Don Anastasio avec un sourire

élargi, nous différons. Je suis, moi, un fervent de la mer, surtout de la voile, comme vous l'avez sans doute deviné. »

Pour la première fois depuis le début de notre entretien, une lueur s'éclaira dans ses yeux pâles.

J'inclinai la tête pour confirmer que j'avais en effet remarqué les tableaux.

« Je suis né à Valence, ajouta-t-il d'un ton de confidence. Toute mon enfance a été bercée des appels des navires et de l'odeur de la mer. Je rêvais de devenir marin. La vie en a décidé autrement. Je me console en faisant de courtes croisières. Vous ne sauriez imaginer la qualité du silence quand on se trouve seul en pleine mer. Le clapotis des vagues contre la coque, loin de la rompre, l'accentue au contraire. On éprouve comme un vertige. Surtout la nuit. Mais vous devez me trouver bien lyrique, fit-il avec son même sourire d'homme du monde.

— Non, c'est également le silence que j'aime dans la montagne.

— Vraiment ? Je pensais que vous étiez trop jeune pour écouter le silence. D'habitude, ce besoin vient avec l'âge. Dans la jeunesse, on aime au contraire le tapage.

— Je suis né dans un petit village de la Sierra, près de Cordoue.

— Oui, fit-il en hochant la tête. Ça doit être ça. Au fond, on porte toute sa vie son enfance en soi. Pour moi, c'est l'odeur d'algues et de sel, les rugissements des cargos à l'entrée du port ; vous, c'est l'altitude et sa pureté. Votre père était garde civil, je crois ? »

La question me prit au dépourvu et je me sentis rougir, sans motif.

« Oui, fis-je.

— En somme, il vous a montré la voie ?

— Pas vraiment, non. Il n'aimait pas l'uniforme. Dans son adolescence, il avait rêvé de partir pour l'Argentine, comme trois de ses frères aînés. La pauvreté l'en a empêché.

— C'est étrange, murmura Don Anastasio en contemplant sa main aux ongles soignés et peints d'un vernis incolore, on arrive à la police par les détours les plus imprévus. La misère a longtemps été le plus fréquent. Mais la vocation n'est peut-être

pas nécessaire pour faire un bon policier. Il suffit d'aimer l'ordre. Moi non plus, je n'avais pas la vocation.
— Moi si, fis-je.
— Vraiment ? »
Pour la deuxième fois, l'étincelle éclaira le regard, qui me fixait avec une attention aiguë.
« Contre mon père.
— Vous avez voulu devenir ce qu'il n'avait pas été, c'est cela ?
— Non, pas tout à fait. Je voulais comprendre.
— Je vois, murmura Don Anastasio en s'absorbant à nouveau dans la contemplation de sa main. Vous auriez pu aussi bien vous faire psychologue ou même romancier.
— J'aurais pu, si j'avais su en quoi consistaient ces métiers.
— C'est curieux... Vous me rappelez un ami qui va du reste devenir votre chef à Huesca, je veux parler de Don Avelino Pared... On a dû vous en parler, je présume ? »
Cette fois, la lueur me fit l'effet d'une brûlure.
« Oui, on m'en a parlé.
— En mal, bien sûr ! s'écria Don Anastasio en partant d'un rire qui sonnait faux. Beaucoup ne l'aiment pas, poursuivit-il d'un ton de regret. Ils l'accusent de dureté. Il peut se montrer dur, remarquez. Mais c'est un homme loyal, qui ne transige pas avec les principes. Il avait donc coutume de dire qu'il existe deux sortes de policiers : les policiers de raison, qui font ce métier pour vivre, et les policiers métaphysiques, que leur métier fait vivre. C'est une distinction amusante, encore qu'un peu futile, je le crains. Mais Don Avelino aimait à manier le paradoxe. En cela, il ressemblait à son idole, le philosophe Unamuno qui, lui aussi, se plaisait à provoquer... »

J'écoutais avec une attention tendue que je m'efforçais de dissimuler sous un air impassible.

« Je ne l'ai pas revu depuis quelques années. La dernière fois que je l'ai rencontré, à Madrid, lors d'une réunion organisée par le ministère, il a refusé de me tendre la main. " Un homme qui consent à occuper le poste que tu occupes ne mérite pas le respect, et il n'y a pas d'amitié possible sans estime. " Il est comme ça, tout d'une pièce. Je ne lui en ai pas voulu parce que, d'une certaine façon, il a raison. On finit toujours par tourner le dos à son adolescence. Lui est, au contraire, resté fidèle aux engagements de sa jeunesse, ce qui lui donne le droit de nous juger. Quand nous nous sommes connus, vers 1925, à Salamanque, son système de pensée était déjà formé. Je doute qu'il y ait ajouté ou retranché quelque chose. Nous l'avions surnommé Torquemada, tant sa rigueur nous amusait. Curieusement, ce surnom lui plaisait. Il tenait en effet le Grand Inquisiteur pour un modèle de policier, un archétype, pour employer son expression. Sa grandeur, nous déclarait-il avec un sérieux à la fois divertissant et pédant, consistait à avoir compris que la police se fait dans les têtes avant de se faire dans les prisons. Une théorie assez subtile, au demeurant. Mais je vous ennuie sans doute avec mes élucubrations, mon cher Laredo ?

— Pas le moins du monde. J'essaie de comprendre.

— Oh ! c'était assez embrouillé. Selon lui, le policier vrai, le policier métaphysique, réunissait en sa personne le prêtre et le pédagogue. Car la police, nous démontrait-il, dérive directement de la Loi, qui est d'origine divine. *Ergo,* le policier, qui veille au respect de ce code sacré, remplit une fonction proprement sacerdotale. Mais comme il faut, pour pouvoir respecter la Loi, la connaître d'abord, il est en même temps instituteur. Tout ça semble tiré par les cheveux, vous le constatez, fit-il en riant discrètement.

— Don Avelino plaisantait ?

— Eh bien ! je vous avouerai que nous n'avons jamais réussi à trancher ce point. Pour quelques-uns d'entre nous (je parle bien sûr du petit cercle d'amis qui entourait Avelino), il ne s'agissait ni plus ni moins que d'une mystification ; d'autres ne doutaient pas, au contraire, de sa parfaite sincérité : deux ou trois enfin, dont moi-même, soupçonnions qu'il y avait bien mystification, mais véridique... »

Je ne pus réprimer un mouvement de surprise que Don Anastasio remarqua.

« Je sais, fit-il d'un ton distant, ça semble d'une subtilité byzantine. En réalité, la chose peut s'entendre d'une façon plus simple : notre ami croyait à son idée, mais il ne croyait pas en Dieu. Pourtant...

— Pourtant, il était... »

L'œil pâle du directeur me transperça, et la belle moustache se dressa pour exhiber un sourire ironique.

« En principe, fit-il d'un ton paisible, les dossiers des membres de la police ne doivent pas être communiqués. Je comprends néanmoins votre curiosité, se hâta-t-il d'ajouter avec un bref geste de la main. Du reste j'ai autorisé le dévoué Trevos à vous passer ces pièces, moins une trop confidentielle, vous me pardonnerez. »

La confusion échauffait mes joues et je baissai la tête pour échapper au regard ironique qui restait fixé sur moi.

« Et pourtant il donnait tous les signes d'une piété fervente, allez-vous dire, si je ne me trompe ? Eh bien ! ça n'empêche rien, vous savez. Il fréquentait l'église, il respectait les commandements, il participait aux sacrements parce que, sans religion, sa théorie ne tenait pas debout, ce qu'il traduisait par cette formule : " Sans religion, il n'y a pas de police possible. " Mais la foi en Dieu... c'est une autre paire de manches. Je vous fais une confidence, mon cher Laredo : mon ami a toujours été un policier triste. »

6

Ces paroles se répercutèrent longuement dans mon esprit, faisant lever l'image d'un visage impénétrable, comme englué dans un mépris inexprimable. Je retrouvais cette sourde mélancolie qui m'avait saisi devant les yeux gelés.

Par la large baie garnie de voilages, je voyais le ciel qui s'obscurcissait et verdissait. Je devinais que le crépuscule, bref et brutal dans ce pays, approchait. Déjà la chaleur avait dû s'affaisser, libérant une clameur contenue tout le jour sous cette chape de brume livide qui, lentement, se défaisait. Des odeurs de cuisine à l'huile d'olive et à l'ail se mêlaient aux parfums sucrés des roses et du jasmin, capiteux des tubéreuses. Une trêve solennelle s'installait, et les rues s'emplissaient d'une foule vociférante et surexcitée.

Longtemps j'avais, moi aussi, participé à cette fête, me mêlant à la foule, m'attardant à la terrasse d'un café, dévorant d'un regard égaré les gorges des femmes, leurs seins secoués de spasmes. Maintenant, je fuyais ces instants d'une joie panique, cette fureur, cette course éperdue au bonheur enfin, sachant que les ombres courent plus vite que le désir.

Accordée au crépuscule, la voix du directeur s'affaissait elle aussi, jusqu'à n'être plus qu'un murmure.

Cette musique discrète me donnait à voir une autre ville, non plus vautrée dans la poussière, mais fièrement campée autour de ses clochers, tout emplie d'un silence monacal. Dans ses rues bordées de palais et de couvents échevelés, un jeune homme marchait, le menton relevé. Il venait de quitter sa chambre d'étudiant, ses livres et ses traités, et il marchait à pas mesurés vers la Plaza Mayor. Sagement, il se promenait sous les arcades, sans même un regard pour cette foule de jeunes gens braillards qui s'exhibaient niaisement aux terrasses des cafés, vidant un verre après l'autre et s'esclaffant de leurs plaisanteries vulgaires. De bon cœur, il leur abandonnait ces joies dégradées. Il avait, lui, choisi un bonheur plus exigeant, qui résultait de la volonté durement maintenue de conformer sa conduite à son idée. Sans broncher, il acceptait les moqueries, les quolibets, la haine même. Il ne se souciait en effet guère de plaire, et les sentiments qu'il provoquait ne l'intéressaient pas le moins du monde. Il ne demandait ni sympathie ni affection. Il trouvait même indécent le désir qu'ont tant d'hommes d'être aimés, comme s'il pouvait y avoir en eux quelque chose qui méritât cet amour. Pour sa part, les effusions et les familiarités lui levaient le cœur, et il s'en défendait farouchement. Il n'acceptait qu'un sentiment : le respect, et il s'efforçait de le mériter en se respectant lui-même.

Il vivait chichement, prenant un seul repas par jour et se nourrissant, pour le reste, de pain et de fruits, quand c'était la saison des fruits. Il ne prêtait nulle attention à son apparence, gardant le même veston élimé et le même pantalon usé. Quand l'étoffe s'effilochait, il les remplaçait, toujours le même modèle dans les mêmes étoffes grises. Il ne fumait pas, il ne buvait pas, il ne fréquentait pas les cafés. Ses seules sorties étaient ses promenades, l'une, le matin de bonne heure, vers la proche campagne, après avoir franchi le vieux pont romain, la seconde, au crépuscule, pour la Plaza Mayor dont il faisait consciencieusement plusieurs fois le tour. Le reste du temps, il était, soit à la faculté, soit à la bibliothèque dont il aimait l'atmosphère recueillie. Dans sa chambre aussi, encore qu'il craignît les bavardages de sa logeuse, veuve d'un professeur de l'université. A l'existence monacale de son locataire, cette courte et grasse personne macérée dans la dévotion donnait l'explication la plus plausible, du moins à son regard de myope : persuadée qu'elle avait affaire à un saint, elle s'ingéniait à l'entourer de soins respectueux. Si cette déférence l'ennuyait, Avelino se gardait bien de détromper la veuve, sachant que personne ne laisse son voisin tranquille avant de s'en être fait une opinion, le plus souvent inexacte. Puisque la réputation de sainteté pouvait protéger sa tranquillité, il s'en accommodait. Du reste, les apparences donnaient à sa logeuse un semblant de raison, et c'est toujours d'après les apparences que l'on juge. S'il la croisait dans le couloir du vaste appartement aux plafonds hauts décorés de moulures, rempli de meubles sombres et imposants, encombré de tapis, d'horribles tableaux et de bibelots tarabiscotés, il la saluait avec une politesse exagérée et ne répondait à ses questions que par des monosyllabes. Dans ses petits yeux avides, il lisait un désir morbide de l'immobiliser, de l'embaumer dans une sollicitude inquiète, comme elle avait embaumé son chat persan, Ritou, qui somnolait à longueur de temps dans l'un des fauteuils du grand salon, paupières closes, empêché de bouger par la masse de graisse enrobant tous ses muscles. Doña Constanza, c'était son nom, avait, c'était clair, une vocation de vestale. Elle vivait dans un temps figé où même le cycle du jour et de la nuit n'existait pas, puisqu'elle n'ouvrait jamais les volets de l'appartement qui restait plongé dans une pénombre d'éternité. Dans ce soir fantastique, elle célébrait le culte du souvenir, époussetant les portraits et les livres du mari défunt, rangeant ses papiers, faisant même cirer ses souliers et brosser ses costumes. La pensée effleurait parfois le jeune homme que sa logeuse pouvait être la gardienne d'une nuit mystérieuse et sacrée et qu'elle attendait l'aube de la résurrection où le mort apparaîtrait enfin pour enfiler ses vêtements, mettre ses chaussures et s'asseoir à son bureau. Sans doute, cette attente arrachait-elle à la veuve, fatiguée tout de même d'un si long délai, ces soupirs répétés, seuls bruits résonnant dans cet immense caveau. Pour secouer son ennui et meubler ce silence plein de chuchotements, de soupirs et de frôlements, Doña Constanza aurait sans doute souhaité célébrer le culte de son locataire, faisant de sa chambre, tout au bout du couloir, face à la cuisine, une chapelle ardente devant laquelle elle aurait veillé. Aussi, le jeune homme glissait-il, écartant par des sourires et des silences énigmatiques ces prévenances funèbres. Mais il ne lui déplaisait pas de vivre dans ce monument funéraire, qui, bizarrement, répondait à ses désirs cachés.

Avec une ironique satisfaction, il contemplait cet entassement lugubre qui niait l'espace et alourdissait l'atmosphère. Une odeur d'encaustique, de cire fondue, d'encens et d'antimites rappelait celle qu'on respire dans les couvents de moniales. C'était le parfum de la mort vécue. Dans les rideaux pesants, d'un velours défraîchi, dans les tentures tapissant les pièces, dans les tapis couvrant le plancher, cette odeur suave, légèrement écœurante, persistait. Les ampoules, enfouies sous des globes de verre dépoli, éclairaient des espaces réduits, accentuant les ombres qui se dressaient jusqu'au plafond. Parmi cette armée de fantômes, Doña Constanza glissait, ses pieds dans des chausses de laine, comme une ombre parmi toutes ces ombres. Elle ne cousait pas, elle ne tricotait ni ne cuisinait, une domestique se chargeant des basses besognes. Du reste, elle n'en avait pas le temps, occupée sans cesse à ranger les affaires du défunt, à épousseter sa bibliothèque. Somme toute, son rôle de gardienne de sépulcre suffisait à remplir sa vie.

Cette atmosphère convenait au jeune homme. Elle maintenait sa pensée dans la disposition nécessaire à la poursuite de son idée. Assis à sa table, il méditait, savourant le silence.

Sa rigueur intriguait et fascinait quatre ou cinq de ses camarades, qui se réunissaient parfois le soir dans sa chambre pour l'écouter discourir. Ces soirées ne ressemblaient en rien à celles que les étudiants organisaient souvent, et qui n'étaient que des prétextes à beuveries. A ceux qui s'obstinaient à se considérer comme ses amis, malgré les protestations du jeune homme qui refusait ce mot suspect, Avelino n'offrait à boire qu'une citronnade servie dans une carafe de cristal. Prétextant que l'odeur du tabac lui donnait la migraine, il leur interdisait pareillement de fumer. Aussi se tenaient-ils sagement assis dans des fauteuils de bois noir, écoutant Avelino parler de sa voix étouffée, à peine audible par instants. La matité de son teint faisait ressortir la noirceur du regard. Longues et osseuses, les mains reposaient sur les genoux croisés. Il se tenait derrière sa table, très droit. Il écoutait les questions ou les contradictions avec une attention quelque peu dédaigneuse, et il les réfutait avec une inexorable précision.

Ces séminaires austères, où l'on se nourrissait de théories arrosées de citronnade, avaient quelque chose de risible, dont les amis d'Avelino, délivrés de son influence magnétique, s'amusaient entre eux, peut-être pour se venger de la fascination où les plongeait cette pensée d'une lucidité terrible. Le vrai est qu'ils ne comprenaient pas eux-mêmes ce qui les attirait chez leur camarade. Ils le trouvaient pédant, d'un rigorisme inhumain, d'une intransigeance comique ; mais ils retournaient chez lui, dans cette grande pièce remplie de meubles solennels, pour l'interroger encore. Ils flottaient dans leur jeunesse, sans point d'ancrage, et ils aspiraient obscurément à s'accrocher à une certitude, qui les délivrerait de leur liberté vaine et oisive. Si, pour les pauvres, la faim constitue une suffisante certitude, qui leste leurs facultés en les orientant vers le besoin de survivre, ces jeunes bourgeois bien nourris avaient un esprit plus léger que l'air, se balançant au moindre souffle. Le plus souvent, ils l'emplissaient d'alcool et de tabac pour l'empêcher de s'envoler. Quelques-uns pourtant ne réussissaient pas à retenir au sol ce joli ballon. Sur eux, Avelino exerçait une influence hypnotique. Il désignait en effet clairement la cause de leur vacuité, qui était l'ennui. Avec une lucidité implacable, il disséquait les causes de leur dégoût, qui était l'affaissement de la société. Il leur enseignait l'héroïsme, c'est-à-dire la maîtrise de la volonté. Eux l'écoutaient, saisis de vertige. D'un côté, ils étaient tentés de rire d'une telle assurance ; d'un autre, cet appel au fanatisme les séduisait. Ils n'étaient pas encore assez contaminés pour se résigner à l'injustice, et la conscience de leur vacuité les tourmentait. Aussi consentaient-ils, dans le secret de leur cœur, à cet embrasement général que souhaitait leur camarade.

Dans son fanatisme, Avelino n'épargnait en effet rien ni personne. Il éprouvait un dégoût sans bornes pour ce monde avachi. Tout devait être rasé, puis reconstruit. Cette image séduisait le petit groupe. Leur jeunesse se confondait avec ce futur inédit. Eux aussi étaient des pages blanches qui attendaient un texte neuf. Les exaltait également le rôle qu'Avelino leur désignait. Ceux d'entre eux qui avaient pris quelques notions de marxisme en avaient été rebutés par la lutte des classes, qui ne leur laissait d'autre perspective que leur disparition. Leur soif de dévouement n'allait pas jusqu'à les inciter à signer leur arrêt de mort. Ceux qui le faisaient (ils étaient rares) obéissaient à une vocation suicidaire. Or, la théorie d'Avelino séduisait d'autant plus ses camarades qu'elle les constituait en aristocratie du changement. Par là, ils retrouvaient la notion d'élite, inscrite dans leurs gènes.

Certes, ils ne voyaient pas très bien en quoi consistait cette révolution, fondée sur la notion d'ordre. Mais, ils sentaient que leur camarade s'en faisait, lui, une idée très claire. Cette conviction les consolait. Elle leur évitait également de trop réfléchir. Ils en retenaient l'essentiel : aucune société ne peut survivre sans un ordre strict ; mais l'ordre ne saurait se confondre avec la conservation de privilèges abusifs. Il en résultait que l'élite du pays, sous peine d'être balayée, devait se ressaisir et détruire le désordre existant pour accoucher d'une société forte et organisée.

Un point, dans les propos de leur ami, les frappait : sa haine de la bourgeoisie. Sur les effets corrupteurs de l'argent, Avelino se montrait d'une verve intarissable. Financiers et banquiers, marchands et boutiquiers étaient ses cibles favorites. A ces faiseurs de profits, il n'accordait aucune circonstance atténuante. Leur disparition s'imposait comme une nécessité impérieuse. Car, disait-il, seule leur mort permettrait le réveil de la morale publique, fondement de l'ordre.

Partageant pour la plupart d'entre eux cette détestation de la bourgeoisie qu'ils connaissaient de l'intérieur, ces jeunes gens ne pouvaient qu'applaudir à de telles diatribes, qui flattaient leur ressentiment. Parce qu'ils croyaient avoir des comptes à régler avec leurs familles, ils s'enthousiasmaient de pouvoir le faire au nom d'une exigence supérieure. Ils se sentaient prêts à adhérer à une théorie qui donnait un fondement à leur insatisfaction.

Ce qui néanmoins les retenait de suivre leur camarade jusqu'au bout, c'était ce qu'ils devinaient en lui d'hostilité aux plaisirs de la vie. Tout en les fascinant, son ascétisme les rebutait. Ils voulaient bien engager le combat contre l'injustice, sans pour autant renoncer à vivre. Ils s'inquiétaient de ce mépris des contingences. Bref, ils voulaient bien d'un ordre, mais non d'un ordre monacal. L'argent était certes méprisable ; il corrompait le corps social ; il dégradait les individus. De là à épouser une pauvreté ostentatoire, il y avait une distance qu'ils rechignaient à franchir.

Ils avaient compris qu'Avelino Pared tirait un orgueil subtil à ne dépenser qu'un peu moins de la moitié de la somme que son père lui allouait mensuellement. Perplexes, ils s'interrogeaient sur les motifs de ce renoncement. Devant tant de rigueur, ils étaient partagés entre l'admiration et l'inquiétude, soupçonnant que cette société à naître dont leur ami leur parlait pourrait devenir une société d'ascètes. Jugeant cela utopique, ils considéraient leur camarade avec une ironique défiance. Si ses théories n'étaient qu'un voile de fumée, dissimulant une intense aversion de la vie vivante ? Il donnait trop l'impression de tirer des privations qu'il s'imposait une sombre et ardente volupté, qu'ils jugeaient suspecte. Tout comme ils ne comprenaient pas son éloignement des femmes.

Il y avait dans la ville deux établissements où les étudiants recevaient un accueil empressé. Pour la plupart, les femmes qui s'y trouvaient manquaient certes de fraîcheur. Fatiguées, alourdies, elles exhibaient, dans leurs peignoirs à fleurs, des chairs affaissées. Un maquillage agressif cachait mal l'usure des visages labourés de plis. Ces griffures de l'âge et de la débauche ne rebutaient cependant pas des jeunes gens vigoureux. L'alcool aidant, ils trouvaient auprès de ces matrones peintes un soulagement nécessaire, qu'ils ornaient de leurs illusions. Ainsi ces maisons remplissaient-elles convenablement leur fonction, qui était de réduire la tension d'une population de jeunes mâles contraints à l'abstinence.

Avelino pourtant refusait d'y mettre les pieds. Sur ceux qui lui parlaient de ces lieux, il laissait tomber un lourd regard de mépris. Tant de vertu faisait peur. Quelles pensées pouvaient germer dans un cerveau si manifestement fermé à tout relâchement, même illusoire ?

Quelques camarades, dont Anastasio Menendez, conçurent une fois le projet d'entamer ce bloc de mépris. Sous le prétexte de fêter un anniversaire, ils parvinrent à faire boire leur ombrageux ami, qui fut assez saoul pour se laisser entraîner dans l'une de ces maisons, tenue par une Française, Mme Berthe.

A cette mère maquerelle ils donnèrent une somme coquette, la priant de faire en sorte que leur ami fût initié à l'amour physique. Amusée, Mme Berthe entra dans leur jeu. Elle confia Avelino à une Andalouse hardie, spécialisée dans les cas difficiles.

Une heure après, cette femme revenait, souriante : elle

n'avait pas eu à déployer ses talents, Avelino s'étant exécuté avec une simplicité qui désarçonna ses amis. Ils espéraient un récit pimenté, et tout s'était passé le plus banalement du monde. Savonarole se découvrait n'être qu'un homme comme les autres. La plaisanterie avait fait long feu.

Plusieurs jours se passèrent. Quand ils retrouvèrent leur ami, ils avaient, pour la plupart, oublié leur blague, assez innocente au demeurant. Or, leur surprise fut vive d'entendre Avelino leur demander de l'accompagner chez cette Mme Berthe. Amusés et intrigués, ils y consentirent. Rien du reste ne leur donnait à penser que leur camarade leur tînt rigueur du tour qu'ils lui avaient joué. En effet, Avelino semblait calme, parfaitement maître de lui.

Dans le salon tapissé de velours rouge, meublé de canapés où des femmes plaisantaient avec leurs clients, Avelino entra d'une démarche solennelle. Du regard il fit le tour de la pièce, comme s'il cherchait quelqu'un. Apercevant Mme Berthe installée derrière la caisse, il alla vers elle d'un pas mesuré. Puis s'arrêtant, il dit d'une voix forte et posée :

« Vous avez, madame, agi envers moi d'une façon à la fois bête et ignoble, comme il convient du reste à votre personnage. Mais comme, de mon côté, je me suis montré veule, je suis venu vous faire mes excuses, à vous et aux malheureuses qui vivent sous votre toit... »

Au son de sa voix, les conversations et les rires s'étaient arrêtés. Tous les regards se fixaient sur ce personnage qui s'exprimait avec un calme impressionnant. Dans tous les visages se lisait la même expression d'étonnement, d'ahurissement. Soudain, l'une des femmes, n'y tenant plus, partit d'un long rire qui donna le signal de l'hilarité générale.

Comme s'il n'entendait pas ces gloussements et ces quolibets, Avelino fit calmement demi-tour et s'en alla.

Dès le lendemain, cette histoire était connue dans toutes les facultés et les collèges. Dès qu'ils l'apercevaient, les étudiants se pressaient autour d'Avelino, le poursuivant de leur ironie facile. Mais lui conservait son calme, se contentant de les fixer de ses yeux éteints. Bientôt, allusions et quolibets s'arrêtèrent. Leur succéda un vague malaise que les amis d'Avelino partagèrent. Ils ne savaient plus que penser de sa réaction, qui leur apparaissait tantôt ridicule, tantôt empreinte de dignité.

... La nuit avait recouvert le ciel où les premières étoiles scintillaient. Se penchant, Don Anastasio alluma la lampe posée sur son bureau. Le soudain éclaboussement de la lumière me força à fermer les paupières. En les rouvrant, j'aperçus la pâleur du regard et, sous la moustache grisonnante, un léger sourire d'ironie.

Une minute peut-être s'écoula.

« Mais Bartolomé de Las Casas ? m'entendis-je demander.
— Ah ! Ça vous a frappé, vous aussi ?... Notre ami n'était pas facile à comprendre, vous l'aurez deviné. Il était obsédé par l'idée de l'ordre, mais il tenait que l'ordre ne se conçoit pas sans un fondement inébranlable. Il appelait cela : trouver le zéro, c'est-à-dire la base négative d'une numération. Bien entendu, il refusait que cette base puisse être une classe sociale. A l'en croire, les marxistes écartaient la difficulté en déifiant le prolétariat, qui devenait la référence négative. D'où ce qu'il appelait la supercherie marxiste : accorder à la classe ouvrière tous les attributs de la divinité tout en concédant que les individus la composant ne pouvaient être, pris un à un, que médiocres et corrompus, ce qui autorisait les dépositaires de la conscience, autrement dit de l'essence, à gouverner en leur nom. Ce retournement le dégoûtait et il était, sur ce sujet, d'une violence extraordinaire. Dès lors, vous voyez la difficulté : il voulait un ordre immuable, d'une justice exemplaire, et il ne savait sur quoi le faire reposer. D'où la nécessité d'un Dieu auquel il s'efforçait sincèrement de croire. Or, Bartolomé de Las Casas représentait, à ses yeux, cette même exigence d'un ordre moral, qui exclut l'injustice et l'oppression.
— Pourquoi la police... ? questionnai-je, me parlant à moi-même.
— Eh oui ! cher ami : pourquoi ? Parce que la police est l'émanation de Dieu, l'instrument de l'ordre divin. »

Je me demandai si le directeur plaisantait. Je ne discernai dans ses yeux clairs qu'une ironie désenchantée.

« Vous croyez qu'il pensait réellement cela ?

— Le drame de notre ami, fit Don Anastasio en contemplant à nouveau ses ongles, c'est qu'il a toujours pris la vie au sérieux. L'une des phrases qu'il répétait le plus souvent était : " La vie n'est pas une plaisanterie. " Lassé de la lui entendre dire, je finis par lui poser la question : " Et pourquoi donc ? " Savez-vous quelle réponse il me fit, d'une voix bizarrement triste, comme s'il s'était, lui aussi, souvent posé la question ? " Parce que, dans ce cas, il ne resterait d'autre issue que le suicide... " Je me dis parfois qu'il n'avait peut-être pas tout à fait tort. Voyez-vous, ce qui nous sauve, c'est la distraction. Si nous ne nous laissions distraire, la pensée de la vie nous tuerait. »

Il eut un sourire, comme pour excuser la gravité de son propos ; puis il se leva et me tendit sa main que je serrai.

« Vous pourrez d'ailleurs vous faire bientôt votre propre opinion sur Don Avelino. Je serais curieux de savoir quelle impression il produira sur vous. Je lui téléphonerai pour vous recommander. Allons, bonne chance. Vous partez bientôt ?

— Pas avant huit jours.

— Parfait, parfait... »

Il me raccompagna jusqu'à la porte.

7

En conduisant ma voiture, les propos du directeur continuaient de résonner dans ma mémoire. Des images incohérentes défilaient dans mon imagination. J'aurais voulu rire de cet étudiant guindé qui agitait des théories fumeuses. Quelque chose m'en empêchait cependant. Son regard peut-être, à moins que ce ne fût cette phrase : « Mon ami a toujours été un policier triste » ? N'appartenais-je pas à cette espèce ? Sans m'encombrer de théories, je partageais la foi de Don Avelino en ma mission. Je la savais pourtant absurde et vouée à l'échec. Je ne voyais d'autre issue que de me résigner, comme la plupart de mes collègues, au cynisme, cette plaisanterie du désespoir. Mais mon caractère me préservait de ce désenchantement. Il y avait en moi un besoin vital d'harmonie, qui souffrait du chaos et de la cacophonie où se mouvaient nos vies. Moi aussi, comme ce fou d'Avelino Pared, je portais en mon sein une aspiration à l'ordre, un rêve de repos. Est-ce parce qu'il avait décelé cette nostalgie que Don Anastasio m'avait parlé comme il venait de le faire ? Dans ses propos, il m'avait semblé discerner une mise en garde. Mais de quoi devais-je me garder ?

Les rues étaient encombrées de voitures, et une foule agitée noircissait les trottoirs. Je devais rouler au pas et je sentais la sueur mouiller mon dos.

Je laissai la voiture au pied de l'immeuble que nous habitions, dans une résidence réservée aux fonctionnaires.

Je sortais de l'ascenseur quand la porte de l'appartement s'ouvrit. Pilar m'accueillit en robe de chambre, une mèche de cheveux collée au front par la sueur. M'embrassant distraitement, elle s'écarta pour me laisser entrer.

Julian et Anita ne dormaient pas et j'entendis leurs voix qui se chamaillaient. Pilar eut un geste de lassitude pour me dire qu'elle n'en arrivait pas à bout et qu'elle abandonnait. J'allai les embrasser et leur demandai d'un ton ferme de se taire et de dormir. Puis je quittai leur chambre, en éteignant la lumière derrière moi.

Dans la cuisine, le couvert était mis, et je me mis à table après m'être lavé les mains. Pilar me servit de la morue en me rappelant que c'était vendredi. Sa voix rendait un son de fatigue. Je savais qu'elle s'ennuyait dans cette résidence éloignée du centre. N'aimant pas la société des épouses des fonctionnaires, elle ne fréquentait personne, passant ses journées à s'occuper du ménage et des enfants. Cette routine lui pesait. J'admettais que son existence manquait de distractions, mais je ne voyais pas ce que j'aurais pu faire pour l'empêcher de s'ennuyer. La cité administrative se trouvait à l'autre bout de la ville et il n'y avait pas de transports en commun pour s'y rendre, ce qui m'obligeait à conserver la voiture. D'ailleurs, Pilar ne savait pas conduire, ce qui résolvait la question. J'aurais peut-être dû chercher un appartement en ville, mais il m'aurait fallu payer un loyer double de celui que nous payions : nous n'étions pas assez riches pour nous offrir un tel luxe.

En mangeant, je lui parlai de Don Avelino. Le personnage parut l'intéresser, et elle me posa de nombreuses questions. J'y répondis d'abondance, heureux d'avoir trouvé un sujet de conversation. Depuis quelques mois, nous éprouvions en effet de plus en plus de difficulté à nous parler. La plupart de nos repas s'écoulaient en silence. Si nous échangions quelques phrases, c'était au sujet des enfants ou sur des points pratiques, l'argent le plus souvent. En six ans de mariage, nous avions fini par tout savoir l'un de l'autre et, avec le plaisir de la découverte, la curiosité s'était émoussée. De plus en plus souvent, il m'arrivait de regarder le beau visage de Pilar avec une sorte de perplexité, sans comprendre comment j'avais pu en être si furieusement épris. J'appelais mes souvenirs à la rescousse, mais l'élan retombait vite. De brusques et imprévisibles réveils de tendresse nous jetaient parfois l'un vers l'autre, à l'occasion d'une fête, d'un repas pris ensemble au restaurant, d'une promenade. Ces retours de flamme s'éteignaient vite, et nous replongions dans cette atonie complice, qui constituait désormais la toile de fond de nos relations. L'amour, pour autant que le mot ait un sens, n'était pas en cause, nous nous en apercevions chaque fois que nous devions nous séparer, quand elle partait pour Almeria, par exemple, visiter ses parents. En effet, au bout de quelques jours, nous éprouvions un sentiment d'angoisse, presque de panique, qui nous persuadait de l'impossibilité où nous étions de vivre longtemps séparés l'un de l'autre. Quand elle descendait du train, en gare de Murcie, tenant les enfants par la main, et qu'elle avançait vers moi, noyée dans la foule des voyageurs, quelque chose paraissait se briser dans ma poitrine. Dans son regard, je lisais ce même désespoir. Nous nous étreignions furieusement, sans parler. Mais le train-train reprenait ensuite et nous retrouvions le silence. Je me demandais souvent si d'autres couples connaissaient ces enlisements. Je répondais par l'affirmative, sans que la pensée de participer à une aventure collective me consolât le moins du monde. Au contraire, cette idée ajoutait à mon désarroi parce que j'avais longtemps cru et déclaré que notre amour ne ressemblerait à aucun autre.

Nous mangions le dessert, du fromage blanc sucré, et Pilar, une auréole blanchâtre autour des lèvres, fixait sur moi ses yeux tendres.

« Il est fou, ce type, dit-elle d'un ton de répulsion.

— Sans doute, répondis-je.

— Je ne comprends pas comment tu peux vivre dans un pareil milieu. Je trouve tout ça malsain. »

Ce n'était pas la première fois que Pilar exprimait son aversion de la police. Je fus sur le point de lui répondre que ce milieu n'était ni plus ni moins morbide que d'autres ; qu'il reflétait très exactement l'état de la société ; qu'on y trouvait des salauds comme Garcia, des opportunistes comme le directeur, don Anastasio, des cyniques et des idéalistes... Pourtant, je gardai ces pensées par-devers moi, sentant intuitivement que Pilar visait moins la police que ma personne. Elle refusait d'admettre que je puisse m'intéresser à un homme tel que Don Avelino, dont la personnalité l'effrayait. Je partageais cette répulsion, qui n'excluait pas la curiosité, ni même une certaine fascination. D'ailleurs, Pilar elle-même ne m'avait-elle pas longuement interrogé à son sujet, écoutant mon récit avec un intérêt évident ?

Malgré les fenêtres grandes ouvertes, une chaleur d'étuve, poissante, m'empêcha de dormir. Nous nous étions couchés en silence, nous déshabillant très vite, et nous avions aussitôt éteint la lumière en accentuant notre air de fatigue. Plusieurs fois j'avais sombré dans un sommeil pesant, traversé de rêves confus, dont j'émergeais le corps baigné de sueur, la poitrine oppressée. Pas un souffle d'air. Près de moi, Pilar dormait, en geignant dans son sommeil. Je fus tenté de la prendre dans mes bras, de la caresser, mais je renonçai de peur qu'elle se méprît sur mon geste. Plusieurs fois, il m'était arrivé de vouloir lui montrer ma tendresse, et Pilar, crispée, m'avait repoussé. Je ne lui en voulais pas. Elle ne faisait que réagir à mon indifférence. Mais je regrettais que cette sourde revendication charnelle nous tînt éloignés l'un de l'autre.

Suffocant, je me levai et allai dans le salon. Je m'effondrai dans un fauteuil et restai un long moment à contempler les lumières de la ville, qui tremblaient dans un nuage de brume ténue. La terre rendait la chaleur accumulée durant tout le jour, en exhalant une fumée moite et brûlante.

Des souvenirs de mon enfance sollicitèrent ma mémoire. Depuis sa mort, je ne pensais plus guère à mon père. Avec étonnement, je revoyais soudain sa haute silhouette voûtée, son regard embrumé, son visage mélancolique. Assis au bout de la table, dans la salle commune de la petite maison chaulée que nous habitions, au bout du village, il mastiquait avec une lenteur appliquée, les yeux baissés. Sa vareuse entrouverte découvrait, sous un maillot grisâtre, une peau de blond, cuite par le soleil. On le sentait exilé dans un silence dont il cherchait vainement à s'évader. Nous entendions des mots se lever dans ses entrailles, s'agglutiner pour composer des phrases qui remontaient jusqu'à la gorge ; la bouche s'écartait pour les expulser, puis se refermait. Dix, vingt fois peut-être au cours du repas, les mêmes vagues se formaient et retombaient, suivies du même regard d'impuissance et de désarroi.

Ces efforts pour rompre sa solitude raidissaient mes muscles et crispaient mes nerfs. Je suivais le flux et le reflux des paroles se brisant contre une digue invisible.

    Allant et revenant de la table au fourneau, ma mère, courte et noiraude, comme vouée à un deuil éternel — son père, un oncle, un cousin, sa sœur aînée... —, paraissait une ombre noire qui se déplaçait sans bruit. Peut-être était-elle habituée au mutisme de mon père au point de ne pas le remarquer ? A moins qu'ils s'entendissent au-delà des mots, communiant dans une même complicité. Je n'aurais pas su dire s'ils étaient ou non heureux. Je parierais qu'ils ne se posaient pas la question. Ils s'étaient aimés un temps, dans leur jeunesse, et il semblait ensuite entendu qu'ils vieilliraient ensemble. L'idée seule qu'il aurait pu en être autrement les aurait scandalisés. Leur mariage avait la force tranquille des évidences. Il participait de l'ordre naturel. Ils ne pouvaient pas plus se séparer que la neige ne pouvait tomber en juillet ou le jour se confondre avec la nuit. S'aimaient-ils ? Une telle question les aurait probablement fait rire, de ce rire gêné qui constituait leur unique réaction quand on abordait devant eux des sujets délicats. Sans doute avaient-ils, à l'époque de leurs fiançailles, prononcé le mot amour, faute d'en connaître un autre mieux adapté à ce qu'ils éprouvaient. Ils s'étaient écrit des lettres d'une touchante banalité, que j'avais lues avec étonnement au lendemain du décès de ma mère. Elle les avait en effet conservées dans une boîte de chocolats placée dans le tiroir du buffet. Une vingtaine de lettres en tout, attachées par un ruban de soie bleue. Avec une application maladroite, elles sacrifiaient à la rhétorique sentimentale que mes parents pensaient seule capable de traduire ce qu'ils éprouvaient. « Mon cher amour », écrivait mon père. Ou encore « Mon très cher trésor », et il terminait : « Ton Alberto qui t'aime avec passion. »

    Dans son impuissance à traduire ce qu'il ressentait, mon père avait pris les mots que la convention lui désignait, les ravivant de sa tendresse. Mais, dans leur banalité, ces mots de tout le monde n'avaient rien conservé de l'émotion qui les avait fait jaillir, et ils n'exprimaient qu'une paralysie de la langue. Mieux que ces signes, la boîte de chocolats, le ruban de soie bleue, les quelques photos jaunies disaient qu'un homme et une femme s'étaient reconnus.

Pour nous, les enfants, ce mutisme hébété, ce mur de silence avaient pareillement été les limites de leur tendresse. Nos parents nous aimaient, mais ils ne trouvaient pas le moyen de nous exprimer leur tendresse, qu'ils manifestaient dans une sollicitude inquiète sur notre avenir. L'argent constituait ainsi l'horizon de leur affection. Leur façon de nous aimer, c'était de tout faire pour nous préserver du malheur, c'est-à-dire de la pauvreté. Une malédiction de misère rétrécissait leur esprit, les empêchant de dépasser cette peur coulée dans leurs veines. Ils ne voyaient pas plus loin que cette délivrance de l'obsession de manger, seul bonheur concevable à leurs yeux. Les incertitudes du cœur, les raffinements du sentiment, les tristesses et les malheurs de la passion, ils les considéraient avec un respect compatissant. C'était là inquiétudes de riches. Cela relevait du sacré, au même titre que les passions des rois ou les souffrances de Jésus-Christ. Eux vivaient le drame commun, sans grandeur ni éloquence.

Pour accéder à ce repos, mon père avait dû abandonner tous ses rêves de jeunesse. Peut-être était-ce là l'explication de son mutisme et de sa mélancolie. Il ne s'était jamais consolé de n'avoir pas pu s'embarquer pour l'Amérique, cette terre promise. Non plus d'avoir dû quitter son pays, la Galice. Ces renoncements pesaient sur son humeur. Il n'aimait ni l'uniforme ni l'autorité. De retour à la maison, son premier geste était d'ôter son bicorne et sa vareuse, de défaire son ceinturon d'où pendait un pistolet. Il suspendait le tout aux patères, près de la porte donnant sur la ruelle pentue. Je les voyais là, mannequin dérisoire et dépourvu de tout prestige. Mon père, du reste, faisait tout son possible pour me retirer mes illusions, si j'en avais eu. Sans cesse il se plaignait de la lourdeur de la vareuse, qui retenait la sueur en été et le gel en hiver ; du bicorne qui échauffait la tête et brûlait les tempes ; de la capote qui protégeait mal des vents glacés ; du poids du fusil sur l'épaule ; des marches harassantes dans les méchantes routes de campagne. Il se plaignait de tout enfin, me persuadant que le métier de garde civil était le plus ingrat. Aussi me jurai-je que je ne serais jamais policier. J'aurais peut-être préservé ma résolution si un incident ne s'était pas produit, qui changea mes dispositions.

Aujourd'hui, je n'attribue certes pas à cet événement l'influence décisive que je lui donnai longtemps. Je pense même qu'il n'eut pas une signification particulière, sauf de me révéler à moi-même le malaise où je vivais.

Dans ce village d'Andalousie où mes trois frères et moi passâmes notre enfance, la vie s'écoulait à un rythme d'une lenteur aujourd'hui inconcevable. Tout paraissait figé dans un temps immobile que le rythme des saisons berçait plutôt qu'il ne le scandait. Il y avait des étés et des hivers, des semailles et des moissons, des neiges et des sécheresses brutales, mais c'était le même été, cinq, dix fois répété, avec son odeur de foins coupés, son silence pétrifié, ses couleuvres noires d'une grosseur monstrueuse, ses siestes hébétées, l'explosion de ses crépuscules, ses cris d'enfants, et ses rumeurs nocturnes ; c'était la répétition des mêmes pluies d'automne, furieuses et brèves, qui gonflaient les ruisseaux pierreux dans un roulement d'apocalypse, l'odeur de l'encre et de la craie, les vêtements qui fumaient en séchant et les maximes de morale calligraphiées au tableau noir ; revenait un éternel hiver avec ses engelures et sa dureté transparente, ses longues nuits venteuses, ses soirées autour du brasero. Confondant ces retours cycliques, la mémoire se figeait dans un présent sans cesse renouvelé et pourtant identique. Rien n'arrivait, rien ne changeait. Des vieillards mouraient, des enfants naissaient, des jeunes gens partaient faire leurs classes à la ville, des jeunes filles se mariaient. Ces événements formaient une chronique qui ne débouchait sur aucune histoire. Nous vivions ainsi dans un monde clos, rond, d'une cohérence achevée. Cette léthargie nous maintenait dans un sentiment d'inébranlable certitude. Nous étions heureux d'un bonheur qui excluait le doute et l'inquiétude. Nous ne nous interrogions sur rien, l'ordre où nous étions plongés et auquel nous participions devant, c'était l'évidence, durer toujours. Dans ce décor d'une beauté majestueuse et cruelle, chacun occupait sa place et chaque génération répétait la précédente. Nulle fissure, pas la moindre faille dans ce système. Avec ses maisons carrées et chaulées qui s'étageaient sur les pentes de trois collines adossées à la montagne, son minaret déguisé en clocher, ses venelles pentues semées de grosses pierres, le village avait traversé les siècles, et il poursuivait sa marche, continuant de contempler l'ample vallée du Guadalquivir où scintillaient les oliveraies, elles aussi millénaires. Cette intuitive et immédiate certitude que le temps ne pouvait être qu'un retour de l'identique nous donnait l'illusion de l'infinité. Sans y penser, nous nous croyions éternels. Nous étions privés de l'imagination du futur. Dans cet ordre immuable, le soupçon ne trouvait par où s'insinuer. Seule la mort, quand elle sonnait le glas au-dessus des maisons mauresques, nous jetait un défi solennel, qui ralentissait un moment les battements de nos cœurs. Mais il s'agissait le plus souvent d'une mort familière, domestiquée, qui avait un nom et un visage. Le village d'ailleurs savait comment la maintenir à distance. Les pleureuses jetaient leurs plaintes hystériques ; les familles et les amis se réunissaient dans la maison du défunt et, parlant et se lamentant, chassaient le souvenir ; le curé marmonnait ses prières et encensait le cercueil. La liturgie escamotait le cadavre, comme la veillée chassait le deuil. L'enterrement devenait un rite parmi d'autres, entre les moissons et les fêtes de la Saint-Michel.

Cette innocence où je vivais avec tous les autres enfants du village, mon père allait brutalement me l'ôter, minant du même coup mon bonheur.

Cela se passa en été, par une de ces journées de fournaise qui enfonçaient le paysage dans un silence stupéfait. Je me levai après la sieste, m'apprêtant à rejoindre mes camarades, près du vieux château dont les ruines dominaient le village, quand mon père, qui paraissait somnoler près de la fenêtre, dans la grande salle, me demanda si je voulais me promener avec lui. J'hésitai une minute, ne sachant que répondre. J'inclinai enfin la tête, sans parler. Il se leva avec lenteur, enfila une sorte de blouse qu'il mettait les jours de repos, coiffa un chapeau de paille et me tendit la main que je saisis.

Nous gravîmes en silence les rues pentues, nous arrêtant plusieurs fois pour respirer. Devant l'église, nous prîmes un sentier qui s'enfonçait dans la montagne. Nous marchâmes une demi-heure parmi les oliviers. Enfin, mon père tira de sa poche un mouchoir qu'il déploya et qu'il étendit sur la terre. Puis il s'assit à l'ombre d'un olivier, s'absorbant dans la contemplation du paysage.

L'évaporation produite par la chaleur formait un nuage de vapeur bleutée, qui dissimulait le fleuve. A l'horizon, les oliveraies ondulaient, créant l'illusion d'une mer de métal, frissonnante. Le soleil déclinait, dardant ses rayons obliques sur ce paysage halluciné.

Mon père à son habitude se taisait. Pour rompre le silence, je murmurai sottement :

« Il fait chaud. »

Son regard triste se posa sur moi et la bouche dessina un sourire furtif.

« Dans ce pays de malheur, lâcha-t-il soudain, il fait toujours trop chaud ou trop froid. »

Ce fut comme si la terre se fendait brusquement devant moi, dans un grondement d'orage. Tout parut basculer dans le néant. Ce pays, ce monde que je croyais stables et immuables, ils m'apparaissaient, dans cette minute, informes et mouvants. Toute chose me devenait suspecte. L'ordre où je trouvais, depuis ma naissance, ma place exacte et définitive se désintégrait, révélant un chaos d'épouvante.

Les propos de mon père n'avaient rien de bien terrible, à la réflexion. Mais j'avais moins entendu ses paroles que la musique désespérée d'une voix agitée d'un ressentiment vertigineux. Cet homme que je respectais, que je regardais avec une tendresse admirative, ce père sur qui j'étais sûr de pouvoir m'appuyer en toute circonstance, voilà qu'il se découvrait comme un étranger plein d'une haine insensée pour ce monde où je puisais ma confiance. Le secret qu'il me révélait à son insu l'éloignait de moi. Avec horreur, je découvrais que son affection pour moi pouvait n'être que duperie, puisqu'il se montrait capable de trahir. N'était-ce pas une trahison en effet que cette aversion dissimulée d'un lieu qui engendrait mon bonheur ? J'avais cru jusqu'alors que cet homme faisait partie intégrante de mon univers ; comme les ruines du vieux château, comme les oliveraies, comme le clocher de l'église, sa personne limitait mon espace. Il marquait la frontière qui me protégeait des autres, de ce monde extérieur où le malheur rôdait. La frontière était un mirage et le malheur était déjà parmi nous.

Les paroles, assez anodines au demeurant, de mon père ne m'atteignirent sans doute si vivement que parce qu'elles réveillaient un malaise depuis longtemps installé dans mon cœur. Elles furent moins une révélation qu'une brutale confirmation. Mon père ne vivait pas parmi nous. Une part de lui se trouvait ailleurs, très loin de nous, très loin de ce paysage détesté, en Galice peut-être ou plus loin encore, dans les plaines d'Argentine. D'une certaine façon, je devenais orphelin.

De cette minute je me plus longtemps à dater ma vocation de policier. C'était faux, bien sûr. Vrai également, car à partir de ce jour, je fus incapable de considérer la réalité avec une confiance innocente. Le soupçon désormais aiguisait mon regard. Je savais que les apparences peuvent mentir et que, sous l'ordre le plus accompli, des ombres glissent, menaçantes.

8

Dans les premiers jours de l'automne, un nouvel instituteur arriva au village. Il s'appelait Angel Linarès et il était originaire de Puerto de Santa Maria, dans la province de Cadix. D'une taille avantageuse, d'une blondeur éclatante, moins rare dans nos pays qu'on ne l'imagine communément, le regard passant du bleu le plus soutenu au vert délavé, le nez droit retroussé du bout, la bouche pleine et charnue, il séduisait par sa beauté provocante comme par l'affabilité de ses manières. Il possédait l'assurance de ceux qui sont habitués à plaire, et il riait gaiement, exhibant des dents étincelantes. De toute sa personne émanait un bonheur de vivre contagieux. Toujours en mouvement, il grimpait et dévalait les ruelles du village, bavardant et plaisantant avec les uns et avec les autres, s'attardant pour boire un verre de vin et interrogeant les paysans avec une simplicité qui prévenait en sa faveur. On le disait libéral, terme dont j'ignorais le sens. Même le curé pourtant, un vieil homme perclus de rhumatismes, n'avait su résister à son charme. Quant aux enfants, il en était devenu l'idole. Sans rien de cette morgue dont son prédécesseur témoignait, peut-être pour se protéger, Angel faisait les cours avec le sourire, plaisantant pour détendre l'atmosphère, encourageant les cancres. Pour se faire obéir, il n'avait nul besoin de la verge dont son prédécesseur se servait avec une sadique cruauté. Il lui suffisait de taper dans les mains et de dire d'une voix ferme : « Bon, ça suffit. Au travail, maintenant ! » pour qu'aussitôt le silence se fît. L'affection qu'il inspirait lui tenait lieu d'autorité, et il pouvait donner un ordre d'un ton paisible, affectueux presque, certain qu'il serait obéi. Pour lui aussi, l'univers reposait sur la confiance. Nul soupçon ne voilait son regard hardi. Sa mission lui semblait exaltante : fonder une nouvelle race d'hommes, plus instruits et partant meilleurs. Il avait une foi naïve dans le progrès, dans la science, dans la raison. Il paraissait convaincu que l'humanité ne cessait, depuis son origine, de s'élever, en une sorte d'assomption triomphale. De l'homme de l'âge de pierre à Cervantès ou Shakespeare, la filiation était, dans son esprit, directe, sans détour ni interruption. Il concevait l'histoire comme une majestueuse procession qui, du servage et de la superstition, s'avançait vers l'égalité et la fraternité. Un jour viendrait, il en était persuadé, où tous les hommes, renonçant à l'oppression et à la violence, se regarderaient avec amour. Si cette heure tardait, c'était que l'ignorance maintenait les esprits dans l'esclavage. Car l'homme ne faisait jamais le mal par une perversion du cœur, il enfreignait la loi et péchait contre la justice par une aberration de l'intelligence. Dès qu'il aurait compris où se trouvait son intérêt véritable, il échangerait le baiser de paix avec ses semblables. Bien entendu, des groupes d'hommes s'efforçaient d'entretenir l'ignorance, qui servait leurs noirs desseins. Aussi la marche vers la libération se présentait-elle comme une suite de combats sanglants d'où la justice, heureusement, sortait victorieuse.

Le matin, quand, les paupières encore collées de sommeil et le visage lacéré par le gel sec de nos montagnes, nous pénétrions dans la classe, nos regards rencontraient sur le tableau noir des maximes soigneusement calligraphiées. En lieu et place des « L'oisiveté est mère de tous les vices », « Aimer sa patrie constitue le premier devoir du citoyen », « Le respect de soi commande le respect des autres », — au lieu et place de ces préceptes d'une morale étroite et verticale, nous lisions : « L'amour de l'humanité élargit la conscience », « La liberté est le don le plus précieux, ce qui commande qu'on se tienne prêt à mourir pour elle ».

Nous recopions sagement ces belles formules qu'Angel commentait ensuite. Ces vastes mots — liberté, humanité, fraternité — le transportaient d'enthousiasme, et il les prononçait d'une voix vibrante. A ces moments-là, ses prunelles s'obscurcissaient pour devenir d'un bleu intense. Il parlait debout au pied de l'estrade, le menton relevé, dans une attitude de défi. L'école n'était-elle pas le champ de bataille où se jouait le sort de cette guerre opposant les lumières aux ténèbres ? et nous, petits paysans engourdis de sommeil, n'incarnions-nous pas l'humanité future, celle qui briserait ses chaînes pour entonner le chœur de la liberté ? Cette conviction illuminait le jeune instituteur dont le visage rayonnait. Sa beauté hardie renforçait l'argumentation. Comment n'aurait-il pas eu raison, ce superbe archange à la tignasse d'or ?

Ses plaidoyers enflammés passaient, je le crains, au-dessus de nos têtes. Le rapport existant entre les histoires héroïques qu'Angel nous contait et nos existences obscures, ce rapport ne nous semblait pas évident, c'est le moins qu'on puisse dire. Ainsi le nouvel instituteur nous parla-t-il longuement de Numance.

Rome, bien entendu, symbolisait la force, l'oppression, alors que les habitants de la cité martyre, des Espagnols avant l'heure, fiers donc, intrépides, épris de liberté, luttaient pour leur indépendance. Sans doute les Romains remportaient-ils la victoire, ce qui contredisait quelque peu l'idée que la justice gagnait toujours. Mais cette victoire n'en était pas une. En mettant le feu à la ville, en s'immolant dans les flammes, les Numanciens, sauvaient l'essentiel, l'âme d'un peuple. Les soldats romains foulaient un champ de ruines, ils défilaient parmi les milliers de cadavres de leurs adversaires malheureux, ils pouvaient croire qu'ils avaient anéanti la résistance espagnole. Dans la réalité, c'est-à-dire en esprit, ces cadavres calcinés, ces femmes éventrées qui serreraient encore leurs enfants morts, toute cette foule réduite en cendres vivaient déjà dans la mémoire de leurs survivants, préparant les victoires futures. Saragosse, Bailen, le maire de Mostoles, l'armée impériale chassée du sol de la patrie, cette résistance héroïque constituait la revanche des Numanciens, leur victoire posthume. En acceptant de mourir tous plutôt que de se rendre, ils avaient sauvé l'Espagne et accouché de la liberté.

Ce récit nous plut fort. Plein de bruit, de fureur, de sentiments exaltés, de violence et de sang, il séduisit notre imagination. Longtemps nous jouâmes, dans le préau de l'école, aux Romains et aux Numanciens. Malgré la victoire posthume de ces derniers, beaucoup préféraient faire les Romains, l'idée d'avoir à mourir, même en jouant, ne les séduisant guère.

Si cette histoire nous exalta, je doute qu'elle nous ait marqués en profondeur. Quelle relation aurions-nous pu établir entre ces personnages qui, du haut des remparts de leur cité, faisaient des harangues nobles et austères et ce que nous voyions autour de nous ? Comme les déchirements de la passion pour ma mère, ces professions de foi et ces combats héroïques appartenaient, pour nous, au spectacle. Nous n'imaginions pas que nos parents puissent, à Benamid, faire de si nobles discours ni décider de se jeter dans les flammes en chantant des hymnes à la liberté. Mais je me trompe peut-être. Il se peut que les belles idées de l'instituteur aient laissé une empreinte chez quelques-uns d'entre nous. Puisque la race des idéalistes ne s'est pas éteinte, il faut croire que les grandes phrases peuvent susciter des vocations.

Angel Linarès m'avait séduit comme il avait séduit tout le monde ou presque. Le moyen d'ailleurs de résister à tant de charme joint à une si contagieuse conviction ? Je me croyais donc prêt à mourir, moi aussi, pour la liberté, surtout si le bel instituteur devait commander l'armée des insurgés.

Angel montrait, de plus, une évidente prédilection pour ma personne. Cette préférence ne se montrait certes pas d'une façon éclatante, mais un enfant ne se trompe pas sur les sentiments qu'il inspire, quand bien même on s'efforce de les dissimuler. Or l'instituteur ne se cachait pas vraiment, me confiant ces besognes qui matérialisent l'élection. J'étais chargé d'allumer le poêle le matin, de rassembler les cahiers, d'aller chercher la craie. Une fois même, le bel instituteur m'envoya dans sa chambre pour rapporter un livre oublié.

Quoique simple et même pauvre, cette chambre me fit l'effet d'un palais. Outre le lit, au fond d'une alcôve, il y avait une commode, une armoire à glaces, une table chargée de livres et, même, un fauteuil près de la fenêtre regardant le préau. Surtout, je découvris, dans une sorte de réduit sans fenêtre, un cabinet de toilette contenant un lavabo et un WC à l'européenne. C'était la première fois, je crois bien, que je voyais de telles merveilles et je ne pus résister à l'envie de m'asseoir sur le siège. J'ouvris aussi les portes de l'armoire pour admirer deux costumes trois pièces et deux paires de souliers, luxe qui m'ébahit. Je fus davantage encore sensible à l'odeur imprégnant cette pièce, et je la respirai longuement, yeux mi-clos, avec un frémissement dont je ne comprenais pas la cause. J'allai jusqu'au lit et caressai l'oreiller avant d'y poser mes lèvres. J'aimais, on l'a compris, comme seuls les enfants savent aimer, éperdument, par le cœur et par la peau, en toute innocence, j'entends sans établir la moindre distinction entre le bien et le mal. Avec aussi cette perversité naïve qui caractérise cet âge. Je ne savais sans doute pas que j'avais une figure intéressante marquée de gravité. Mais je sentais que je plaisais, et j'usais de mon charme. Mon corps commandait seul à toutes mes réactions, me dictant les poses et les attitudes devant attirer les regards. Je ne comprenais pas les transformations qui s'opéraient en moi, me jetant dans un trouble et une inquiétude étranges. Petit animal frissonnant de volupté, je recherchais les compliments et les caresses ; je m'évertuais à provoquer ces regards qui flattaient ma peau. Je vivais dans l'attente de je ne savais quoi, d'une révélation qui me ferait découvrir mon propre mystère.

Mon père du reste encouragea bizarrement mon penchant pour l'instituteur. J'avais été surpris de constater qu'il en recherchait la compagnie et se plaisait à bavarder avec lui. A deux ou trois reprises, je les trouvai même ensemble, se promenant dans la campagne. Ce n'est pas cette sympathie qui m'étonnait, puisqu'il me semblait évident que tout le monde devait aimer Angel, c'était que mon père pût, lui si taciturne, se confier à quelqu'un. Ce qui les rapprochait, je ne le devinais pas. Je ne m'en souciais pas non plus. Ils bavardaient, cette constatation me suffisait.

Mon étonnement s'accrut quand mon père, à l'heure du dîner, me déclara :

« Tâche de bien travailler à l'école. Don Angel est un excellent maître et il peut faire de toi, si tu t'appliques, un homme de bien. »

C'était probablement la plus longue phrase que mon père m'eût jamais adressée, et j'en restai ébahi. Je finis par répondre que je ferais de mon mieux, et mon père approuva d'un mouvement de tête cette bonne résolution, puis replongea dans ses rêveries.

Je n'avais pourtant pas besoin de ses encouragements. Je

n'avais pas même besoin de tant m'appliquer, apprenant avec facilité et retenant sans efforts. Je tenais la tête de la classe sans trop travailler. J'éprouvais une joie secrète quand, interrogé, je donnais la bonne réponse, et que je voyais une lueur de complicité s'allumer dans le regard de l'instituteur.

Si Angel Linarès était devenu l'idole des enfants de Benamid, cela ne tenait pas seulement à ses qualités de pédagogue, ni à la générosité de ses idées, pas même à sa beauté conquérante ; cela tenait surtout au fait que, sans rien abdiquer de son autorité, il avait su devenir un camarade, un chef de bande toujours prêt à inventer de nouveaux jeux.

L'ennui guette les enfants comme il ronge les adultes. Pour inventer des jeux, il faut une imagination sans cesse en éveil, faculté assez rare, même chez les enfants. Il nous arrivait donc assez souvent d'errer sans but en nous posant la question : « qu'est-ce qu'on fait ? », qui taraude tous les hommes, de la naissance à la mort. Pas une cabane de berger que nous n'ayons explorée, pas une cave du château en ruine où nous n'ayons joué à nous faire peur, pas un olivier où nous ne nous soyons juchés ; tous les Indiens, tous les gangsters, tous les surhommes avaient rempli nos journées de repos. Nous étions las de faire la guerre, de cueillir des oisillons au nid, de chasser les vipères, de brûler des cabanes ; fatigués même d'exhiber nos sexes, de nous masturber en groupe, d'organiser des concours de jets de pisse. En un mot, nous avions épuisé les ressources d'une imagination limitée. De plus en plus souvent, nous passions des heures, parmi les ruines du vieux château qui domine Benamid, à fumer des mégots qui nous brûlaient les bronches.

Aussi, quand Angel Linarès nous proposa d'organiser, le jeudi, des excursions, nous applaudîmes des deux mains. Nos familles même agréèrent un projet qui les soulageait d'une fastidieuse surveillance. Sans protester, nos mères acceptèrent de préparer les paniers que nous emporterions, et elles les remplirent de gâteaux et de beignets, de pastèques et de figues, d'omelettes et de saucisson. Chaque maison voulut se distinguer en confectionnant un plat original, et les sorties du jeudi donnèrent lieu à un concours culinaire d'où la vanité et l'ostentation n'étaient pas absentes. Tout le village participa de la sorte à la fête.

C'est ainsi que chaque jeudi nous prîmes l'habitude de nous lever à l'aube et de partir en chantant, précédés de notre instituteur qui, pour l'occasion, portait un short découvrant des cuisses musclées et dorées, recouvertes de poils blonds. Nous faisions ainsi quinze, vingt kilomètres, visitant des abbayes, des châteaux, des grottes ou des ruines. Mais le but du voyage nous importait moins que ces départs joyeux dans la pâleur de l'aube, ces marches rythmées de cris et de chansons, ces repas joyeux pris à l'ombre des oliviers, ces siestes où nous bavardions sans répit. En même temps qu'il nous sauvait de l'ennui, Angel nous faisait découvrir les joies de la discipline et de l'effort, la chaleur d'une communauté, le soulagement d'être délivré de soi-même et de s'en remettre à un chef admiré. Son dynamisme nous entraînait, et nos forces, soudain libérées, trouvaient un exutoire.

On aurait bien embarrassé Angel Linarès si on lui avait fait remarquer que, semblables aux nôtres, des armées d'enfants avaient marché quelques années auparavant, sur les chemins de l'Allemagne et de l'Italie, chantant des hymnes. Sans doute aurait-il rétorqué que les motifs, dans les deux cas, différaient : ceux-là s'entraînaient à la guerre et à la violence quand nous nous entraînions, nous, pour des combats libérateurs. Aux uns, on enseignait le culte de la force, les bienfaits de la discipline, la religion de la haine et du racisme ; à nous, il prêchait la maîtrise de soi, le goût de la liberté, le respect de la science, la foi en l'intelligence humaine.

Distinction nécessaire sans aucun doute. Mais nous n'y regardions, nous, pas de si près. D'éprouver nos énergies, de nous sentir vibrer à l'unisson, d'échapper à notre vacuité suffisait à faire notre bonheur. Lui-même, je doute que ses belles idées aient seules mû son esprit et son cœur. La vérité est qu'il était de ces hommes qui aiment s'entourer d'enfants, qui éprouvent le besoin vital de les entraîner, de les enseigner, de les séduire et de se les attacher. Ses théories venaient à point recouvrir une vocation de pédagogue et de chef de bande. D'ailleurs, le bonheur qu'il éprouvait à vivre parmi nous ne fondait-il pas le nôtre ? Toute la joie, tout l'enthousiasme que nous ressentions provenaient de lui. Au sens le plus strict, son âme contenait les nôtres. Il suffisait du reste de le voir vivre parmi nous, chantant, plaisantant, les yeux étincelants, pour s'apercevoir qu'il était moins un maître qu'un camarade.

Je ne sais ce qui éveilla mes soupçons, car je ne comprenais pas alors ce que je distingue clairement aujourd'hui. Je ne sais pas davantage à quels obscurs motifs je cédai en agissant comme je le fis. Ceux qui ont l'habitude des enfants s'étonneront moins. Ils connaissent en effet la cruauté et la perversité de leurs jeux. Seuls des aveugles ou des sots peuvent croire à l'innocence de l'enfance, sauf à donner au mot innocence un sens non pas moral mais biologique. Tout le mal qu'ils font, les enfants l'accomplissent en effet sans se soucier des conséquences de leurs actes, avec une indifférence et une insouciance de jeunes animaux.

Je ne songeai pas à faire souffrir Angel. Du moins sa douleur n'occupa pas mon esprit. Je ne poursuivis d'autre but que d'exercer ma défiance. Tout chez le bel instituteur semblait trop parfait, trop achevé. Il marchait dans la vie avec une intrépide confiance, comme si rien ne pouvait l'atteindre. Il paraissait voué au bonheur et mystérieusement préservé de l'inquiétude et de l'angoisse.

Cet optimisme me le rendit antipathique. Je ne cessai pas de l'aimer, non : je mis simplement dans mon amour assez de haine pour le rendre lucide. Je voulais faire toucher du doigt à cet insolent qu'il avait tort de se fier à l'apparence. Je souhaitais lui faire comprendre qu'il ne trouvait les gens bons et généreux que parce qu'il les avait d'abord peints en rose. Je désirais, en un mot, miner sa belle assurance.

J'ai dit que j'étais son favori. Il y en avait un second, Pablo, à peu près de mon âge. Or, le soupçon me vint que l'instituteur était allé plus avant dans l'intimité de Pablo qu'il ne l'avait fait avec moi. La jalousie aiguilla-t-elle ma défiance ? C'est possible. Je mis à les observer une attention sans relâche, une ténacité furieuse. Je recueillis le moindre de leurs regards, le plus imperceptible signe de connivence. A ce nouveau jeu, je découvris bientôt un plaisir plus violent que tout ce que j'avais éprouvé jusque-là. Eux, persuadés que personne ne remarquait leur manège, poursuivaient innocemment un dialogue muet, se caressant du regard et du sourire. Moi, immobile dans un coin, je tissais patiemment mes fils, construisant la toile où ils s'engluraient. Ils se croyaient libres, heureux, et ils ne s'appartenaient déjà plus. Ils s'imaginaient mener leur vie à leur guise, je la dirigeais déjà dans l'ombre, la guidant vers la trappe. Avec un frisson de joie, je découvrais cette puissance enivrante : voir sans être vu, détenir un secret qui nous fait le maître d'une destinée. Sans le savoir, je devenais un policier, éprouvant toutes les émotions d'une première enquête.

J'eus beau les guetter cependant, les espionner, les suivre à la trace : je ne réussis pas à percer leur secret. Plusieurs fois, découragé, le doute m'accabla : me serais-je trompé ? Quelque chose me soufflait qu'ils se rencontraient dans un endroit caché, et je m'acharnai donc.

Pour arriver à mes fins, je m'insinuai dans l'intimité de Pablo, ce qui ne fut guère difficile. Ce garçon de mon âge, treize ans environ, court et trapu, les cheveux noirs et bouclés, le visage d'une lourde sensualité, avec ses grosses lèvres, son nez camus et ses yeux ombrés de longs cils recourbés était tout à fait dépourvu de malice. Fils du cantonnier du village, il portait des culottes rapiécées, une chemise sans col parsemée de pièces de tissus rapportées, ses grands pieds étaient chaussés d'espadrilles. Il avait la timidité des pauvres qu'une parole douce suffit à émouvoir. Je n'eus pas de mal à l'éblouir et à gagner sa confiance, tant il semblait confus que moi, le fils d'un brigadier de la garde civile, je m'intéresse à lui.

Dans le préau de l'école, je m'installais à ses côtés et, en signe d'amitié, lui citais tous les lieux de mes jeux secrets : une cave du château inconnue de tous, d'un accès difficile parmi les éboulis, la grotte du loup, dans la Sierra, la cabane de l'oncle Manuel, un vieux berger fou vivant parmi ses chèvres, sans fréquenter personne, dix autres encore. Pablo me répondait avec franchise, avec empressement : oui, lui aussi connaissait l'oncle Manuel qui l'avait une fois menacé de sa fronde ; dans la grotte du loup, il avait souvent pénétré, surmontant son angoisse ; non, il ne voyait pas à quelle cave du château je faisais allusion. Je commençais de me décourager quand, mentionnant une cabane abandonnée, plantée dans un champ d'oliviers, je le sentis hésiter avant de balbutier d'une voix altérée : « Non, je ne vois pas. » Je me maîtrisai pour ne pas laisser échapper un cri de triomphe. Enfin, je les tenais !

Le reste ne fut plus que routine. Une semaine je guettai près de la cabane, me cachant derrière un buisson. C'était ma première planque et j'éprouvai à cette occasion cette sensation de torpeur, d'indifférence heureuse que j'ai souvent ressentie depuis. Nulle impatience. Le sentiment que le temps travaille pour vous, la certitude que le coupable viendra se livrer à l'heure choisie par lui.

Je faisais mon guet au crépuscule du soir, dans l'heure entre chien et loup, persuadé que c'était le moment où les deux complices devaient se rejoindre. L'étrange est que je n'éprouvais nulle animosité, nul dégoût à leur endroit. Je n'étais mû que par une curiosité en quelque sorte professionnelle.

Enfin, le moment tant attendu arriva. J'entendis l'écho d'une voix qui gueulait une chanson. Mon cœur aussitôt se mit à battre violemment et je m'écrasai derrière mon buisson. Angel dévalait la montagne, un épi de blé entre ses lèvres. Selon son habitude, il avançait crânement, le torse gonflé, les cheveux blonds emmêlés, la chemise entrouverte sur une peau de bronze. Il passa tout près de moi et je craignis, le voyant s'arrêter brusquement, d'avoir été découvert. Mais, cessant de chanter, il contempla le paysage qui s'étendait à nos pieds, fantastique à cette heure où les rayons du soleil couchant peignaient de mauve le brouillard stagnant au-dessus du grand fleuve. Avec une volupté indécente, l'instituteur inspira, puis expira en s'étirant. Le bonheur se lisait sur son visage qui ne m'avait jamais paru plus beau, nimbé d'une lumière cuivrée.

Un glissement furtif se fit entendre sur la gauche, en direction du village, et Pablo parut à son tour, écartant les branches basses des oliviers. Apercevant Angel, il eut un sourire de ravissement. Sans un mot, ils marchèrent l'un vers l'autre. L'instituteur passa son bras droit autour du cou de Pablo, dans un geste d'une délicatesse troublante. Toujours en silence, ils se dirigèrent ainsi enlacés vers la cabane.

Ce que je vis ne me dégoûta ni me scandalisa. J'en aurais ri plutôt. Je trouvai comique que le bel instituteur prît plaisir à caresser ce corps couvert de crasse, à baiser ce visage barbouillé de poussière et de morve.

Cette nuit je ne pus m'endormir, excité par ce que j'avais découvert. Je ne cessais de tourner et retourner la question : que ferais-je de ce secret ? Je pouvais certes dénoncer l'instituteur : il serait déshonoré, chassé du village. Que gagnerais-je néanmoins à précipiter sa chute ? Je ne le haïssais pas, et sa ruine ne m'apporterait nulle satisfaction. Au contraire, elle me priverait de cette jouissance que je retirais d'être le seul à connaître sa honte. D'un autre côté, mon plaisir ne serait pas complet si je restais seul à savoir.

Une idée astucieusement perverse me vint. Je me levai de mon lit au milieu de la nuit, j'allai dans la salle commune et pris l'un des journaux que mon père entassait près du fourneau après les avoir lus. Avec des ciseaux je découpai des lettres et composai le texte qui disait à peu près : « Nous savons ce que tu fais avec Pablo. Tes belles paroles ne nous trompent pas. Tu es une ordure. Ton heure approche. » Après une longue hésitation, je signai : L'Ange Exterminateur. Ayant relu ce billet qui me parut d'un effet superbe, je le glissai dans une enveloppe et, quittant la maison par la petite cour arrière, je marchai jusqu'à l'école en prenant grand soin de n'être pas vu ; puis je déposai l'enveloppe dans la boîte aux lettres de l'instituteur et revins à la maison aussi vite que je le pus. Enfin, je me couchai et dormis d'un sommeil profond.

Peut-être ne me serais-je pas aperçu de l'effet produit par mon billet si Pablo, moins affermi que l'instituteur, ne s'était trahi. Le chagrin le minait, le rendait atone et, dans le préau, il se tenait à l'écart, silencieux et figé. Je le questionnai innocemment.

« Ça va pas ? T'es malade ?

— Non, ça va très bien... »

Si j'avais insisté, il aurait peut-être fondu en sanglots, car il semblait près de s'effondrer, secouant furieusement la tête en fixant ses pieds. Le coup qui le frappait le laissait de toute évidence anéanti. Je pouvais aisément me représenter la scène : Angel et lui s'étaient rencontrés une dernière fois près de la cabane, et l'instituteur lui avait déclaré d'une voix émue qu'ils devaient cesser de se voir, de s'aimer. Pablo avait sans doute protesté, il avait peut-être sangloté. Mais l'instituteur était resté ferme, arguant différents prétextes que, dans sa tristesse, Pablo ne comprenait pas, n'entendant qu'une chose : son ami le rejetait.

En apparence, l'instituteur n'était pas changé le moins du monde. En classe, il continuait de plaisanter, de rire, et inscrivait toujours de superbes formules au tableau noir. Ainsi découvrîmes-nous un matin cette pensée : « La délation est le crime des lâches » que je recopiai sagement, en souriant intérieurement, car elle prouvait que le message avait fait son effet. En la commentant, l'instituteur nous conta l'histoire poignante d'une veuve acculée au suicide par des lettres anonymes qui l'accusaient d'un crime qu'elle n'avait pas commis. En parlant, Angel promenait un regard étincelant sur nos figures. L'indignation l'emportait. Il s'écria que chaque homme avait droit au respect de sa vie personnelle et qu'on ne devait attenter à l'honneur de personne, fût-ce d'un ennemi. Ce discours produisit une forte impression, même sur moi. Pris de remords, je fus tenté d'aller trouver l'instituteur pour me dénoncer. Cet élan de grandeur retomba heureusement très vite.

Il m'apparut peu de temps après que ma manœuvre n'avait pas tout à fait réussi. En effet, Angel et Pablo ne se voyaient plus. Si je les dénonçais, on ne me croirait pas. Peut-être Pablo, harcelé de questions, avouerait-il, mais, de toute façon, le scandale m'ôterait mon pouvoir. Tout ce que j'avais fait n'avait donc abouti qu'à séparer les deux amis. Certes, l'instituteur n'était pas aussi ferme qu'il voulait le paraître. En l'observant mieux, je n'avais pas manqué de relever des signes prouvant que le poison agissait. Par moments, sa voix rendait un son moins clair ; elle s'étouffait, baissait dans les graves. Le regard aussi avait perdu de son éclat, et il paraissait parfois curieusement rêveur. Sans fournir de motifs, Angel renonça aux excursions du jeudi et il s'enfermait alors dans sa chambre, au-dessus de l'école. Bref, l'homme était atteint. Mais il donnait l'impression de vouloir encore se défendre, décidé à tenir tête jusqu'au bout. Il avait pris la résolution de s'écarter de nous tous, de se cantonner dans son rôle de maître, afin de ne donner aucune prise à la calomnie. En agissant ainsi, il punissait le village qu'il devait soupçonner en bloc, étendant à tous son écœurement et sa fatigue. Son attitude étonnait d'ailleurs les gens qui s'interrogeaient.

Comment l'instituteur aurait-il pu deviner qu'il se trouvait en butte non à la malignité villageoise ni à la calomnie des bigots, mais à la police ? Une police grossière certes, embryonnaire et usant de méthodes trop apparentes. Mais une police quand même. Or la police n'use guère de la calomnie, qui constitue sa dégradation : ce qu'elle recherche, c'est l'aveu.

Je ne voyais pas par quel moyen je réussirais à amener l'instituteur à se reconnaître coupable. Tant qu'il resterait dans sa tanière, il serait à l'abri, inaccessible. Pour le confondre, il fallait l'expulser de son refuge.

Sans réfléchir, obéissant uniquement à cet instinct qui guide la main des enfants vers la plaie vivante, j'usai auprès d'Angel de toute ma séduction. Mes regards se firent éloquents, mes sourires l'appelèrent avec une insistance douloureuse. J'allai sous différents prétextes frapper à sa porte.

« Vous ne voulez pas vous promener avec nous, Angel ?
— Je ne peux pas, je travaille : je dois préparer un examen.
— On s'ennuie sans vous, lâchai-je d'un ton boudeur, mimant la mélancolie et le dépit. On sait pas quoi faire. Tous, ils croient que vous êtes fâché.
— Mais non, voyons, quelle idée ? Pourquoi serais-je fâché ? Vous n'avez rien fait de mal, n'est-ce pas ?
— J' sais pas, moi, faisais-je en haussant les épaules. Avant on jouait ensemble, on se promenait. Maintenant, on est tout le temps seuls, comme avant. Les gens, ils disent que vous êtes devenu bizarre ?
— Ils disent ça ? Qu'est-ce qu'ils disent d'autre ?
— Rien. Ils comprennent pas.
— Oh ! Il y en a qui comprennent, je t'assure. Mais ne sois pas triste. Un de ces jours nous irons ensemble jusqu'à la chapelle de la Vierge Noire, je te le promets.
— Vrai ? Quand, dites ?
— Eh bien ! Bientôt. Va jouer maintenant. »

Il se tenait dans l'embrasure de la porte, droit, tendu, un peu pâle me sembla-t-il. Son visage trahissait un conflit violent. Ses yeux me fixaient avec une douceur attendrie cependant que sa bouche grimaçait un sourire contraint. De tout son corps émanait un fluide électrique que je percevais et qui résultait de la contraction des muscles. Il voulait tendre le bras, poser sa main sur ma joue, et il réprimait cet élan.

Plusieurs semaines passèrent. Il résistait toujours, s'enfermant dans sa chambre dès la fin des cours. Cette claustration effaçait le hâle de sa peau.

Un soir, je l'aperçus marchant dans les ruelles hautes du village, derrière l'église. Il semblait se diriger vers le vieux château dont le donjon à demi écroulé se détachait sur le ciel éclairci par l'approche du crépuscule. Tête baissée, il grimpait le sentier pierreux, l'air absorbé. J'attendis un moment qu'il se fût éloigné des maisons et courus à sa poursuite.

En entendant le bruit de ma course, il se retourna, surpris, avant de m'adresser un sourire furtif.

« Je peux aller avec vous ? demandai-je, haletant. Je vous montrerai ma cave. Personne ne la connaît. On ne voit pas l'entrée parmi les tas de pierres. C'est une cave voûtée, très grande. »

Il hésita une seconde, puis toujours avec le même sourire fugitif :

« Et que vas-tu donc faire dans cette cave, petit voyou ?

— Rien, je fume, j'écoute le silence. Une fois, j'ai vu une couleuvre, énorme. Je l'ai écrasée avec une pierre. Elle était morte mais elle frétillait encore. Ça faisait un effet bizarre.

— Pourquoi tuer les couleuvres ? Elles ont leur utilité. Elles mangent les souris, les mulots, les rats même. Tout être vivant remplit une fonction sur cette terre. Même les vipères. Il faut apprendre à respecter la vie, quand bien même elle prend un aspect repoussant. »

Il avait dit cela d'un ton posé, indifférent presque. Nous avions, en parlant, poursuivi notre marche et nous atteignîmes le vieux château. Sur la plate-forme s'étendant devant les ruines de la forteresse, Angel s'arrêta et, comme il l'avait fait près de la cabane, le soir où il attendait Pablo, il contempla le paysage : les maisons chaulées du village s'étageant sur les pentes de la montagne, le clocher de l'église, les champs d'oliviers et, tout à fait en contrebas, les coteaux gris argent ondulant doucement jusqu'à l'horizon. Dans l'air soudain allégé, les bruits résonnaient avec une pureté douloureuse.

« Comme tout paraît paisible, murmura soudain Angel Linarès d'une voix étouffée.

— Là-bas, de l'autre côté, c'est Cordoue, dis-je, montrant des lumières qui tremblaient dans le crépuscule.

— Oui, fit-il. L'orgueilleuse capitale d'un empire est, aujourd'hui, une bourgade poussiéreuse et ennuyée. Tout semble tranquille et la haine pourtant s'affaire, délitant la pierre, effritant le marbre. »

En l'écoutant, mon cœur se serra. Je fus tenté de poser ma tête sur sa poitrine, de lui dire : « N'ayez pas peur. Rien ne vous arrivera plus. »

Au lieu de quoi je l'entraînai vers le château. Nous marchâmes dans les ruines, faisant fuir les vipères qui filaient de tous côtés comme des éclairs. Je lui montrai le trou, et m'y glissai le premier.

« Tu es sûr que ce n'est pas dangereux ?

— Je suis descendu souvent », fis-je en riant.

Nous descendîmes lentement les marches d'un escalier creusé dans la roche. Nous arrivâmes enfin dans la cave. Saisis par la fraîcheur et aveuglés par l'obscurité, nous restâmes un moment sans parler. Petit à petit, nos yeux s'accommodèrent à la pénombre et nous distinguâmes les hautes voûtes en ogive, les murs faits de blocs de pierre taillée, les dalles qui couvraient le sol.

« C'est superbe, dit Angel en regardant autour de lui. Une salle de gardes probablement. Il devait y avoir une cheminée.

— Elle est là-bas, tout au fond », m'écriai-je en saisissant sa main et en l'entraînant avec moi.

Avec attention, il examina la cheminée, immense, de pierre taillée, ornée d'armoiries au-dessus du manteau.

« Elle date de la Renaissance, fit-il d'une voix redevenue légère. Le château a dû être construit en plusieurs siècles, la forteresse d'abord, à la fin du XIIIe ou au début du XIVe, le château ensuite, du XVe au XVIe. Je n'arrive pas à déchiffrer les armoiries... »

Tout au plaisir de sa découverte, il avait oublié sa mélancolie. Le débit de sa voix s'était accéléré, et je reconnaissais le ton d'enthousiasme et de ferveur. Emu, je me jetai contre lui et passai mes bras autour de sa taille.

« Que fais-tu ? demanda-t-il d'un ton altéré. Qu'as-tu ?

— Je suis content que cet endroit vous plaise. C'est mon secret. Personne ne le connaît. Tous les autres ont peur de se glisser par le trou, ils disent que les pierres pourraient l'obstruer et qu'alors on serait enterré vivant.

— C'est peu probable, murmura-t-il comme s'il réfléchissait à la question. A moins d'un tremblement de terre, bien entendu.

— Il y en a eu plusieurs à Benamid. On entend un grondement profond comme d'une bête qui grogne. Ensuite les lustres et les meubles se mettent à valser. Une maison s'est même écroulée dans le village du bas. Tout le monde est sorti dans la rue en criant. C'était drôle.

— Tu n'as pas eu peur ?

— Non. Je trouvais ça bizarre. De toute façon, le village, il est là depuis... Ça fait des années, des siècles même.

— Tu as sans doute raison, Santi. Il ne sert à rien de s'inquiéter inutilement. Quand notre heure arrive, il est vain de se lamenter. Avant... il ne se passe rien. Notre destin ne nous appartient pas : le décret qui fixe notre sort repose dans les archives de la nuit. »

Je me serrai plus fort contre lui, je posai mes lèvres sur sa peau et je sentis un frisson parcourir son corps, qui se raidit.

« Il ne faut pas, Santi, murmura-t-il.

— Je suis heureux, si heureux... Vous reviendrez ici avec moi, dites ? Vous ne m'abandonnerez pas ? Ce sera notre secret. »

Je crus qu'il allait crier. Sa respiration était courte, oppressée et ce halètement se répercutait étrangement sous les hautes voûtes. Il fit un pas en arrière, comme pour s'éloigner de moi, mais, brusquement, me saisit dans ses bras, m'étreignant si fort que je faillis étouffer.

« Santi, mon petit Santi », murmura-t-il d'une voix tremblante.

Avec étonnement, je m'aperçus que son visage était humide. Ses lèvres coururent sur mon front, sur mes joues, sur ma poitrine. Fermant à demi les yeux, je m'abandonnai à la volupté de ces caresses frénétiques, qui me révélaient la douceur satinée de ma peau, les secrets enfoncés dans mes entrailles et dans mes veines, tout le mystère contenu dans mon sang dont les battements frappaient à mes tempes.

« Nous ne devrions pas nous revoir, Santi. Bien des gens trouveraient mal ce que nous venons de faire.

— Pourquoi serait-ce mal de s'aimer ? »

Dans la pénombre, son visage se contracta.

« Le mal est dans la pensée des gens, fit-il d'une voix à nouveau étouffée.

— Puisque personne ne saura rien », protestai-je, boudeur.

Nous étions assis sur une énorme pierre, près de la cheminée. J'avais reposé ma tête sur ses cuisses et je voyais son visage au-dessus de moi, mangé d'ombres, d'une douceur blessée. Ses prunelles d'un vert clair me fixèrent avec une expression de bonheur ineffable et sa main, délicatement, flatta ma joue.

« Etrange amour, murmura-t-il, qui doit se cacher au fond d'une cave.

— Mais les parents aussi se cachent pour faire ça. Même les fiancés. Tout le monde, ripostai-je avec véhémence.

— Décidément, tu as réponse à tout, Santi. Du reste, tu as raison : l'amour, sous toutes ses formes, fuit la lumière du jour ; lui, qui est le moteur de la vie, doit mener une existence occulte.

— Nous reviendrons ici ?

— Oui, consentit-il après une dernière hésitation. Quoi qu'il doive m'en coûter, je te rejoindrai chaque lundi, à l'heure du rosaire. »

J'appuyai plus fort ma nuque contre ses cuisses, qui tressaillirent. J'étais détendu, rempli d'un bonheur calme. Un sentiment de puissance inouïe échauffait mon sang. Mon corps était maître du sien et mon esprit disposait de sa destinée. Ce décret qu'il imaginait au fond d'une archive nocturne, il s'écrivait en réalité dans ma tête. Il croyait naïvement qu'une obscure divinité décidait de son sort mais il tenait ce dieu cruel dans ses bras, et il l'embrassait avidement, éperdu de reconnaissance.

Deux mois, peut-être plus, je m'abandonnai au bonheur qu'Angel m'avait fait découvrir. Chaque partie de mon corps devenait une source de jouissance. Une joie confiante m'épanouissait et je m'ouvrais, plein d'assurance, à cette lumière dont je me sentais auréolé. Dans l'école, un regard furtif, un sourire me faisaient comprendre que mon image remplissait ce visage qui avait retrouvé sa hardiesse et son enthousiasme. C'est moi seul qui imprimais à la voix d'Angel ce frémissement, moi seul qui éclairais les yeux verts, moi encore qui avais rallumé la flamme éteinte. Pensée qui m'incitait à considérer mon corps avec un respect ironique. Quoi ? ce n'était que ça, cet homme admiré de tous ?

Dans son bonheur, l'instituteur avait oublié la lettre anonyme. Insensiblement, il reprenait confiance, il se mettait à chanter à tue-tête, à rire avec insouciance, à marcher à grandes foulées dans la campagne. Il se croyait de nouveau invulnérable, ce que je ne pus pas supporter. Cette absurde confiance dont j'étais guéri, je ne la lui pardonnais pas. Je ne le voulais pas anéanti, non. Je le voulais tremblant et soumis.

Le lundi qui suivit l'envoi de ma seconde lettre, je l'attendis en vain. Je finis par comprendre qu'il ne viendrait plus. D'abord déçu, je me consolai vite, ayant trouvé une fillette de quatorze ou quinze ans, à demi demeurée, sur qui essayer les forces que l'instituteur m'avait révélées. Elle s'échappait souvent de chez elle et s'enfuyait dans la campagne où nous la suivions en ricanant. S'appuyant contre le tronc d'un olivier, Esperanza relevait ses jupes en passant goulûment sa langue sur ses lèvres. Avec une avidité haineuse, nous contemplions son sexe béant et, l'un après l'autre, y mettions les nôtres. Quand c'était fini, nous la traitions de salope et nous lui jetions des pierres. C'est dire que nous devenions des mâles, de petits animaux brutaux et cruels.

Le deuxième coup avait profondément atteint Angel. Sa santé s'altéra, il tomba malade et resta près d'un mois couché. Quand il réapparut parmi nous, il nous parut maigri, des cernes agrandissaient ses yeux où se lisait une mélancolie écœurée. Ces modifications, je les relevais avec intérêt. Ainsi, il suffisait de savoir que quelqu'un, un inconnu, avait percé notre secret pour qu'on dépérît et qu'on s'éteignît ? Je découvrais que la détention d'une information vous faisait le maître absolu d'un homme. Il n'était pas même besoin de menacer de la diffuser : il suffisait que le coupable sût qu'on la gardait. Ma vocation était née : j'entrerais dans la police ; je collectionnerais et rangerais les décrets qui anihilent la liberté des hommes. Caché dans l'ombre, je tirerais les ficelles de ces pantins. Je demeurerais invisible, anonyme, et je n'en disposerais pas moins du sort de mes semblables. L'harmonie que mon père avait détruite en me révélant sa trahison et sa désertion, je la rétablirais en la fondant sur le soupçon universel. Car je le savais désormais : tout homme est coupable ; chacun cache un secret de honte.

Je m'étais désintéressé d'Angel Linarès. Je fus surpris en le voyant un soir paraître à la maison.

C'était au début du mois de juin. Les grandes vacances commençaient le lendemain. Assis à la table de la salle commune, je lisais *Robinson Crusoé*. Il entra sans frapper, marcha vers moi, me regardant d'un air de lassitude.

« Je suis venu te dire adieu, dit-il à voix basse sans cesser de me regarder. Je quitte Benamid. »

Interloqué, je le contemplais comme s'il s'était agi d'un revenant.

« Tu n'as rien à me dire ? » questionna-t-il dans un murmure.

Je secouai la tête en baissant les yeux.

« Regarde-moi, Santi, fit-il d'une voix ferme. Aie au moins ce courage-là. Quelle sorte d'homme es-tu donc ? Je n'arrive pas à comprendre.

— Et vous ? fis-je soudain, emporté par la haine. Une pédale, une salope ! »

Il recula d'un pas et ses yeux exprimèrent un dégoût mêlé d'horreur.

« Est-ce possible... ? balbutia-t-il.

— Si vous ne partez pas, je crie et je raconte à tous ce que vous avez fait avec moi, avec Pablo. Vous n'êtes qu'un cochon.

— Oui, fit-il à voix basse, tu le ferais. Tu es capable de bien pire encore... Ce n'est pas tout le mal que tu m'as fait que je te reproche, Santi. Ça, j'aurais pu te le pardonner. Mais tu as miné ma foi en l'homme. Je croyais que les enfants, eux, au moins...

— Et quand vous les tripotiez avec vos sales pattes et que

vous baviez sur eux comme un chien, vous les preniez aussi pour des anges ?

— C'est vrai, lâcha-t-il après un silence, je suis un homme faible. Je... Je te demande pardon. »

Il repartit, courbé. J'écoutai le bruit de ses pas dans la venelle et les saluts que lui adressaient les voisines.

La nuit même, alors que nous venions d'achever le dîner, mon père dit : « J'ai à te parler seul à seul, Santi. Viens avec moi. »

Un frisson de froid me parcourut de la tête aux pieds, et j'eus l'impression que le sang gelait dans mes veines.

Mon père pénétra le premier dans la chambre que je partageais avec mes frères. Après avoir fermé la porte derrière lui, il me contempla un long moment en silence.

« Don Angel est venu te voir ? »

Je restai pétrifié, sans réagir.

« Je ne te demande rien, fit-il d'une voix lasse. Je ne veux pas connaître tes motifs. Tu as failli tuer un homme de bien. Il a péché, c'est vrai, mais il ne nous appartient pas de le juger. »

Il se tut. Puis d'une voix changée :

« Je ne peux supporter que tu vives sous mon toit après... En octobre, tu partiras pour Cordoue. Tu seras pensionnaire chez les maristes. J'espère que tu comprendras un jour ce que tu as fait et que tu t'en repentiras. Je l'espère pour toi et pour moi. Une dernière chose, ta mère ne sait rien. Elle croit que je t'envoie à la ville pour tes études. C'est du reste vrai en partie. Je veux qu'elle ignore tout de cette... Tu es intelligent, Santi. Tu n'as pas agi sans réfléchir aux conséquences de tes actes. C'est... »

Il s'interrompit et me tourna le dos, me laissant seul. J'étais foudroyé ; ma gorge se nouait ; ma poitrine se serrait ; des picotements brûlaient mes paupières. Dans le même temps, un flot de haine me submergeait. Ainsi mon père m'écrasait de son mépris ! Mais lui n'avait-il pas détruit mon bonheur en me révélant que sa vie, nous tous donc, sa famille, lui pesait et qu'il la vomissait ? J'avais failli tuer Angel Linarès, mais n'étais-je pas mort, moi aussi, ce jour où mon père m'avait crié sa haine de ce pays dont je me sentais être une parcelle ? N'y pouvant plus, je laissai échapper les larmes que je refoulais. Rageuses, elles glissèrent sur mes joues, brûlant mes lèvres.

Depuis vingt ans, j'avais cru oublier ces souvenirs. Soudain, ils frappaient derrière mon front avec une brutalité terrible. Je revoyais distinctement le visage d'Angel, tel qu'il m'était apparu lors de notre dernier entretien. Sa silhouette tassée se dressait devant moi, et un rayon de lumière se posait sur sa chevelure blonde. J'entendais le son de sa voix étranglée. Je contemplais mon père qui me fixait avec une sorte de perplexité apitoyée. Je retrouvais chaque pierre de Benamid, préservée de l'oubli. Le village ressuscitait avec ses ruelles pentues dont les trottoirs formaient des marches ; ses chiens efflanqués haletant dans l'ombre ; ses ânes misérables portant d'énormes fardeaux ; sa rumeur de ruche ; son minaret déguisé en clocher et coiffé d'une croix immense. Tout resurgissait avec la netteté d'une hallucination : les ruines du vieux château, le fleuve qui sinuait au fond de la vallée, étincelant sous la lumière limpide de l'hiver. Je respirais les odeurs de purin, de crottin de chèvre, d'huile et de piment que recouvraient par instants les effluves du jasmin et du géranium rose. Sur ce film dont chaque plan blessait ma mémoire, une autre image s'inscrivait en surimpression : le visage de Don Avelino, ses yeux de volcan mort. Je cherchais quel lien pouvait exister entre le bel Angel, épris de lumière et de bonheur, confiant en la native bonté de l'homme, et ce visage de momie, sans illusions ni espérance. Peut-être aucun. Il me semblait cependant que ce regard de poussière vivait depuis longtemps au-dedans de moi et que c'est avec ces yeux de revenant que j'avais tué la foi de l'instituteur.

Les paroles de mon père résonnaient dans ma tête : « J'espère que tu comprendras un jour ce que tu as fait... » Je ne comprenais pas, je ne faisais que pressentir. Je n'éprouvais pas non plus de remords. Une certaine lassitude seulement, une vague mélancolie.

Mes rêves de puissance n'avaient pas résisté à l'épreuve de la réalité. Je n'étais pas un démiurge disposant à ma guise du sort de mes semblables, mais un obscur fonctionnaire gagnant tout juste de quoi végéter dans un confort médiocre. Pilar, dont j'entendais la respiration oppressée, s'étiolait lentement, consumée d'ennui. Un jour après l'autre, son émouvante beauté se fanait, et je pouvais lire dans ses yeux de velours une question lancinante, comme un reproche. En un sens, ma vie était un échec. Je ne serais jamais ce prêtre redoutable veillant aux portes du sanctuaire renfermant les tables de la Loi. Plus sûrement, je resterais un flic, méprisé autant que craint, satisfait si je ne finissais pas comme Baza, défait. Pourtant, l'illusion persistait, celle que je décelais dans le regard de Don Avelino : celle d'un ordre achevé fondé sur la parfaite égalité dans le soupçon. Je m'interrogeais : avait-il découvert, lui aussi, cette fissure, ce mensonge cachés dans l'apparence ? Avait-il rêvé de recomposer le monde en le délivrant de ces illusions — l'Amour, la Fraternité, la Liberté — pour l'établir sur des bases strictes et irréfutables ? Un secret terrible semblait se cacher derrière le mur des yeux éteints, un secret que j'avais cru entrevoir à Benamid, et que ce policier singulier accepterait peut-être de me révéler.

9

Les jours suivants, j'oubliai Don Avelino ainsi que mon prochain départ pour Huesca. Nous ayant convoqués, Marcos et moi, le commissaire Anselmo nous demanda de clore dans les plus brefs délais l'enquête à laquelle nous travaillions depuis bientôt trois mois. Il s'était exprimé d'une voix plus lente et plus posée encore qu'à son habitude, ce qui montrait son impatience. Nous replongeâmes donc dans cette affaire, revoyant minutieusement chaque pièce d'un dossier qui en comportait près de mille. Assis chacun à notre bureau, face à face, nous épluchions des tas de factures, vérifiions la comptabilité, comparions les bons de commande et de livraison, griffonnant des notes, mémorisant des colonnes de chiffres. Ce travail fastidieux nous absorbait au point que nous oubliions l'heure. Nous fumions une cigarette après l'autre. La pièce, étroite et longue, avec deux portes, ouvrant l'une sur le bureau de Marina, la seconde sur le couloir, était bientôt noyée dans un nuage tabagique.

Enorme, près d'un mètre quatre-vingt-douze, cent quatre-vingt-quinze kilos, le visage cabossé et piqué de trous, un gros nez bourgeonnant, Marcos, avec son épaisse tignasse flamboyante et son teint rubicond, m'évoquait un ogre. Il soufflait en travaillant. Saisissant chaque papier dans ses pattes rougeaudes aux doigts spatulés couverts de poils roussis, le levant pour l'examiner d'un œil plissé d'où fusait un regard d'un bleu de faïence, il restait parfois deux ou trois minutes ainsi, hochant sa tête massive.

A intervalles rapprochés, Marina ouvrait la porte et, passant la tête dans l'embrasure, nous demandait si nous voulions une bière ou un café. Marcos grognait un « oui, merci... » avant d'ajouter : « et un sandwich, s'il te plaît », ce qui finissait par nous faire rire, car il en avalait une douzaine au moins par jour, chacun arrosé d'une bière dont l'écume blanchissait ses grosses moustaches pointues.

Quand elle nous apportait les boissons et l'inévitable sandwich, Marina s'attardait quelques instants auprès de nous, ne paraissant nullement incommodée par l'odeur du tabac ni par la chaleur d'étuve. Prenant une chaise, elle s'asseyait au bout de nos deux bureaux accolés, face à la fenêtre. Croisant ses jambes, elle nous observait de son regard placide. Une lumière impitoyable accentuait ses traits. D'une voix tranquille, elle nous demandait :

« Ça avance ?

— C'est la merde », grognait Marcos sans lever les yeux de sa liasse de papiers.

Hochant la tête, Marina souriait. Sa présence produisait sur moi des effets inattendus. La première fois que je sentis, l'observant à la dérobée, mon sexe se durcir entre mes jambes, j'en éprouvai de la gêne et presque de la honte. Je détournai vivement la tête en rougissant comme aurait pu le faire un écolier. J'eus même l'impression que le regard aigu de Marcos avait remarqué mon geste et qu'il en devinait la cause. C'était absurde, bien sûr. Plongé dans ses papiers, il n'avait même pas levé la tête.

Mon malaise ne provenait nullement de mon excitation sexuelle que la chaleur exaspérait, si elle ne la provoquait pas. Ce qui me troublait, c'était la violence de mon désir. Je regardais Marina, tranquillement assise, un ineffable sourire sur sa petite bouche gonflée, et je devais convenir qu'elle n'était pas belle. Non plus laide. Sympathique, c'est-à-dire lisse et chaleureuse. Aussi n'est-ce pas sa figure, même pas son regard plein de douceur, qui brûlait mon sang. De sa personne, je ne voyais vraiment, mais avec quelle furieuse intensité, que ses seins, fermes et puissants, et que le pli de sa jupe, entre les cuisses. Ce sexe que je devinais vaste et tiède m'obsédait, littéralement. Je l'imaginais accueillant, d'une profondeur moite et ombreuse. De peur que Marina devinât mes pensées, je m'efforçais de ne pas laisser mon regard s'attarder à cet endroit de sa personne. Malgré moi, mes yeux revenaient à la poitrine qui gonflait la blouse de mousseline, au ventre rebondi où je rêvais de poser ma tete, à ce creux vertigineux que j'imaginais béant sous la jupe bleue.

Depuis notre conversation dans le couloir, nous n'avions échangé que des propos d'une parfaite banalité. Son comportement à mon égard n'avait pas changé, toujours d'une amabilité impersonnelle et, pour tout dire, professionnelle. Je savais néanmoins qu'il existait une autre Marina, coléreuse, d'une franchise brutale, intelligente et pleine de vivacité. Cette femme hardie effaçait la première, à laquelle je n'avais longtemps prêté qu'une attention distraite, je veux parler de la femme émotive, rougissante, pleine d'un respect timide envers les supérieurs, celle que Garcia traitait de vieille fille hystérique. Une troisième se découvrait à moi dans ce bureau étouffant, empli d'un nuage bleuâtre qui s'étirait en spirales et en volutes. Une Marina enjouée, d'une gaieté espiègle. Souvent, elle plaisantait en effet avec nous, raillant tel ou tel, rapportant une anecdote cocasse. Pour rire, elle rejetait légèrement la tête, exhibant des dents d'un éclat insolite. Rien n'échappait à ce regard apparemment dormant, abrité sous de longs cils recourbés : il remarquait tous les tics, tous les ridicules, et il s'en amusait avec une bonne santé contagieuse. Même le gros Marcos partait, l'écoutant, d'un rire puissant qui secouait ses chairs rougeaudes. Derrière ces Marina non pas contradictoires mais diverses, une autre m'apparaissait, une Marina rêvée : une femme nocturne dont les vastes chairs m'entouraient, m'enveloppaient, et où je m'enfouissais avec une sorte de frénésie.

Avec impatience, j'attendais ses visites, qui rompaient la monotonie d'une besogne ennuyeuse et, pensais-je, stérile. Souvent, je commandais un café rien que pour la voir apparaître et pour respirer son odeur puissante.

Nous travaillions jusqu'à très tard le soir, pressés par le court délai dont nous disposions. Une fois l'affaire parfaitement assimilée et mémorisée restait en effet le plus dur : obtenir les aveux des suspects, de l'un d'eux surtout, un certain Ruiz, qui chercherait la moindre faille pour nous échapper. Or, des fissures, des précipices même, il y en avait partout dans ce dossier. Pourtant, nous le sentions, le commissaire Anselmo souhaitait une inculpation. Ruiz était un commerçant riche et influent, jouissant de relations nombreuses et puissantes, et sa condamnation ferait du bruit. Peut-être la police éprouvait-elle le besoin de faire savoir à l'opinion qu'elle n'hésitait pas à s'en prendre aux gros, ce qui produisait toujours un effet réconfortant. Ruiz devrait donc payer pour tous ceux qui contournaient la loi, étalant leurs fortunes suspectes. Il ne restait qu'à le coincer, ce qui ne serait pas une tâche facile, tant le bonhomme avait de ressources. Obstiné, Marcos soufflait, suait, dévorait des sandwiches et ingurgitait des bières, sans que je puisse connaître ses réactions. Pensait-il pouvoir venir à bout de Ruiz ? Il ne se posait sans doute pas la question. Il avançait dans ce champ de paperasses avec la patience et l'obstination d'un bœuf, notant une date, soulignant un chiffre d'un trait rouge, griffonnant quelques mots en marge d'un bon de livraison.

Chaque soir, je raccompagnais Marina à son domicile, car elle restait pour taper nos notes et photocopier les documents dont nous aurions besoin.

Dans la voiture, sa proximité me causait une brûlure douloureuse. Je craignais et souhaitais en même temps que son regard se portât sur ma braguette gonflée. Mais elle semblait ne rien remarquer, regardant droit devant elle, ses petites mains potelées posées sur sa jupe, le buste droit. Parfois un mot, une plaisanterie la faisaient rire. Au-dessus des dents éclatantes, elle découvrait alors des gencives d'un rose vif. Cette chair vive augmentait, je ne sais pourquoi, mon excitation. J'aurais voulu laisser courir ma langue dans cette gorge offerte.

Espérant qu'elle m'inviterait à monter chez elle, je lui demandais quand elle accepterait de me parler de Don Avelino. De son ton paisible, elle me répondit que je me faisais des idées sur le personnage qui n'était après tout qu'un homme, seulement plus seul et, peut-être, plus malchanceux. Mais, ajoutait-elle, elle accepterait volontiers de me dire ce qu'elle en savait, un jour prochain. Je comprenais qu'elle ne tenait pas à me faire monter chez elle, ce qui me renforçait dans l'idée que la Marina nocturne dont je ne cessais de rêver, imaginant ses rondeurs répandues dans les draps, que cette Marina était le fruit de ma fantaisie déréglée.

L'immeuble où elle habitait se trouvait dans une ruelle

tranquille, derrière la cathédrale. Des bandes d'enfants jouaient tard dans la soirée sur la chaussée, car il n'y passait que peu de voitures. L'endroit conservait un aspect provincial. Les radios et les télévisions résonnaient derrière les stores de sparterie déroulés et accrochés par une corde aux rampes des balcons. On devinait un peuple de fonctionnaires, de petits commerçants, de retraités préoccupés de respectabilité et très soucieux du qu'en-dira-t-on. Les maisons, à trois ou quatre étages, dataient pour la plupart des années 1880-1900. Solides, elles avaient un air de propreté. L'ensemble dégageait une impression d'une douceur étouffante.

Je sortais de la voiture pour ouvrir la portière, et Marina me tendait sa main menue, attachée à un poignet d'une finesse troublante. Avec un sourire chaleureux, elle me remerciait en me souhaitant une bonne nuit avant de disparaître dans le couloir de l'immeuble. Je la regardais s'éloigner de dos, petite et large, juchée sur des hauts talons. Cette silhouette épaisse et courte, surmontée d'un gros chignon d'un noir-bleu, me laissait rêveur : comment pouvait-on si furieusement bander pour ce pot à tabac ? Pilar était grande, élancée, avec des yeux admirables d'un or velouté. Or, je n'avais jamais éprouvé pour elle cette faim douloureuse qui contractait tous mes muscles. Aucune femme ne m'avait encore procuré ce vertige. Il y avait quelque chose d'irritant à si violemment désirer une femme qu'on juge quelconque.

A la maison, Pilar m'accueillait dans son peignoir bleu, ses longs cheveux dénoués. Son œil caressant me fixait avec une sorte d'étonnement mélancolique. Plusieurs fois j'eus l'impression qu'elle allait parler. Mais elle se contentait de m'adresser un sourire étrangement résigné. Elle semblait souvent absente, comme enfoncée dans une rêverie informe. Sa conversation se limitait aux menus incidents du jour : ragots de voisinage, comportement des enfants, soucis ménagers. Ces riens, elle les débitait d'une voix indifférente. On aurait dit qu'elle ne parlait que pour briser le silence mais que sa pensée était ailleurs. De mon côté, j'avais le sentiment que je devrais lui parler, qu'il me fallait lui dire quelque chose, mais je cherchais vainement quoi.

Je fouillais dans ma mémoire, espérant retrouver un souvenir oublié. Mais il n'y avait sans doute rien à retrouver.

J'arrivais épuisé et je me précipitais sous la douche, laissant voluptueusement l'eau ruisseler sur ma peau. Il me semblait qu'avec la saleté et l'odeur de sueur partait aussi cette chaleur gluante où j'avais macéré tout le jour. Une heure après cependant, je me retrouvais en nage.

Tourmenté par le souvenir de Marina, je fis une ou deux fois l'amour avec Pilar, qui s'abandonna distraitement. Ses gémissements et ses râles me semblaient exagérés. J'avais l'impression de tenir dans mes bras non pas une personne vivante mais un mannequin doté d'une mécanique. La jouissance ne me délivrait pas de cette raideur qui rendait mes articulations douloureuses ou, quand cela se produisait, le soulagement durait peu.

Je m'enfonçais dans un sommeil lourd et traversé de rêves. Je voyais le sexe de Marina, grotte ombreuse renfermant un lac aux eaux d'un vert transparent. Avec une ineffable sensation de bonheur, je plongeais dans cette eau, enivré de cette fraîcheur et de sa densité onctueuse. Au moment d'en sortir, alors que mes mains agrippaient un rocher, je découvrais un homme haut et maigre, tout de noir vêtu, qui me fixait intensément. Ces yeux durs et vides me procuraient une angoisse mortelle, qui s'exaspérait quand je m'apercevais que l'étrange personnage était en réalité aveugle. J'étais pris d'une folle panique, je m'agitais, je me débattais : l'homme ne bougeait pas, et ses yeux morts continuaient de me fixer. Une main se tendait vers moi, et je la saisissais avec un élan de gratitude. Angel Linarès me tirait hors de l'eau, me couchait sur la pierre et faisait un geste pour me caresser. Ecœuré, je me redressais, lui criant de ne pas me toucher. Son beau visage prenait une expression de souffrance, et sa voix susurrait : « Je ne voulais pas te faire de mal. »

Je me réveillais le cœur battant, le sang cognant à coups redoublés à mes tempes. M'arrachant à la moiteur des draps, je me dirigeais vers le rectangle clair de la porte et marchais jusqu'au balcon. Je restais là un long moment, happant l'air. Mais le brouillard tiède qui noyait la résidence se déposait sur mes bronches. Etouffant, je m'abattais dans un fauteuil, fermais les yeux, écoutant la respiration bruyante des enfants et de Pilar.

Parfois, je levais mes paupières pour contempler le paysage halluciné, qui paraissait flotter dans la brume. Je pensais à Don Avelino : pourquoi son visage sévère hantait-il mes rêves ? Quelle part obscure de moi ses yeux éteints sollicitaient-ils ? J'évoquais aussi l'image de Marina, et aussitôt mon sexe entrait en érection, se dressant, dur et gonflé, entre mes cuisses.

Vers le milieu de la semaine, Marcos referma le dossier, soupira, bâilla et dit d'une voix nonchalante :

« On pourrait peut-être sonder les reins de ce Ruiz, qu'en penses-tu ? »

J'acquiesçai d'un hochement de tête. Rien ne prouvait que nous serions plus avancés en continuant d'éplucher cette montagne de papiers. Déjà, nous avions atteint ce point de saturation où, au lieu de s'éclaircir, les faits s'embrouillent. Nous confondions les dates, mélangions les chiffres, hésitions sur les noms. Mieux valait, dans ces conditions, tenter notre chance. Après tout, les hommes sont toujours plus éloquents que les documents.

Escorté d'un garde armé, Ruiz entra dans le bureau. Petit, sec et noiraud, les cheveux calamistrés, il était vêtu avec élégance : costume de toile beige, chemise bleu pâle et cravate rayée. S'asseyant sur un signe de Marcos à la place que Marina occupait habituellement, il nous décocha un regard d'une intelligence désinvolte. Assis très droit, affectant une attitude dédaigneuse, il attendait nos questions.

Une partie aussi subtile qu'éprouvante s'engagea alors. J'abandonnai l'initiative à Marcos qui, étant mon aîné et travaillant depuis six ans dans le service, devait, pensais-je, posséder l'expérience de ce genre d'affaires. Avec une curiosité distraite, j'attendis donc, moi aussi, ses premières questions. Au lieu de quoi il s'installa confortablement sur son siège, allongeant ses jambes éléphantesques, les pouces glissés sous ses bretelles et ses autres doigts posés sur son ventre difforme dont les plis retombaient au-dessus de son pantalon. D'un ton presque amical, il pria Ruiz de résumer toute l'affaire, depuis l'origine. La réaction de Ruiz fut la même que la mienne : il eut un imperceptible mouvement de surprise. De toute évidence, cette tactique le déconcertait, et il se demandait quelle attitude adopter. Il choisit de parler vite et beaucoup, espérant nous écraser sous cette avalanche de noms, de dates, de chiffres. Pour ce qui me concerne, il atteignit son but. Au bout d'une heure, j'étais tout à fait désorienté. Quant à Marcos, impossible de deviner ses réactions. Figé, comme écroulé au milieu de ses chairs répandues autour de lui, son visage n'exprimait rien. De temps à autre, si Ruiz hésitait ou se taisait, il se contentait d'émettre un grognement indistinct, ponctué d'un hochement de tête. Encouragé à poursuivre, Ruiz repartait dans ses explications filandreuses, multipliant les incidentes, les parenthèses, accumulant les détails les plus insignifiants. Il me faisait l'effet d'un lièvre débusqué qui se lance dans une course frénétique et zigzagante. A cette différence près que le molosse ne bougeait pas, le regardant s'épuiser d'un œil ensommeillé.

La séance dura près de six heures au bout desquelles Ruiz paraissait épuisé. Son beau costume était tout fripé, le col de sa chemise trempé et chiffonné. De mon côté, je ne devais guère être plus frais. Je m'étais plusieurs fois endormi, bercé par le ronronnement de la voix monocorde de Ruiz. Une coulée de lave glissant par la fenêtre avait fait du bureau une étuve remplie d'un brouillard bleuâtre. Mon dos ruisselait de sueur, et je m'enfonçais dans une sorte d'hallucination.

Le soir, je demandai à Marcos s'il pensait que nous arriverions à nous en sortir.

« La meilleure arme du flic, petit, c'est la patience », me répondit-il en bâillant.

Le lendemain matin, le même jeu reprenait. Reposé, Ruiz se ressaisissait et repartait à toute allure dans sa course verbale. Rien ne semblait plus pouvoir l'arrêter. Brouillant les pistes, il sautait les obstacles, revenait sur ses pas, rebondissait.

Je sentais parfois son regard aigu qui se posait sur moi pour mesurer ma résistance. Adoptant l'attitude de Marcos, je m'enfonçais dans une impassibilité minérale, tout en me demandant ce qui pourrait sortir de ce jeu harassant. Les heures passaient, la chaleur devenait accablante, le nuage de fumée s'épaississait. La voix de Ruiz s'assourdissait, son débit se faisait plus lent et plus incertain. Affalé sur sa chaise, énorme et rougeoyant, Marcos donnait l'impression de rêvasser, ses paupières fripées abaissées. A tour de rôle, nous nous absentions pour boire un café ou manger un sandwich dans le couloir.

« Ça marche ? » questionnait Marina en nous apercevant. Pour toute réponse, je levais les bras et les laissais retomber dans un geste de découragement. Je n'aurais en effet rien su dire d'autre. Je devinais que Marcos voulait épuiser son gibier, le laissant s'ébattre à sa guise, attendant patiemment le moment propice. Je doutais cependant qu'à ce jeu de la chasse à courre Ruiz ne fût pas le plus agile. Il s'épuisait certes, il perdait ses forces, mais je le soupçonnais de disposer de réserves suffisantes pour nous échapper le moment venu.

L'après-midi, le soleil tournait, inondant l'étroit bureau d'une lave incandescente. Marcos déroulait le store, abaissait les lamelles, mais la pénombre crépitait comme si l'atmosphère se consumait. Une torpeur hébétée nous saisissait. Dans un nuage de feu, la voix de Ruiz trébuchait, s'effondrait par moments. De longs silences tombaient que rompait la voix de Marcos :

« Je vous écoute, Ruiz. Vous en étiez à votre beau-frère... »

Ainsi harcelé, Ruiz repartait. Une tension douloureuse nouait mes articulations. Cette immobilité m'arrachait des cris, qui, bien sûr, ne franchissaient pas mes lèvres, éclatant dans ma tête.

Le troisième jour, je crus que je n'y tiendrais plus. Il y avait vingt-huit heures que Marcos ne bougeait pas. Suant, il devenait de plus en plus rouge, monstrueuse écrevisse.

Soudain, l'énorme masse de chairs rouges se déplaça et une lueur bleue s'insinua entre les paupières ensommeillées. Avec ahurissement, je constatai que Marcos avait tout enregistré, relevant les contradictions, les mensonges, le moindre silence. Tout était gravé dans sa tête de colosse : dates, noms, chiffres. Avec une implacable patience, il reprenait point par point les déclarations de Ruiz, posant des questions précises, revenant sur chaque détail, réclamant des éclaircissements. Bousculé, Ruiz perdait pied, luttait vainement pour glisser entre les mailles du filet. Marcos ne lâchait pas, il accélérait soudain sa course, abandonnant un endroit pour surgir plus loin. Fasciné, j'assistais à cette cruelle mise à mort. Ruiz n'était plus qu'un pantin ; livide, il s'agitait pour échapper aux morsures du molosse. Au bout de trois heures cependant, il se tut, à bout de résistance.

« S'il le faut, dit Marcos d'un ton paisible, nous resterons ensemble toute la nuit.

— C'est bon, murmura Ruiz avec un pâle sourire, vous avez gagné. J'aurais dû me méfier. J'ai eu tort de trop parler. »

Beau joueur, il examinait froidement la partie, relevant ses fautes. Il paraissait soulagé, comme s'il était fatigué de ce jeu monotone, qui n'avait que trop duré. Nulle trace en lui de ressentiment, ni même d'amertume. Il s'inclinait, acceptant sa défaite avec bonne humeur. Je l'écoutais bavarder gaiement avec Marcos. On aurait pu penser qu'ils étaient de vieux amis, contents de se retrouver après une longue séparation.

« Vous avez failli gagner, concédait Marcos avec un large sourire. Votre tactique était dangereuse mais juste. Plusieurs fois j'ai cru perdre pied.

— Non, rétorquait Ruiz en secouant la tête, j'ai péché par un excès de confiance en moi-même. La vanité, ça ne pardonne pas. Je me suis cru très fort... »

Cette complicité entre policiers et détenus, je l'avais souvent observée à la fin d'une enquête. Sans m'étonner, elle continuait de m'intriguer. Quel sens avait donc ce jeu terrible dont l'enjeu était la liberté, parfois même la vie d'un homme, et qui s'achevait dans cette trouble atmosphère de connivence ? D'où venait qu'après ses aveux, le suspect parût délivré, presque heureux ?

Je posai en sortant la question à Marcos, après l'avoir félicité de son succès.

« Oh, me répondit-il avec un sourire furtif, le fond de tout, c'est que les hommes ont besoin de parler. Ils se sentent trop seuls avec leurs petits secrets puants. »

Je méditai ses paroles. Il marchait pesamment en secouant ses bras démesurés. Il m'avait donné l'impression de n'éprouver aucune joie de sa victoire. Il semblait las, vaguement mélancolique. Ce n'était bien sûr qu'une impression. Du reste, je me sentais moi aussi fatigué et presque déçu. Ruiz passerait quatre ou cinq ans de sa vie en prison et il recommencerait, en recouvrant la liberté, à brasser des affaires douteuses qui le mèneraient, soit devant les tribunaux, soit au succès. Je n'éprouvais pour ce petit homme intelligent ni mépris ni haine. Je savais qu'il y avait dans le pays des dizaines de milliers de Ruiz dont certains occupaient des fonctions importantes. Au fond, la vie même était une partie cruelle. Le seul tort de Ruiz consistait à s'être laissé épingler. C'est d'ailleurs ce qu'il devait penser en signant ses aveux, et la raison pour laquelle il n'en voulait pas à Marcos. Cela expliquait aussi cette vague mélancolie que j'avais cru déceler dans l'œil bleu de mon collègue, cette même mélancolie qui me tenait immobile dans le couloir.

10

« C'est fini ? »
Me retournant, je vis Marina qui me souriait en serrant une serviette de cuir contre sa poitrine.
J'acquiesçai de la tête, et nous nous dirigeâmes ensemble vers l'ascenseur.
« Il risque au plus cinq ans. Quand il sortira de prison, il retrouvera le magot qu'il a dû planquer en Suisse ou Dieu sait où. Il montera une nouvelle entreprise. Avec un peu de chance, il finira à la tête d'une grosse affaire, respecté de tous. Il professera alors des opinions radicales sur la répression, qu'il jugera trop molle.
— Vous en parlez calmement, fis-je distraitement.
— Si l'on devait s'exciter chaque fois qu'une escroquerie est commise, on mourrait avant quarante ans d'une crise cardiaque. De toute façon, la vie sociale n'est faite que d'escroqueries réussies ou avortées.
— Vous le pensez vraiment ?
— Ce n'est pas une pensée, c'est une constatation.
— Je me demande à quoi nous servons, nous autres flics, dans ces conditions.
— A empêcher les égouts de déborder. C'est Marcos qui répète souvent ça, ajouta-t-elle avec son sourire paisible. Il a raison, je crois. »
Nous traversâmes le hall. Dehors, la nuit venait de tomber et l'atmosphère s'était détendue.
« Vous n'êtes pas le seul policier à éprouver de la tristesse à la fin d'une enquête, vous savez. Il y en a quelques-uns à réagir de la sorte, les plus imaginatifs.
— Et Pared, demandais-je en introduisant ma clé dans la

serrure de la portière, vous a-t-il dit s'il ressentait cette mélancolie ?

— Oh, répondit-elle avec un hochement de tête, pour lui c'est différent. Je crois bien que la tristesse ne l'a jamais abandonné. Il a toujours vécu avec l'idée de l'échec.

— Mais encore ?

— Eh bien, il déclarait souvent que la police était impossible mais qu'il fallait faire semblant d'y croire.

— Vous comprenez ce qu'il entendait par là ?

— Peut-être, murmura-t-elle en calant sa nuque sur le repose-tête. Il pensait que la police n'existerait que du jour où l'ordre régnerait.

— J'ai entendu ça de la bouche de Don Anastasio.

— Ça ne m'étonne pas, mais lui ne se préoccupe guère de l'ordre, son apparence lui suffit. C'est pourquoi il a réussi sa carrière.

— Pared a pourtant atteint les sommets, lui aussi.

— A son corps défendant. Il n'a rien tenté, jamais, pour gravir un échelon. Du reste, il ne croyait pas qu'on pût faire carrière dans la police, du moins dans la police telle qu'il la concevait.

— Vous parlez de lui avec sympathie.

— Avec estime, ce qui est différent. J'aurais des raisons de le détester. »

Elle se tut cependant que je manœuvrais pour garer ma voiture. Debout sur le trottoir, elle posa sur moi un regard hardi.

« Je ne puis vous offrir qu'une citronnade, dit-elle avec naturel. Je ne bois pas d'alcool.

— Je meurs de soif. »

Elle me précéda dans le hall d'entrée et commença de gravir les marches en s'accrochant à la rampe de bois. Soudain, elle se retourna :

« Je dois vous prévenir, dit-elle en laissant tomber sur moi son regard doré, je ne vis pas seule. Oh, ajouta-t-elle en rosissant légèrement, ce n'est pas ce que vous pensez. Je vis avec ma sœur cadette, Concha. »

Je baissai la tête, confus.

Arrivée sur le palier, elle appuya sur la sonnerie et attendit, tête baissée. Je pensai à lui présenter mes excuses mais le temps m'en manqua. Déjà la porte s'entrebâillait, laissant apparaître un visage jauni, creusé de rides, surmonté d'une touffe de cheveux clairsemés d'un blanc éclatant. Un regard jaune, rempli de questions, m'examina avec suspicion.

« L'inspecteur Laredo, un ami, fit Marina en se penchant pour embrasser la vieille qui ne devait pas mesurer plus d'un mètre cinquante. Magda, ma voisine », déclara Marina du même ton net.

Je tendis ma main à la vieille qui l'effleura du bout de ses doigts gelés avant de s'écarter pour nous frayer un passage.

« Comment va-t-elle ? questionnait Marina en déposant sa serviette sur une chaise.

— Elle a dîné, marmonna la vieille en m'observant de son regard jaune. J'ai voulu la coucher mais il n'y a rien eu à faire. Elle voulait t'attendre.

— Ça ne fait rien, Magda. Je la coucherai moi-même. Tu peux rentrer chez toi à présent. Il est tard, tu dois être fatiguée.

— Oh, à mon âge il n'y a plus d'heure. Chacune sonne le même nombre de coups. Allons, à demain matin, je vous laisse parler. »

Elle tendit sa joue parcheminée à Marina et me salua d'un hochement de tête, me décochant un nouveau coup d'œil aussi méfiant que les précédents. Malgré la chaleur étouffante, elle enveloppait son dos voûté dans un châle de laine noire. Elle s'éloigna à pas menus, refermant précautionneusement la porte derrière elle.

« Excusez-moi, fit Marina de sa voix claire, je vais être obligée de vous abandonner quelques instants pour m'occuper de Concha. Ce ne sera pas long. »

Sans me laisser le temps de répondre, elle me précéda le long d'un couloir, m'introduisant dans la salle de séjour, aux dimensions assez vastes et ouverte sur un balcon dominant la rue, à en juger par les cris d'enfants, les échos des radios et des télévisions. J'aurais pu me croire dans le hall d'exposition d'un grand magasin de meubles : l'imposant buffet de chêne sculpté, à ma droite ; la table ronde entourée de six chaises à haut dossier, au centre ; le canapé et les deux fauteuils de chintz à grosses fleurs stylisées, des tulipes vraisemblablement, autour d'une table basse vernissée ; les nombreux bibelots, les napperons au crochet, les fleurs en plastique, les photos dans des cadres en métal argenté, les tableaux représentant des paysages d'Andalousie, d'une précision irréelle dans la netteté des détails, une poupée habillée d'une robe à volants, tout ce décor d'une pompe médiocre créait une atmosphère oppressante. Pas un grain de poussière. Les meubles étincelaient et chaque objet paraissait figé, comme si personne ne pénétrait jamais dans cette pièce. C'était peut-être le cas du reste.

« Asseyez-vous, dit Marina en ouvrant la porte du buffet et en se baissant pour fouiller un long moment avant de se relever, un album dans les mains. Tenez, certaines photos vous amuseront. »

Je m'étais assis sur le rebord d'un des fauteuils, l'album sur mes genoux. J'essayais d'imaginer le genre de vie que Marina pouvait mener dans ce logement d'une propreté étouffante. Déroulé, le store de sparterie empêchait de voir les immeubles d'en face, mais les bruits résonnaient très proches, donnant l'illusion que l'appartement se prolongeait dans celui des voisins : distinctement, on pouvait entendre le bruit des cuillers dans les assiettes, le murmure des conversations, la voix du speaker de la télévision débitant pompeusement les informations. Un cri d'enfant s'élevait soudain, si présent qu'on aurait pu croire à une hallucination. J'étais mortifié de m'être trompé : nul secret dans cette existence offerte à tous les regards. La Marina nocturne dont l'image remplissait mes rêves n'existait pas, elle ne pouvait pas exister. A sa place, il y avait une femme seule qui travaillait tout le jour et rentrait chez elle pour s'écrouler, épuisée de fatigue. Quant à cette pièce dont la froideur me glaçait, elle servait effectivement de vitrine. C'était la devanture de la respectabilité.

Des chuchotements, des rires, des bruits de baisers m'arrivaient de la chambre voisine. Je cherchais à deviner à quoi Concha pouvait ressembler. Marina frôlait la quarantaine, il était par conséquent difficile d'imaginer que sa cadette eût moins de trente-cinq ans, trente à la rigueur. Comment concevoir qu'elle soit, elle aussi, restée célibataire ? A moins qu'elle ne fût malade, ce qui expliquerait la présence de la vieille sorcière ?

Soudain, la porte de la chambre s'ouvrit et Marina parut, tenant sa sœur par les épaules. Je me levai. Dans les yeux de Marina, il me sembla lire une expression de défi. Le menton relevé, elle me fixait crânement. Dissimulant mon embarras, je grimaçai un sourire.

« Concha a tenu à vous dire bonjour. Veux-tu serrer la main de l'inspecteur, ma chérie ? »

L'étrange créature ne bougea pas, continuant de se balancer d'une jambe sur l'autre. Sous le front proéminent aux lobes saillants, les yeux globuleux, enfouis sous les arcades sourcilières, me considéraient avec une expression d'intense curiosité. Un filet de bave coulait aux coins de la lippe, mouillant le menton en galoche. Vêtue d'une ample robe grise qui n'arrivait pas à dissimuler sa monstrueuse corpulence, elle m'évoquait une otarie géante.

« Tu ne veux pas me serrer la main ? » fis-je en m'avançant d'un pas et en lui tendant la main.

Un instant, elle demeura immobile, contemplant ma main comme s'il s'était agi d'un objet inconnu. Puis, elle la saisit brusquement dans la sienne, d'une force terrible. Son nez écrasé remua bizarrement avant que sa bouche profère un grognement rauque.

« Elle vous dit bonjour, traduisit Marina d'une voix sèche, presque agressive.

— Bonjour, Concha, fis-je en souriant. Je suis content de te connaître.

— Ça suffit, maintenant, il faut te coucher, ma chérie. J'ai à parler avec l'inspecteur. Je reviendrai t'embrasser tout à l'heure. D'accord ? »

Quand la porte se fut refermée, je demeurai quelques instants sans pouvoir faire le moindre geste. Je retournai enfin m'asseoir et ouvris distraitement l'album : au premier coup d'œil, je le reconnus. Assis dans l'herbe, il regardait Concha qui tournait vers lui son visage simiesque. Il gardait l'expression désenchantée que je lui avais vue dans les photos du dossier, mais on croyait déceler une étincelle de vie au fond des yeux éteints. Même la bouche semblait vouloir sourire.

Plus loin, je le retrouvai debout entre deux femmes, dont l'une devait être, à en juger par la ressemblance, la mère de Marina et l'autre Amelia, sa cadette. Celle-ci me fascina par une vacuité vertigineuse. Jolie, agréable plutôt, elle fixait l'objectif de ses grands yeux pleins d'une gaieté niaise. Elle portait une robe à fleurs ornée d'un col rond bordé de dentelle. Les mains sagement croisées sur la jupe, elle penchait légèrement la tête avec, sur sa petite bouche charnue, un sourire béat. Deux accroche-cœurs disposés près des tempes accentuaient cette impression de touchante et ridicule candeur. C'était le portrait d'une gentille fille, sans imagination ni malice. On la sentait bonne, de cette bonté mièvre qui s'émeut au récit d'un malheur mais qui ne lèverait pas le petit doigt pour empêcher une injustice.

L'expression de l'homme qui se tenait debout à ses côtés, sa main droite posée sur l'épaule de la jeune fille, la gauche serrant son veston, dans une attitude qui se voulait détendue, cette expression de contentement ironique renforçait, par contraste, l'ingénuité ébahie d'Amelia. Sur ce cliché pris à la campagne par une journée de forte chaleur — l'homme avait ôté sa veste et déboutonné le col de sa chemise —, Avelino devait avoir environ trente ans. La peau gardait encore son élasticité; légèrement décoiffés, les cheveux qu'on devinait d'un noir bleu avaient, dans leur désordre, un air d'insolence. Mais le regard sombre reflétait un mépris indicible cependant que la bouche s'ouvrait largement pour sourire. On ne pouvait imaginer rien de plus inquiétant que ce sourire chaleureux mais parfaitement mécanique, sorte de grimace plaquée sur un visage de pierre. Il y avait, aurait-on dit, deux moitiés de visage, chacune appartenant à une personnalité différente, comme si quelqu'un avait procédé à un habile truquage. Je contemplai un long moment ce cliché, avec une espèce de répulsion fascinée. L'album renfermait d'autres photographies d'Avelino Pared, le plus souvent en compagnie de Concha que, d'un cliché à l'autre, on voyait grandir et s'élargir, s'enrobant d'une graisse morbide. Parallèlement à ce gonflement, la tête s'enflait et le crâne se dilatait. Avec un sentiment d'horreur, j'assistais d'une photo à l'autre à la progressive éclosion d'une créature monstrueuse, à mi-chemin entre l'animalité et l'humanité. Dans la plupart de ces images, je retrouvais Don Avelino, contemplant cette créature de cauchemar du même air impénétrable. Sa présence assidue auprès de l'infirme semblait néanmoins prouver qu'il éprouvait pour elle des sentiments de tendresse ou, à tout le moins, de compassion.

« Vous avez déchiffré l'énigme ? »

Marina était entrée dans la pièce sans que je l'entende. Debout dans mon dos, elle se penchait en tenant un plateau avec une carafe et deux verres dans les mains.

« Elle était vraiment si... ? fis-je en désignant Amelia du doigt.

— Bête ? C'est ce que vous vouliez dire ? Simplette plutôt. Elle vivait dans un univers imaginaire et féerique, dévorant à longueur de journée des romans-feuilletons. Elle rêvait au grand amour, attendant le Prince Charmant. Bonne avec ça, si la bonté consiste à pleurer abondamment et avec facilité. Son cœur était plein de vastes infortunes, de princesses délaissées, de rois détrônés, d'actrices esseulées. »

En parlant, Marina avait contourné le fauteuil et déposé le plateau sur la table. Elle me tendait un verre rempli de citronnade, me considérant avec une ironie légère.

« Comment un homme comme lui a-t-il pu... ?

— L'épouser ? Il avait probablement décidé qu'il devait se marier, il cherchait l'épouse adéquate, Amelia faisait son affaire. Du moins, je le suppose.

— Vous pensez qu'il ne l'aimait pas ? »

Sans répondre à ma question, Marina alluma une lampe basse, près du canapé ; puis elle marcha jusqu'à la porte pour éteindre le lustre vénitien dont les ampoules cachées dans d'étranges tulipes contorsionnées diffusaient une lumière aveuglante. L'atmosphère devint aussitôt plus feutrée, recueillie presque.

S'asseyant dans le canapé, Marina saisit son verre et but une gorgée.

« Avez-vous regardé ses photos ? questionna-t-elle de sa voix claire. Pensez-vous qu'un pareil visage puisse éprouver ce que vous et moi appelons l'amour ?

— Je me suis posé la question.
— Vous y avez répondu ?
— N-non. Ça paraît si... étrange, incroyable presque. Il n'a pas pu se marier par simple calcul.
— Calcul ne convient guère, en effet. Amelia n'était pas riche.
— Par raison alors ? »
Elle parut hésiter un instant, examinant son verre d'un air attentif.
« Par désespoir, dirais-je. »
Je gardai à mon tour le silence, réfléchissant.
« Ou par mépris, ce qui revient au même, ajouta Marina dans un souffle. Avez-vous remarqué son sourire, sur la photo prise le jour de ses fiançailles ? Il souriait souvent ainsi : la bouche épanouie et les yeux gelés. Par convenance en quelque sorte, parce qu'il *devait* sourire. Séduisant du reste, et peu de gens résistaient au charme de ses lèvres. Toute son énigme tient dans ce sourire sans regard.
— Il méprisait Amelia ?
— Vous êtes trop logique, fit-elle en me fixant de son regard doré. Non, je ne pense pas qu'il la méprisait. Il était heureux de l'avoir dénichée, la jugeant bête à souhait, telle qu'une épouse devait l'être.
— Tout ça paraît invraisemblable...
— Peut-être. Mais les hommes se conforment rarement à la vraisemblance, vous ne pensez pas ? »
J'inclinai la tête. L'image de Concha, qui m'obsédait depuis sa soudaine apparition, s'effaçait petit à petit de mon esprit et j'osais à nouveau regarder Marina avec les yeux de mon désir.
Selon son habitude, elle se tenait très droite. Ses seins bougeaient sous la blouse à un rythme tranquille et sa jupe marquait ce creux où mes yeux s'attardaient, comme aimantés.
Dans la rue, les bruits se taisaient. On n'entendait plus qu'un vague murmure qui était comme la respiration de ce quartier aux mœurs provinciales. Une illusion de fraîcheur détendait l'atmosphère.
« Il semble avoir aimé votre sœur.
— Chaque fois qu'il séjournait à la maison pour les vacances

d'été, il ne quittait pas Concha, la suivant partout. Cet intérêt m'inquiétait au point que je ne pouvais supporter de les voir ensemble et que j'allais chercher ma sœur. Oh, dit-elle très vite en rosissant, ce n'est pas ce que vous pensez. Simplement... Je ne sais comment vous dire... J'avais peur de ses yeux. Une peur mêlée de dégoût. Il la dévorait littéralement, il la buvait. Des heures entières, il restait assis auprès d'elle, la... Avez-vous connu un entomologiste ou l'un quelconque de ces timbrés qui se passionnent pour les reptiles ? J'imagine qu'ils doivent contempler ainsi leurs serpents. Pour lui, elle n'était pas un être humain. Il ne la méprisait pas, non. Il n'éprouvait ni répulsion ni pitié. Au contraire, elle le fascinait. S'il avait pu, je crois qu'il l'aurait mise dans une cage de verre pour l'étudier à loisir, procédant même à des expériences. Oui, c'est exactement ça : Concha n'était pas pour lui un être humain mais un cas, un objet d'études. Je... je le haïssais de la regarder de la sorte, sans passion, avec une objectivité glacée. J'aurais mille fois préféré qu'il la haïsse, qu'il fût plein de dégoût. Ce sont là des sentiments, comprenez-vous ? Alors qu'il se contentait de l'observer... Excusez-moi, fit-elle avec un sourire crispé, je me suis laissée emporter. »

L'émotion l'embellissait. Je dus me retenir pour ne pas me lever et poser ma bouche contre ses lèvres.

Je tournai mes yeux vers la fenêtre, fixant le store qui cachait la rue. Le silence se creusait, à peine troublé par quelques bruits isolés qui résonnaient longtemps. Quelque chose se dénouait aussi au-dedans de moi.

« Je voulais vous faire mes excuses, Marina. Au bureau, nous avons dû vous blesser souvent. Je ne pouvais pas deviner... Personne ne le pouvait...

— C'est à cause de Concha que vous me dites ça ? »

Dans sa netteté, la voix rendait un son de défi.

« Ne vous excusez pas, ça ne regarde que moi...

— Y a-t-il longtemps que vous... ?

— Depuis la mort de ma mère. J'avais dix-neuf ans. Ça peut vous sembler étrange, mais Concha a toujours été heureuse. Malgré... son infirmité, elle est capable d'éprouver intensément des sentiments. Je ne pouvais pas, sans la tuer, l'envoyer dans une institution. Ça vous paraîtra peut-être incompréhensible, mais j'aime ma sœur, je l'aime de toutes mes forces, et je voudrais qu'elle meure sans avoir connu le désespoir.

— Mais vous ? fis-je en la regardant intensément.

— Je vous en prie, rétorqua-t-elle vivement avec un sourire plein d'amertume, pas vous. Epargnez-moi la rengaine du bonheur. Je ne sacrifie rien, comprenez-vous ? »

Je secouai distraitement la tête. Elle disait vrai probablement. Je contemplais néanmoins ces meubles luisants, ces objets rangés dans un ordre impeccable, la poupée avec sa robe à volants, sur un guéridon d'angle.

« Vous vous trompez, murmura-t-elle d'une voix rauque. Si cette pièce vous semble morte, ça ne tient pas à l'absence d'un homme mais au fait, tout bêtement, que je n'y reste guère. Je me demande... Je trouve que vous lâchez trop la bride à votre imagination.

— C'est possible, soupirai-je.

— Il y a un point que je n'arrive pas à comprendre : comment un homme tel que vous peut-il donner dans le panneau du bonheur, cette fadaise ?

— Quel homme suis-je donc, selon vous ?

— Croyez-vous sincèrement que le bonheur puisse s'établir sur l'égoïsme ? Mon bonheur, c'est de voir Concha heureuse, de la maintenir à l'abri. Elle n'a pas choisi son sort, ni moi le mien. Je dois vivre tout ça jusqu'au bout. Quel homme vous êtes ? fit-elle en changeant de voix et en revenant à ma question. D'un certain côté, vous lui ressemblez.

— Vous suggérez que je n'ai pas de cœur ?

— Laissez donc le cœur de côté : il n'a que trop servi. Vous lui ressemblez par la tristesse. La vie vous blesse. Vous rêvez d'un monde harmonieux, d'une concorde universelle. L'étymologie du mot religion suggère assez bien ce besoin de relier tous les phénomènes entre eux, d'accorder le haut et le bas.

— Don Avelino serait un esprit religieux, si je vous entends bien ?

— Religieux par sa tristesse, murmura-t-elle. Il souffrait des contradictions de la vie vivante. D'où son goût de l'immobile, du fossile. S'il observait Concha avec une telle frénésie, c'est qu'il

l'imaginait sans conscience, partant sans douleur. Il ne comprenait pas, qu'autant que l'idée, le sentiment fait souffrir.
— Vous êtes une femme peu ordinaire, Marina. Comment avez-vous échoué dans la police ?
— J'avais besoin de travailler, Don Avelino m'a pistonnée. Dans ma jeunesse, je rêvais de devenir chirurgien.
— Tant de médiocrité ne vous pèse pas ? La police est une administration triste.
— Oh, je ne partage pas votre avis. Contrairement à lui et peut-être à vous, j'aime la vie vivante. J'accepte les contradictions. J'accepte même... Concha.
— Vous voulez dire que son état ne vous révolte pas ?
— Quelquefois. Tenez, quand je me promène avec elle, les fins de semaine. Dans la rue, dans les jardins publics, les gens s'arrêtent, la dévisagent, ricanent en se poussant du coude, et c'est alors comme si leurs rires imbéciles m'atteignaient, moi. Ça ne dure pas pourtant. J'ai découvert que Concha existait pour, justement, susciter le scandale. Un monde où le scandale cesserait serait un monde mort. Dans les sociétés vraiment et pleinement vivantes, les infirmes, les estropiés, les malades, les cadavres même ont leur place. Leur présence maintient les consciences éveillées. Dans notre monde, au contraire, la conscience s'endort dans le confort. Nous sommes un peuple de dormeurs qui marche à tâtons.
— Vous donnez l'impression d'excuser l'injustice, fis-je avec un sourire ironique.
— Je ne l'excuse pas, je l'accepte. Elle est la part de Dieu, si Dieu existe.
— Notre conversation prend une tournure que je n'avais pas imaginée. Je voudrais vous faire un aveu, Marina. »
Elle inclina la tête comme pour dire : « je vous écoute ». La lumière de la lampe auréolait son visage empreint de sérénité.
« Je suis monté chez vous avec le secret espoir de vous faire la cour. Je... Depuis plusieurs jours, je pense à vous d'une façon... indécente.
— Je sais », fit-elle avec simplicité.
Un court moment, nous gardâmes le silence, nous dévisageant.

« J'ai hésité, moi aussi, reprit-elle sur un ton assourdi. Je pensais qu'il serait peut-être bon de connaître le plaisir. Mais je ne peux m'abandonner. Je risquerais de... J'ai réussi à sauvegarder ma paix intérieure, comprenez-vous ? Concha a besoin de moi tout entière. Si je lui retirais ne serait-ce qu'une part infime de ma présence, elle s'en apercevrait et elle en souffrirait. Je ne veux pas qu'elle souffre à cause de moi.

— Vous parlez comme une héroïne de roman, dis-je en plaisantant.

— Chaque homme vit un roman, vous ne pensez pas ? Dans le service, je tape deux romans par jour.

— Peut-être, fis-je en riant. Mais le vôtre date du xixe siècle. Il est plein de mots oubliés.

— Eh bien, j'accepte d'être un vestige, dit-elle gaiement.

— Je dois avoir une vocation d'archéologue.

— Bien sûr. C'est pourquoi vous êtes entré dans la police. Vous exhumez les débris des vies cachées. Encore un peu de citronnade ? »

Je contemplai, pendant qu'elle me servait, sa main menue, d'une délicate rondeur. Je n'étais pas déçu, au contraire. J'éprouvais une joie paisible, tout juste teintée de regrets.

« Comment a-t-il connu Amelia ? demandai-je, revenant à cet homme dont l'énigme me rapprochait de Marina.

— C'était en 1937 ou 1938, pendant la guerre. Mon père, qui était instituteur à Teruel, professait des opinions libérales. Il était membre, je crois, du parti socialiste. Au dire de ma mère, c'était un idéaliste, rêvant d'une société parfaite, fondée sur la fraternité.

— J'ai connu un homme dans son genre dans mon enfance. Lui aussi était un instituteur.

— Oh, il y en avait beaucoup, surtout dans l'enseignement. Ils ne supportaient pas ce scandale, la misère. Ils voulaient tout détruire pour rebâtir un monde nouveau. D'après ma mère, mon père était ardemment pacifiste, et la guerre le plongea dans le désespoir. Ça n'empêcha pas qu'il fût dénoncé, jeté en prison et fusillé. A cette époque, la vie d'un homme ne valait pas cher et celle d'un instituteur de gauche pour ainsi dire rien.

« Peu de temps après sa disparition, un groupe d'hommes armés se présenta au domicile de ma mère, qui vivait désormais seule avec sa sœur cadette, Amelia. Ils annoncèrent qu'ils réquisitionnaient la maison ainsi que ce qu'elle contenait au nom de la Révolution nationale, c'était l'expression consacrée. Sans écouter les prières et les lamentations des deux femmes, ils les poussèrent dehors. En pleine nuit, par un temps de neige et de gel, les deux femmes se retrouvèrent dans la rue sans savoir où aller, une vieille couverture jetée sur leurs épaules. Plusieurs jours elles errèrent dans la ville sinistrée, couchant dans les ruines des maisons dévastées, mendiant pour survivre. De peur de se compromettre, leurs amis refusaient de les voir. Elles n'étaient plus que deux pestiférées, marchant, hagardes, parmi les décombres. A bout de ressources, ma mère qui, contrairement à sa sœur, était une forte femme, n'écouta que son indignation. Ayant appris que le commissaire spécial chargé de la répression — on disait pacification — logeait dans une auberge située dans un faubourg, elle s'y rendit à l'heure du dîner et le trouva dans la salle à manger, assis seul près d'une fenêtre.

« " Je suis la veuve de Domingo Ortez, lui jeta-t-elle en se plantant devant lui, l'instituteur que vous avez fait fusiller la semaine dernière parce qu'il prêchait la paix entre les hommes. Des bandits m'ont chassée de ma maison avec ma sœur cadette. Je n'ai nul endroit où aller et il ne nous reste qu'à crever de faim dans la rue. Est-ce ça, votre Révolution nationale ? "

« Elle m'a si souvent raconté la scène que je puis me représenter chaque détail. Voyant entrer ma mère qui, dans sa couverture mitée, vêtue de haillons, sale et squelettique, devait avoir l'air d'une folle, il avait levé la tête, reposant son couvert sur l'assiette. Un serveur était accouru pour chasser cette toquée qui proférait d'une voix stridente des propos insultants pour le Mouvement national. D'un geste, Don Avelino l'avait écarté.

« La salle était remplie d'officiers, de phalangistes en uniforme bleu, de carlistes, tous armés jusqu'aux dents, tous endurcis par la guerre qui leur faisait des mines de bandits. Ma mère, qui n'avait jusqu'alors agi que par impulsion, s'aperçut brusquement qu'elle risquait sa peau, que n'importe lequel de ces types pouvait se lever sans mot dire pour lui faire sauter la cervelle. Elle prenait dans le même temps conscience de l'absurdité de sa démarche. Des milliers d'hommes crevaient chaque jour un peu partout dans le pays, des théories de femmes erraient au hasard, ayant tout perdu. Et voilà qu'au milieu de ce désastre elle se dressait, droite et tremblante d'indignation, pour exiger réparation. C'était une femme de caractère, je vous l'ai dit, d'une intelligence vive et déliée, aussi l'ironie de la situation ne lui échappait-elle pas. Vous ne devinerez pourtant jamais ce qui, à cette heure où elle jouait sa vie à pile ou face, l'humiliait le plus. C'était de se voir, avec les yeux de tous les hommes qui la fixaient d'un air sombre, de se voir sale, dépenaillée, laide en un mot. C'était une belle femme brune, au profil accusé, aux grands yeux remplis de fierté, et elle souffrait de se montrer défaite, rabaissée. Ce trait ne vous touche-t-il pas ? Pour moi, il me bouleverse et j'évoque souvent ma mère à cette minute où, au lieu de se préoccuper de la façon dont elle mourrait, si quelqu'un s'avisait de la punir de ses propos scandaleux, elle rougissait de son apparence. Ce qui tendrait à démontrer qu'il existe des êtres pour qui l'humiliation est pire que la mort.

« Des années plus tard, la voix de ma mère s'abaissait jusqu'au murmure pour raconter la suite. On aurait dit qu'elle n'osait pas rapporter ce qu'elle avait vu.

« Don Avelino l'avait écoutée sans l'interrompre ni marquer la moindre réaction. Quand elle s'arrêta, tremblante, il leva lentement son visage, découvrant son regard. A cet instant, prétendait ma mère, elle crut se trouver devant un spectre. D'une pâleur éteinte, très maigre, il la fixait avec une intensité à la fois glaciale et brûlante. Dans ses yeux, aucun sentiment. Ni haine ni colère. Rien qu'un regard implacable. " J'ai eu l'impression, racontait ma mère, qu'un couteau fendait mon corps, depuis le front jusqu'au nombril, puis qu'une main de feu m'arrachait les entrailles. " En fait, elle ne savait comment rendre l'épouvante dont elle avait été saisie. Un long frisson la parcourut. Alors la bouche coupante remua et une voix basse et presque douce susurra : " Avez-vous faim ? " Cette question désarçonna ma mère. Jusqu'alors elle avait tenu en se cramponnant à son orgueil et à sa colère, qui la maintenaient debout. Ce simple mot, faim, la fit vaciller. Elle ressentit une crampe affreuse dans son abdomen et baissa la tête, vaincue. Avec lenteur, l'homme se leva, écarta la chaise devant ma mère et dit d'un ton de courtoisie presque grotesque dans ce décor : " Je vous en prie, asseyez-vous, madame. " Peu avant sa mort, elle me parlait encore de cette heure de sa vie, comme si elle cherchait à comprendre ce qui s'était passé et comment, sans bouger, sans presque parler, en ne faisant que la regarder, cet homme au masque crépusculaire l'avait brisée. Car elle était rompue, sans plus assez de forces ni pour protester ni pour s'en aller.

« Ce qui, malgré le temps écoulé, l'intriguait par-dessus tout, c'était le comportement de Don Avelino par la suite. Ayant appelé le serveur, un soldat arborant un large tablier par-dessus son uniforme crasseux, il lui commanda un repas pantagruélique, un véritable festin. Joignant les mains sous son menton, les coudes sur la nappe, il la regardait dévorer avec une avidité horrible. " Je pleurais de honte, disait-elle. Je pleurais pour de vrai, de grosses larmes qui tombaient une à une dans la sauce. Je pleurais parce que je me voyais avec ses yeux de cadavre, une chienne qui, malgré les coups, se jette salement sur un tas d'ordures. J'aurais voulu mourir, je le jure, j'aurais souhaité que la foudre s'abatte sur moi. Et je dévorais les morceaux de viande, je lampais la sauce, je nettoyais l'assiette avec de la mie de pain, avalant goulûment, à toute vitesse, malgré ce regard qui m'observait. Ce jour-là, ma fille, j'ai su ce que c'était que d'avoir faim. " S'il l'avait regardée avec ironie ou avec mépris, peut-être aurait-elle trouvé au fond d'elle-même assez d'énergie pour lui cracher au visage. Elle l'aurait fait, je crois, car elle était femme à provoquer la mort pour laver un affront. Mais, dans ses yeux, elle ne lisait rien. Il la fixait comme il aurait, au bord de la mer, examiné un coquillage. Contre un pareil regard, elle se sentait impuissante.

« Elle avait trop mangé, bien sûr, et trop vite : elle se sentait malade. Rougissant, ravalant ses larmes, elle dut demander : " Où sont les toilettes ? " De nouveau, il se leva, la prit par le bras, l'accompagna, l'attendant debout devant la porte. Un détail, qui montre que le trivial et l'obscène se mêlent au drame, toujours et en tous lieux. Prise d'une colique qui ne lui laissa pas même le temps de lever ses jupes, ma mère se retrouva souillée. Brisée, elle fut incapable de retenir ses sanglots, cognant son front contre la porte. La voix lui parvint de l'autre côté, toujours sourde et paisible : " Ne pleurez pas. Je vais vous conduire à ma chambre. Vous pourrez vous laver et vous changer. " Remarquez que cette prévenance aurait pu exprimer un mouvement de compassion, une pitié agissante. Mais non, ma mère en était certaine, il ne s'agissait ni de compassion ni de charité, de rien en fait que nous connaissions, vous et moi.

« Pour atteindre la chambre, il fallait traverser la salle, ce que ma mère fit s'appuyant au bras de Don Avelino, au milieu des rires. " Je me demande, me disait-elle, comment je ne suis pas morte ce jour-là. " Il faut que vous vous représentiez une femme d'une pudeur presque farouche, d'un orgueil ombrageux, obligée de se montrer dans un état dégradant.

« Le soir même, il la raccompagnait à son domicile et, de ce même ton tranquille qui n'imagine même pas qu'on puisse songer à désobéir à ses ordres, demandait aux nouveaux occupants de vider les lieux séance tenante. Ce que du reste ils firent.

« Il prit par la suite l'habitude de lui rendre visite. Il apportait un paquet de café, un poulet, un sac de pommes de terre, des trésors en ces temps de famine, et il s'asseyait dans un fauteuil, observant Amelia de ce même regard sans vie qu'il avait eu pour contempler ma mère dans la salle d'auberge. Il parlait peu et toujours de sujets anodins : la cuisine ou le tricot. Ma mère avait d'ailleurs observé que son attention était toute sollicitée par des préoccupations domestiques. Ainsi pouvait-il écouter longtemps Amelia lui expliquer le crochet ou la broderie. En ces circonstances, il paraissait tout à fait absorbé, questionnant, réclamant des éclaircissements, examinant les pièces avec une sorte de contentement. Plus le sujet abordé était banal, plus Don Avelino semblait satisfait, comme si, prétendait ma mère, seule la médiocrité lui donnait l'illusion de la vie. En ce sens, Amelia comblait ses désirs, tant elle paraissait incapable de s'élever audessus des soucis les plus terre à terre. Aussi la contemplait-il d'un air extasié, comme s'il avait enfin déniché la perle rare.

Lourde d'une réalité uniquement matérielle, elle était une chose parmi les choses, un pur objet doté de quelques rêves absurdes qui achevaient de la lester. Nulle imagination en elle, nul élan, mais tout le poids de la matière.

« La présence de Don Avelino inquiétait ma mère. Femme de tête pourtant, peu crédule, elle ne le considérait pas moins comme une créature infra-humaine, l'un de ces lémures dont la légende veut qu'ils continuent de hanter les lieux où ils ont vécu. Bien sûr, elle ne croyait pas sérieusement qu'il fût un revenant, mais elle ne croyait pas non plus qu'il ne fût qu'un homme. Toujours elle gardait dans son esprit le regard qu'il avait levé vers elle, dans l'auberge. Inquiète, elle aurait souhaité l'écarter de sa maison. Le moyen cependant de chasser quelqu'un à qui l'on doit tout, qui vous empêche de mourir de faim, qui vous protège par sa seule présence ? Elle le supportait donc, feignant même d'éprouver de la joie de ses visites.

« Outre l'antipathie instinctive, viscérale en quelque sorte que ma mère ressentait pour son bienfaiteur — car elle n'oubliait pas qu'elle lui devait la vie tout comme elle lui devait de ne pas mourir de faim —, une sourde angoisse l'étreignait en voyant Don Avelino assis dans le fauteuil, près du poêle. Je vous ai dit que mon père avait " disparu ", c'est-à-dire que des inconnus s'étaient présentés au beau milieu de la nuit et l'avaient emmené, ce qui d'ailleurs se faisait alors couramment. Bien entendu, les familles ignoraient l'identité de leurs ravisseurs, tout comme elles ignoraient l'endroit où leurs parents avaient été conduits. Elles savaient seulement qu'elles ne les reverraient pas vivants. Mais on a beau savoir cela, on refuse d'y croire et on continue d'espérer. Si le miracle se produisait, si... ? C'est dans cette situation que se trouvait ma mère, à la fois résignée et torturée d'une absurde espérance. Aussi s'abaissait-elle devant son protecteur, dissimulant l'antipathie qu'il lui inspirait, avec l'espoir qu'il la délivrerait de son incertitude. Chaque jour, elle le suppliait de se renseigner sur le sort de son mari, et Don Avelino, impassible, les mains croisées sous son menton, la fixait de son regard vide, faisant des réponses évasives. Un soupçon terrible venait alors à ma mère : elle imaginait que l'homme assis dans le fauteuil que son mari occupait habituellement, que cet homme était l'assassin de Domingo. Elle écartait bien sûr cette pensée. Aurait-il osé, s'il avait fait cela, s'asseoir à leur table, partager leur repas, regarder Amelia avec intérêt ? Ce n'était pas possible. Pourtant, le soupçon revenait, lancinant. Car, justement, ma mère était persuadée que oui, il aurait osé. Ce qui fondait cette conviction, elle ne savait pas l'exprimer. C'était plus qu'une intuition : une obscure certitude dont elle avait honte, tant elle répugnait à s'attarder à des pensées ignobles. Mais jusqu'à l'heure de sa mort, elle conserva ce soupçon, qui l'effrayait et dont elle rougissait. Naturellement, nous n'avons jamais su comment mon père était mort, ni si Don Avelino avait peu ou prou trempé dans son assassinat.

« J'ai maintes fois essayé de m'imaginer ces trois personnages réunis autour de la table, reprit Marina après une courte pause. Je vous ai dit que ma mère était une femme de caractère, une de ces Espagnoles noires et tragiques, capables de tout pour laver un affront. Elle était décidée, s'il s'avérait que cet homme était responsable de la mort de son mari, à l'assassiner, et je ne doute pas qu'elle aurait eu le courage de le faire. Elle l'épiait donc, le questionnant habilement, sans le lâcher de son regard de feu. Mais il demeurait tout à fait paisible, comme assoupi, répondant distraitement à ses questions. D'une voix éteinte, il murmurait : " A une époque où chaque homme devient un tueur, il est vain de se demander qui a tué. D'ailleurs, ce sont moins les hommes qui massacrent que l'époque. Votre mari a été assassiné par l'air du temps. Un air chargé de vapeurs délétères. — Tout de même, rétorquait avec obstination ma mère, on n'a pas pu le tuer comme ça. Il a dû passer en jugement, on l'a sans doute interrogé, il est probablement resté quelques jours dans une prison. Ne pourriez-vous, Don Avelino, chercher à savoir où il a été conduit, qui l'a condamné ? Vous me direz que ça ne sert à rien, mais j'ai besoin, moi, de savoir où et comment il est mort.
— Dans cette seule ville, lâchait Don Avelino sans bouger, il doit y avoir des dizaines de prisons, des centaines de tueurs qui agissent sans se soucier de la légalité. Je vous le répète, votre mari a été tué par l'époque où, si vous aimez mieux, par la guerre. " Il disait vrai, elle le sentait. Mais il ne disait pas tout, elle en était persuadée. Il savait quelque chose qu'il gardait par

devers lui, quelque chose de terrible qui éteignait ses yeux. Parfois, elle se surprenait à le plaindre. Elle pensait que la besogne qu'il accomplissait, une besogne qu'elle ne voulait même pas imaginer, était la cause de cette tristesse dont elle le sentait empli. Elle se disait qu'il ne venait là que pour oublier ce qu'il avait vu durant le jour. Elle le regardait, maigre et voûté, très pâle, fixant de ses yeux morts Amelia qui, sur une chaise basse, cousait ou brodait. Il avait besoin, se disait ma mère, de s'absorber dans le spectacle de cette vie humble et quotidienne pour oublier son dégoût. Alors, elle lui pardonnait, émue de sa solitude. Mais le doute revenait, le soupçon la tourmentait : s'il ne venait là que pour *voir* au contraire ? Petit à petit, il s'installait, occupant la place abandonnée par le mort. A la table, il avait pris la chaise du disparu comme il s'était emparé de son fauteuil, près du poêle. Il découpait la volaille et les rôtis, glissait sa serviette sur le gilet, traçait une croix sur le pain avant de le couper en tranches, gardait la carafe de vin près de lui, lisait même des ouvrages ayant appartenu à Domingo, ce qui, la première fois où il l'avait fait, bouleversa ma mère. Elle aurait pu, certes, le mettre dehors, lui demander de les laisser seules avec leur deuil, Amelia et elle. Seulement, il y avait la guerre, cette angoisse lancinante, ces nuits pleines de fusillades et de bruits de bottes. Suspectes depuis que Domingo avait été arrêté, elles se sentaient sans défense, à la merci d'une dénonciation. Par sa présence, Don Avelino écartait le malheur qui rôdait autour d'elles. De plus, Don Avelino se montrait d'une discrétion exemplaire, évitant de déranger, attentif à ne troubler en rien leur paix. Aussi s'habituèrent-elles, insensiblement, à le voir là, aussi silencieux qu'un chat.

« Le jour où Amelia annonça à sa sœur qu'Avelino demandait sa main, ma mère pleura. J'ai souvent insisté pour connaître le motif de sa tristesse : redoutait-elle que sa sœur fût malheureuse ? Non, il ne s'agissait pas de cela. De rien de dicible en fait. Elle était même persuadée qu'il ferait un excellent mari. " Vois-tu, soupira ma mère en se rappelant cette époque, c'était pour moi comme si Amelia consentait à épouser la Mort. " Je ne pus rien en tirer d'autre. »

Je fus un long moment incapable de prononcer un mot. J'écoutais la rumeur de la nuit et la voix de Marina continuait de résonner dans ma mémoire.

« Et a-t-elle été malheureuse ? finis-je par demander.

— Au contraire, elle demeure persuadée d'être une épouse comblée.

— Ce n'est pas votre impression ?

— Je ne sais pas, lâcha Marina après une brève hésitation. Il a été, il est encore, je suppose, un mari modèle. »

Elle avait prononcé cette dernière phrase avec réticence, comme si elle répugnait à livrer toute sa pensée.

« Il y a des choses, reprit-elle en secouant la tête, que le langage ne peut pas traduire. Dans les faits, il a toujours été irréprochable. Remarquez, ajouta-t-elle d'une voix changée, que je pourrais reprendre le récit que je viens de vous faire d'une façon telle qu'il apparaîtrait comme un homme magnanime et généreux, touché de la détresse de deux femmes solitaires. Il suffirait de modifier légèrement l'éclairage, sans toucher aux faits. Ma mère d'ailleurs donnait parfois cette seconde version, insistant sur sa délicatesse et sa bonté. Peut-être les deux versions sont-elles également vraies, comprenez-vous ?

— Je ne sais pas, murmurai-je. Mais vous, Marina, qu'en pensez-vous ? Vous l'avez souvent vu, vous lui avez parlé, vous avez pu l'observer à loisir. Quelle est votre impression ?

— Mon opinion vous importe-t-elle ?

— Oui.

— Eh bien... Je... Je pense que je l'ai toujours redouté. Il se montrait affable, il m'offrait des cadeaux, il m'emmenait en promenade. Pourtant...

— Pourtant ? fis-je me penchant légèrement et la fixant intensément.

— Je le sentais plein d'un mépris inhumain. J'avais l'impression qu'il se moquait de moi comme de nous tous. Tout ça doit vous sembler fou, n'est-ce pas ? demanda-t-elle avec un rire forcé.

— Non, pas le moins du monde. J'essaie de comprendre.

— Quand je le voyais aux côtés d'Amelia, j'éprouvais une douleur à l'endroit du cœur. Il l'entourait de prévenance, il s'ingéniait à satisfaire ses moindres désirs, et la malheureuse paraissait éblouie. Mais il y avait son regard. J'y reviens toujours, comme d'ailleurs le faisait ma mère, quand elle évoquait leur première rencontre.

— Vous pensez qu'il haïssait sa femme ?

— Non, non, protesta Marina. La haine est un sentiment, comprenez-vous ? Il la considérait... avec curiosité. C'est ça. Elle était une bête curieuse, comme Concha, comme nous tous. Excusez-moi, dit-elle avec un sourire crispé, je me sens fatiguée. J'ai peur que vous vous mépreniez. C'est un homme très estimable. »

Je gardai la tête baissée, réfléchissant à ce que je venais d'entendre. Soudain, une sorte de plainte retentit, un gémissement rauque, et le store de sparterie frappa la rampe du balcon.

« Le vent », déclara Marina.

D'un même mouvement, nous nous levâmes et marchâmes jusqu'au balcon, respirant furieusement cette brise tiède qui déchirait le nuage où la ville étouffait, depuis plusieurs semaines.

« L'été s'achève, murmura Marina d'une voix lasse. Quand partez-vous ?

— Dans quatre ou cinq jours. Je veux m'arrêter à Saragosse pour visiter des amis.

— Ne lui dites pas que je vous ai parlé de lui. Je n'avais raconté à personne toute cette histoire.

— Je ne dirai rien, je vous le promets. Je vous remercie de votre confiance. »

Elle eut un geste de la main.

« Votre femme vous accompagne ? demanda-t-elle d'une voix changée.

— Non. Elle viendra me rejoindre plus tard, quand j'aurai déniché un logement convenable.

— Elle est très belle, poursuivit Marina en saisissant la rampe.

— Très.

— Santi...

— Oui ? »

D'un air absorbé, elle fixait la rue, m'offrant son profil.

« Je voudrais vous demander une faveur... Soyez gentil de partir très vite. Je... Il le faut. »

J'hésitai une seconde.

« Soyez sur vos gardes avec lui. Ce n'est pas un homme pareil aux autres. S'il le peut, il vous détruira.

— Je me méfierai. Adieu, Marina. »

Je m'écartai doucement. Agrippée à la rampe, elle ne bougea pas. Je marchai lentement vers la porte, descendis l'escalier, sortis dans la rue. En m'éloignant, je sentais sur ma nuque le poids de son regard. Le store claqua et je m'immobilisai, le cœur battant. Le silence revint. Je pensai que c'était sans doute le vent. Je montai dans ma voiture et je démarrai. La ville paraissait déserte. Sur les chaussées vides, des journaux et des papiers voltigeaient en tourbillonnant.

11

Dès le lendemain, je m'absorbai dans les préparatifs du départ, réussissant ainsi à oublier Marina. Allant et venant nerveusement dans l'appartement, Pilar me harcelait de questions, désirant tantôt savoir si j'emportais mon imperméable, ou quel pardessus elle devait mettre dans la valise, le loden vert ou le laine et mohair noir, s'inquiétant tantôt si l'automne dans le Haut-Aragon serait froid. Dans son esprit, Huesca était le bout du monde. Elle imaginait une bourgade perdue dans les montagnes, cernée de forêts hostiles, isolée par la neige dès le mois de novembre. Aussi remplissait-elle consciencieusement la grande valise de cuir beige de flanelles et de lainages. Cette agitation ne me déplaisait pas, car elle distrayait mon attention. Aussi entrai-je dans ce jeu qui, nous fournissant un sujet de conversation, me rapprochait de Pilar. L'un comme l'autre cédions à cette fièvre qui précède les voyages, nous absorbant dans des détails pour ne pas nous trouver tête-à-tête, confrontés à une situation que nous ne comprenions pas. Par moments, l'image de Marina traversait mon esprit. Une douleur soudaine me figeait et je restais quelques secondes le souffle coupé, écoutant mon cœur cogner furieusement à mes tempes. Un cri se levait dans mes entrailles, remontait dans ma gorge, qui se nouait. J'avalais ma salive, je respirais profondément, la crise passait. Me revenaient également les confidences de Marina sur Don Avelino. Je chassais de mon esprit ces pensées qui me jetaient dans une sourde angoisse. J'aurais souhaité pouvoir oublier cet homme qui projetait une ombre dans mon imagination.

Malgré notre agitation factice, il arrivait que nous nous retrouvions, Pilar et moi, désœuvrés, comme désorientés. Gênés, nous échangions des regards furtifs, des sourires contraints. Ce malaise, je l'attribuais à la proximité de notre séparation.

L'impression cependant ne me quittait pas que je devais dire quelque chose à Pilar. Seulement j'avais beau chercher au fond de ma mémoire, je ne trouvais pas cette chose dont je devrais lui parler. Comme pour la rassurer, je lui répétais qu'elle pourrait, dès que j'aurais déniché un logement convenable, me rejoindre avec les enfants. J'ajoutais très vite, comme si je voulais m'en persuader moi-même, que nous serions très heureux à Huesca et que le climat, moins émollient, stimulerait nos énergies.

« Tâche seulement, disait-elle, de ne pas prendre un appartement dans un faubourg éloigné du centre où je passerai mes journées à ne savoir que faire.

— Si le logement de fonction qu'on m'offre me paraît trop excentrique, je le refuserai, je te le promets. Je veux que tu vives au cœur de la ville, même si cela entraîne quelques sacrifices. Du reste, j'ai l'intention de mener à Huesca une vie toute différente d'ici. Nous irons skier dans les Pyrénées, nous enverrons les gosses aux sports d'hiver. Je voudrais que nous puissions nous retrouver seuls, toi et moi, comme au temps de nos fiançailles. Tu verras, là-bas tout sera différent. »

En parlant de la sorte, je réussissais à me persuader de la réalité de mes rêveries. Emporté par mon élan, je nous voyais heureux, assis à la terrasse d'un chalet de montagne, contemplant, nos mains jointes, un vaste panorama de neige et de soleil. Pilar feignait aussi d'adhérer à mes propos. Le cœur pourtant n'y était pas et ses yeux gardaient cette brume de mélancolie qui me troublait et me désarçonnait. Je la sentais par moments très loin de moi, absorbée dans je n'aurais su dire quel rêve. Je pensais que la vague de chaleur qui, durant près d'un mois, s'était abattue sur Murcie l'avait, comme moi-même, épuisée. En changeant de climat, elle recouvrerait sa gaieté. Nous n'avions pas trente-cinq ans, nous pouvions espérer résoudre nos difficultés. Tout en me réconfortant avec ces pensées, je n'en avais pas moins l'impression de me duper moi-même. Nul conflit sérieux ne m'opposait à Pilar. Au contraire même, nos rapports étaient harmonieux, bien que distraits. Nous n'arrivions tout simplement pas à nous rejoindre, glissant l'un à côté de l'autre. Tout se passait comme si nous étions séparés par une cloison de verre.

Mais je me trompais peut-être. Je me rappelais les propos de Marina : probablement étais-je en effet épris d'une harmonie impossible à réaliser. Habité d'un vain rêve de concorde universelle, je refusais les conflits et les contradictions. Je portais en moi la nostalgie du toujours, le regret de la permanence. Aussi m'accommodais-je mal de ce qui paraissait être le lot commun.

Dispensé de me rendre au bureau, je n'y faisais que de brèves apparitions pour ranger mes papiers et prendre mes affaires personnelles. Je rencontrais Marina, et nous nous parlions d'un ton tranquille, n'échangeant que des propos anodins. Je m'étonnais de ne pas être davantage ému en la retrouvant. Je m'accusais de froideur parce que sa présence me causait toujours la même surprise ironique. Que j'aie pu si passionnément désirer cette petite femme insignifiante continuait de m'intriguer. Mon esprit semblait, devant elle, scindé en deux moitiés : l'une la jugeait avec une froide lucidité, l'autre la transformait en une créature de rêve, s'épanouissant dans la nuit. Le plus étrange pourtant est que cette Marina fantastique n'était pas différente de la première : l'apparence ne changeait pas. Il s'agissait toujours de ce corps court et rond, de ce visage serein, de ce regard doré. Un même corps et un même visage mais transfigurés. J'allais ainsi de la prose à la poésie, capable de parler sans ressentir aucune émotion particulière avec la secrétaire du service, foudroyé un instant après par l'image de cette même silhouette, dotée soudain d'un pouvoir redoutable. Cette schizophrénie me facilitait la vie. Après la soirée passée chez elle, j'avais craint de la revoir, redoutant de ne pouvoir maîtriser mon émotion. Soulagé, je découvrais que je ne ressentais nulle souffrance à contempler ce visage d'une douce banalité. Comme dans les contes de fées, le charme cessait avec le jour ; la princesse redevenait souillon. Pour elle, cependant, la magie de la nuit cessait-elle également avec l'aurore ? Dans ses yeux, je décelais parfois une expression d'intense souffrance et, quand elle me parlait, ses narines frémissaient imperceptiblement. Des silences se creusaient entre deux banalités, et je percevais alors des gémissements étouffés, des cris ravalés, un désespoir inexprimé, qui me bouleversaient. Avec ahurissement, je m'apercevais que si mon imagination avait bâti une Marina nocturne, d'une sensualité déchaînée, d'une prodigalité amoureuse sans frein ni retenue, elle, de son côté, aimait tout simplement un homme de chair et de sang, qui avait mon visage. Comment ne m'étais-je pas plus tôt aperçu de cet élan qui la portait vers moi ? Tout à mes rêves, j'avais négligé de relever les signes de cette passion.

A la veille de mon départ, les yeux de Marina me faisaient découvrir ce que j'avais refusé. Quelqu'un souffrait à cause de moi et par moi.

Lâchement, je me mis à l'éviter, m'arrangeant pour ne pas me trouver tête-à-tête avec elle. En lui parlant, j'adoptais un ton badin, comme pour lui signifier que j'avais tout oublié de cette troublante intimité d'un soir. Entrant dans ce jeu, elle répondait sur le même ton de plaisanterie, me regardant néanmoins avec une expression de reproche. Ma lâcheté la désolait, je crois.

Pour fêter mon départ, mes collègues organisèrent une petite fête à laquelle ils invitèrent une trentaine d'inspecteurs des autres services, les plus jeunes. Je bus copieusement, mélangeant le Martini et le champagne ; je serrai d'innombrables mains, ris des plaisanteries les plus éculées, mêlai ma voix à celles de mes collègues pour entonner des refrains de carabins. Vers dix heures du soir, j'étais légèrement ivre, plein d'une gaieté fiévreuse et je parlais d'abondance, d'un ton forcé. Garcia, qui tenait à peine debout et passait son temps à tapoter les fesses des secrétaires, s'approcha de moi, un verre à la main.

« Bonne chance, fit-il en frappant son verre contre le mien. Tu es en forme ?

— Tout à fait.

— Je t'envie de quitter ce bled pourri. J'accepterais, je crois, d'aller en enfer pour fuir ce patelin de merde. Même pas une femme baisable dans ce trou de cul. Des matrones graisseuses qui puent l'ail et le jasmin. Je rêve d'une vraie femme. Haute, élancée, blonde. Dis donc, dit-il en changeant de ton et en posant sa main sur mon épaule, t'es pas gentil avec Marina. Toute la soirée, elle t'a couvé d'un regard larmoyant. Elle en pince pour toi, vieux. A ta place, je me dévouerais, question de finir en beauté. Les vieilles filles, c'est parfois des affaires. A force de gamberger dans leur coin, elles inventent tout plein de vices. La première femme que j'ai eue était une institutrice. Quarante, quarante-cinq ans peut-être. L'image de la vertu. J'aurais pas osé la toucher avec le petit doigt de peur de prendre une claque. Eh bien ! c'était une véritable Messaline, je ne te dis que ça. Elle te mettait la main à la braguette sans ménagements, ça ne traînait pas. Et une bouche, mon vieux ! Personne ne m'a jamais taillé des pipes comme cette salope. A hurler, je ne te dis que ça. »

J'écoutais d'une oreille distraite les obscénités de Garcia, cherchant Marina des yeux. Je finis par la découvrir dans un coin, près d'une fenêtre, fixant d'un air rêveur la grande vitre. Me dégageant de Garcia qui m'envoyait à la figure une haleine avinée, j'allai la rejoindre.

« Vous vous amusez ? demandai-je, appuyant mon bras droit contre le mur et me penchant sur elle, la frôlant.

— Pas vraiment, répondit-elle avec un sourire contraint. Je ne suis guère à l'aise dans ce genre de réunions.

— Personne ne l'est, chacun fait semblant.

— Eh bien, je ne suis pas douée pour la comédie.

— Je vous trouve très belle. Vous aviez l'air d'une écolière punie, seule dans votre coin, fixant la fenêtre », murmurai-je en inclinant la tête, mes lèvres effleurant ses cheveux.

Doucement elle releva le visage, plantant son regard dans le mien.

« Vous avez bu, n'est-ce pas ? fit-elle d'une voix sourde.

— Un peu.

— Avez-vous besoin d'alcool pour rassembler votre courage ? Hier, vous m'évitiez, comme si vous aviez craint que je vous mette dans une situation dangereuse. Et voilà que... Pourtant, vous n'avez rien à redouter de moi. Je ne suis pas femme à me complaire dans le pathétique. Je crois que je vous aime : est-ce d'entendre ça qui vous faisait si peur ? Mes sentiments ne regardent que moi et je n'ai pas l'intention d'y céder. Je voulais seulement que vous le sachiez. Simple question d'honnêteté vis-à-vis de moi-même.

— Pourquoi m'avez-vous chassé l'autre soir ? Je vous aime aussi.

— Ne galvaudez pas ce mot, amour. Vous me désirez, ce qui n'est pas pareil. Vous n'acceptez de me regarder que dans la pénombre de vos rêves. La lumière du jour dissout ce que vous appelez votre amour. Moi, en revanche, je vous regarde en plein jour et j'aime vos faiblesses autant que vos qualités.

— Tout ça est trop idiot, fis-je en secouant la tête, comme pour me dégager de ce nuage de brume dans lequel je titubais. Je ne désire pas que vous souffriez à cause de moi.

— Nous y voilà, dit-elle avec un sourire sarcastique. Je savais que c'était cette idée qui vous faisait si peur. Il n'est pas en votre pouvoir, Santi, ni de causer ni de supprimer ma souffrance. Ne soyez donc pas trop présomptueux. Ce qui en vous m'attire, vous l'ignorez. Quant à la peine que je peux ressentir, je me sens de taille à m'en arranger. Puis-je vous donner un conseil ? Rentrez vite chez vous, passez sous une douche froide, avalez un comprimé d'aspirine et mettez-vous au lit.

— Vous me parlez comme si j'étais un enfant.

— Par certains côtés, nous sommes tous des enfants, Santi.

— Vous aussi ?

— Sans doute, puisque j'éprouve de l'amour pour vous.

— Vous trouvez puérils les sentiments que je vous inspire ?

— D'une certaine manière, oui. Vous êtes comme moi, Santi, un Espagnol d'avant le développement, pour reprendre ce terme cocasse. Le confort ne vous suffit pas. Vous cherchez autre chose.

— Et quoi donc, d'après vous ?

— Une idée stable qui puisse orienter votre vie. Vous dévorez les romans de chevalerie avec l'espoir que votre cervelle se desséchera et que, délivré de vos doutes, vous trouverez le courage de partir, juché sur une haridelle famélique.

— Oh, vous m'idéalisez. L'autre soir, chez vous, j'ai failli vous raconter... J'ai tué un homme, dans ma jeunesse. Un type dans le genre de votre père, un pur qui croyait à la bonté native de l'homme. Je l'ai lâchement trahi pour lui montrer, justement, qu'il avait tort de mettre sa confiance en l'homme. Je ne supportais pas sa candeur, son innocence me faisait horreur. Je l'ai détruit petit à petit, en toute lucidité. »

Marina me dévisageait gravement. Nos visages étaient si proches que nos souffles se mêlaient.

« Même si ce que vous dites est vrai, vous vous trompez sur vos motifs. Vous n'avez pas tué par haine mais par désespoir.

— Qu'en savez-vous ? ricanai-je.

— Rien, en effet, murmura-t-elle en baissant les yeux. Sauf ceci : vous n'êtes pas comme l'autre, vous ne deviendrez jamais comme lui, quand bien même vous le voudriez.

— Je suis trop faible, hein ? Je manque de fermeté.

— Oh, il ne s'agit pas de fermeté. Il vous manque le mépris. »

Elle se dégagea, fit deux pas le long de la baie.

« Je sais que cet homme vous fascine, Santi. Vous voudriez lui ressembler afin de ne sentir plus rien et d'échapper à vos incertitudes. Mais vous n'appartenez pas à la même espèce.

— Je suis un flic comme lui.

— Non, pas comme lui.

— Mon métier me dégoûte, tout me dégoûte du reste. Je n'ai même pas réussi à rendre ma femme heureuse.

— Il vous faudra apprendre à vivre avec votre mélancolie. Je me suis, moi, habituée à la mienne. Il suffit de choisir une fidélité et de s'y tenir. Allons, adieu. Demain, je pars en congé avec Concha. Je ne vous reverrai donc pas.

— Marina... Je voudrais vous dire plein de choses, je ne sais lesquelles.

— Vous les avez dites. Du moins, il me semble les avoir entendues. »

Nos mains se frôlèrent. Me tournant le dos, elle disparut dans la foule. Je restai seul, vacillant, en proie à une vague nausée. Je posai mon verre sur le rebord de la fenêtre. L'alcool décidément ne me valait rien. Me glissant entre les groupes, je quittai le bureau. J'enfilais ma veste quand une main me frôla.

« Tu pars après-demain, je crois. Tiens, voici mon adresse. Passe demain soir boire un verre. J'aurai des choses intéressantes à te raconter. Salut. »

Déjà Baza s'éloignait, laissant derrière lui un écœurant relent de graisse recuite. Sans réfléchir, je glissai le papier qu'il m'avait donné dans ma poche. Je me reprochais d'avoir manqué d'à-propos pour trouver une excuse qui m'aurait permis de me dérober à son invitation. Malgré le dégoût que sa personne m'inspirait, j'étais néanmoins curieux de savoir ce qu'il me dirait de Don Avelino.

En arrivant dans la ville, je faillis provoquer un accident en brûlant un feu rouge. Une voiture dut faire une embardée pour éviter la collision. Tremblant, je me rangeai contre le trottoir et descendis de mon véhicule. Le conducteur de la Seat ne m'avait pas attendu, repartant après m'avoir traité de fils de pute, ce que je n'étais de toute évidence pas, ma pauvre mère n'ayant guère eu le loisir de s'amuser. Du moins, je le supposais.

Je marchai un long moment dans les rues remplies de cette foule braillarde dont le spectacle me dégoûtait. Une atmosphère de souk régnait dans ces cafés installés dans des caves. Agglutinés autour des comptoirs, des hommes vêtus de noir palabraient en avalant des olives farcies et des calamars frits. Des odeurs d'huile et d'épices s'échappaient de ces boyaux peints de couleurs criardes. Huit siècles avaient passé et l'Orient se perpétuait dans ces criailleries obscènes, dans ces remugles sucrés, dans la dureté de cet univers sans femmes.

Je pensais à ma conversation avec Marina. Nos propos, après coup, me semblaient absurdes. Elle se prenait pour une héroïne de tragédie, une de ces femmes en noir qui, dans les pièces de Lorca, tiennent de grands discours sur l'honneur et la vengeance, en brandissant des couteaux. La vérité était à la fois plus simple et plus stupide : avec ses belles idées, elle était en train de gâcher sa vie, tout bêtement. Dans dix ans, elle se retournerait sans comprendre comment elle avait pu se sacrifier pour une mongolienne qui, de toute façon, resterait engluée dans sa bestialité. Avec son obscénité, Garcia faisait parfois mouche. Le sexe remettait les choses à leur place. Seulement, cette simplicité brutale, j'en étais, autant que Marina, incapable. Je n'avais même pas su prononcer les mots qui auraient pu clarifier la situation. Avec délectation, j'avais écouté les nobles tirades de Marina, lui donnant même la réplique. Quelle dérision ! En un sens, il y avait du vrai dans ses propos : j'appartenais à une autre Espagne que celle qui s'agitait devant moi, hurlant, étalant naïvement sa richesse toute neuve. J'appartenais à l'Espagne du silence, des couvents, de la pauvreté cachée sous les oripeaux de la dignité. Ma banane à moi macérait dans d'obscurs complexes où des Vierges altières processionnaient, étincelantes de bijoux. Etait-ce pour cela que la figure de Don Avelino obsédait mon esprit ? Son silence me fascinait, cette tristesse altière et méprisante du haut de laquelle il contemplait ce bouillonnement stupide.

Dans un jardin poussiéreux, planté de quelques arbustes fanés et de palmiers hiératiques, je m'assis sur un banc, respirant les parfums de la nuit. Je restai là en proie à une souffrance incompréhensible.

« Tu es saoul, me dit Pilar en m'accueillant.
— On a fêté mon départ. »
Sans un mot, elle m'aida à me déshabiller et m'accompagna jusqu'à la salle de bains. La douche me réveilla. Plus tard, je voulus lui faire l'amour mais dus y renoncer après plusieurs tentatives.
« Je suis une loque, fis-je en ricanant.
— Ça arrive à tout le monde, dit-elle d'un ton rassurant.
— Pas à tout le monde. Je parie que Garcia, lui, réussit à bander même quand il est saoul.
— Qui est Garcia ?
— Un collègue. Aucune femme ne lui résiste. A moins que... (je ris nerveusement).
— A quoi penses-tu ? Qu'est-ce qui t'amuse ?
— Quelqu'un m'a dit qu'il a un membre pas plus gros qu'une allumette. Je trouve ça drôle. Il parle sans arrêt de cul.
— C'est une femme qui t'a dit ça ?
— O-oui. Une secrétaire.
— Ce n'est pas très élégant.
— Elle était en colère parce qu'il l'avait insultée. C'est un goujat.
— Ce n'est pas une raison. On ne ridiculise pas un homme, même s'il vous a blessée. Cette femme manque de tact.
— Non, je ne crois pas. C'est une femme seule, qui...
— Tu la connais bien ?

— Un peu.
— Elle est amoureuse de toi ?
— Non, je ne crois pas. Qu'est-ce qui te fait dire ça ?
— Comme ça, une intuition.
— Tu es jalouse ?
— Pas le moins du monde. Je préférerais que tu sois amoureux.
— Tu préférerais ça à quoi d'autre ?
— Je ne sais pas. Depuis quelque temps, tu as l'air absent. Tu penses trop à cet homme, ton futur chef, j'ai oublié son nom.
— Avelino Pared. Un curieux prénom, tu ne trouves pas ? Doux, caressant, un prénom pour l'amour. Et juste derrière, toc, ce mur. Je me demande s'il n'a pas parfois souffert de porter un nom pareil.
— On n'est pas responsable de son nom.
— Tu dis ça parce que tu ne connais pas la police. Pour un flic, le nom désigne, il fixe un homme. Toute enquête commence par la recherche de l'identité. D'ailleurs, les malfaiteurs passent leur temps à changer d'identité, pour échapper à leur nom.
— Quoi qu'il en soit, tu ferais mieux d'oublier ce type.
— J'essaierai. »
Cette nuit-là pourtant, Don Avelino réapparut dans mes rêves. Je me voyais assis à une table couverte de nourritures diverses. Je savais que si je ne mangeais pas toutes ces victuailles, je serais fusillé. Je n'avais pas faim et l'angoisse me nouait la gorge. De noir vêtu, il se tenait debout, m'observant avec une curiosité douce et prévenante. Je voulais me lever, m'échapper : je me sentais cloué à mon siège, incapable de faire le moindre mouvement. Péniblement, j'avalai quelques bouchées d'un ragoût infecte, baignant dans une sauce noirâtre qui me soulevait le cœur. " Vous ne vous sentez pas bien ? " demandait Don Avelino d'une voix affable. " Dommage ", ajoutait-il l'air navré. Je secouai la tête pour protester, je pensai : " C'est absurde. Je n'ai rien fait. On n'a pas le droit de tuer un homme simplement parce qu'il n'a pas faim. " Deux mains m'empoignaient, me soulevaient, me traînaient. Je me débattais furieusement, essayant de me dégager. Quelqu'un attachait mes poignets et mes chevilles avec une corde, si serrée

qu'elle déchirait ma peau. On me poussait contre un mur. Trois soldats se plaçaient à moins d'un mètre de moi, les canons de leurs fusils braqués sur ma poitrine. " Pas si près ! hurlais-je. Vous allez me déchiqueter. " S'approchant de moi, Don Avelino me susurrait d'un ton doucereux : " Soyez gentil de ne pas mourir trop vite, Laredo. J'aimerais voir comment l'on meurt. Faites ça pour moi, je vous prie. " Je le regardais, ahuri. " Vous êtes fou ! Comment voulez-vous que je retarde ma mort ? D'ailleurs, je ne veux pas mourir. Lâchez-moi donc ! "

« Réveille-toi. Réveille-toi, Santi. »

Pilar se penchait sur moi, me dévisageant avec une tendresse inquiète.

« Tu as encore fait un cauchemar... Est-ce lui, toujours ? »

J'acquiesçai d'un battement de paupières, incapable de parler. Mon cœur battait furieusement dans ma poitrine. J'avais le visage baigné de sueur.

« Mais qu'as-tu donc à être pareillement obsédé par ce fou ? Tu as peur de lui ou quoi ?

— N-non.

— Oublie-le, Santi. Quitte la police, ne pars pas pour Huesca. Je t'en prie, écoute-moi : il ne faut pas que tu ailles là-bas. Tu trouveras un autre travail. M'entends-tu, Santi ?

— Oui. Je ne peux pas démissionner.

— Comment ça, tu ne peux pas ? Je ne te comprends pas. Depuis quelque temps, tu es bizarre. Tu as l'air de vivre sur une autre planète.

— Ça passera, Pil. C'est cette ville pourrie, le climat. Là-bas, je me reposerai. Ne t'inquiète pas. »

Après une brève hésitation, elle se coucha sur le dos, près de moi, les mains croisées au-dessus de la poitrine.

« Mais qu'a donc cet homme pour te mettre dans un tel état ?

— C'est un homme malheureux.

— Tu plaisantes ?

— Dormons, Pil. Je suis exténué. »

Je fermai les yeux, craignant et, peut-être, souhaitant de retrouver la haute silhouette noire.

12

A mon réveil, le lendemain matin, le ciel m'apparut d'un gris uni. Tamisée, la lumière soulageait le regard. La température avait baissé d'au moins cinq degrés, procurant une sensation de délivrance. L'interminable été touchait ainsi à sa fin. Un frémissement subtil agitait l'air, et les lignes retrouvaient leur netteté. Pilar même semblait revigorée. Sa démarche était devenue plus légère, ondoyante, et elle plaisanta gaiement en préparant le petit déjeuner. Quant aux enfants, ils étaient déchaînés, courant, se bousculant, criant. On aurait dit que la vie renaissait après cette période de torpeur accablée.

Nous achevâmes, Pilar et moi, de boucler mes bagages et je m'habillai avant de me rendre à la cité administrative pour prendre congé du commissaire Anselmo.

Il me reçut dans son bureau peu avant midi. Se départissant quelque peu de sa réserve habituelle, il se montra affable, presque chaleureux, m'exprimant la tristesse de se séparer d'un « bon élément » qui faisait, dit-il, honneur à la police. Ces compliments me touchèrent et je le remerciai de sa gentillesse, ajoutant que je le regretterais, moi aussi. Inclinant la tête, il poursuivit en m'affirmant que si Huesca n'était pas une ville très active pour un jeune inspecteur, je n'en avais pas moins de la chance de passer sous les ordres d'un homme tel que Don Avelino Pared.

« Je présume qu'on vous a beaucoup parlé de lui, en des termes aussi contradictoires qu'excessifs. Peut-être vous faites-vous de lui une idée inquiétante. Voyez-vous, son nom a toujours été entouré d'une sorte de légende. »

Le commissaire s'exprimait avec sa lenteur habituelle, prononçant distinctement chaque syllabe et marquant fortement l'accent tonique. Dans sa bouche, le castillan devenait une musique dépouillée qui évoquait les chants liturgiques de Tomas de Victoria. Avec une élégante simplicité, les phrases se déroulaient, jouant de tous les temps et de tous les modes du verbe sans que ce souci de purisme parût de l'affectation. Il donnait l'impression non pas tant de jouir de la parfaite connaissance de l'idiome, de toutes ses ressources et de toutes ses subtilités, que de célébrer la liturgie de cette langue altière, qu'il faisait sonner avec délectation.

Son bureau affectait cette même simplicité orgueilleuse ; ni tapis ni moquette ; des murs nus, peints de cette couleur jaunâtre qu'on voyait dans tout le service ; des classeurs de bois blanc dont les étagères supportaient des dossiers empilés les uns sur les autres ; une photographie du Généralissime en grande tenue ; la même baie vitrée enfin, ouverte sur la ville.

« Quand je l'ai rencontré, poursuivit-il sur le même ton réfléchi, j'avais à peu près votre âge et venais d'être affecté à la brigade sociale et politique de Barcelone. Faut-il vous préciser que son arrivée à la tête de ce service fut précédée des plus extravagantes rumeurs ? On murmurait qu'il avait fait preuve durant le conflit (Don Anselmo, comme beaucoup d'hommes de sa génération, évitait le mot guerre, qu'il jugeait peut-être trop explicite) d'une rigueur terrible. Personne, bien sûr, ne savait précisément quel avait été son rôle ni, à plus forte raison, de quelle façon il l'avait rempli. Mais le conflit venait à peine de s'achever et tout le sang versé, de part et d'autre, blessait les mémoires. Aujourd'hui, la mode veut que les nationalistes aient été des fauves altérés de sang qui, leur victoire assurée, n'ont eu d'autre pensée qu'exterminer leurs adversaires. Peut-être ces simplifications sont-elles nécessaires pour alléger le passé, le rendre supportable ? Je me pose parfois la question. Autant que les vaincus pourtant, les vainqueurs souffraient de leurs souvenirs. Pour tout vous dire, aucun de nous n'était fier de ce déchaînement de haine et de violence. Aussi, notre désir le plus intime était-il d'oublier, de réapprendre à vivre.

« Dans cet état d'esprit où la lâcheté se mêlait au remords, l'arrivée de Don Avelino apparut à beaucoup comme une indécence. Pour conserver l'estime de soi-même, un policier a besoin, comme tout homme, de se respecter. Il supporte mal le mépris. Or, la police avait dû, durant ces trois années sombres, accomplir une besogne qui n'incite pas précisément au respect de soi.

« Je doute que vous puissiez imaginer ce qu'était Barcelone en ce début 1939. Vous le savez sans doute, la ville avait tenu jusqu'au bout. Si l'on excepte les habitants des quartiers bourgeois, sa population haïssait dans l'ensemble l'ordre que nous voulions lui imposer et qu'elle avait combattu de toutes ses forces. C'est moins cette animosité que nous ressentions cependant que l'abattement de la défaite. Apathique, prostrée, semée de ruines calcinées, en proie à la famine, la ville avait un aspect irréel. Partout s'étalait une misère poignante. Par dizaines de milliers, des orphelins arpentaient les rues, mendiant un croûton de pain, se disputant les mégots qu'ils rangeaient dans des boîtes de fer-blanc attachées à leur ceinture. Avec le tabac, ils roulaient des cigarettes qu'ils revendaient aux coins des rues. Des théories de femmes sans âge, sombres et muettes, attendaient un hypothétique secours, tendant sans illusion leurs mains fripées. Des armées de chômeurs couverts de haillons, le regard rougi de fièvre, marchaient sans but, dormant à la belle étoile dans les jardins et dans les parcs. La prostitution, le vol, le crime se déchaînaient. Les prisons étaient bondées ; les institutions religieuses se multipliaient, accueillant des foules de gosses squelettiques auxquels, en échange d'un morceau de pain jaune et caoutchouteux, et d'une assiette de bouillie nauséeuse, on apprenait à chanter le *Salve Regina* et à crier " Vive Franco ! " en tendant le bras. Des régiments de jeunes filles de bonne famille se démenaient, vêtues de l'uniforme bleu des Phalanges, dans des centaines de dispensaires, distribuant des couvertures militaires, des vêtements usagés, du lait en poudre ou condensé. Tout le pays fredonnait une rengaine imbécile qui résumait l'obsession commune : " Je possède une vache laitière qui me procure un lait crémeux — Dolong, dolong... " Des affiches incitant les populations à lutter contre la tuberculose couvraient les murs de la ville, car le fléau s'étendait, frappant indistinctement les jeunes et les vieux, les femmes et les enfants. Dans les hôpitaux, dans les asiles, un rebut d'humanité s'entassait : vieillards décharnés, crachant leurs poumons avec chaque quinte de toux ; hommes mûrs, voûtés, hâves, chauves avant l'heure, leurs bouches édentées furieusement accrochées à des mégots jaunes et froissés, qui leur brûlaient les lèvres ; adolescents centenaires, les yeux caves, luisants de fièvre, le crâne tondu — toute une procession de spectres errant, dans leurs uniformes de futaine grise, une couverture miteuse sur leurs épaules, le long des couloirs, traînant les pieds, désœuvrés, dans l'attente de la mort.

« Le pire cependant ne se laissait ni voir ni entendre, seulement sentir et respirer : une peur partout répandue, qui semblait suinter des murs. Une peur accumulée, condensée, enfermant des années de désordre, de grèves, d'attentats, de règlements de comptes sordides, de délations et de fusillades ; une peur hantée de promenades funèbres, d'arrestations nocturnes, de bombardements aériens ; une peur maintenue vivante par une répression brutale, qui ajoutait ses horreurs aux précédentes.

« Ce tableau serait incomplet si vous n'y ajoutiez pas un furieux appétit de vivre, un débordement de joie hystérique. Dans le quartier chinois et dans le Paralelo, une marée humaine se déversait avec le crépuscule, roulant toute la nuit ses flots houleux. Voilà donc la ville que Don Avelino découvrit en cette fin de printemps 1939.

« Je me rappelle nettement les propos qu'il me tînt peu de jours après son arrivée, alors que nous remontions ensemble les Ramblas en direction de la place de Catalogne, nous frayant difficilement un passage au milieu de la foule. D'une voix sourde, il me déclara qu'il haïssait cette ville sans pudeur qui exhibait cyniquement ses plaies et ses bubons. Elle lui faisait l'effet, ajouta-t-il, d'une catin flétrie, au masque ravagé. Ce que je répliquai, je l'ai oublié. Je fus frappé de son ton de mépris. En fait, il n'essaya jamais de comprendre ni Barcelone ni la Catalogne. Homme de l'intérieur, cette Méditerranée grouillante d'une foule métissée lui apparaissait comme un monde hostile, quelque peu répugnant. " Un peuple de limaces ", déclara-t-il un jour. Cette aversion instinctive donnerait à penser qu'il se soit montré, dans l'exercice de ses fonctions, d'une rigueur implacable. Il n'en fut rien, à l'étonnement général. Au contraire, nul ne fit davantage que lui pour restaurer le respect de la légalité, comblant ainsi nos vœux secrets, et désarmant nos critiques. Là où nous nous attendions à découvrir un tueur, nous trouvâmes un policier. Je vous avouerai que cette découverte fonda sa popularité. Toutes nos préventions tombèrent l'une après l'autre.

« Pour l'essentiel, notre tâche consistait à infiltrer, puis à détruire les mouvements autonomistes qui auraient pu subsister ou se reformer. Ils n'étaient guère nombreux, je vous rassure. Décimés, morts ou en exil, les militants catalanistes se comptaient sans doute sur les doigts des deux mains, et leurs activités n'avaient rien de redoutable. Pour la plupart, c'étaient des hurluberlus se réunissant pour réciter des poèmes et pour brailler des chansons en catalan. Ils appelaient cela " sauver le patrimoine culturel de la Catalogne ", ce qui paraît tout de même excessif. Comme tous mes collègues, la question catalaniste me semblait donc réglée.

« Sur ce problème, Madrid avait demandé un rapport que Don Avelino rédigea et qu'il lut devant tous les chefs de services. A la surprise générale, il affirmait que, loin d'agoniser, la Catalogne renaissait et que la question de son autonomie se poserait tôt ou tard. Je vous passe tous les indices sur lesquels il étayait sa démonstration. Je vous dirai seulement que c'était un beau travail. Aucun détail, aussi infime parût-il, n'était négligé. Je vous rappelle enfin que cela se passait en 1940 ou 1941, à une date où rien, absolument rien, ne permettait de penser que l'affaire ne fût pas réglée, définitivement. Je vous fais grâce des réactions des autres directeurs : de la stupeur à la colère, on aurait pu déceler tous les degrés de l'indignation. Car ce rapport constituait rien moins qu'un blasphème.

« Aujourd'hui encore, reprit Don Anselmo après une courte pause, je me pose la question : intuition, intelligence ? Il n'importe, le fait demeure : cet homme qui ne cachait pas son aversion de la Catalogne et des Catalans prônait non pas la répression aveugle mais la compréhension, prédisant que rien n'abattrait cette nation — le mot figurait dans son rapport. C'est peu dire que nous fûmes médusés : nous admirâmes son courage et sa probité.

« Je vous ai cité ce fait pour vous montrer que Don Avelino échappait aux classifications sommaires, tant prisées de nos jours. Fut-il un franquiste convaincu ? J'en doute. Il était un policier, et il considérait la politique d'un point de vue métaphysique, pour reprendre son expression.

« Un homme, mon cher Laredo, ne se résume pas aux opinions qu'il professe ni même, quoi qu'on en dise, aux actions qu'il accomplit. Des millions d'hommes bafouent chaque jour leurs opinions et il arrive aux pires lâches de se comporter en héros, sans que ce courage d'un instant les rende moins couards. Un homme, c'est un style. Celui de Don Avelino était dur et vertical, sans débordements ni épanchements.

« Tous les directeurs avaient leurs bureaux au dernier étage de l'immeuble de la Via Layetana. Des bureaux comme vous pouvez les imaginer, solennels et imposants. Lui, au contraire, ne voulut jamais quitter son bureau de l'entresol, poussiéreux et sale. Deux fenêtres arrondies, des lucarnes plutôt, dominaient d'un mètre cinquante environ le trottoir, ce qui faisait qu'on ne voyait des passants que leurs têtes, cette bizarre procession créant une impression d'étrangeté.

« Assis à un pupitre de bois blanc adsolument vide, il étudiait consciencieusement ses dossiers qu'il replaçait ensuite dans le classeur. Dix, douze heures, il demeurait là, lisant, griffonnant. Il était d'une pâleur éteinte, ses épaules se voûtaient. Parlant peu, il écoutait avec une attention douloureuse, fixant l'interlocuteur de ce regard dont on a dû vous parler et qui impressionnait tant de gens. Pour mieux écouter, il croisait souvent ses mains sous le menton. Il pouvait rester ainsi plusieurs heures, sans bouger ni proférer le moindre son, attentif au son de la voix de son vis-à-vis. Il s'habillait, vous le savez, de gris : un veston de tweed et un pantalon de flanelle. Il les portait jusqu'à ce qu'ils fussent élimés, achetant alors les mêmes modèles, par indifférence, je crois, parce que cela lui évitait d'avoir à se soucier de ces détails méprisables. De même détestait-il les coiffeurs, allant toujours voir le même qui avait, à ses yeux, cet avantage d'être sourd-muet. Pour son usage personnel, il refusait de prendre la voiture, préférant les transports en commun. En un mot, il s'appliquait à n'être en tout qu'un fonctionnaire.

« Le soleil n'éclairait jamais cet entresol si bas de plafond qu'il ressemblait à un cachot —, étouffant dans la moiteur des étés barcelonais, Don Avelino travaillait avec application, avec une patience d'araignée tissant, fil à fil, sa toile.

« Si l'on me demandait quelle leçon j'ai retenue de ma longue collaboration avec Don Avelino, je répondrais : l'obstination de l'attente. J'étais jeune, partant impulsif ; je m'irritais parfois de cette immobilité que je prenais pour de l'indolence ; je réclamais de l'action. Lui, levant son regard de dessus ses paperasses, me fixait avec une imperceptible palpitation des lèvres. " L'action, lâchait-il d'une voix étouffée, la voici. (Il posait sa main sur un dossier.) Il n'y a que dans les films et dans les romans, reprenait-il, que la police se passe à coups de poing et de pistolet. Dans la réalité, les choses sont moins poétiques. La meilleure police, c'est un fichier complet. " Sur cette maladie de l'ordre, nous plaisantions entre nous. Quand, ayant identifié la plupart des membres d'une organisation clandestine (elles se reformèrent très vite, dès 1940, disparaissant aussi vite), quand donc nous pensions que le moment était venu d'intervenir, il ne bougeait pas, l'air rêveur. Nous autres, jeunes inspecteurs, le pressions de nous donner le feu vert pour arrêter les suspects, les interroger et remonter ainsi jusqu'au sommet de l'organisation. Nous écoutait-il ? Il nous semblait que non. Ebauchant un sourire, il murmurait : " Il faut avoir la force d'attendre. — Mais attendre quoi ? plaidions-nous. Demain les oiseaux se seront peut-être envolés. — Peut-être ", marmonnait-il. Vous avez sans doute connu, depuis que vous appartenez à la police, cette fièvre, cette crispation de l'attente. Des jours, des nuits passaient et nous restions dans cet entresol sinistre, affaissés sur nos chaises. Soudain, au bout d'une semaine ou d'un mois, la voix se levait, comme ensommeillée : " Allez-y, les enfants. C'est le moment. Je veux X, Y, Z, et je les veux vivants, compris ? " La littérature policière est pleine de ces policiers qui n'obéissent qu'à leur instinct, lequel ne les trompe jamais. Pour Don Avelino, je l'ai compris plus tard, il ne s'agissait nullement d'intuition, mais d'une parfaite connaissance du dossier. Dans les rapports que nous lui soumettions, il trouvait non seulement des faits, des dates, mais entre ces faits, des relations mathématiques, si j'ose.

« Son attitude envers les suspects obéissait, elle aussi, aux lois de la logique. Il n'espérait pas réussir à faire parler, comme on dit, les hommes que nous lui amenions. Il savait ce que chacun dirait ou tairait, ne posant aucune autre question que celles auxquelles ils devaient répondre. D'où l'étrangeté de ces interrogatoires dont le déroulement nous désarçonnait comme si nous avions assisté à une liturgie célébrée dans une langue inconnue de nous. Tout se passait dans une sorte de recueillement, le plus souvent de nuit.

« Parmi les opposants politiques à qui Don Avelino faisait une chasse impitoyable, il s'était acquis une réputation d'adversaire redoutable. Plusieurs même se donnèrent la mort pour ne pas être confrontés à celui qu'ils avaient surnommé Le Bourreau. Je me suis souvent interrogé sur l'origine de cette crainte. Aucun prisonnier, je vous en donne ma parole, ne fut, pour autant que je sache, maltraité ni battu, du moins pas par Don Avelino que les brutalités physiques écœuraient. Pourtant, je le répète, son nom inspirait une sorte de terreur. Comment comprendre cela ? La raison tient, me semble-t-il, à la rigueur de son intelligence. Un homme préfère des insultes, les coups même à cette lucidité qui vous tient à distance. Entre Don Avelino et le suspect — à une exception près dont je vous parlerai —, nulle familiarité, mais une partie d'échecs où chaque pion déplacé appelle la riposte adéquate, sauf à s'avouer battu. Or, Don Avelino donnait à tous l'impression d'avoir prévu tous leurs coups. Au fond, ils ne le craignaient tant que parce que sa lucidité les humiliait. Devant lui, ils se découvraient stupides, et ils ne le lui pardonnaient pas. Quant à nous, nous sortions de ces séances partagés entre l'admiration et l'abattement, comme de jeunes virtuoses qui viennent d'écouter un vieux maître et qui s'avouent avec tristesse que leur technique ne leur procurera jamais ce frémissement ineffable d'où sourd la magie de la musique.

« J'ai fait allusion tout à l'heure à l'unique suspect pour qui Don Avelino témoigna d'un respect évident... »

13

« ... Cette affaire, continua Don Anselmo avec un air absorbé, fit beaucoup pour sa réputation, qui était pourtant grande déjà dans les milieux de la police.

« L'homme s'appelait Ramon Espuig, un Catalan comme son nom l'indique, et il vivait exilé à Paris depuis la fin du conflit. En France, il enseignait, je crois, l'histoire des religions orientales, notamment les religions iraniennes sur lesquelles il avait publié plusieurs ouvrages faisant autorité. Sa réputation s'étendait des deux côtés de l'Atlantique, et les universités américaines l'avaient accueilli à plusieurs reprises pour des conférences ou des cours. C'était, à tous les points de vue, un homme remarquable, doté par surcroît d'une force de caractère exceptionnelle. Vivant chichement, il consacrait les sommes que ses travaux et ses livres lui rapportaient à la cause de l'anarchie, dont il était l'un des apôtres. La police française nous avait communiqué des renseignements détaillés sur ses activités et ses déplacements. Ainsi nous savions qu'il pénétrait régulièrement en Espagne, sous de fausses identités bien entendu, pour mettre sur pied des réseaux de propagande. Plusieurs fois, nous avions failli mettre la main sur lui et, chaque fois, il avait réussi à nous échapper. L'homme était, je vous l'ai dit, d'une intelligence peu commune, il se savait traqué, il se tenait donc sur ses gardes, glissant habilement entre les mailles du filet. Son nom — ses noms plutôt — était devenu pour nous tous une sorte de légende. Nous connaissions les traits de son visage mieux que ceux de notre mère ou de notre femme, tant nous avions passé de temps à étudier ses photos, à les comparer. Avec ou sans moustache, barbu ou rasé, nous étions certains de l'identifier au premier coup d'œil, si le hasard nous mettait en sa présence. Nous savions ce qu'il mangeait, quels vins il préférait, quel type de femmes il fréquentait, comment il se comportait au lit.

« Espuig, nous le devinions, obsédait Don Avelino qui restait des heures à compulser son dossier, à contempler ses photos. Il était décidé à l'arrêter, et nous faisions des paris sur l'issue de ce match.

« Le hasard voulut que je découvre, dans une banlieue ouvrière, une imprimerie clandestine éditant des brochures anarchistes. Je me proposais d'arrêter son propriétaire quand Don Avelino me déclara d'un ton plus ferme qu'à l'habitude : " Surtout, ne bougez pas. Que personne ne touche à un cheveu de cet homme, vous m'entendez ? " Nous devinâmes aussitôt son idée et nous nous enfonçâmes dans l'attente. Plus d'un an, nous filâmes l'imprimeur. Et, bien sûr, le dénouement fut celui que nous espérions : Ramon Espuig fut identifié et appréhendé trois jours plus tard dans un hôtel où il logeait sous un faux nom.

« Je ne vous peindrai pas notre excitation voyant entrer dans le bureau cet homme grand, solidement bâti, aux épaules orgueilleuses, avec un visage énergique éclairé par des yeux d'un gris délavé. Dans son attitude, ni forfanterie ni abattement, une sorte d'indifférence tranquille. " J'ai joué et j'ai perdu " — voilà ce que semblait exprimer son regard. Il ne fit aucune difficulté pour reconnaître qu'il était bien Ramon Espuig, précisant qu'il n'avait rien d'autre à ajouter. Condamné à mort par contumace, il savait quel sort l'attendait et il paraissait l'accepter sereinement. Son courage nous impressionna tous favorablement.

« De son côté, Don Avelino paraissait partager nos sentiments, se montrant avec son malheureux adversaire d'une courtoisie aussi discrète que prévenante, s'inquiétant qu'il fût bien traité, convenablement nourri, pourvu en cigarettes américaines (Espuig ne fumait que des Lucky Strike) comme aussi en livres. Il me revient un détail qui montre assez le souci qu'avait Don Avelino du bien être du détenu : il paya de sa poche plusieurs bouteilles de Valdepeñas, le vin préféré d'Espuig.

« Les propos qu'il lui tint lors de leur première rencontre restent gravés dans ma mémoire. Arrêté en fin d'après-midi, Espuig pénétra dans l'entresol de la Via Layetana au crépuscule. Tout le jour, il avait fait une chaleur poisseuse qui, avec l'arrivée de la nuit, s'affaissait dans une sorte de brutale explosion. Un vacarme joyeux pénétrait par les lucarnes grandes ouvertes, et la foule défilait sur le trottoir avec des cris et des rires. Seule la lampe posée sur le bureau de Don Avelino diffusait une lumière rétrécie, qui refoulait les ombres vers le fond de la pièce où nous attendions, figés dans un silence tendu. En voyant apparaître Espuig, menottes aux poignets, la tête haute, Don Avelino se leva pour aller à sa rencontre. Je crois bien qu'il maîtrisa l'envie de lui tendre la main, s'abstenant de le faire par délicatesse, puisque Espuig ne pouvait pas accepter de serrer cette main. Un moment qui nous parut durer des heures, ils demeurèrent face à face, se dévisageant avec une curiosité à la fois avide et chaleureuse. Don Avelino le premier bougea, désignant d'un geste une chaise sur laquelle le détenu s'assit. Reprenant sa place, croisant, selon son habitude, ses mains sous son menton, Don Avelino fixa de nouveau Espuig avec une expression de contentement. Puis, il dit d'une voix basse qu'il se réjouissait de le voir enfin en chair et en os. Non pas, précisa-t-il, qu'il éprouvât de la joie à le voir dans cette situation pénible, son arrestation ne lui causant qu'une satisfaction purement professionnelle. Mais parce que cela faisait trois ans qu'il pensait intensément à lui, qu'il en rêvait même. Un policier, ajouta-t-il, pouvait être comparé à un romancier vivant depuis des mois, des années même avec des personnages dont il finit par tout connaître : leur aspect physique, leurs habitudes, leurs goûts et leurs dégoûts, leurs plus secrètes pensées, la façon dont ils se comportent comme les vêtements qu'ils portent. Et voilà qu'un metteur en scène décide de porter son œuvre à l'écran. Inquiet, il s'interroge : reconnaîtra-t-il dans les acteurs choisis les personnages rêvés ?

« Espuig entendait-il ? Nous nous posions la question. Il demeurait immobile, fixant Don Avelino. Soudain une chaude voix de baryton résonna : " Aujourd'hui, l'auteur est-il déçu ? "

« Don Avelino secoua la tête et sourit : " Pas le moins du monde. Le personnage ressemble parfaitement au modèle, et je m'en réjouis. Puis-je poser les questions d'usage ? "

« Espuig inclina la tête et Don Avelino, ouvrant ce dossier qu'il ne cessait d'étudier depuis des années, l'interrogea calmement, acquiesçant aux réponses du détenu. Puis, refermant le dossier, il ajouta, toujours avec le sourire : " Eh bien, il ne me reste qu'à vous souhaiter bonne chance. Pour moi, l'affaire est close. J'ignore à quelle date votre transfert à Madrid aura lieu. D'ici là, je veillerai à ce que vous soyez convenablement traité. Si vous aviez une requête à formuler, n'hésitez pas, je vous prie. Dans la mesure de mes moyens, je ferai en sorte que votre détention vous laisse le moins mauvais souvenir possible. Désirez-vous des livres ?... Non politiques, cela va de soi. "

« Un court instant, Espuig parut hésiter, comme s'il se demandait si cette proposition renfermait ou non un piège. " Volontiers, dit-il enfin. Deux ou trois traités de philosophie. On les trouve dans une librairie de la Rambla de l'Université. "

« Lui tendant une feuille de papier, un stylo, Don Avelino le pria de noter les titres et les noms des auteurs. Comme Espuig levait ses poignets entravés pour écrire, Don Avelino le regarda droit dans les yeux. " Don Ramon, je serais tout disposé à vous ôter les menottes, si vous me donnez votre parole d'homme de ne pas tenter de vous évader. "

« Une lueur d'ironie éclaira les yeux pâles du détenu, qui demanda avec un sourire désabusé : " Ma parole d'homme ? Je croyais qu'un anarchiste était une bête sauvage. — J'éprouve beaucoup de respect pour l'homme que vous êtes ainsi que pour la cause que vous servez, Don Ramon. Je comprendrais que vous préfériez ne pas engager votre parole, vous réservant la possibilité de tenter votre chance, si l'occasion se présentait. La décision est entre vos mains, sans jeu de mots. — Mes chances de m'évader d'ici sont bien minces, pour ne pas dire nulles, mais... vous n'avez pas peur que je trahisse mon serment ? Le mensonge est un droit du prisonnier, vous ne l'ignorez pas. — Peut-être, Don Ramon. Je crois savoir que c'est un droit dont vous n'useriez pas. "

« Il fit un geste à l'un des inspecteurs qui retira les menottes. Comme tous les détenus, Espuig frotta un instant ses poignets, observant Don Avelino avec perplexité. " Pourquoi tous ces égards, Don Avelino ? — Vous pensez qu'il s'agit d'un calcul ? — Pour être franc, oui. — Je ne vous en veux pas de le penser. Il s'agit pourtant d'estime. En trois ans, j'ai appris à vous connaître. Je sais ce que vous êtes capable de faire. — Je vous connais aussi un peu... de réputation. Je vous crois capable de tout, Don Avelino. — Pas de tout, non. "

« Ahuris, nous écoutions ce dialogue qui aurait pu être celui de deux officiers du XVIe siècle. Chacun semblait faire assaut de courtoisie, s'inclinant devant l'autre, comme dans cette peinture de Velasquez que vous avez peut-être vue au Prado, *la Reddition de Breda,* où le vainqueur, avec une exquise politesse, tire sa révérence au vaincu, saluant sa bravoure. C'était une scène typiquement espagnole, d'une solennelle gravité. Perplexes, nous nous demandions où Don Avelino voulait en venir.

« Espuig avait terminé sa liste que Don Avelino saisit, la parcourant attentivement. " On m'a pris mon argent au greffe, fit Espuig, avec l'air de s'excuser. — J'arrangerai cela, Don Ramon. J'irai moi-même chercher vos livres. "

« Ensemble ils se levèrent et nous eûmes à nouveau l'impression qu'ils hésitaient à se serrer la main. " Don Ramon... — Oui ? — Verriez-vous un inconvénient à ce que jusqu'à votre départ pour Madrid je vous convoque de temps à autre dans ce bureau ? — Je pensais que vous diriez cela, fit Espuig, avec un sourire d'ironie. — Vous faites erreur, Don Ramon. Je ne vous poserai aucune question, je vous en donne ma parole. Si d'ailleurs vous souhaitiez ne pas me revoir, je m'inclinerais. — Dans ce cas, qu'attendez-vous de moi ? — J'aimerais vous mieux connaître, Don Ramon. Non pas le militant ni l'idéologue, la politique m'intéresse assez peu. Je voudrais savoir ce que vous pensez du manichéisme, par exemple. J'ai lu presque tous vos ouvrages, avec intérêt je dois le dire, si même je ne suis pas absolument certain d'avoir tout compris. Il me semble néanmoins que le christianisme n'a jamais réussi à convenablement résoudre cette contradiction fondamentale : l'infinie bonté de Dieu et la toute-puissance du Mal. — La divinité de Jésus, difficilement imposée, contournait la difficulté, puisqu'en sa personne le péché se trouve anéanti. Vous vous intéressez à la théologie ? — Ça vous surprend ? Je sais, un flic... Vous avez dit ' contournait ', qui me paraît être le mot juste : la contradiction cependant demeure, ce n'est pas votre avis ? — O-oui. Du reste le manichéisme n'a pas cessé de ronger le dogme, comme un cancer. A plusieurs reprises, l'unité chrétienne a failli sombrer sous la poussée de cette énergie souterraine. Seule la force a pu imposer le silence aux esprits que ce dilemme tourmentait. Mais j'imagine que cette question ne devrait guère inquiéter un policier ? Vous ne doutez pas de l'existence d'un principe mauvais, n'est-ce pas ? — Vous avez raison, Don Ramon. Le Mal ne nous surprend guère, c'est l'existence du Bien qui nous intrigue. Pensez à Noé et à son arche : un juste suffit pour sauver le monde. — Ça vous chagrine ? — Ça me dérange. Le postulat de la police, c'est, vous vous en doutez : tous coupables. — C'est une pensée triste. — Les policiers qui réfléchissent peuvent difficilement être gais. — Pour les anciens Perses, un Dieu de Lumière finissait par l'emporter. — Vous avez écrit que le vieux Freud s'accrochait lui aussi à cette pensée pour sauver son espoir. — En effet, sa pulsion de mort ne le portait pas à l'optimisme. Mais il était juif, et les juifs n'ont pas été formés à l'école de l'optimisme béat. Remarquez, l'histoire récente n'est pas faite pour les guérir de leur méfiance. Votre fils se prénomme Adolfo, je crois ? — Et ma fille Eva, oui. J'ai un penchant pour les causes perdues. — Vous devriez être un homme comblé : je connais peu de causes qui aient réussi. — La police résiste sous tous les régimes. — Est-elle une cause, selon vous ? — A tout le moins une éthique. — La culpabilité universelle ? — Le soupçon. "

« Espuig eut un sourire de lassitude et marcha vers la porte. Le sommet de sa tête touchait presque le plafond et il se baissait instinctivement, comme s'il craignait de se cogner le front.

« Une partie d'une subtilité inouïe s'engagea alors entre ces deux hommes, sans que nous arrivions à nous faire une idée claire de son enjeu. Connaissant Don Avelino, nous devinions qu'il poursuivait un but, mais lequel ? De toute évidence, il estimait celui qu'il appelait Don Ramon avec une nuance de déférent respect. Cette estime cependant n'excluait ni le calcul ni la ruse, nous en étions conscients. Espuig donnait d'ailleurs l'impression d'avoir percé les arrière-pensées de son adversaire et, tout en conservant une attitude digne, on le sentait sur ses gardes. Un éclair jaillissait parfois de ses yeux gris et une ombre d'ironie obscurcissait sa bouche. Ce duel étrange nous tenait en haleine. Nous étions comme fascinés, spectateurs d'une partie d'échecs disputée par deux champions. L'un des deux, nous le pressentions, finirait par s'avouer vaincu, mais leur stratégie nous dépassait. Assis dans le fond de la pièce, nous contemplions, hypnotisés, ce combat feutré, fait d'allusions, de propos apparemment décousus, de discussions philosophiques, de fausses confidences, de relâchements calculés et de brusques tensions.

« Les séances se déroulaient le plus souvent la nuit et se prolongeaient jusqu'à deux ou trois heures du matin. L'obscurité à peine écartée par le halo jaunâtre de la lampe enveloppait les deux hommes qui parlaient d'une voix sourde, à peine audible. Celle, plus claire, de Don Avelino se faisait murmure ; plus grave, celle d'Espuig levait une musique de violoncelle. Réponses et questions — encore qu'il ne s'agît aucunement d'interrogatoires mais de discussions générales portant, le plus souvent, sur des sujets philosophiques — questions et réponses alternaient comme les motifs d'une fugue. La sirène d'un navire, un cri, le martèlement des pas sur le trottoir faisaient un accompagnement fantastique à cette musique de chambre.

« Les coudes sur le bureau, les mains sous le menton, Don Avelino parlait sans quitter son interlocuteur des yeux. La fumée de leurs cigarettes s'étirait dans la clarté de la lampe.

« Vous avez à peu près l'âge qui était le mien à cette époque. Vous pouvez aisément deviner mon état d'esprit. J'assistais à une magistrale leçon de police et je ne voulais rien en perdre, tendant mes oreilles, guettant le moindre soupir, le plus imperceptible changement de ton.

« " Une chose m'échappe, susurra un soir Don Avelino. Qu'un homme tel que vous puisse préférer un système d'idées, une mécanique de mots à la vie simple, à cette pulsation secrète que nous entendons à cette minute. Il m'arrive de penser que la politique, telle du moins qu'on l'entend de nos jours, n'est que le symptôme d'une maladie, d'une inaptitude à vivre. — Peut-être cet état provient-il de ce que la vie est mal faite ? — Peut-être. A-t-elle jamais été faite, en bien ou en mal ? Elle se construit dans l'élan de vivre. Longtemps les hommes se sont accommodés de ce désordre, songeant à épuiser leur vie, plutôt qu'à la corriger. — Leur politique s'appelait religion. Ils abandonnaient le siècle à Satan, mettant toute leur soif de justice en Dieu. Nous sommes devenus plus exigeants. — Plus vivants pourtant ? Je me pose la question : faut-il donc que la vie soit faite ? Nous avons, vous et moi, un goût commun, malgré toutes nos divergences : nous refusons le désordre. Vous, pour des motifs éthiques ; moi, par une aversion instinctive du chaos. Nous comprimons la vie afin de la contraindre à se conformer à nos rêves. Vous la voulez, vous, juste et fraternelle, quand je me contente de la souhaiter supportable. Dans le fond cependant, nous partageons l'horreur de la confusion. — Vous l'avez dit : les motifs diffèrent. — Mais l'intention ? Il s'agit de corriger les erreurs de la création, n'est-ce pas ? Je nous soupçonne tous deux de ne pas aimer la vie, et d'occulter notre détestation derrière des raisonnements. Trop de bruit, trop de fureur, trop de larmes, du sang partout. Et la brutalité des parfums, la stridence de ces millions de voix, ces relents de sueur, ces remugles nauséeux : de quoi reculer, n'est-il pas vrai ? Alors nous imaginons une vie claire, harmonieuse, sans oser admettre que ce ne sera pas une vie mais une mort sereine, une agonie aseptisée. Moi caché derrière mes dossiers, vous derrière vos livres, nous agissons comme des embaumeurs... Vos compagnons, reprit Don Avelino après une courte pause, m'accusent de servir le capitalisme, de défendre les exploiteurs du peuple. Cette simplicité, qui est celle d'un bon nombre de fanatiques, me désole. Faut-il donc abaisser son adversaire pour se donner raison ? Je vous le demande, Don Ramon : suis-je assez bête pour vouloir défendre le capitalisme, qui du reste rétribue fort chichement mes services ? — Sinon, que défendez-vous ? — La même chose que vous, je vous l'ai dit : l'ordre. Je défendrais aussi *votre* ordre, s'il ne se proposait d'abolir le passé et de tuer la mémoire. — Si je vous entends bien, vous pourriez servir avec la même loyauté un gouvernement de gauche ? "

« Don Avelino ne releva pas l'ironie, fermant à demi les yeux comme s'il réfléchissait intensément. Nous n'avions d'ailleurs pas manqué de remarquer qu'il feignait de ne pas s'apercevoir de l'ironie dont Espuig usait, comme s'il voulait éviter de se laisser entraîner sur un terrain peu sûr. Ecartant les doigts des mains, il dit avec un sourire enjôleur : " Sans vous vexer, Don Ramon, il y a dans votre propos une déloyauté dont je m'étonne. Votre question sous-entend que je ne pourrais pas être de gauche parce que vous tenez pour acquis qu'être de gauche signifie désirer la justice et l'égalité alors que les hommes de droite, parmi lesquels vous me rangez, ne sauraient avoir d'autre aspiration que la perpétuation des inégalités. Voyez-vous, je discerne dans cette attitude les prémices de la tyrannie. Parce que vous êtes certain d'avoir pour vous le droit, la raison, la justice, je ne puis, moi ni ceux qui me ressemblent, n'être que dans l'hérésie. Nous évoluons, il me semble, en plein manichéisme, sujet que vous dominez parfaitement. — Dans la réalité, Don Avelino, oseriez-vous prétendre que le régime que vous soutenez œuvre pour plus de justice ? Vous évoquiez tout à l'heure la simple vie, cette mêlée confuse. Vous arrive-t-il de la regarder ? Dans les rues, des milliers d'enfants mendient un morceau de pain. Pourriez-vous prétendre que cet état de choses constitue un ordre satisfaisant ? — Don Ramon, le pathos ne peut pas étayer un raisonnement. Vous voulez que je me sente coupable de la misère des temps, et je récuse ce remords. La question est : dans quelles conditions les enfants risquent-ils de cesser d'avoir faim, par un accroissement du désordre ou par un ordre, même imparfait ? Votre opinion est que le monde doit être détruit et rebâti pour que tous les enfants mangent à leur faim ; mon sentiment est que le désordre que vous susciterez aggravera la misère des enfants. Avez-vous pensé aux centaines de milliers d'orphelins que la Révolution de 1917 a précipités dans la mort ? à la foule de ceux qui ont péri par la suite, lors de l'extermination des paysans indépendants ? La gauche n'a pas, Don Ramon, le privilège de la pitié, quand bien même elle se complaît à s'en persuader. — Vos propos sont ceux de tous les conservateurs qui aiment mieux une injustice qu'un désordre. — Mais, Don Ramon. Il arrive aussi que le progressisme produise le désordre *et* l'injustice, le nierez-vous ? — Je n'ai jamais été marxiste. Je tiens Lénine pour un dictateur. — Je sais, vous haïssez l'Etat, quel qu'il soit. J'ai lu un grand nombre de vos textes, d'une haute élévation de pensée, je dois en convenir. Seulement, l'Etat est tout de même un ordre juridique, c'est-à-dire une garantie. Sans Droit, que devient une communauté ? — Un ordre juridique !

ricana Espuig en remuant sur sa chaise. Même l'Etat franquiste ? — Même cet Etat, Don Ramon. Voyez-vous, les gens vivent. Mal sans doute. Mais ils vivent. Pendant trois ans, ils ont craint de mourir chaque jour, et beaucoup sont morts d'ailleurs. — Tout dépend du sens que vous donnez au mot vivre. On pourrait soutenir que les esclaves ont vécu, tout comme les déportés de Auschwitz, du moins les survivants. Sans liberté, une vie d'homme ne vaut rien. — A ce point précis, nos voies divergent, Don Ramon. Je pense que, même sans liberté, une vie vaut, c'est-à-dire respire, rêve, aime, souffre, espère. — Va pour la vie des esclaves, si je vous suivais. — Va pour la vie tout court, Don Ramon. Ecoutez cette rumeur : dans chaque quartier de cette ville obscène, des hommes rôdent, brûlés de fièvre ; ils s'accouplent dans des chambres misérables, dans des ruelles graisseuses, sous un porche même ; à des femmes lasses et fanées, ils jurent le grand amour. Ils se battent également, ils tuent parfois. Ne me demandez pas ce que vaut cette vie. Eux répondent à ma place en la vivant avec une avidité effrayante. — Je refuserai toujours cette existence animale, murmura Espuig d'un ton de dégoût. — Eh oui, il nous faut, à nous autres, la pensée. Mais si la pensée était un luxe ? Si la majorité ne s'en souciait pas, lui préférant le bonheur animal ? faudrait-il quand même la lui imposer ? — C'est ce que vous faites, convenez-en. — Pour moi, l'idée ne m'intéresse plus, Don Ramon. Je me contente de faire en sorte que la vie poursuive sa route. — Au fond, vous faites de la police une idéologie : l'ordre comme unique finalité de l'espèce. — Il y a de ça, Don Ramon, sauf que je n'emploierais pas le mot finalité, trop vaste. Moyen me suffit. — Un moyen pour quoi faire ? — Pour vivre tout simplement. "

« Avec l'aube, nous repartions, assommés de fatigue. Marchant dans les rues vides, nous nous demandions lequel des deux hommes avait marqué un point, sans bien sûr pouvoir y répondre puisque aussi bien nous ignorions les règles de ce jeu épuisant. Pourtant, nous sentions que quelque chose bougeait, que d'infimes déplacements se produisaient sous nos yeux, une nuit après l'autre. Don Avelino repartait seul. Nous regardions s'éloigner sa haute silhouette voûtée : où voulait-il en venir ? Quel dessein poursuivait-il avec cette obstination arachnéenne ?

« Les nuits succédaient aux nuits, les semaines passaient, les mois, sans que nous entendions autre chose que cette musique intime des deux voix lancées dans une fuite éperdue. Si Ramon Espuig n'était pas encore mort, s'il remontait chaque nuit de sa cellule pour poursuivre cette conversation sinueuse, c'était, nous le comprenions, parce que Don Avelino avait obtenu un délai. Mais pour quoi faire et à quelles conditions ?

« L'été s'écoula, l'automne s'installa. Des brumes noyèrent la ville, étouffant les bruits. Dans l'entresol, l'atmosphère devint plus recueillie, presque mélancolique. Les fenêtres demeuraient fermées, et la fumée des cigarettes créait un nuage bleuâtre où les voix s'amortissaient. Une sorte de lassitude obscurcissait le regard d'Espuig qui s'inquiétait de savoir à quelle date aurait lieu son transfert à Madrid. " Je l'ignore, Don Ramon. Vous devriez y être depuis déjà pas mal de temps. Pour être tout à fait franc, vous devriez être déjà mort. — Est-ce vous qui prolongez mon attente ? — Pourquoi le ferais-je ? Je n'attends rien de vous. Je ne vous pose aucune question, sachant d'ailleurs que vous n'y répondriez pas. Je pense plutôt qu'on hésite à Madrid à organiser votre procès. Vous êtes un homme connu dans le monde entier : votre condamnation causera un grave préjudice au régime. C'est la seule explication. "

« Ramon Espuig ajoutait-il foi à ces mensonges ? Je ne puis répondre à la question, même aujourd'hui. Mon impression est que non, car l'homme était trop intelligent pour avaler une telle couleuvre. Pourtant, il faisait semblant d'y croire, ce qui nous intriguait. A moins qu'il ne voulût y croire, espérant peut-être malgré lui que l'opinion internationale réussirait à le sauver.

« A la fin novembre, Don Avelino cessa brusquement de convoquer le détenu, sans nous fournir le moindre motif. Nous en conclûmes aussitôt qu'Espuig n'avait plus longtemps à vivre, ce qui, peut-être le comprendrez-vous, nous attrista. En quelques mois, nous nous étions attachés à lui. Il faisait en quelque sorte partie du service et nous ne nous gênions pas pour parler librement devant lui. Sa disparition créait un vide que, pensions-nous, Don Avelino ressentait aussi vivement que nous, sans doute davantage même. Le connaissant cependant, aucun de nous n'osa lui poser la moindre question ni même citer le nom du détenu. Nous faisions donc comme si Ramon Espuig n'avait jamais existé. Un jour prochain, pensions-nous, la radio nous apprendrait qu'il avait été fusillé ou garrotté, le plus probablement au fort du Montjuich puisque Madrid semblait se désintéresser de son sort.

« Trois semaines plus tard, nous l'avions à peu près oublié. Son nom n'était plus qu'un vague souvenir que nous nous hâtions de chasser de notre esprit. Certes, il m'arrivait encore, quand la nuit tombait et que Don Avelino allumait sa lampe, d'éprouver un pincement au cœur et de fixer la porte : ces brusques retours du souvenir ne duraient pas et je m'absorbais, comme tous mes collègues, dans le travail.

« Un soir que nous travaillions assis chacun à nos bureaux, un garde armé pénétra dans l'entresol et, se présentant à Don Avelino, lui déclara que le détenu demandait de ses nouvelles. Je revois encore le regard que Don Avelino leva vers le garde, tout comme j'entends le silence qui s'installa dans la pièce. " Bien, dit-il enfin d'une voix lasse. Dites-lui que je suis revenu de Madrid et que je le reverrai ce soir. "

« Tout soudain nous devint clair et nous éprouvâmes pour Espuig une pitié mêlée d'amertume. La partie approchait de son dénouement et Don Avelino allait l'emporter, nous le pressentions. D'un côté, nous ressentions une admiration fascinée pour ce policier qui avait su, sans bouger, mener ce jeu terrible ; de l'autre, nous éprouvions une vague honte, comme si nous avions participé à une action quelque peu salissante. En un mot, nous découvrions l'ambiguïté du policier, et cette découverte ne nous réjouissait pas.

« Espuig parut vers onze heures, toujours aussi droit, l'air ferme et décidé. Don Avelino se leva, selon son habitude, pour l'accueillir et lui tendit la main. Une fraction de seconde, chacun de nous retint son souffle, sentant qu'un coup décisif allait se jouer. Espuig saisit la main tendue et alla s'asseoir à sa place. Plus tard, nous devions nous dire qu'il nous avait paru plus pâle et que sa démarche était moins assurée qu'à l'habitude. Mais il s'agit peut-être d'une illusion.

« " Toujours rien ? questionna Espuig d'un ton de feinte indifférence. — Rien, répondit Don Avelino en écartant ses longues mains. J'ai essayé de me renseigner à Madrid : impossible d'obtenir une réponse précise. Ils attendent, je crois, le moment propice, c'est-à-dire une évolution de la situation internationale. Vous les gênez. — C'est long, lâcha Espuig d'une voix sourde. — Je vous comprends, vous ne manquez de rien ? — De rien. Merci. — Vous avez écrit, m'a-t-on dit ? — Des notes sans grand intérêt pour un ouvrage futur, fit-il avec un ricanement bizarre. "

« Petit à petit, leur dialogue reprit, toujours aussi paresseux. Pourtant, Espuig paraissait distrait, et son regard s'évadait souvent vers la fenêtre mouillée de pluie.

« " Don Ramon, je vous ferais volontiers une proposition, si toutefois vous m'y autorisez. " Levant la tête, le détenu considéra Don Avelino avec attention. " Il vous faut mon autorisation ? demanda-t-il. — Je ne voudrais pas que vous vous mépreniez sur le sens de ma proposition. — Je vous écoute. — Dans trois jours, c'est le réveillon de Noël. Si vous me promettiez de ne pas me fausser compagnie, je vous inviterais volontiers au restaurant. "

« Vous faire sentir, mon cher Laredo, la qualité du silence qui suivit passe mes moyens. Un romancier saurait peut-être rendre cette atmosphère d'ébahissement et de tension. Nous n'osions faire un mouvement, guettant la réponse. " Noël ne signifie pas grand-chose pour moi, fit Espuig le regard tourné vers la fenêtre. Je ne suis pas croyant. — Je ne suis pas certain de l'être moi-même. — Vous avez bien sûr pensé à ce que certains pourraient penser, si par hasard ils me voyaient en votre compagnie ? — Personne ne nous verra, je vous en donne ma parole. Je pensais que l'opinion des gens ne saurait vous toucher. — Il ne s'agit pas des gens... Je voudrais comprendre : quel but poursuivez-vous avec cette proposition ? — Puisqu'il vous faut un motif, répondit Don Avelino au bout d'un bref silence, je vous en donnerai un : je m'imagine à votre place, je pense que l'attente est éprouvante et qu'un peu, non pas d'amitié car il ne saurait y avoir de l'amitié entre nous, mais mettons de sympathie vous aiderait à tuer le temps. "

« Hochant la tête d'un air pensif, Espuig tourna à nouveau son regard vers la fenêtre. Ce mouvement des yeux qu'il répétait souvent depuis son épreuve de solitude nous touchait profondément. Nous devinions que cet homme jusqu'alors si digne s'affaissait intérieurement, saisi d'une nostalgie de vie. Avec une expression mélancolique, il contemplait les têtes défilant au ras du plancher, les sillons que les gouttes de pluie dessinaient sur les vitres. Le mouvement de la ville, cette rumeur étouffée par la bruine automnale, réveillait en lui d'obscurs regrets. Longtemps, il avait vécu avec la pensée de sa mort, résigné à quitter ce monde. L'attente avait fini par émousser son courage. Il n'était pas encore défait, mais il n'était plus ce bloc de certitudes. Un doute s'insinuait dans son esprit, ébranlant sa foi.

« Cette chute qui aurait dû nous réjouir, elle nous mettait un goût de cendres dans la bouche. Pour ce qui me concerne, j'en arrivais à souhaiter qu'Espuig, sortant de ce songe où il s'enfonçait, se ressaisît. J'imaginais qu'il allait se lever, cracher sur le visage de Don Avelino, l'injurier. Je vous jure, Laredo, qu'une pareille réaction de sa part nous aurait soulagés de la tension pénible qui serrait nos gorges. Je ne saurais vous expliquer quelles raisons nous faisaient aimer cet homme. Le fait est là, indiscutable : cet adversaire avait toute notre sympathie. Dans les discussions que nous avions entre nous, jeunes inspecteurs, une animosité teintée de mépris affleurait contre notre chef dont la ruse, la froide intelligence nous révoltaient. Nous convenions bien sûr que c'était du beau travail, comme se plaisait à le répéter l'un de nos collègues, du cousu main, ajoutait-il parfois, mais cette duperie cynique ne nous en écœurait pas moins. Nous voyions enfin clairement le déroulement de cette partie qui nous avait longtemps paru confuse, depuis le soir où Espuig avait pénétré dans nos locaux, depuis bien avant, en fait. Car, nous le pressentions, Don Avelino s'y était préparé depuis des mois, depuis des années, étudiant attentivement son adversaire, analysant son caractère, se familiarisant avec sa pensée. Persuadé qu'un tel homme ne parlerait jamais, qu'il saurait, le cas échéant, mourir sous la torture plutôt que de se renier, il avait décidé de frapper à l'unique endroit laissé à découvert par cette armure de convictions, je veux parler du cœur. Aussi s'était-il employé, dès la première seconde, à séduire Espuig, à se l'attacher, s'insinuant dans son cœur par les idées, seule passion de cet esprit si altier. Soir après soir, Don Avelino avait tissé ses fils, mêlant les fausses confidences, les aveux calculés, cédant ici pour reprendre ailleurs, ligotant enfin son détenu dans une toile gluante et serrée. Surtout, il avait cyniquement joué du temps, qui ronge les caractères les plus endurcis. Il s'était avec une habileté atroce servi de cette ville fiévreuse, de la moiteur de ses nuits, de sa rumeur exaspérée, des appels de la mer, de ces passants même dont les têtes défilaient à leurs pieds. Pris malgré lui par la trouble magie de cette cité hantée de rêves étranges, Espuig s'était nuit après nuit réconcilié avec cette vie dont les échos lacéraient son cœur. Maintenant, il flottait ; ses mains avaient lâché la bouée des convictions ; il se laissait porter par le courant. Et nous ne pouvions nous empêcher de nous demander : a-t-on le droit de se jouer de la tendresse d'un cœur livré à la solitude ? Nous étions jeunes, je vous l'ai dit, nous nous faisions de la police une idée romantique, nourrie de films et de mauvais romans. Nous aimions à nous imaginer en justiciers, en chevaliers sans peur ni reproche. Nous étions, pensions-nous, les héros solitaires de l'épopée urbaine, punissant le crime, vengeant la veuve et l'orphelin. Or, ces songes romanesques s'écroulaient, découvrant une réalité hideuse. Nous devions être ces officiants de l'ombre, capables de trahir la confiance d'un homme loyal pour assurer la victoire d'un ordre dont les fondements nous échappaient. Voilà, mon cher Laredo, la terrible leçon que Don Avelino nous donna, à sa façon silencieuse et comme indifférente.

« Je vous passe la fin de l'histoire. Vous pourriez la conter à ma place. Espuig et Don Avelino réveillonnèrent bien sûr ensemble. Ils firent bien d'autres sorties, poursuivant leurs discussions philosophiques et théologiques. Enfin, Espuig fut relâché. Durant près de deux ans, tous les agents que les partis exilés en France dépêchaient en Espagne furent appréhendés, condamnés, quelques-uns même fusillés. Nous disposions, grâce à Espuig, de l'organigramme complet des directions politiques des partis, nous connaissions les noms et les visages des dirigeants, nous savions quels étaient leurs plans et leur stratégie. En un mot, nous fûmes longtemps les maîtres de cette partie implacable. Cette victoire, je ne sais si elle réjouit Don Avelino.

Peut-être que oui. Espuig est mort récemment dans une petite ville de la Galice où il menait une vie étroite et cachée. D'un cancer, crois-je savoir. Don Avelino assista à ses obsèques. »

Don Anselmo se tut. Tout le temps qu'avait duré son récit, il était demeuré immobile, assis très droit dans son fauteuil. Je gardai un long moment le silence.

« Habitait-il dans le centre ville ? demandai-je enfin, m'étonnant moi-même de ma question apparemment dépourvue de sens.

— Non, fit Don Anselmo de sa voix lente, comme si ma question lui semblait évidente. Il vivait tout en haut du quartier de Gracia, à deux pas du parc Güell, dans une maisonnette sans caractère, cachée au fond d'une ruelle pentue dont la chaussée n'était pas asphaltée. C'était un quartier populaire habité par de petits fonctionnaires et des employés. Avec ponctualité, il abandonnait son bureau à treize heures trente et à dix-neuf heures trente ; il marchait jusqu'à la place de Catalogne, remontant le plus souvent les Ramblas. Cette marche, prétendait-il, lui était salutaire. Le tramway le déposait place de la République-Argentine d'où il devait encore marcher une dizaine de minutes environ. Amelia, dont Marina vous a sans doute parlé et dont vous avez peut-être vu des photos, avait pris du poids avec l'âge. Elle se coiffait toujours avec ses accroche-cœurs ridicules, qui la faisaient ressembler à ce qu'elle était : une petite-bourgeoise à l'esprit étroit et au cœur mou. Ponctuellement, elle sortait sur le balcon pour guetter son arrivée, agitant la main dès qu'il apparaissait en bas de la rue. Il répondait avec, je le suppose, une satisfaction ironique. Il s'appliquait en effet à se couler dans la médiocrité, sacrifiant d'un air ravi aux rites de la famille exemplaire. Ainsi, l'appartement était-il meublé avec un raffinement de mauvais goût, j'entends d'un bon goût petit-bourgeois, avec lampes à suspension en verroterie, buffets tarabiscotés, fauteuils solennels, peintures d'une vertigineuse platitude représentant des couchers de soleil sur la mer, des paysages de montagne, des portraits d'enfants gitans. De même se piquait-il de n'aimer que les plats rustiques : pot-au-feu aux pois chiches et au lard, poivrons farcis, riz à la valencienne. Chaque samedi, il conduisait Amelia au cinéma, lui offrant ensuite le restaurant, une gargote de pêcheur du quartier de la Barceloneta. Pour l'occasion, Amelia revêtait une robe de satin noir qui moulait ses formes opulentes ; elle portait des boucles d'oreilles et un épais bracelet d'or massif. Don Avelino prenait plaisir à nous présenter à sa femme. Avec un sourire épanoui, il écoutait ses niaiseries, l'encourageant à parler. Amelia avait l'apparence du bonheur. Dans ses yeux énormes et vides, on lisait cependant une vague inquiétude, comme un soupçon qui n'osait pas prendre corps. D'une certaine manière, je crois qu'elle avait peur de son mari. Non qu'elle eût le moindre reproche à formuler, au contraire. Seulement, c'était trop beau, comprenez-vous ?

— Vous pensez qu'il... ? »

Don Anselmo réfléchit longuement avant de répondre :

« Ce n'est pas une pensée, une intuition plutôt. De telles choses me semblent d'ailleurs difficiles à préciser. Mettons qu'il la considérait avec détachement. Un jour que je lui demandais des nouvelles de son fils, Adolfo, il me dit avec un sourire amical : " Oh, il se porte à merveille. Il est bête à souhait. "

— Peut-être plaisantait-il ?

— En effet. »

Je demeurai un instant silencieux. J'imaginais cet intérieur médiocre, cette matrone huileuse et sentimentale, ce fils borné :

« N'aimait-il rien ?

— Si, la corrida. Le dimanche, après la paella et la sieste, il se rasait de frais, glissait un cigare dans la poche supérieure de son veston et s'en allait à la Monumental. En huit ans, il ne rata aucune corrida. Il lui arrivait même de prendre le train pour se rendre dans un village isolé où se produisaient de jeunes novilleros. Ce qui le fascinait dans la fête, je ne saurais vous le dire... Remarquez, reprit-il après une pause, que cette banalité fantastique ne résultait aucunement de l'indifférence. Tout me laisse à penser que ce fut un choix délibéré. Il avait voulu cette grisaille, cet effacement... »

Don Anselmo remua imperceptiblement. Je me levai aussitôt et lui tendit la main, qu'il serra quand il fut à son tour debout.

« Merci, Don Anselmo.

— De rien. Je vous souhaite bonne chance. Saluez-le de ma

part. Voyez-vous, je lui conserve toute mon estime. Il m'a guéri de mes illusions. Adieu. »

Dans le couloir, je me heurtai au vieux Trevos qui bafouilla des excuses en roulant comiquement des yeux.

« Voyons, Trevos, ne vous excusez pas. C'est moi qui ai failli vous jeter par terre.

— Je suis si distrait, n'est-ce pas ? dit-il en serrant une pile de dossiers contre sa poitrine.

— Au fait, vous êtes un cachottier : vous ne m'avez pas dit que vous aviez demandé à Don Anastasio l'autorisation de me laisser consulter ce dossier.

— Co... comment ? bégaya-t-il en reculant d'un pas et en fixant sur moi un regard affolé. I... il vous a dit ça ? Mais je ne lui ai rien demandé du tout, absolument rien, je vous le jure.

— Allons, je vous crois, Trevos. Ne vous tourmentez pas surtout, fis-je, troublé malgré moi.

— Mais... Comment a-t-il pu savoir ? questionna Trevos d'un air abasourdi.

— Quelqu'un m'aura vu monter, dis-je distraitement. Une dernière question, Trevos : êtes-vous certain que rien ne manquait au dossier ?

— Pas... que je sache. Pourquoi me demandez-vous cela ? Ils ont enlevé des pièces, c'est bien ça ? »

Ses dossiers serrés contre sa poitrine, adossé au mur, son visage exprimait une intense souffrance.

« Ne vous tracassez pas, Trevos. C'est une affaire sans importance.

— Là-haut, tout est important, fit-il d'un ton sombre. C'est l'âme de cette maison, son cœur plutôt. Oui, son cœur. Si l'on touche... Vous ne comprenez donc pas ?

— Mais si, Trevos. Je comprends qu'une telle pensée vous émeuve. Je suis cependant persuadé que personne n'oserait toucher à vos papiers sans votre autorisation.

— Si, jeta-t-il dans un souffle. Ils ne respectent rien. Excusez-moi, il faut que... Au revoir. »

Il s'éloigna à pas pressés, de cette curieuse démarche de personnage de dessin animé. Je le vis s'engouffrer dans l'ascenseur. Je m'interrogeais : pourquoi Don Anastasio m'avait-il menti ? Avait-on ou non retiré certaines pièces du dossier ? Si oui, pourquoi ? Je me rappelai également l'allusion que Don Anselmo avait faite à Marina : d'où tenait-il que je m'étais rendu chez elle ? Qu'est-ce qui lui permettait de croire qu'elle m'avait montré des photos d'Amelia ? Troublé, je quittai l'hôtel de la police et montai dans ma voiture. J'avais l'impression pénible qu'on m'épiait depuis quelque temps. Dans quel but cependant ? Je chassai cette idée. C'était trop absurde. Qui donc aurait eu intérêt à espionner un jeune inspecteur qui ne s'occupait ni de politique ni d'aucune affaire importante ? Je conclus que la fatigue me brouillait les idées.

14

J'arrivai assez tard à la résidence (il devait être près de quatre heures) et trouvai l'appartement vide, Pilar ayant probablement emmené les enfants en promenade. Leur absence me procura une sensation de soulagement. Je craignais de me heurter, en rentrant, au regard scrutateur de Pilar et d'avoir à répondre à ses questions. Ne me sentant pas d'humeur à reparler de Don Avelino, je m'abandonnai avec un sentiment de délivrance à ma solitude, m'installant, après avoir ôté mes vêtements, dans l'un des fauteuils du salon. Je restai là un bon moment, laissant courir les images qui défilaient dans ma tête. Je revoyais Don Avelino assis dans le fauteuil de Domingo Ortez, à Teruel. La neige tombait sur la ville jonchée de ruines et de maisons béantes. Doucement les flocons recouvraient les tas de gravats, les poutres brûlées, les planchers à demi écroulés. Dans les rues, des ombres glissaient, des femmes menues, engoncées dans des châles noirs. Ces spectres fouillaient dans les ruines, ramassant quelques souvenirs épargnés par les obus et par les bombes. Ces babioles, une photo, une vieille cafetière, une poêle à frire, les femmes les faisaient disparaître dans leurs mantes. Un silence pur et glacé recouvrait la cité désolée. Des détonations résonnaient parfois dans ce silence. Des aboiements rauques plutôt, suivis d'un roulement continu, qui serrait le cœur. Ce rappel éloigné du malheur et de la mort creusait le silence qui devenait, quand les canons se taisaient, vertigineux.

Don Avelino entendait-il ces grondements d'orage ? Son visage ne bougeait pas. Pas la moindre lueur dans ses yeux mornes. De temps à autre, il levait ses mains translucides et les tenait quelques minutes étendues au-dessus du poêle. Sous la lampe à pendeloques, la table était dressée ; un couvert d'un côté, le sien ; deux de l'autre, pour Amelia et Merced. La carafe d'eau, la bouteille de vin, la corbeille à pain et, dans une coupe de cristal taillé, cinq oranges en pyramide composaient une de ces natures mortes dépouillées telles que les peintres espagnols, Velasquez et Zurbaran notamment, aimaient à en peindre. Tombant du plafond, la lumière ruisselait sur la nappe à carreaux jaunes et bleus, ménageant autour de la pièce une pénombre qui, dans les coins, s'épaississait. Près du poêle en fonte, Merced s'affairait autour d'un réchaud. Courte et sèche, le menton orgueilleux, le regard tragique, elle portait un deuil ostentatoire, officiant devant ses casseroles avec la dignité d'une prêtresse antique. Ses yeux nocturnes parfois glissaient, faisant tomber sur Don Avelino un regard chargé de suspicion. De l'autre côté de la table, assise sur une chaise basse, le dos à la fenêtre, Amelia cousait. Régulièrement, elle levait les yeux de son ouvrage. Don Avelino lui répondait par un sourire. Rougissant, la jeune fille baissait aussitôt la tête, prenant soin de dégager sa nuque. Une odeur de viande marinée — du cheval probablement, à moins que ce ne fût un chat baptisé lièvre — alourdissait l'atmosphère. Dans cet intérieur d'une banalité rassurante, une sorte de torpeur s'insinuait. Doucement, Don Avelino s'y glissait. Rien de plus réel, de plus indiscutable que ces assiettes disposées sur la nappe, ces tranches de pain noir dans la corbeille d'osier, ce vin opaque dans la bouteille, ces deux femmes en deuil, l'une verticale et comme calcinée, l'autre toute en courbes ; cette réalité épaisse n'en dégageait pas moins une impression de rêve, comme en dégagent les natures mortes de Zurbaran, si triviales en apparence, d'une simplicité tellement appuyée que leur dépouillement confine à l'hallucination. Ou comme ces paysages chinois dont chaque élément — la montagne, l'arbre et le lac — atteint à la rigueur de l'épure, créant non pas l'illusion du réel mais la pure contemplation de l'idée de la nature. Ainsi Don Avelino s'enfonçait-il dans ce songe éveillé. Seule fêlure dans cette épaisseur matérielle, le regard soupçonneux de Merced renvoyait à la réalité des hommes, à leurs mensonges et à leurs crimes.

A mon tour, ajoutant mon regard au sien, comme le peintre met son regard au-dessus du regard des personnages, je dominais l'ensemble du tableau : la nature morte sur la table,

Merced, debout, le visage mangé d'ombre, Amelia assise de trois quarts, Don Avelino de face, près du poêle ; en arrière-fond, la ville semée de ruines, ensevelie sous la neige qui continuait de glisser sur les maisons béantes ; plus loin encore, dans un horizon voilé de brume, les canons crachant le feu. Je contemplais ce tableau essayant d'en percer le mystère. Toujours mes yeux revenaient à ce personnage qui, assis près du poêle, paraissait figé dans une absence minérale.

Je le revoyais quatre ans plus tard, à peine changé, un peu plus voûté peut-être, dans son bureau de la Via Layetana, fixant un regard impénétrable sur Ramon Espuig. L'éclairage ici était plus dramatique. La pénombre conférait aux deux personnages assis face à face une majesté imposante, comme dans certaine peinture du Caravage. L'obscurité permettait à peine de deviner, à l'arrière-plan, ces têtes fantastiques qui apparaissaient derrière les lucarnes arrondies, au ras du plancher.

Il m'apparaissait enfin dans sa jeunesse, plein encore d'une beauté en quelque sorte fatale, se détachant au milieu d'une foule d'étudiants en liesse qu'il contemplait avec une expression d'indicible dégoût. Les façades des maisons de la Plaza Mayor de Salamanque, touchées par la lumière du crépuscule, fermaient l'horizon, paysage d'une netteté florentine où la ligne l'emporte sur la vibration de la lumière.

Comme dans un kaléidoscope, ces images passaient et repassaient dans ma tête. Le rêve enfin les brouilla, car je m'endormis dans mon fauteuil.

A mon réveil, Pilar et les enfants n'étant toujours pas de retour, je passai sous la douche et me changeai. Je me souvins alors de l'invitation de Baza et décidai de lui téléphoner pour annuler ma visite sous un prétexte quelconque. Son nom cependant ne figurait pas à l'annuaire. Je me résignai donc à me rendre chez lui, m'étonnant d'en ressentir une satisfaction bizarre. Je dus m'avouer que je n'avais jamais envisagé d'annuler cette rencontre, ayant toujours su qu'il n'avait pas le téléphone. Sur la table de la cuisine, je laissai un mot à Pilar, l'avertissant que je rentrerais probablement tard, devant prendre congé d'un collègue. En écrivant, la pensée me vint que cette soirée était la dernière que j'aurais pu passer avec Pilar avant mon départ de Murcie. Je fus tenté de déchirer mon billet et de poser un lapin à Baza dont l'opinion m'importait peu. Mais je retrouverais Pilar à Huesca, nous aurions tout le temps de dîner en tête à tête. Surtout j'étais impatient de savoir ce que Baza m'apprendrait sur Don Avelino.

Au cœur du quartier chaud de la ville, derrière la cathédrale, Baza habitait au bas d'une venelle sordide, si étroite que les maisons paraissaient vouloir se toucher. Grasse, la chaussée était jonchée de détritus que des chats efflanqués se disputaient. Quelques réverbères mettaient des halos jaunâtres entre deux pans d'une obscurité alourdie d'odeurs doucereuses. Des bars louches se suivaient tout le long de l'impasse, et des femmes fortes, fardées avec excès, stationnaient sous les porches. M'ayant sans doute reconnu, elles détournaient ostensiblement la tête avec une moue de mépris. Des musiques vulgaires s'échappaient des maisons et des caves en une cacophonie assourdissante.

Je passai sous un porche et gravis les marches d'un escalier raide, évitant de toucher la rampe. La peinture des murs s'écaillait. D'un jaune sale, elle était couverte de graffiti et de dessins obscènes.

Arrivé au troisième étage, je sonnai et dus attendre un long moment, sans que me parvienne le moindre bruit venant de l'intérieur. J'allais renouveler mon appel quand la porte s'entre-bâilla. Les yeux encore alourdis de sommeil, Baza me dévisageait d'un air ahuri. Une bretelle pendait sur son pantalon graisseux et tire-bouchonné ; une barbe grisâtre obscurcissait le bas de son visage et ses cheveux filandreux se dressaient en désordre au-dessus de son crâne.

« Excuse-moi, bredouillai-je. Je ne pensais pas te déranger. Je m'en vais.

— Entre, vieux, entre. Je me suis endormi. »

Sa main suspecte s'agrippait à mon bras, me tirant vers l'intérieur. Je découvris un long couloir faiblement éclairé par une ampoule suspendue au bout d'un fil. De chaque côté, trois portes s'ouvraient. Sur ma gauche j'aperçus un évier ébréché dans lequel s'entassaient des verres et des assiettes sales. Une aigre odeur de lait caillé, de pisse de chat et d'ordures pourrissantes m'avait pris à la gorge comme je mettais mes pieds sur un plancher huileux. Les peintures n'avaient pas été refaites depuis sans doute des années, et les murs avaient pris une teinte indéfinissable, entre le gris et le marron.

Une porte s'ouvrit au fond du couloir, sur ma droite, et une créature fantastique apparut, tenant un chat persan dans les bras. Haute et corpulente, coiffée d'une monumentale perruque flamboyante, le rouge à lèvres débordant la bouche qui en devenait démesurée, les paupières d'un bleu intense, les pommettes carminées, cette femme sans âge s'enveloppait dans un peignoir de soie à grosses fleurs, d'une saleté repoussante. Par l'échancrure, on voyait la dentelle grisâtre de la combinaison et le départ d'une poitrine exubérante, qui gonflait le peignoir.

M'apercevant, elle se figea, surprise, et me sourit en exhibant des dents en or.

« Remedios, grommela Baza en passant ses doigts dans ses cheveux pour les aplatir. Un ami, Laredo, ajouta-t-il à l'adresse de la femme, qui inclina la tête en élargissant son hideux sourire. Entre, vieux. Je suis désolé. J'étais crevé, je me suis couché et... »

Ouvrant la porte à deux battants, sur ma gauche, il me poussait dans une pièce qui me parut d'abord immense, jusqu'à ce que je comprenne qu'elle avait été agrandie en supprimant une cloison. Trois fenêtres donnaient sur la rue, mais les volets de métal restaient clos, depuis toujours aurait-on dit. Les fenêtres ne devaient pas non plus s'ouvrir souvent, car l'atmosphère sentait le renfermé. Deux meubles seulement, un canapé recouvert de velours marron contre le mur du fond, à gauche, et un fauteuil de la même couleur dont les ressorts bâillaient. Sur les murs brunâtres, d'immenses photos de clowns blancs, hilares, d'Augustes pitoyables au regard exorbité. Des voitures miniatures, des soldats de plomb, des jeux de construction, un train électrique jonchaient le parquet. Dans ce décor étouffant, ces jouets et ces faces de clowns prenaient une dimension tout à fait onirique.

« Assieds-toi, vieux, assieds-toi. Le fauteuil a l'air cassé, mais il tient le choc. Tu sais, ne regarde pas trop ce décor. Je ne reçois jamais personne ici. Je ne rentre que pour dormir. L'appartement était celui de ma mère, qui a vécu dix ans ici sans faire entreprendre des travaux. A sa mort, j'ai envisagé de changer tout ça, puis j'ai abandonné. Tu t'intéresses aux jouets ? questionna-t-il en remarquant mon regard. C'est ma seule passion, une passion bizarre, je l'admets, mais à chacun ses manies, hein ? Dès que j'ai un peu d'oseille, je me précipite dans un magasin de jouets. Figure-toi que la nuit — je dors mal, le foie — je viens ici et, assis par terre, m'amuse avec mon train électrique. Le temps s'arrête, je reviens en arrière, je me retrouve à douze ans. Le jouet, vois-tu, c'est la part du rêve. Et le cirque, aimes-tu le cirque ? Je ne rate jamais une représentation. J'aime l'odeur des fauves, la musique, le rire des enfants surtout. A quatorze ans, vois-tu, l'homme cesse d'être une créature digne d'intérêt. Avec les poils, il devient une bête cruelle et retorse. Treize ans, c'est le miracle, le moment de grâce avant la déchéance. Mais assieds-toi donc, je reviens tout de suite. Il me reste une excellente bouteille de Xérès, du très sec, le seul qui vaille d'être bu. »

Il disparut, me laissant seul. Je levai les yeux au plafond, très haut et décoré de moulures et de guirlandes de stuc. Des fissures minuscules dessinaient des arabesques. Sur le plancher, une lampe coiffée d'un abat-jour de parchemin peint à l'encre de Chine reposait. Dans la pénombre, les jouets répandus sur le parquet prenaient un air poignant.

Au bout d'un moment, Baza revint, portant une bouteille et deux verres sales. Sur sa chemise grisâtre, il avait enfilé une veste d'intérieur qui avait dû être bleue. Je remarquai que les bords de ses paupières étaient rouges et que ses yeux semblaient injectés de sang. Au-dessus des joues blafardes, les grosses poches étaient fripées, striées de rides.

« Tu m'en diras des nouvelles, fit-il en me versant une grande rasade d'un vin couleur d'ambre. A ta santé, ajouta-t-il en frappant son verre contre le mien avant de se laisser choir dans le canapé. Je te souhaite bien du plaisir auprès du Grand Inquisiteur, ricana-t-il. Bien entendu, Anselmo t'en a parlé avec des trémolos dans la voix ? L'honneur, la dignité, l'intelligence, surtout l'intelligence, hein ? Le policier irréprochable, la vertu en bandoulière. Quelle comédie ! »

Il rit, s'étouffant. Tirant un mouchoir crasseux de sa poche, il renifla, se moucha.

« Je ne dis pas ça pour toi, remarque, reprit-il d'un ton changé. Tu es jeune, tu apprendras plus tard, et tu t'en sortiras peut-être, du moins je te le souhaite. Parce que la fin d'un flic, c'est ce que tu vois devant toi. »

Il s'exprimait d'une voix rauque, avec des aboiements étouffés. J'observai que ses mains tremblaient et qu'il n'arrêtait pas de se verser à boire.

« Sais-tu où et comment je l'ai connu, ton héros ? En 1937, près de Teruel. Ça t'en bouche un coin, hein ? J'ai participé à la danse macabre, menant le bal avec ce chef d'orchestre génial, Don Avelino Pared Costa. Et quel bal, mon vieux !

« J'étais jeune, vois-tu, et je crevais de peur. Je savais que ma place était de l'autre côté : mon père, un petit fonctionnaire de la mairie d'Almeria, militait au parti socialiste, tendance Largo Caballero. Il s'imaginait, le pauvre idiot, que l'heure de gloire avait sonné. En juillet, il avait tout plaqué pour filer à Madrid, défendre la République. Tu parles d'un nigaud ! Lui qui n'avait jamais tué une perdrix de sa vie tenait un fusil dans ses mains, gauche-droite, en avant-marche, il s'est fait descendre à Somosierra, au début de l'automne. Tout ça pour te dire que j'avais des raisons de passer de l'autre côté, ne fût-ce que par fidélité à mon couillon de père. Je n'avais pas de dispositions pour l'héroïsme, je voulais vivre, même bassement, même dans la lâcheté. Du coup, je suis passé de l'autre côté, du bon, du côté de la force, qui a toujours raison, puisqu'elle possède les moyens d'imposer ses raisons. La police recrutait, j'ai pensé qu'un traitement sûr arrangerait mes affaires : au bout de trois mois, je me suis retrouvé à douze kilomètres du front, dans le roulement des canons et les hoquets des mitrailleuses. »

Il s'arrêta de parler, saisit par le col la bouteille qu'il avait posée sur le parquet, entre ses pieds, me la tendit et, comme je déclinais son offre de la tête, remplit son verre à ras bord. Plus il buvait, plus le tremblement de ses mains s'accentuait, en même temps que son regard, embusqué sous les lourdes poches, se faisait vague. La pénombre adoucissait son teint blafard. Petit à petit, le dégoût qu'il m'inspirait s'évanouissait, cédant la place à une pitié paresseuse.

« Un patelin pourri, planté au milieu d'une plaine battue par des vents sibériens. Dans les rues, une foule de soldats et d'officiers, les premiers assis le long des façades, l'air hébété, ou couchés à même le sol, enveloppés dans des couvertures brunes, maculées de boue. Hâves, avec des barbes hirsutes, l'œil dilaté, ils n'avaient plus que l'apparence humaine. Des morts vivants en quelque sorte. Ils sortaient tout juste de l'enfer, et ils récupéraient quelques forces avant d'être à nouveau précipités dans la fournaise. Quant aux populations, évanouies, parties en fumée, elles aussi. Comme si le village n'avait été habité que par des spectres.

« Au milieu de tout ce chambardement dantesque, ton serviteur, en gros manteau de laine et un feutre mou, ce qui d'ailleurs ne semblait aucunement étonner les milliers de bidasses écroulés. Tu penses, ils en avaient vu d'autres ! Un pékin qui se balade au milieu des lignes, ça leur paraissait aussi naturel qu'une averse de faisans rôtis.

« Je réussis enfin à dénicher un capitaine qui avait l'air plus frais que les autres et qui fumait une cigarette, la main gauche appuyée contre un mur décoré des cinq flèches héroïques surmontées d'un vibrant : *Arriba España !* ce qui, tout de même, vu le décor, semblait d'une ironie macabre. Je lui demandai donc où je pourrais trouver le commissaire spécial Don Avelino Pared. Mon vieux, quel regard il m'assena ! " Qui est-ce, ce type-là ? me demanda-t-il en me toisant de la tête aux pieds, comme s'il voulait s'assurer qu'un imbécile de mon espèce pouvait vraiment exister. — Un commissaire de police. — Je vois, grommela-t-il en secouant une tête d'une beauté précieuse, coiffée de boucles noires. Toi aussi, tu es dans la police, je suppose ? — Inspecteur de troisième classe José Baza, pour vous servir. — Pour me servir ? que veux-tu que je fasse d'un flic à cette heure-ci ? L'homme que tu cherches, ajouta-t-il, doit se trouver à deux kilomètres d'ici, dans une auberge où se cachent tous les planqués. Je peux t'y conduire. "

« Ensemble nous filâmes en direction de l'auberge qui se

cachait au fond d'un vallon, au milieu de quelques peupliers malingres qui suffisaient à humaniser le paysage.

« Derrière un comptoir de bois, dans le vestibule, une lourde matrone se tenait, l'air important. " Don Avelino ? fit-elle en me jaugeant d'un regard plein de curiosité. Mais il dort, voyons. Sous aucun prétexte, on ne doit le déranger à cette heure-ci. — Il est près de onze heures, observai-je. — Et alors ? Il se couche à six heures. Voudriez-vous qu'il ne se repose jamais ? Est-ce pour affaire que vous le cherchez ? " La salope pensait que je venais dénoncer quelqu'un, et ses narines frémissaient d'aise. " Je suis l'inspecteur Baza, dis-je sèchement. — Oh, pardon, monsieur l'inspecteur. Allez dans la salle à manger. Il ne tardera pas. Il descend à midi et trois minutes, très exactement. C'est un homme très ponctuel. "

« A la minute précise, ton héros parut. Il marchait le dos courbé, les épaules affaissées, comme s'il voulait paraître moins haut qu'il ne l'était en réalité, un mètre quatre-vingt-quatre. Je ne l'avais jamais vu et personne ne m'en avait parlé. Je découvris donc un type au teint très mat, vêtu avec une élégance très négligée, dans le genre chic anglais, si tu vois ce que je veux dire. Ses cheveux étaient très noirs, séparés par une raie tracée au milieu du crâne. Il paraissait fatigué, du moins est-ce l'impression qu'il me donna.

« Marchant à sa rencontre, je me présentai, et sa bouche se fendit d'un sourire de gonzesse, un de ces sourires professionnels qui écartent les lèvres, découvrent les dents mais laissent le visage absolument impassible. " Je suis content que vous soyez ici, dit-il d'une voix étouffée. Je suis submergé de travail. Asseyez-vous, je vous prie. Avez-vous déjeuné ? Parfait, nous mangerons ensemble, pour cette fois-ci. "

« Mon vieux, ces mots se plantèrent dans mon gosier. Je n'en revenais pas. C'était dit sur le ton dont une bourgeoise déclarerait à sa cuisinière : " Puisque c'est votre anniversaire, vous déjeunerez avec nous, ma bonne Maria. " Je faillis me lever, lui dire que je n'avais aucune envie de manger en sa compagnie, mais déjà il me posait des tas de questions, mes études, quels livres j'aimais. Le bon Dieu n'y aurait pas retrouvé ses petits et j'essayais de deviner ce qu'il avait en tête quand, d'un ton

doucereux, il me glissa : " Votre père est mort, je crois ? "
J'encaissai le coup, je me sentis pâlir. " Au front, oui. Il était
socialiste. " A ce moment-là, je reçus son regard en pleine
gueule, un regard que je ne suis pas près d'oublier. On t'en a
déjà parlé, s' pas ? La mort, comprends-tu. Très exactement la
mort. Je dus baisser la tête, incapable de soutenir une lumière
absolument noire, sans la moindre vibration. " Vous n'êtes pas
responsable des opinions de votre père, fit-il d'un ton apaisant.
D'ailleurs, vous avez fait preuve de beaucoup de courage en
choisissant la bonne cause. Je vous félicite. "

« Il se foutait de moi, l'ordure. Je savais pertinemment que je
n'avais aucun courage et je n'avais pas choisi la bonne cause,
excepté la cause de la vie. Mais il tenait à m'écraser de son
mépris, comprends-tu. Il jouissait, la salope, de me faire sentir
qu'il m'avait percé à jour et qu'il me tenait pour une limace.
D'ailleurs, j'ai toujours eu un aspect de limace, je le sais. Même
toi, tu dois prendre sur toi pour ne pas t'écarter quand je
t'approche.

« Je le vis à l'œuvre, dès quatre heures de l'après-midi, dans sa
chambre tendue d'une étoffe à fleurs, une vraie chambre de
jeune fille, avec une alcôve renfermant un lit de bois d'acajou
coiffé d'un dais, une commode peinte, une grande armoire à
glaces et une petite table installée devant une fenêtre qui
regardait le lit caillouteux d'un ruisseau. Dans ce cadre bucolique, il officiait avec componction. On aurait dit un maître
d'école. De l'armoire, dont les étagères ne contenaient que des
papiers et des dossiers, il tirait une chemise qu'il déposait
religieusement sur la table. S'asseyant face à la fenêtre — il
m'avait installé à sa droite —, ses mains ouvraient la chemise
pour en retirer une pièce, presque toujours une lettre anonyme
qu'il me lisait très lentement, pesant chaque mot.

« Tu aurais dû voir ça, vieux : ce frémissement des doigts pour
toucher ces torchons pleins de merde, la palpitation des narines,
une expression recueillie pour saisir chaque papier, comme si
rien qu'en respirant l'odeur de l'encre il avait déchargé. Et sa
diction de diacre en débitant ces saloperies ! Son ton de douceur
ecclésiastique enfin quand il me demandait, m'enveloppant dans
un regard suave : " Qu'en pensez-vous, Baza ? — Je me méfie

des dénonciations anonymes. — Certes, répondait-il en hochant doctement la tête. Mais nous ne pouvons nous permettre de rien négliger. Aussi ai-je adopté un principe : toujours vérifier, quand bien même l'accusation paraîtrait dictée par la haine ou la cupidité. Voilà donc, après une rapide enquête, les premiers éléments dont nous disposons : ils confirment en gros les accusations contenues dans la lettre. Les témoignages en effet se recoupent, quoiqu'ils proviennent de sources différentes et d'une inégale valeur. Ici, le nombre fait loi, n'est-ce pas votre avis ? "

« Parce que, tiens-toi bien, il voulait que je l'approuve, l'ordure ! Et, d'ailleurs, j'appuyais, la rage au cœur. La méthode était simple. Les dossiers, après examen, portaient trois mentions : 'à suivre', ce qui voulait dire qu'on demanderait des précisions et qu'on interrogerait les suspects ; 'à rejeter', quand il sautait aux yeux qu'on en voulait à quelqu'un pour des motifs peu ragoûtants ; 'réglés', ce qui signifiait la mort. En six mois, j'ai fait le calcul : sur dix dossiers, un, tu m'entends ? un seul était rejeté, cinq recevaient la mention 'à suivre' et quatre, comprends-tu ce chiffre, quatre sur dix étaient 'réglés'.

« Bon, je sais, c'était la guerre, la vie humaine ne valait pas bien cher, on ne fait pas d'omelettes sans casser des œufs, je connais tous les arguments. Seulement, voilà, ce n'est pas des arguments que je voyais devant moi, mais des hommes. Je ne te souhaite pas de jamais regarder la peur en face. Pis que la mort qui, elle, détend les traits. Alors que cette grimace-là, cette torsion de la bouche, cette fixité hallucinée du regard... Je ne te dis rien de la puanteur, car les sphincters se relâchent, la sueur mouille les chemises, l'urine sèche entre les cuisses. »

Il baissa la tête, vida son verre, le remplit à nouveau, le vida d'un trait, fixa sur moi un regard trouble cependant qu'un rictus déformait sa bouche.

« J'aurais dû le descendre. Dix, vingt fois, j'ai imaginé comment m'y prendre. Mais il connaissait ma pensée et il me narguait, l'air de dire : " Tu n'oseras pas. " Il avait raison, d'ailleurs : je n'ai pas osé. Mais ce que j'ai pu le haïr ! Parce que je lisais dans sa tête, comprends-tu, je voyais très bien quel but il poursuivait : m'abaisser, m'humilier chaque fois un peu plus. Ce boulot me dégoûtait, il me rendait malade, et ce salaud en était parfaitement conscient. Alors, il me poussait à bout, il m'enfonçait chaque jour un peu plus. Je perdais toute dignité, si j'en ai jamais eue. Je ne pouvais plus rencontrer mon image dans une glace sans aussitôt éprouver un haut-le-corps. Dès mon réveil, je buvais, je glissais dans un brouillard qui me voilait la réalité, et l'ordure, me considérant d'un air apitoyé, me jetait d'un ton glacial : " Vous n'êtes pas un homme, Baza. Vous devenez une loque. " C'était vrai, je l'admets. Mais à qui la faute, hein ? Qui me réduisait à cet état ?

« Il m'avait chargé d'aller cueillir les suspects chez eux, accompagné de trois gugusses qui jouaient aux matamores, trois fils de famille qui prenaient plaisir à semer la terreur. Harnachés de cuir, bottés.

« Essaie d'imaginer, Laredo, ce que c'est de traverser une ville en pleine nuit, de freiner devant un immeuble, de monter quatre à quatre un escalier, de sonner à une porte ou de frapper bruyamment, d'entendre une voix de femme, secouée de spasmes, qui demande : " Qui est là ? " De répondre : " Police de la Sécurité, ouvrez. " Tu bouscules la femme qui s'accroche à toi en hurlant, en suppliant ; tu feins de ne pas voir les gosses qui te fixent sans rien dire, les yeux exorbités, tu saisis un type livide, tremblant, qui marmonne en essayant de conserver un semblant de dignité : " Donnez-moi cinq minutes, le temps de m'habiller. " Tu restes dans le couloir à le regarder enfiler son froc en cherchant vainement à maîtriser son tremblement. La femme s'accroche à tes manches : " Où l'emmenez-vous, je vous en supplie ! Est-ce qu'il aura besoin de quelque chose ? Laissez-moi lui préparer quelques affaires. " Avec des gestes d'une brutalité très cinématographique, les apprentis tueurs l'écartent. Enfin le type arrive, très pâle, il étreint sa femme, il embrasse ses gosses, il promène un dernier regard autour de lui. Tu dois le pousser dans l'escalier. Et, juste à ce moment-là, tu reçois en pleine gueule un cri, un hurlement plutôt : " Manuel ! " ou " Paco ! ". L'homme se retourne, les yeux mouillés de larmes ; ses mains s'agrippent à la rampe. Peux-tu imaginer ce spectacle, Laredo ? Cinq, six fois par nuit, une nuit après l'autre, toujours la même scène, avec d'infimes variantes : ici, l'homme refuse de te suivre et tu dois l'empoigner, le porter, le traîner jusqu'à la voiture au milieu des vociférations et des pleurs ; là, la femme te traite d'assassin, te crache à la figure ; plus loin, une fillette pique une crise de nerfs. Où, dans tout ça, est la dignité, l'honneur, je te le demande ? Tu te sens couvert de sang de la tête aux pieds, tu fais des cauchemars d'épouvante, tu n'oses même plus approcher de tes semblables, comme si, en les touchant, tu allais leur refiler la mort qui est en toi.

« Lui, ton digne chevalier, pendant ce temps, dînait paisiblement dans la salle à manger de l'auberge, ne quittant pas des yeux, sans cesser de mastiquer, le livre qu'il emportait partout : les *Nouvelles exemplaires* de Cervantès.

« J'en connais, reprit-il d'une voix rauque après une courte pause, que ça chatouille : un bourreau qui lit Cervantès avant d'expédier ses victimes dans l'Au-delà, ça vous a une de ces gueules, hein ? Rien à voir avec ces brutes épaisses, ces paysans mal dégrossis qui égorgent salement le curé de leur paroisse, puis, complètement saouls, défilent dans les rues de leur village attifés d'habits sacerdotaux. Don Avelino, lui, tuait dans la culture, avec le style, s' pas ? Laisse-moi rire, tiens ! Ha, ha. »

Il s'étouffa, ressortit son mouchoir crasseux, renifla bruyamment. Relevant son visage décomposé, il me fixa d'un regard de haine, qui m'arracha un frisson.

« Toi aussi, avoue-le, tu es sensible au style. Tu l'admires, ce digne bourreau qui dîne seul à sa table en lisant Cervantès. »

Injectés de sang, ses yeux ne me quittaient pas, guettant ma réaction. Au fur et à mesure qu'il s'enfonçait dans l'ivresse, son visage se défaisait, les plis se creusaient, les poches enflaient, la voix s'alourdissait. Affalé dans le canapé, Baza avait l'air plus minable, plus veule encore qu'à l'habitude. Avec rage, ses mains serraient le verre. Je détournai mon regard pour qu'il n'y lût pas la répulsion que ses ongles noirs, sa barbe grisâtre m'inspiraient. Sur le mur, mes yeux rencontrèrent la face lunaire d'un clown, sa grande bouche fendue d'un énorme rire.

« Non, finis-je par murmurer, je ne crois pas être sensible à son style.

— A quoi, alors ? Car tu ne cesses de tourner autour, reniflant... Et puis, c'est tes oignons !

« Une pendule suisse, l'Avelino ! A dix heures pile, la dernière bouchée avalée, il sortait faire une petite marche hygiénique, quinze minutes, pas une de plus. Contournant l'auberge, il descendait jusqu'au ruisseau qu'il longeait sur une centaine de mètres, s'arrêtant par moments pour admirer le feu d'artifice sur l'horizon. Bien entendu, sans la moindre appréhension, avec une curiosité détachée. Un obus se serait écrasé à ce moment-là à ses pieds qu'il l'aurait examiné avec cette même curiosité indifférente. Toujours le style, tu vois. Le genre superbe et dédaigneux. " Des lionceaux à moi ? "

« De retour de sa promenade, il s'installait dans la traction noire qui filait vers le chalet ; c'est ainsi que nous appelions ce qui était, dans la réalité, une sorte de palais. Imagine, au fond d'un parc de cinq hectares ceinturé de murs de deux mètres de hauteur, une énorme bâtisse précédée d'une colonnade dorique. Un chirurgien réputé, originaire du coin, l'avait fait construire pour sa retraite. La revanche du parvenu désireux d'épater ses concitoyens, si tu vois ce que je veux dire ? Escalier monumental avec rampe de fer forgé, du marbre partout, des parquets, des lambris, des plafonds peints à fresque, des tapisseries et des lustres, tout le bataclan. Avec ça, la désolation. Malgré sa fortune, le gars en pinçait pour la République, on se demande bien pourquoi. Un grand bourgeois libéral, probablement, un adepte des Lumières, bref un imbécile d'idéaliste. Résultat : son superbe palais avait été saccagé, pillé. Dans des salons longs de vingt mètres et larges de dix à quinze, les meubles s'entassaient dans les coins, une commode française sur un piano à queue, de faux portraits d'ancêtres lacérés et tournés contre les murs, des chaises tapissées de satin gris empilées les unes sur les autres, plus une ampoule intacte dans les lustres de cristal, les carreaux des portes-fenêtres cassés et obstrués avec du papier marron. Même topo dans le parc envahi d'herbes folles, de ronces, les allées mangées par la végétation. On n'aurait pas pu imaginer un endroit plus sinistre. Des Maures et des légionnaires avaient campé là avant de rejoindre le front. Pour se chauffer, ils avaient allumé des feux dans les salons du rez-de-chaussée. Des traînées noirâtres couraient sur les lambris, jusqu'aux plafonds. Au goudron, on avait écrit des " Vive l'Espagne ! " et aussi, je m'en souviens, un gigantesque " Negrin est un enculé ", ce que je n'ai jamais pu vérifier. On y voyait encore des cœurs transpercés de flèches, et des déclarations d'amour. Pour s'éclairer, il y avait des ampoules suspendues à des fils dont la maigre lumière condensait les ombres. Un décor grandiose, vieux, tout à fait digne de ton héros, qui aimait à parcourir ces salons dévastés, ramassant un volume échappé aux bûchers, une photo déchirée qu'il contemplait longuement.

« Les suspects étaient entassés dans ce qui avait été la bibliothèque, une immense pièce du rez-de-chaussée, entièrement recouverte de boiseries. Deux cents, trois cents peut-être, assis sur le parquet, immobiles, muets, grelottant de froid car le vent s'engouffrait partout et la température ne devait guère dépasser les cinq degrés. Imagine ces types en veston ou en chemise, attendant là des heures, des jours parfois, sans bouger, la trouille au ventre. On les avait arrachés à leurs familles, on les avait parqués dans ce palais dévasté et glacial, caché au fond d'un parc sinistre. De quoi vous assommer définitivement, non ? Assommés, ils l'étaient bel et bien d'ailleurs. Plus aucune réaction, pas la moindre lueur d'espoir dans leurs regards abattus. Et ce silence, vieux ! Je n'en ai de ma vie entendu de pareil, pas même au sommet d'une montagne. Une hallucination, comprends-tu ? Chaque son se détachait, isolé, se prolongeait, se répercutait dans ces pièces immenses. On entendait les branches des grands arbres craquer sous la poussée du vent, le martèlement des bottes dans l'immense vestibule où, accroupis, leur fusil entre les jambes, veillaient les gardes civils des sections spéciales. Car c'est comme ça qu'on les appelait. Joli, s' pas ? Chaque goutte de pluie chuintait, blessant la mémoire. J'entendais même, je te jure que je n'invente rien, j'entendais les pensées de ces centaines de types. Oui, je les écoutais penser, leurs souvenirs faisaient une musique déchirante.

« A onze heures dix, toujours sa ponctualité suisse, ton héros arrivait dans un crissement de freins. Lentement, il traversait le vestibule, saluant d'un geste discret les gardes civils qui ne se levaient même pas à son passage, trop fatigués, trop écœurés peut-être, se contentant, pour toute réponse, d'une vague inclination de la tête. Lui, de sa démarche prudente, gravissait les marches de l'escalier monumental, s'accrochant à la rampe. Avec son pardessus gris tout élimé, il avait l'air d'un employé des pompes funèbres s'insinuant avec discrétion jusqu'à la chambre mortuaire. Pâle et voûté, il enfilait un long couloir, au premier, jusqu'à une petite chambre tendue de toile de Jouy grise décorée de scènes champêtres, bergers et bergères enrubannés, fermettes au toit de chaume posées près d'un pont enjambant un ruisseau. Cette chambre avait dû être celle d'une des filles du chirurgien. Dans une alcôve vide, on devinait encore la trace du lit, une commode de bois peint, éventrée, s'appuyait contre le mur, à gauche de la porte d'entrée, un trumeau surmontait une cheminée de marbre rose veiné de blanc ; il y avait encore, près de la fenêtre regardant le parc où la brume s'accrochait aux grands arbres, une minuscule table de marqueterie, flanquée de deux chaises cannelées. Tout ce décor, j'ai oublié les rideaux à fleurs et le dais au-dessus de l'alcôve vide, tout ça était d'un mignon ! Une bonbonnière. L'endroit rêvé pour lire les romans de la comtesse de Ségur. Avec des gestes prudents — le calme toujours, tu vois. Pas de panique ! — ton Avelino retirait son pardessus qu'il rangeait soigneusement dans un placard dissimulé dans la boiserie, près de la cheminée. Ayant disposé une pile de dossiers sur la table, il caressait ses mains en fixant la fenêtre. (T'ai-je dit qu'il avait toujours froid aux mains ? Mauvaise circulation, je suppose.) Il s'asseyait enfin, soupirait, appuyait ses coudes sur la table, enfouissait son visage entre ses paumes, restait ainsi un long moment, comme s'il méditait ou priait. Soudain, il lâchait d'un ton morne cinq ou six noms, les premiers de la liste.

« Je descendais l'escalier, j'ouvrais la porte de la bibliothèque devant laquelle deux sentinelles montaient la garde... »

Baza se tut pour vider son verre qu'il finit par déposer sur le parquet, près de la bouteille, elle aussi vide, je le constatai. Une minute peut-être, il garda la tête baissée. Je voyais les pellicules qui formaient, sur ses épaules, une fine poussière blanchâtre. D'une voix lasse, il poursuivit :

« Je me suis souvent imaginé à leur place à cette minute où il faut se lever, se composer une attitude, marcher jusqu'à la porte. Sais-tu que la plupart réussissaient à paraître dignes ? Je te le dis, l'homme est un animal incompréhensible, large, très large. Je sentais ces centaines d'yeux braqués sur moi, j'écoutais le silence, vertigineux, dans lequel ma voix, méconnaissable, résonnait. L'un après l'autre, les types se levaient, serraient quelques mains, hasardaient parfois une plaisanterie, souriaient, s'avançaient. La majorité était formée de paysans. Ils avaient milité dans un syndicat, ils avaient mis le feu à l'église ou ils avaient tenu des propos " séditieux ". Tous savaient ce qui les attendait. Comment l'auraient-ils ignoré alors qu'ils entendaient, à chaque aube, les rafales des fusillades ? Résignés, l'air intimidé, ils gravissaient les marches en marbre de l'escalier, un escalier comme ils n'imaginaient même pas qu'il pût en exister. Ils attendaient debout dans le couloir, sous la surveillance d'un garde. Après avoir introduit le premier de la liste dans la pièce, je restais debout près de la porte.

« La même scène, indéfiniment répétée, se déroulait, comme dans un cauchemar. Ecartant les mains de son visage, Don Avelino disait d'un ton posé : " Lève les yeux. Regarde-moi. " L'homme gardait en effet les yeux le plus souvent baissés, les mains jointes à hauteur de ses cuisses. En entendant le son de cette voix confidentielle, il obtempérait, attendant la suite avec curiosité. " Vous êtes près de trois cents, tu le sais, reprenait Don Avelino sur le même ton persuasif. Je n'ai donc pas le temps de faire le détail. A la guerre, ce qui manque d'ailleurs le plus, c'est justement le temps. Je ne te poserai qu'une question, tu disposes de trois minutes pour répondre, ce qui est à la fois beaucoup et presque rien. Réfléchis bien à ce que tu vas dire. Compris ? " Abasourdi, le type acquiesçait de la tête. Comment faire autrement que de s'incliner devant des propos si évidemment raisonnables ? " Parfait, concédait Don Avelino. On t'accuse d'appartenir à la CNT. Que dis-tu ? "

« Ostensiblement, il consultait sa montre-bracelet, comme aiment à le faire certains examinateurs sadiques. Le propos et le geste faisaient à d'aucuns l'effet d'une gifle. Ils reculaient d'un pas, fixant sur Don Avelino un regard hébété. D'autres restaient bouche bée avec, au fond de leurs yeux, une expression stupide. Quelques-uns parlaient, parlaient, comme happés par ce silence affolant. Dans tous les cas, ton héros ne bronchait pas, attendant que les trois minutes s'écoulent. Quand le délai était passé, il regardait le détenu d'un air somnolent. " C'est bon ", susurrait-il.

« De sa minuscule écriture, il griffonnait sur le dossier : *Affaire réglée,* ce qui signifiait que le gars serait exécuté à l'aube, au fond du parc, près d'un étang aux eaux stagnantes. Une fois sur dix, il inscrivait : *A vérifier,* accordant ainsi un délai supplémentaire à ceux dont la culpabilité ne lui semblait pas suffisamment établie. Dans ce cas, il déclarait au détenu : " J'espère pour vous que vous ne m'avez pas menti. "

« Maintenant, vieux, essaie de bien te rendre compte de l'atmosphère dans laquelle tout ça se passait. Jamais un cri, pas une insulte : rien que cette indifférence ennuyée. C'est ça surtout qui me révoltait : cette routine funèbre. J'aurais mille fois préféré la haine, la fureur, une passion d'homme enfin. Mais non, un détachement notarial qui me donnait le vertige. Je me demandais : d'où cette horreur recueillie sort-elle donc ? Que signifie cette liturgie terrible ? Un jour, j'eus la révélation : je n'assistais pas à des interrogatoires de police, j'assistais à un rite religieux. Don Avelino officiait, comprends-tu. Il célébrait la liturgie de l'Inquisition, ressuscitée à la faveur de la guerre. Cette voix chuchotante, presque affable, c'était la voix du dogme qui s'enrobe de charité feinte. Halluciné, je regardais ce décor bucolique, cette silhouette affaissée, ces épaules voûtées. Aujourd'hui encore... mais qu'importe ! Au diable toutes mes élucubrations ! Une chose importe : ce n'est pas la haine qui tue, Laredo, ou, quand elle tue, elle le fait de façon désordonnée, sauvage, inefficace pour tout dire. Ce qui tue, c'est la certitude. Or ce type-là ne doutait de rien.

« Trente, quarante fois, jusqu'à l'aube, le même dialogue fou se répétait, accompagné des mêmes gestes : la montre, le griffonnage. Des hommes ne cessaient de défiler dans la petite chambre qu'éclairait faiblement une lampe de cuivre posée sur la table, près de la fenêtre. Ils attendaient debout, se taisaient ou parlaient, repartaient au bout de trois minutes, la plupart vers le grand salon du rez-de-chaussée où on leur distribuait des cigarettes et du café arrosé d'un mauvais alcool.

« Vers cinq heures et demie, Pared se levait, enfilait son

pardessus miteux, repartait calmement. Sur le perron, il s'immobilisait, écoutant les détonations. Puis, toujours impassible, il se glissait dans la traction, qui démarrait, filant à travers le parc plein d'arbres décharnés. Une lueur laiteuse striait l'horizon. Des voix résonnaient, des martèlements de bottes, de nouvelles rafales enfin. Alors le silence revenait dans la bâtisse dévastée, un silence que je te souhaite de ne jamais entendre.

« Tout ça, fit Baza dans un souffle, a duré près de deux ans. Comment j'ai tenu le coup ? Je me le demande encore. Instinct de conservation ou lâcheté, je te laisse le choix. Bon, il y avait aussi la bouteille, c'est vrai.

« Je ne t'ai pas raconté la meilleure, ajouta-t-il avec un ricanement sardonique, le noble inquisiteur avait, figure-toi, le cœur sensible. Pris de pitié, il avait recueilli un chien abandonné, un affreux cabot jaune, bas sur pattes, teigneux et galeux, borgne par-dessus le marché. Le chien le suivait partout, couchait même dans son lit, à ce que me raconta l'aubergiste, émue de ce trait d'humanité. Mais ce que tu ne devineras jamais, c'est de quel nom ton héros avait baptisé son hideux clébard : *Asco*. Parfaitement, dégoût ! A mourir de rire, non ?

« N'y tenant plus, je lui demandai un jour s'il n'avait pas pu dénicher un cabot plus moche. Il laissa tomber sur moi un regard impassible avant de répondre : " J'ai bien cherché, je n'en ai pas trouvé. " C'était son humour à lui. »

Baza demeura un moment prostré. Maîtrisant mon émotion, je demandai d'un ton indifférent :

« Tous les prisonniers passaient entre ses mains ?

— Que veux-tu dire ? fit-il en relevant la tête et en me considérant avec une expression de défiance.

— Il devait bien y avoir d'autres groupes à..., des phalangistes, la police militaire, que sais-je !

— Non, rétorqua-t-il d'une voix ferme. L'armée lui envoyait tous les suspects qui tombaient entre ses mains, quant aux phalangistes, Don Avelino les avait expédiés au front pour " tremper leurs convictions ", selon son expression.

— Pourtant..., hasardai-je.

— Quoi, pourtant ?

— On m'avait dit que c'était la pagaille et que n'importe qui arrêtait n'importe qui.

— Pas dans notre secteur, je peux te l'assurer. D'ailleurs la pagaille, il n'aimait pas du tout, Pared. Un maniaque de l'ordre. Non, non, tout passait par lui, pas un dossier ne lui échappait. Mais tu penses à quelqu'un de précis, hein? questionna-t-il en posant sur moi un regard méfiant. Ah, fit-il soudain avec un sourire furtif, je vois : elle t'a parlé. Je connais l'histoire. Si tu veux bien, restons-en là. Je préfère qu'elle conserve un doute. Tout ce que je peux te dire, c'est que rien ni personne n'échappait à ce qu'il appelait l'Œil, avec majuscule. Une théorie fumeuse sur Abel et Caïn. Il te racontera peut-être, s'il daigne te parler. Au fait, dit-il en changeant de ton, t'a-t-on raconté comment j'ai été viré?

— Non, répondis-je, surpris.

— Vraiment? Même Anselmo ne t'a rien glissé? Décidément, la Maison cultive le secret. Pour moi, je me fous de ce qu'on peut penser.

« Sur dénonciation, on avait arrêté un toubib, soupçonné de sympathies républicaines. Un type très droit, très digne, père d'un gamin de treize ans, José-Maria, un de ces gosses mûris avant l'âge, grave et silencieux, de ceux dont les yeux résignés en ont déjà trop vu et qui ne s'étonnent de rien. Je l'aimais bien, j'allais souvent le voir. J'ai toujours aimé les enfants, comprends-tu. Même les plus vicelards conservent encore un peu de fraîcheur, je ne dirais pas de l'innocence, non, car je ne connais rien de plus pervers qu'un gosse, une sorte de candeur, si tu préfères. Leurs yeux n'arrêtent pas de réinventer la réalité. Bref, je m'étais attaché à ce gamin. Je crois même, ma parole, que José-Maria ne me détestait pas. Peut-être ne me voyait-il pas tel que j'étais, un affreux pochard, un flic trouillard qui sauvait sa peau en faisant celle des autres. Avec les enfants, même le miracle est possible. Auprès de lui, je me sentais moins sale, moins puant. Ensemble nous faisions de grandes promenades dans la campagne. Il m'apprenait, je m'en souviens, les noms de tas de plantes sauvages. Au milieu de cette horreur, cette amitié me reposait. J'avais l'impression de redevenir un homme. Alors, je ne pouvais pas, littéralement pas, laisser mourir le père. Pour le sauver, je n'ai trouvé d'autre moyen que de retirer du dossier la lettre de dénonciation, signée d'une nonne. Car elles aimaient écrire, tu peux m'en croire, toutes ces punaises. Ceux qui ne s'agenouillaient pas au passage des processions, qui avaient, comme elles disaient si délicieusement, mauvais esprit, elles avaient vite fait de te les signaler à qui de droit, avec toutes les précautions de charité chrétienne que tu peux imaginer " je ne puis assurer, il semble pourtant avéré... ", à dégueuler, vieux... Où en étais-je ? Ah oui, cette lettre. Je l'ai donc déchirée, et le père a été relâché avec des excuses au bout d'un mois. J'étais heureux, tu le devines. Je pensais : j'aurai au moins réussi ça dans ma chienne de vie. Peu m'importait que le gamin n'apprenne jamais à qui son père devait d'avoir la vie sauve. Je le savais, moi, ça me suffisait. J'avais même recouvré un peu de dignité. Chaque fois que je revoyais le gosse, je ressentais une curieuse sensation, comme une vague de chaleur dans la poitrine. La joie que José-Maria avait éprouvée en retrouvant son père ne se décrit pas. Il n'arrêtait pas de rire, de plaisanter, de gambader. Connais-tu rien de plus radieux que le bonheur d'un enfant, Laredo ?... Excuse-moi, j'ai trop bu. Je te disais donc, oui, c'est bien ça : José-Maria rayonnait comme une étoile neuve. Je te le répète, c'était un enfant de la guerre, adulte par certains côtés, très enfant par d'autres, un de ces gosses qui donnent l'impression de tout savoir, de tout comprendre et dont les yeux... Il était si beau, Laredo ! Elancé, souple, avec des cheveux noirs qui ondulaient et une sorte de malice dans ses grands yeux de miel : le désir de séduire, s' pas, le sens inné des attitudes, une grâce de chaton dans le moindre de ses mouvements. J'aurais pu rester des heures à le contempler, heureux seulement de reposer mon regard d'ivrogne sur cet être parfait.

« Bien entendu, le Dr Ferral avait tout deviné, il m'en remerciait par des sourires complices. Je crois même que le gosse savait également, à tout le moins il pressentait. Quand j'arrivais, il se jetait vers moi, m'enlaçant, m'étreignant... C'est une étrange impression, Laredo, que de tenir un de ces petits animaux dans ses bras, de sentir sur sa peau déjà durcie, fripée, le ruissellement de cette eau vive. Je m'y perds, je te demande pardon. Ils savaient donc ; ils me remerciaient à leur façon, discrète. Le père était un homme plein de droiture, je te l'ai dit. Aucune pensée dégradante n'aurait pu effleurer son cerveau. Un médecin de l'ancien temps, de ceux qui se lèvent trois fois dans la nuit pour visiter de pauvres paysans et qui, en partant, oublient de se faire payer. Rien de commun avec les techniciens actuels, capables de vous écorcher un homme tout vif pour la gloire de la science. Même Franco, j'en arrive à le plaindre d'être devenu depuis des mois cet objet d'expérimentation. Ferral respectait la vie, il respectait donc la mort, assistant les agonisants, les confortant et les soulageant pour qu'ils puissent mourir dignement. Dans l'amitié que je portais à son fils, il ne trouvait rien à redire, au contraire. Souvent, me voyant assis sur le tapis, avec José-Maria, il me lançait avec son rire clair : " Je me demande lequel des deux est le plus gamin. " Un homme pur, en somme. Pour moi, j'avais trouvé parmi eux ma vraie famille, j'oubliais les nuits, l'auberge, la bâtisse sinistre, tout. Sans doute trouves-tu ça puéril, s' pas ? Je te le demande : qu'y a-t-il de méprisable dans la puérilité ? Si l'homme vaut quelque chose, c'est par son enfance, ce que l'Autre avait, lui aussi, compris : " Si vous ne devenez semblables à des enfants. " Eh oui, j'ai essayé là, auprès de José-Maria, je me dis encore qu'avec un peu de chance...

« J'aurais dû me méfier, j'aurais dû conseiller au Dr Ferral de filer au plus vite. Je voulais le faire, Laredo, je t'en donne ma parole. Seulement je tardais, reculant devant la pensée de perdre José-Maria. As-tu déjà perdu un être aimé ? C'est... Pas la mort, non, le néant. Dix fois, j'ai été sur le point de parler, chaque fois je remettais au lendemain, écartant mes pressentiments. J'étais si seul, s' pas, si seul dans ma chambre d'auberge, avec, chaque jour, ces dossiers derrière lesquels il y avait des hommes qu'il fallait arracher à leurs familles, conduire vers ce palais glacé. La solitude est chose terrible, Laredo. Non pas la solitude de ceux qui, volontairement, s'écartent de leurs semblables. Non, ceux-là je ne les plains pas. Les solitaires ne connaissent pas la solitude. Je parle de la solitude de ceux qui, chaque nuit, se couchent auprès de leur mort. Les malades vivent cette solitude-là, les condamnés, tous ceux qui regardent venir la nuit avec l'intuition qu'ils ne reverront pas la lumière. Je te parais sans doute grotesque, pathétique. Comment parler de ces choses-là ? Je ne me cherche pas des excuses, j'essaie de comprendre... Il y a près de quarante ans que je tente de comprendre.

« Don Avelino a tout découvert, bien entendu. Une nouvelle dénonciation probablement ou... Rien n'échappait à cet homme. Je le revois devant moi, son regard de mort fixé sur moi. " Vous avez trahi ma confiance, Baza. Vous avez manqué à votre devoir de policier. Vous l'avez fait pour le plus abject des motifs : pour satisfaire vos désirs ignobles. Non content de trahir, vous salissez un enfant. "

« Ça, je ne l'ai pas supporté. J'aurais admis qu'il m'accuse de forfaiture, de haute trahison même. Mais José-Maria... Tu vois ma vie, Laredo : elle a toujours été ce que tu contemples, informe, sale, dégradante. Dans cette boue, ce gosse... Si ton héros n'avait pas dégainé son arme, je l'aurais étranglé, j'en suis persuadé. Oui, je l'aurais fait. Il salissait la seule chose propre de ma vie. " J'admets que vous n'êtes pas coupable de cette infamie, Baza. Je retire mon accusation et vous présente mes excuses. "

« Pourquoi ai-je espéré ? Malgré tout ce que je savais de lui, malgré ces nuits de cauchemar dans la grande bâtisse dévastée, j'ai été saisi d'un espoir insensé. Après tout, c'était quand même un homme, non ? Il devait y avoir au fond de ce corps grisâtre une parcelle d'humanité. Il était peut-être touché, il allait comprendre. Alors de ce ton de marbre, parfaitement lisse : " Il vous reste à réparer votre faute. Cette nuit, vous irez arrêter le Dr Ferral. "

« Depuis près de quarante ans, je fais le même rêve, murmura Baza d'une voix à peine audible. Je me revois, escorté de deux sbires, sonnant à la porte de la maison. J'entends une voix ensommeillée : " Qui est là ? — C'est moi, José Baza. — Vous ? que se passe-t-il ? " La porte s'ouvre, le Dr Ferral me considère d'un air ahuri, il aperçoit les deux sbires, ses yeux reviennent vers moi... Ce regard-là, Laredo, a été pour moi pire que tout. " Puis-je m'habiller ? " La voix est ferme, pleine d'un dédain terrible. J'acquiesçai. J'aurais voulu lui expliquer... mais il n'y avait rien à expliquer, s' pas. Ou alors tout. La lâcheté par exemple. Comment un homme courageux pourrait-il comprendre un lâche ? Toi-même, j'en suis sûr, tu penses... Et puis, zut ! Pendant qu'il s'habillait, une porte grinça, le gosse parut en pyjama, pieds nus. Il ne prononça pas un mot, me contemplant d'un air incrédule. Quand son père sortit de sa chambre, José-Maria marcha vers lui, gravement, l'embrassa. Pas un pleur, pas un cri. Ce n'était pas un enfant comme les autres, il avait tout compris.

— La mère ? demandai-je d'une voix étranglée.

— Elle était morte deux ans auparavant, j'ai oublié de mentionner ce fait. José-Maria fut placé dans un orphelinat. J'ai longtemps hésité à lui rendre visite. Il n'aurait pas supporté de me rencontrer. D'ailleurs, je ne l'aurais pas non plus supporté. »

Un moment, Baza resta tête baissée, silencieux. D'imperceptibles frémissements secouaient sa nuque.

« Ce que je n'ai jamais pu pardonner à ton héros, murmura-t-il d'un ton de haine, c'est... Vois-tu, Laredo, dès notre première rencontre, il m'avait jugé. Il savait que je consentirais à tout pour sauver ma peau. Il s'est acharné à me détruire.

« On t'a sans doute parlé de Ramon Espuig. On a bâti toute une légende. Un magnifique match qui s'achève par la victoire de l'intelligence. Quelle blague ! La vérité, je la connais. Espuig a été brisé comme je l'ai moi-même été. Comme l'ont été tant d'autres. Comme tu le seras, si tu ne prends pas la fuite.

« Cet homme-là, fit Baza dans un souffle, déteste la vie. La mort même ne lui suffit pas : il veut une mort qui garde l'apparence du vivant. Comprends-tu, Laredo ? Regarde-moi bien et réponds franchement : suis-je en vie, suis-je déjà mort ? Tu n'oses pas, tu détournes les yeux. Bah, tu as peut-être raison...

« Pardonne-moi, dit-il soudain d'une voix sourde. Je me sens fatigué. »

Il se leva péniblement, tituba, et je tendis instinctivement la main pour le soutenir.

« Pas la peine, grogna-t-il. J'ai l'habitude. J'arriverai bien jusqu'à mon lit. Le sommeil, il n'y a que ça de vrai, quand les rêves ne viennent pas vous tourmenter. Tout le reste... »

De sa main suspecte, Baza ébaucha un geste circulaire. Je me demandai s'il montrait le décor. Je pensai qu'il voulait plutôt désigner la vie. D'un air gêné, je lui tendis ma main qu'il effleura du bout de ses doigts poisseux.

« Il paraît que je suis un flic véreux, ricana-t-il en traversant la pièce. Les bons flics ne se saoulent pas, ils ne fréquentent pas les enfants, ils ne s'amusent pas avec des trains électriques. Je me demande si tu as l'étoffe d'un bon flic. As-tu déjà tué quelqu'un ?

— Oui, soupirai-je.

— Tiens, tiens, fit-il en s'arrêtant pour me dévisager de son regard brumeux. Et tu as oublié le visage du mort ?

— Non, répondis-je.

— Mauvais, hoqueta-t-il. Un bon flic n'a pas de remords. La Loi protège sa mémoire. Adieu, vieux. Et rappelle-toi : jamais de remords, si tu veux vivre. D'ailleurs, chaque homme est un cimetière. Seuls les enfants... Et encore ! »

Il avait refermé la porte. Je l'entendis tousser et appeler d'une voix pâteuse : « Remedios ! » Doucement, je descendis l'escalier. L'ampoule du rez-de-chaussée restait éteinte, si bien que j'avais l'impression de m'enfoncer dans un puits rempli d'ombre. Je pensai que depuis le jour où j'avais, pour la première fois, entendu prononcer le nom de Don Avelino Pared, je ne cessais pas de plonger dans une obscurité de plus en plus dense. Une nuit de glace se refermait sur moi, hantée de spectres : Domingo Ortez, Ramon Espuig, le Dr Ferral, Baza. Je me rappelai l'avertissement de Marina et la prière de Pilar. Je songeai qu'il était encore temps : je pouvais démissionner. J'irais néanmoins jusqu'au bout, je le sentais. Pour quels motifs, je ne le comprenais pas moi-même.

15

Cinq ans auparavant, j'avais, à l'occasion d'un congrès international, couché au Grand Hôtel de Saragosse, à deux pas du Paseo de l'Indépendance. De ce palace au luxe feutré, je conservais un souvenir de silence et de recueillement. Aussi décidai-je d'y passer deux ou trois nuits, voulant oublier les impressions pénibles que Murcie m'avait laissées. Il faisait déjà nuit quand le taxi me déposa devant la porte à tambour coiffée d'une verrière. En entrant dans le hall, je pressentis que quelque chose avait changé. Des fillettes vêtues de robes de mousseline bleue, une large ceinture de satin autour de la taille, des rubans dans leurs cheveux, couraient en pépiant. Deux femmes corpulentes en jupe longue et corsage lamé se promenaient en parlant haut et fort, l'air important. Des flots d'une musique sirupeuse s'échappaient de la salle à manger, tout au fond du hall. Il s'agissait probablement d'une noce ou d'un banquet de première communion. A en juger par l'attitude hautaine et dédaigneuse des hommes et des femmes que j'entrevis, les invités appartenaient à la nouvelle classe moyenne, des commerçants ou des entrepreneurs enrichis récemment. Parce qu'ils payaient au prix fort la location des salons, ils se croyaient autorisés à se montrer exigeants. Effrayé par leurs criailleries et par le vacarme de l'orchestre, je fus tenté de rebrousser chemin. Mais je me ravisai, pensant qu'il était tard et que je risquais de chercher longtemps dans la ville avant de dénicher un hôtel convenable, sans compter que j'avais réservé ma chambre. Je trouverais d'ailleurs partout de ces parvenus, plaie de la nouvelle Espagne. Je me présentai donc à la réception où le portier me tendit une clé d'un air de dédain. De toute évidence, il trouvait qu'un inspecteur de police n'avait pas sa place dans un établissement de cette catégorie. En un sens, il avait raison. Mes moyens ne me permettaient pas de fréquenter les palaces. J'avais voulu m'offrir un luxe et je savais déjà que c'était raté.

On m'avait, bien entendu, donné une chambre minuscule, au sixième, avec une fenêtre plongeant dans une courette étroite, pleine d'odeurs de cuisine. Dans ce puits sans lumière, la musique de l'orchestre résonnait très fort et je dus constater, résigné, qu'il me faudrait l'entendre jusque tard dans la nuit, peut-être même jusqu'à l'aube.

En ouvrant les robinets pour préparer mon bain, les tuyaux toussèrent et hoquetèrent comme s'ils allaient éclater. Une légère odeur remontait de la cuvette des WC.

J'éprouvai néanmoins une sensation de détente en me glissant dans le bain où je restai longtemps, écoutant distraitement la musique de l'orchestre, qui jouait des airs anciens. Parce qu'elles avaient bercé ma jeunesse, ces mélodies mièvres me procurèrent une nostalgie lancinante. L'image de Pilar traversa ma mémoire. La veille, elle m'avait accompagné à la gare de Murcie. Sur le quai, nous étions restés longtemps à nous sourire et à nous regarder, sans rien trouver à nous dire que des banalités. Dans sa robe claire évasée, elle m'avait paru très belle. Dans ses yeux, j'avais décelé cette expression d'inquiétude que j'avais souvent remarquée les derniers temps. La séparation, pensais-je, l'expliquait. En la serrant dans mes bras, tout son corps avait frémi et, appuyant sa joue contre mon cou, elle m'avait susurré : « Prends garde, Santi. » D'un sourire, je l'avais rassurée, me demandant de quoi je devais me garder. J'étais maintenant tenté de lui téléphoner, mais j'hésitais, ne sachant trop ce que je lui dirais. De plus, elle me croyait déjà à Huesca, car je lui avais caché mon intention de m'arrêter à Saragosse.

En sortant du bain, j'appelai mon ami, un camarade de promotion que j'espérais rencontrer. Sa femme m'apprit qu'il se trouvait à Madrid pour une huitaine de jours. Il serait déçu, ajouta-t-elle, de m'avoir manqué. Je la remerciai et promis de rappeler bientôt. Je me retrouvai assis sur le lit, désœuvré. Je décidai de faire un tour dans la ville en attendant l'heure du dîner. Je flânai sur le Paseo de l'Indépendance, observant la foule. Avec étonnement, je constatai qu'on rencontrait moins d'élèves de l'Académie militaire que par le passé. Je pensai que, comme pour l'Eglise, les vocations tarissaient peut-être. Les rares que je croisais portaient l'uniforme avec moins d'arrogance, avec une sorte de gêne même. Quelque chose avait changé depuis mon dernier séjour dans la ville, glissement dont le délabrement du Grand Hôtel témoignait. Je ne savais pas si je devais me réjouir ou me désoler de ces transformations et, d'ailleurs, mes sentiments n'y changeraient rien.

Avec son trafic incessant, ses foules pressées, ses cinémas et ses restaurants, Saragosse prenait pour moi une allure de grande capitale. Etourdi par le vacarme, j'hésitais avant de traverser les rues. Me dirigeant vers la basilique du Pilar dont la hideuse prétention me causa une impression pénible, j'en fis lentement le tour pour atteindre les bords de l'Ebre. Accoudé au parapet, sur le quai, je contemplai l'eau fangeuse qui reflétait les lumières. Je me décidai enfin à aller au restaurant et je dînai vite et mal, servi avec une hâte désinvolte.

En sortant, le vent soufflait en longues rafales. La température avait fraîchi et un nuage de poussière tourbillonnait dans l'atmosphère, déposant dans ma bouche un sable crayeux. Les rues paraissaient désertes, les gens ayant regagné leurs maisons pour les informations télévisées. Je me rappelai que la radio avait annoncé la veille que l'état de santé du Généralissime avait brusquement empiré. Les médecins semblaient hésiter à tenter une nouvelle intervention. Pilar avait paru très affectée, et je l'avais consolée en lui disant que Franco n'était pas immortel et que, vu son âge, on devait bien s'attendre à ce qu'il finisse par mourir. Elle en était convenue, tout en déclarant que ce serait une perte « irréparable », mot qui, dans sa bouche, m'avait surpris. Je pensai que l'avenir l'effrayait et je partageais d'ailleurs son appréhension, jusqu'à un certain point. Mon idée était pourtant que rien ne serait vraiment changé. Bien que d'une foi paresseuse, Pilar m'avait déclaré qu'elle espérait encore un miracle, les reliques qu'on avait mises dans le lit du Caudillo pouvant peut-être retarder sa mort. Elle avait foi notamment dans le manteau de Notre-Dame-du-Pilar. Comme je m'étonnais qu'elle se montrât si superstitieuse alors qu'elle négligeait ses devoirs religieux, elle me rétorqua avec vivacité que ce n'était pas pareil, en quoi elle avait peut-être raison.

Paseo de l'Indépendance, je m'arrêtai devant un kiosque pour acheter le *Diario de Aragon*. En première page, un énorme titre s'étalait sur cinq colonnes : « Nouvelle aggravation. Malgré la lutte acharnée de l'équipe médicale, l'état du Caudillo empire. » L'article ne contenait aucune information sérieuse. Il ne faisait que confirmer ce que tout un chacun savait : Franco se mourait, maintenu artificiellement en vie par ses médecins. Cette agonie durait depuis déjà si longtemps que le public était blasé, beaucoup n'hésitant pas à condamner cette fureur thérapeutique.

Devant un cinéma projetant un film français, assez leste à en juger par les photos publicitaires, je m'attardai. Je résolus néanmoins de regagner mon hôtel, ne me sentant pas le courage de patienter une heure jusqu'au début de la dernière séance. Le vent qui soufflait de plus en plus fort n'incitait d'ailleurs pas à la flânerie.

Dans le hall, les fillettes en robe bleue se poursuivaient maintenant avec des rires hystériques. Grasses et courtaudes, elles ressemblaient à d'horribles poupées gonflables. Par la porte grande ouverte de la salle à manger, un tapage affreux couvrait la musique de l'orchestre. Sur l'estrade décorée de plantes vertes, cinq ou six musiciens en veste couleur tabac et en pantalon beige jouaient en se trémoussant.

Au portier de nuit, vieil homme maigre et chenu, je demandai s'il pensait que la fête se prolongerait tard dans la nuit. Pour toute réponse, il haussa ses épaules chétives. Je déclarai alors que je me voyais contraint d'écourter mon séjour à Saragosse. Nullement dupe, il marmonna : « Je vous comprends. J'annule votre réservation pour demain. »

De toute évidence, il appartenait à l'ancien temps, celui où le Grand Hôtel accueillait une clientèle de riches étrangers et d'Espagnols dont la fortune était assez vieille pour qu'ils n'éprouvent pas le besoin de l'exhiber. Dans son regard fatigué, je crus lire le dégoût des mœurs nouvelles. Il devait être de ceux qui, le cœur serré, écoutaient la radio.

Dans ma chambre, la musique et les bruits résonnaient plus fort encore. Derrière le jacassement de l'assistance, mon oreille perçut quelques mesures d'une chanson française datant probablement de trente ou quarante ans : *Premier rendez-vous.* Ma mère la fredonnait souvent dans la cuisine de Benamid, et je crus entendre sa voix chaude. Couché dans le lit, j'observais les guirlandes de stuc autour du lustre à pendeloques. Soudain, l'idée s'insinua dans mon esprit que j'irais à Sangüesa. Ce projet ne me causa pas la moindre surprise, comme si je l'avais longuement mûri. C'était peut-être le cas d'ailleurs. Soulagé, je m'endormis profondément.

Ayant déposé mes bagages à la consigne, je montai le lendemain matin dans un car reliant Saragosse à Pampelune par Sangüesa. Assis au fond, la tempe contre la vitre, je ne tardai pas à m'assoupir. En rouvrant les yeux, je découvris un paysage de prairies, de montagnes boisées, de torrents et de ruisseaux. Cette opulence me causa un sentiment d'ébahissement. Je n'avais jamais imaginé que l'herbe pût être si verte, les arbres si hauts et si imposants, l'eau d'une telle prodigalité, dévalant les pentes des collines et sinuant dans la vallée. Même les maisons avaient un air de puissance et de robustesse, leurs gros murs faits de pierre taillée d'un gris bleuté. Des nuages denses filaient très bas dans le ciel, s'accrochant aux montagnes. A un rythme accéléré, l'ombre et la lumière alternaient, obscurcissant et éclaircissant le paysage tour à tour.

En descendant du car, je respirai un air dont la densité me causa un léger vertige. Une lourde odeur de terre mouillée, d'humus, de sève vigoureuse emplit mes poumons habitués à l'atmosphère raréfiée du Sud.

M'approchant du chauffeur qui finissait de descendre les colis entassés sur le toit, je lui demandai s'il ne connaîtrait pas une pension de famille propre et d'un prix accessible. D'une voix rocailleuse, il m'indiqua qu'une certaine Elisa Fonseca, veuve d'un maître d'école, louait des chambres dans son appartement. Je notai l'adresse et le remerciai. Solidement bâti, l'homme s'accordait au paysage. Il ne parlait pas pour ne rien dire. J'appréciai son laconisme qui me changeait des palabres des Murciens.

Stricte et affable, la veuve me fit un accueil courtois. Elle me montra une chambre spacieuse qu'un pensionnaire venait de libérer. Une large fenêtre regardait un jardin touffu, clos de murs. Je réglai d'avance le prix convenu, m'excusant de rester si peu de jours.

« Vous reviendrez une autre fois, dit-elle avec un sourire doux. Tous ceux qui découvrent notre ville y reviennent, tôt ou tard. Ce n'est pas qu'elle soit très belle, mais on s'y plaît. »

Je répliquai que le paysage me séduisait en effet, la délicatesse de la lumière reposant mes yeux habitués à la dureté du Sud. Cette remarque l'amusa. Avec un rire discret, elle me déclara que l'homme envie toujours ce qu'il ne possède pas. Il y a dix ans, elle avait visité Grenade avec son défunt mari, et elle se rappelait encore avec nostalgie la somptuosité du crépuscule sur les murailles de l'Alhambra, depuis l'Albaicin. Cette minute miraculeuse, elle ne l'oubliait pas, rêvant de revoir l'Andalousie avant de mourir. Je concédai que Grenade était une belle ville.

Si j'avais pu craindre qu'il fût difficile de faire parler les Navarrais, Doña Fonseca me rassura tout à fait. C'est de la faire taire qui ne serait pas aisé.

Manifestement, la solitude lui pesait et elle semblait ravie d'avoir trouvé une oreille complaisante. Sans me faire davantage prier, j'acceptai son invitation à boire une tasse de café en sa compagnie. Assis dans un salon rempli de meubles vieillots, nous poursuivîmes notre conversation. D'un ton de confidence, Elisa Fonseca m'apprit qu'elle était née dans cette même maison, qu'elle y avait toujours vécu et qu'elle espérait y mourir, si toutefois les médecins ne l'en arrachaient pas pour la charcuter.

« Je suis de celles, fit-elle avec un délicieux sourire, qui meurent dans la chambre où elles sont nées. »

Son visage frais, éclairé d'un regard bleu plein de malice, respirait la franchise. Avec ses cheveux gris coiffés à l'ancienne, sa robe d'un bleu fané, elle m'évoquait une grand-mère pour contes de fées. D'un air dégagé, je glissai dans la conversation que, si j'étais venu à Sangüesa, cela s'expliquait par le fait que mon père avait souvent mentionné ce nom devant moi, à cause d'un de ses amis qui en était originaire. Comme je l'espérais, la veuve parut intéressée.

« Vraiment ? fit-elle en posant sur moi ses yeux pleins de vivacité. Comme c'est curieux ! Oserais-je sans indiscrétion vous demander le nom de l'ami de monsieur votre père ? Certainement, je dois le connaître. Notre ville est si petite que nous nous connaissons tous.

— Pas le moins du monde. Il s'appelait Pared, un nom qu'on n'oublie pas.

— Oh, s'écria-t-elle, l'air ravi, mais les Pared sont — il vaudrait mieux dire étaient — l'une des familles les plus considérables non seulement de la ville mais, on peut le soutenir, de la province. Des gens parfaitement honorables, d'une excellente réputation. Ne vous rappelez-vous pas si l'ami de monsieur votre père se prénommait Modesto ou Marcelino, car ils étaient deux frères ?

— Marcelino, me semble-t-il.

— Un si brave homme ! Tout le monde ici l'estimait. Mon défunt mari, que Dieu ait son âme, le voyait souvent. N'est-ce pas triste qu'un homme de cette qualité en fût réduit à s'exprimer par signes ? Il lisait, remarquez bien, sur vos lèvres avec une incroyable habileté. Selon mon cher Eusebio, les sourds-muets développent presque tous cette aptitude.

— J'ignorais qu'il fût sourd-muet, dis-je rêveusement.

— De naissance. Quel malheur, n'est-ce pas ? Heureusement son frère ne l'a jamais abandonné, jusqu'à l'heure de sa mort.

— Il est mort il y a longtemps ?

— Modesto ? Cela fait cinq ans, six au plus. D'une crise cardiaque. Il a passé sans s'en apercevoir. N'est-ce pas merveilleux ?

— Assurément. Son frère a-t-il conservé la pharmacie ?

— Marcelino ? Mais il était décédé plusieurs années auparavant, ajouta-t-elle d'une voix changée, ils avaient cessé de se voir après toutes ces histoires. Si même il feignait de les mépriser, Modesto avait été profondément affecté par tous ces ragots. C'est l'inconvénient des petites villes : les gens parlent trop. N'est-ce pas affreux de penser que des ragots ont séparé deux frères qui s'adoraient et qu'on surnommait les jumeaux ?

— Mais Doña Adela Costa..., murmurai-je prudemment.

— Cette malheureuse... Je crois bien qu'on l'a calomniée, voyez-vous. Elle n'était pas du pays, ce qui suffisait à la rendre suspecte aux indigènes. Et puis, elle était d'une beauté presque inquiétante, vous ne pouvez imaginer quelle femme c'était, grande, élancée, d'une blondeur cuivrée, des yeux admirables, toujours mise à la dernière mode, des toilettes somptueuses qu'elle achetait à Biarritz et à Paris, des chapeaux extravagants, un air fier avec ça, qui prévenait contre elle. Rien qu'un air, remarquez, parce que ceux qui la connaissaient bien vantaient au contraire sa simplicité. Il n'empêche : dans une bourgade comme Sangüesa, on juge sur les apparences, et les siennes affectaient la morgue et le dédain. Elle donnait l'impression de mépriser ce pays, voyez-vous. Il me semble qu'elle étouffait dans ce cadre étriqué. Elle était faite pour parader dans les salons, pour s'exhiber dans une loge d'opéra, pour une existence enfin de mondanités et de fastes. Quand elle se promenait dans les rues, ses yeux verts — car verts ils étaient, je l'ai constaté —, ses yeux donc semblaient dire : que cet endroit est sale, sinistre ! Je ne la condamne pas, notez bien. Pour une créature de son espèce, notre bourgade ne pouvait être qu'un trou minable. Elle lisait des romans étrangers, russes et français, elle jouait du piano. Avec un tel art que les passants s'arrêtaient sous les fenêtres de son salon pour l'écouter. Mon défunt mari, qui s'entendait en musique, prétendait même qu'elle aurait pu faire une carrière de virtuose. Des heures et des heures elle restait à son piano, jouant des pièces d'Albeniz et de Chopin. Cela non plus les gens d'ici ne l'admettaient pas. C'était un temps où il paraissait presque inconvenant qu'une femme jouât du piano au lieu de surveiller son ménage. Je sais, cela semble ridicule aujourd'hui. Mais on l'admettait d'autant moins que c'était une musique si langoureuse, si chargée d'on n'aurait su dire quel trouble, si énervante qu'elle sonnait aux oreilles de beaucoup d'hommes comme une provocation. Car il y avait bien à Sangüesa deux ou trois jeunes filles sachant tapoter des valses ou étirer *la Lettre à Elise,* seulement personne n'avait jamais joué de cette façon-là. Ce n'est pas une musique que vous entendiez : c'était un cœur mis à nu. Je l'ai moi-même entendue jouer à l'occasion de la fête de Saint-Jean-Baptiste, qui clôturait l'année scolaire. Cela se passait dans le cloître du collège des Frères des Ecoles chrétiennes, devant tous les notables de notre petite cité. Bien que profane en musique, je sortis de là bouleversée. Ajoutez aux sortilèges de cette musique l'éclat d'une beauté fatale, c'est le mot qui convient. On l'écoutait, bouleversé, on la contemplait, ébloui, et certains la haïssaient de tant de supériorité. Parce qu'elle blessait, sa beauté suscitait le dépit et la fureur.

« Il y avait encore, poursuivit Elisa Fonseca de sa voix douce, sa maladie où d'aucuns ne voulaient voir que de la simulation. Elle tombait en pâmoison, elle s'étouffait, elle portait sa main à l'endroit du cœur. Venus de Madrid et de Barcelone, les spécialistes les plus réputés se succédaient à son chevet, sans réussir à diagnostiquer son mal. Feu mon mari, qui était un bon psychologue, soutenait que le véritable nom de sa maladie était l'ennui, ce qui me paraît juste. Cette créature altière et séduisante étouffait pour de vrai dans cette société étriquée, et son cœur se déréglait à ne trouver comment apaiser ses inquiétudes. Son mariage n'avait pu que la décevoir. Marcelino était certes un excellent homme, généreux et compréhensif. Mais pour une femme telle qu'Adela Costa, quel mari cet infirme faisait-il ? On murmurait qu'elle avait été mariée contre son gré, alors qu'elle en aimait un autre. Vrai ou faux, je ne saurais en décider. De tels arrangements étaient alors pratique courante, et nul n'y trouvait à redire. Ruinés, les Costa avaient probablement cru bien faire en mariant leur fille à un homme riche, l'argent devant compenser l'infirmité. Ces racontars n'en créaient pas moins autour d'Adela une légende trouble à laquelle chacun collaborait, ajoutant un détail, peignant une ombre sur le portrait. Une part de vérité se cachait sans doute sous la légende, comme il arrive dans ces fables collectives, issues d'une intuition exacte. Ce que tous sentaient confusément, c'est que cette créature comblée de dons s'étiolait dans notre bourgade.

« Je n'ai peut-être appris qu'une chose dans ma longue vie, poursuivit d'un ton réfléchi Elisa Fonseca après un bref silence : les hommes ne supportent pas les différences. A l'étrangeté, ils s'adaptent tant bien que mal. Un chrétien considérera avec une nuance de condescendance amusée le Noir animiste dans la mesure où cette créature lui paraîtra presque irréelle, fantastique ; le même homme ne pardonnera pas en revanche au juif ou au musulman, l'un et l'autre surgis pourtant du même tronc commun. Adela, si elle avait été étrangère, une Allemande, ou une Française par exemple, on aurait admis ses extravagances ; puisque c'est ainsi qu'on qualifiait son comportement. Mais, Espagnole, son attitude suscitait le scandale. »

Tournant son regard vers la fenêtre garnie d'un rideau de guipure, Elisa Fonseca me présenta un profil délicatement ciselé. Une seconde peut-être, elle resta silencieuse, l'air absent.

« N'ont-ils pas eu d'enfants ? questionnai-je hypocritement.

— Mais oui, un fils, Avelino. Vous l'ignoriez ? Un garçon sérieux, réfléchi, qui semblait avoir hérité de tous les dons de sa mère. Selon mon mari, il pouvait prétendre à un avenir exceptionnel. Au grand désespoir de son père, il choisit à vingt ans passés d'entrer dans la police, sans qu'on sache d'où a pu lui venir une vocation si... extraordinaire. A Sangüesa, ce choix a, du reste, surpris tout le monde.

« Bien sûr, murmura la veuve avec un imperceptible sourire, il avait des excuses : quelle a pu être son enfance dans cette bâtisse imposante, entre un père sourd-muet et une mère d'humeur fantasque, toujours entre deux crises ? On s'apitoie toujours, et avec raison, je l'admets, sur le malheur des pauvres. On néglige de plaindre les riches, les enfants surtout, si seuls souvent, si...

« Je l'ai bien connu, le petit Avelino, car mon mari, qui le plaignait, s'était attaché à lui. Si vous aviez pu voir ce gosse de neuf ou dix ans, si grave déjà, le regard... mon Dieu, des yeux de vieillard, je ne trouve pas une expression plus juste. Il souriait rarement et avec tristesse, il parlait peu, répondant avec une courtoisie appuyée aux questions. Il restait debout, là, tenez, près de la cheminée, derrière ce fauteuil, tournant le dos à la fenêtre. Par plaisanterie, mon mari le surnommait le petit Lord. Il paraissait en effet d'une distinction touchante dans son costume à l'anglaise, pantalon long rayé, veston noir à la taille, col amidonné et gilet gris uni. Les cheveux noirs plaqués, séparés par une raie médiane. Imaginez un peu l'effet qu'il produisait quand il marchait dans la ville attifé de la sorte ! Les autres enfants se moquaient cruellement de lui. Combien Avelino a dû souffrir de ces railleries ! Je me garderai bien de juger sa mère, qu'elle repose dans la paix de Dieu, je trouvais tout de même déraisonnable de travestir un enfant, l'exposant à la malveillance de tous les garnements de la ville. Sans doute ne se rendait-elle pas compte, à moins qu'elle ne le fît par provocation ? Feu mon mari tenait qu'elle était devenue non pas folle mais, comment dire ? quelque peu exaltée. Vers la fin, elle vivait dans un monde imaginaire où le rêve et la réalité se confondaient. Dans cet univers fantastique, elle avait attiré son fils, l'obligeant, s'il ne souhaitait pas affronter ses cris et ses larmes, à tenir son rôle de... Les mots me manquent pour exprimer ce songe de gloire et de grandeur. C'était infiniment triste, pour l'enfant surtout. Est-ce parce que nous n'avions pas pu avoir d'enfants ? Avelino, nous l'aimions, nous aurions souhaité le protéger, le tirer de ce délire. Mais il ne se laissait pas apprivoiser. L'orgueil le raidissait. Une fois ou deux, cédant à un élan de tendresse, je voulus le prendre dans mes bras. Il demeurait figé, tendu, le visage impassible. Il croyait sans doute que j'agissais par pitié, et il refusait ma compassion. La souffrance l'avait rendu méfiant Pour échapper à sa solitude, il s'évadait dans l'imaginaire, dévorant des romans que mon mari lui passait, non sans hésitation parfois, car Avelino réclamait des ouvrages bien au-dessus de son âge, des auteurs français notamment.

« Au total, fit Elisa Fonseca d'une voix mélancolique, c'était un enfant farouche, solitaire, trop vite mûri et à qui, de toute évidence, manquait l'affection d'un père. Songez qu'il n'a jamais pu parler avec le sien. Il ne se mêlait pas aux autres enfants, il ne participait à aucun de leurs jeux. Aux vacances, il restait reclus dans la grande maison, lisant ou revassant dans le jardin. Il avait eu un chien, un pékinois, que son oncle Modesto lui avait rapporté de Madrid et auquel il s'était passionnément attaché, le couchant dans son lit, le serrant dans ses bras, l'embrassant, lui parlant. Prétextant que la présence de cette bête lui donnait de l'allergie, sa mère l'obligea à se séparer de Listo, c'est le nom qu'il avait donné à son ami chien. Le malheureux Avelino ! Si vous aviez vu sa tête les jours qui suivirent ce drame. Il ne pleurait pas, il ne se plaignait pas. Mais il était devenu très pâle, avec, dans ses grands yeux noirs, une expression d'absence. En vous parlant de lui, je retrouve le sentiment d'impuissance et de pitié qu'il m'inspirait alors. J'aurais tant voulu l'aider ! Mais on ne pouvait rien pour lui. Cadenassé, inaccessible. Si seulement il avait consenti à s'attendrir sur lui-même, s'il s'était tant soit peu aimé !... Excusez-moi, je suis sotte de m'émouvoir ainsi. »

Baissant la tête, Elisa Fonseca renifla dans son mouchoir. Un temps s'écoula. Dehors, un crépuscule brumeux s'attardait, diffusant une lumière laiteuse dans le salon rempli de bibelots, de photos, d'étoffes et de napperons. Sur une commode d'acajou, une pendule de cuivre et de marbre décorée d'angelots égrena six coups. Son tintement aigrelet se prolongea longtemps dans le silence ouaté.

« C'est à la naissance d'Avelino que la rumeur enfla, reprit la veuve d'une voix lointaine. Auparavant, il y avait bien eu, de-ci de-là, des allusions, des phrases à double sens, des propos ambigus. Rien de net cependant. Un dernier barrage arrêtait la malveillance : Don Marcelino que chacun respectait. Moi-même n'avais perçu jusqu'alors qu'un murmure apitoyé : on feignait de se lamenter sur le sort de cet homme trop bon. On glissait perfidement qu'il ne méritait pas ce qui lui arrivait, sans davantage préciser. Ces allusions, ni mon mari ni moi ne les comprenions, persuadés qu'elles visaient les lubies d'Adela Costa. Les mêmes griefs, pensions-nous, ressortaient. Pas là de quoi s'émouvoir autrement. Dans nos petites cités, la malveillance paraît suivre le rythme des marées, elle grossit le matin et se retire avec la nuit, selon des lois mystérieuses. Ayant pu maintes fois observer ce phénomène, nous ne prêtâmes pas davantage attention à ce flux d'insinuations. La vague retomberait d'elle-même, croyions-nous naïvement. Il faut vous dire que mon défunt mari était un homme bon, incapable d'imaginer la malice des gens. " S'ils s'acharnent contre cette malheureuse, me répétait-il, c'est qu'ils ne la comprennent pas. " Pour moi, je voyais, je crois, les choses plus lucidement, mais l'amour que je portais à mon mari troublait mon regard : j'avais presque honte des pensées qui me venaient parfois, et je les gardais par-devers moi, de peur de froisser Eusebio, si susceptible sur le chapitre de la médisance.

« Mon Dieu, j'ai peur de vous ennuyer avec ces riens. Il y a si longtemps que je n'ai pas évoqué ces souvenirs ! En vous parlant comme je le fais, ma mémoire s'éclaire, des images que je croyais évanouies resurgissent...

— Vous ne m'ennuyez pas le moins du monde. Au contraire, je croirais entendre un roman.

— C'est exactement ce que disait feu mon mari ! s'écria Elisa Fonseca avec un regard brillant. Un roman familial, disait-il, comme en écrivait, paraît-il, je ne sais quel auteur français... Boujet, Bourget ? car mon mari lisait énormément.

« Afin que vous compreniez bien la suite, il faut que je vous dise que quelques personnes faisaient mine de s'étonner, bien avant que cette malheureuse affaire n'éclate, que le cadet vécût dans le ménage de l'aîné. Oh, rien de précis, toujours : un haussement des sourcils, un mot jeté en passant, une question faussement naïve : " Vous ne trouvez pas bizarre, vous, cette intimité entre les deux frères, alors que l'aîné est déjà marié et, qui plus est, avec une femme si séduisante ? " Longtemps, la majorité repoussa ces insinuations : Marcelino était infirme, il n'aurait pu s'occuper seul de son officine, son frère témoignait d'un dévouement rare en ne quittant pas son aîné, renonçant à tout bonheur personnel. La cause paraissait entendue : d'autant que la malveillance hésitait à s'en prendre ouvertement aux Pared, famille, je vous l'ai dit, considérable. Mais d'aucuns ne désarmaient pas : " Soit, disaient-ils, qu'est-ce qui empêche Modesto, tout en secondant son frère à l'officine, de s'installer dans un logement indépendant ? Les Pared ont des domestiques, Modesto n'a donc pas à balayer la maison de son frère ni à changer les draps de son lit. " L'argument portait. Aucune explication satisfaisante ne pouvait être donnée à cette cohabitation. Moi-même d'ailleurs... D'un ton bref, Eusebio chaque fois m'arrêtait : " Ne peut-on admettre qu'un frère aime son aîné atteint d'une infirmité incurable ? Faut-il donc que ce sentiment pur et désintéressé doive être suspecté ? "

« Pour tout vous avouer, l'argument de mon cher Eusebio ne me convainquait pas davantage qu'il ne satisfaisait la plupart. Par affection pour mon mari, je fermai les yeux et me bouchai les oreilles. En regardant Avelino, une affreuse tristesse me saisissait cependant. Un obscur pressentiment me soufflait que cet enfant fier et mélancolique savait ce qui commençait à se murmurer à voix presque haute. Je me rappelle qu'un jour, alors qu'il était assis là, devant moi, je faillis... Comment aborder un pareil sujet devant un enfant replié sur lui-même, si farouche ? Je renonçai.

« Ce qui donnait un semblant de raison aux malveillants, c'est qu'on ne voyait partout Adela que flanquée des deux frères. De plus, Modesto était un superbe garçon, haut et pâle, l'œil velouté, toujours mis avec élégance. Il avait fait des études de lettres et avait, disait-on, publié un recueil de poésies. Il jouait convenablement du violon et il était passionné fou d'opéra.

« Mon Dieu, gémit Elisa Fonseca d'une petite voix plaintive, j'ai peur que vous ne pensiez que je salis la mémoire de l'ami de monsieur votre père. Je vous prie de me croire, je les aimais tous, je les ai défendus, je reste persuadée qu'ils n'ont rien fait de mal. Ils s'aimaient, voyez-vous. Il fallait les voir le dimanche matin, à la sortie de la messe, l'air radieux.

« Quand ai-je entendu pour la première fois cette accusation infâme, je ne me le rappelle pas. Une chose est sûre : c'était cinq ou six ans après la naissance d'Avelino. Rien qu'une remarque lâchée d'un ton fielleux : " C'est incroyable ce que cet enfant peut ressembler à son oncle ! Le teint, le regard, l'allure même : on croirait voir son portrait. " De retour à la maison, je ne pus m'empêcher d'en parler à Eusebio, tant j'étais bouleversée. Levant les yeux de dessus le livre qu'il lisait, il me considéra avec gravité. " N'écoute pas, murmura-t-il. La calomnie blesse l'oreille qui la reçoit. "

« Nous vivions ensemble depuis longtemps, nous nous connaissions intimement, et je compris, au son de sa voix, qu'il portait ce soupçon en lui depuis déjà quelque temps. Peut-être depuis le jour où Adela Costa débarqua à Sangüesa, flanquée des deux frères. Dans le même moment, je reconnus que je savais, moi aussi. Nous restâmes face à face, dans cette pièce où nous sommes et où rien n'a changé depuis. Nous nous regardions sans parler. Vous me trouverez sans doute sotte : je pleurais. Ce qui provoquait ma tristesse, c'était la certitude que la meute ne lâcherait plus sa proie. Je plaignais cette femme, je plaignais son fils. Eusebio me tendit la main et me fit asseoir auprès de lui. " Nous n'avons pas le droit de juger, me dit-il en embrassant ma main qu'il tenait dans les siennes. Tout cela résulte d'une terrible erreur, d'une ironie du destin. Adela et Modesto étaient faits l'un pour l'autre, cela saute aux yeux. Tout les rapproche : leur commune passion pour la littérature et la musique, leur imagination romanesque, leurs beautés complémentaires. Ils ont probablement découvert cette affinité à leur première rencontre, quand Modesto est allé à Logroño chercher la fiancée de son aîné. Ils n'auront même pas eu à s'avouer leur passion, qui débordait leurs regards. Si Adela avait été promise à un autre que Marcelino, peut-être Modesto se serait-il enhardi à partir avec la femme aimée, fuite que leurs esprits hardis ont dû maintes fois imaginer. Mais il s'agissait de son frère, infirme par-dessus le marché, et Modesto l'aimait trop pour le trahir. N'est-ce pas une situation terrible, ma Lisa chérie ? Qui peut dire ce que nous aurions fait à leur place ? — Je comprends, répondis-je en cachant mes larmes. Que vont-il devenir, mon Dieu ? — Oh, ce sera dur sans doute, surtout pour l'enfant. Songe aux sarcasmes, aux quolibets qu'il devra endurer. Aussi, notre devoir est-il de redoubler d'affection pour Avelino. Puisqu'il nous a été refusé d'avoir un fils, considérons-le comme nôtre. "

« Vous voyez, je n'ai rien oublié. Chacune des paroles de mon cher défunt reste gravée dans ma mémoire. Après tant d'années, j'entends encore le son de sa voix. C'était un homme bon, plein de compréhension.

— Comment toute cette histoire..., murmurai-je.

— Oh, soupira Elisa Fonseca, de la façon la plus sotte et la plus cruelle, bien sûr : les piques, l'indignation feinte, les plaintes hypocrites, les regards haineux ou compatissants, les billets anonymes enfin. Au début, Adela fit bravement face à cette marée de boue, opposant le dédain aux insinuations, l'indifférence au mépris. A ce jeu pourtant, les insectes l'emportent toujours sur le fauve. Ils ont pour eux le nombre, l'obstination. Leur patiente et laborieuse cruauté finit par user les plus robustes. Adela voyagea ; on la vit à Londres, à Monaco, à Biarritz, dépensant sans compter, passant ses nuits dans les salles de jeu, fiévreuse, comme emportée par une exaltation morbide. Elle se fixa un temps à Pau, dans une belle villa qui regardait les Pyrénées. Modesto, dit-on, la rejoignit. Quelque chose s'était pourtant rompu entre eux, et ils finirent par se séparer. Au bout de trois ans, elle revint à Sangüesa, se cloîtra dans sa chambre, passa ses journées au lit, dévorant des romans et avalant toutes sortes de drogues. Elle se levait la nuit pour s'asseoir à son piano, jouant des heures durant. Elle mourut enfin, personne n'aurait su dire de quoi. De dégoût, prétendait Eusebio.

— Avelino ? demandai-je dans un souffle.

— Pour lui, fit Elisa Fonseca à voix très basse, ce fut sans doute un long calvaire. Dans la rue, les gosses le poursuivaient en l'appelant Modestito. Ils se moquaient de lui et lui montraient des cornes. Il ne se défendait pas, il ne daignait même pas répondre, passant son chemin, pâle et droit. Il avait l'air d'un spectre.

« Avant le départ de sa mère, l'atmosphère devint, dans la grande maison, oppressante. Marcelino épiait son frère, se levant dix fois dans la nuit pour écarter le rideau fermant l'alcôve de sa femme ; Adela, effrayée, surveillait son mari qu'elle soupçonnait, Dieu sait pourquoi, de vouloir l'empoisonner ; Modesto, de son côté, ne cessait de rôder, guettant l'occasion de se retrouver seul à seul avec la femme aimée. Quant à l'enfant, vous imaginez ses sentiments dans cette atmosphère de haine et de soupçon. Après le départ de sa mère, il vécut seul avec son père qui s'était mis à le détester et fixait sur lui un regard terrible. Plus tard, il envoya son fils à Pampelune, chez les jésuites, je crois, afin d'en être débarrassé, car il n'en supportait plus la vue. Ensuite, il l'expédia à Salamanque et, s'il l'avait pu, il l'aurait expédié en Patagonie.

« Dans toute cette histoire, le plus à plaindre était, il faut le reconnaître, Marcelino, qui ne s'était douté de rien, aimant son cadet de tout son cœur et véritablement fou de sa femme. Aussi, ce coup brutal le laissa-t-il assommé. Les domestiques rapportaient qu'il s'enfermait le soir dans le salon et qu'il buvait jusqu'à ce qu'il s'écroule dans un canapé, ivre mort. Il se levait brusquement et caressait le piano. Ou bien il traversait la maison en trombe, comme un dément, réveillant brutalement Avelino, le tirant hors du lit et fixant ses traits avec une expression d'horreur et de dégoût. Plusieurs fois, les domestiques durent intervenir, craignant que, dans un accès de démence, il ne tue l'enfant. On le voyait marcher dans les rues, agitant les bras et roulant des yeux. Peut-être aurait-il pu se ressaisir s'il lui avait été possible de se confier à quelqu'un, de se plaindre, de fulminer ; mais il vivait reclus dans le silence de l'infirmité, seul avec ses pensées, seul avec les images qui se déroulaient dans sa tête. De quoi perdre la raison, n'est-il pas vrai ? Mon Dieu, je ne peux penser à tout cela... Si vous le permettez, je vais préparer le souper. »

Elle s'éloigna d'un pas vif, me laissant dans le salon noyé d'ombre. Je restai un long moment immobile, réfléchissant à ce que je venais d'entendre.

Un bruit insolite me réveilla au milieu de la nuit. J'écoutai un moment avant de comprendre que la pluie grattait à la fenêtre. Je m'abandonnai à ce chuchotement, si nouveau pour moi, d'une douceur mélancolique. Je pensais au petit Avelino. Combien de nuits avait-il tendu l'oreille à ce chuintement feutré ? Je l'imaginais dans son lit, les yeux grands ouverts. L'histoire qu'Elisa Fonseca m'avait contée n'expliquait pas l'homme, certes ; au contraire, elle l'impliquait dans un univers de haine et de soupçon. Je le voyais assis à la table, face à ce père dont les yeux lui criaient sa détestation, ou encore au chevet de sa mère souffrante. Je le suivais dans les rues de cette bourgade cernée de collines boisées, poursuivi par une meute d'enfants déchaînés. A l'origine de cette vie énigmatique où je m'enlisais depuis des mois, coulait donc cette source empoisonnée. Avelino aussi avait découvert cette faille dans l'apparente harmonie du monde. Je m'expliquais également ce détail qui m'avait intrigué en consultant son dossier : le trait tiré par le scribe anonyme sous le prénom de l'oncle célibataire. Au fait de ces rumeurs, l'homme avait voulu adresser un signe à l'administration. Tout du reste s'expliquait : le choix de Salamanque, l'argent ostensiblement renvoyé à un père abhorré, la solitude et le sarcasme. L'essentiel cependant ne relevait pas de la logique mais d'un système plus profond. Avec la même donne, deux joueurs ne font pas la même partie. Pas plus que le meurtre symbolique d'Angel Linarès ne découlait de la confidence de mon père, l'exécuteur de Teruel ne se trouvait tout entier contenu dans cette bourgade frôlée par les pluies d'automne.

Je me rendormis, glissant dans un sommeil sans rêves. Plusieurs minutes s'écoulèrent avant que je m'aperçoive qu'on frappait à ma porte. Enfilant ma robe de chambre, j'allai ouvrir et découvris Elisa Fonseca, la figure ravagée et les yeux mouillés de larmes.

« Franco est mort », murmura-t-elle.

Une seconde peut-être je demeurai planté, sans réagir. Je pus enfin formuler quelques banalités : l'événement était prévisible, le Généralissime n'était après tout qu'un homme... Sans me quitter des yeux, la veuve m'écoutait en hochant la tête. Depuis la veille au soir, elle me paraissait vieillie de dix ans, les orbites et les joues creusées. La pensée me vint qu'elle avait oublié de mettre son dentier.

« Il va y avoir la guerre, marmonna-t-elle d'un ton sombre.

— Je ne crois pas. Il avait tout prévu. Il ne se passera rien, vous verrez. »

L'ayant rassurée de mon mieux, je fis ma toilette et m'habillai. La pluie avait cessé, mais le ciel demeurait menaçant, d'un gris uniforme. Dans le jardin, les arbres s'égouttaient, et leurs dernières feuilles glissaient doucement, planant avant de toucher la terre.

Dans la cuisine, je retrouvai la veuve telle que je l'avais quittée la veille, fraîche et lisse dans sa robe bleue. La radio diffusait une musique funèbre que venait interrompre la voix solennelle d'un journaliste : « Francisco Franco Bahamonde, Caudillo de l'Espagne, Généralissime de nos glorieuses armées, Guide des Espagnols, a rendu son âme héroïque à Dieu. Mort, il demeure à jamais présent dans nos mémoires. Le monde entier, frappé de stupeur, s'associe au deuil du peuple espagnol, plus uni que jamais dans le souvenir de sa grandeur. » Etait-ce la marche funèbre de l'*Héroïque* de Beethoven, le son de cette voix profonde qui détachait chaque mot, l'effet de cette rhétorique ?, je fus saisi d'une émotion étrange.

« C'est terrible », murmura Elisa Fonseca.

J'eus l'impression qu'elle s'apitoyait sur sa propre mort. Je convins néanmoins que cette disparition était en effet terrible.

Dans les rues, les gens s'assemblaient pour commenter la nouvelle. Quelques femmes pleuraient ostensiblement.

Sans difficulté, je dénichai la maison, au bout d'une ruelle qui descendait vers l'Aragon. Imposante, la façade datait à tout le moins du XVIe siècle. Un avant-toit de chêne sculpté s'ornait de têtes enturbannées. Au-dessous, des armoiries gravées dans la pierre. Tout au fond du vaste porche, un escalier monumental s'arrachait, flanqué d'une rampe de pierre. Un lion dressé sur ses pattes arrière veillait au pied de la première marche. Prolongeant la façade en direction de la rivière, un mur, de soutènement sur une hauteur d'environ trois mètres, de clôture au-dessus, cachait un jardin dont on apercevait les plus hautes branches des arbres.

Venant du fond du porche, une petite femme courbée s'approcha, m'observant avec curiosité. La saluant d'un vague sourire, je continuai de contempler la façade. Elle m'expliqua qu'il s'agissait de l'un des plus anciens palais de Sangüesa, construit entre 1487 et 1494. Elle s'exprimait sur ce ton monocorde des guides récitant des textes appris par cœur. Je feignis un étonnement admiratif. Elle me déclara qu'elle pouvait me montrer l'intérieur, si j'en avais le désir. La remerciant, je la suivis.

Quand elle eut repoussé les volets de bois plein, la lumière éclaira une suite de salons aux dimensions impressionnantes, tendus de tapisseries. Sur les plafonds, d'énormes poutres de chêne dessinaient des damiers ; dans les caissons, des personnages mythologiques se contorsionnaient bizarrement sur un fond d'azur. La vieille se lamenta de cette voix endolorie que les Espagnols adoptent pour récriminer contre l'incurie de l'administration : classé monument historique, les sommes prévues pour la restauration et l'entretien du palais n'avaient pas, depuis sept ans, été débloquées, si bien que tout se détériorait insensiblement ; la toiture était percée et il pleuvait dans les greniers. Bientôt, les fresques seraient abîmées. J'écoutai ses plaintes en l'assurant de ma compréhension.

Toutes les pièces se suivaient en enfilade sur la façade ouverte sur le jardin ; au fond des deux dernières, quatre alcôves fort spacieuses, garnies de rideaux de velours de Gênes, chacune renfermant un lit à baldaquin.

« Y a-t-il longtemps que le palais est inhabité ? demandai-je.
— Pour sûr. Depuis la guerre, avant même...
— Les propriétaires étaient certainement des nobles.
— Nobles ? Particule de pesetas, oui ! C'était le pharmacien du village, un infirme. Il avait tout salopé. Les meubles que vous voyez, ils viennent d'un peu partout, des musées. Sauf les lits.
— Ces gens n'avaient-ils donc pas de chambres ?
— Mais non. On fermait les rideaux, voilà tout. Les alcôves du premier salon étaient celles de l'infirme et de sa femme, une toquée qui se prenait, à tout le moins, pour la reine d'Angleterre et qui ne supportait pas la lumière du jour, passant ses journées au lit, fumant et lisant des romans. Au beau milieu de la nuit, elle se mettait au piano, même que mon mari s'en plaignait. C'est qu'il travaillait, lui. Il avait tout de même droit à un peu de repos, après dix heures d'atelier. Il travaillait dans une scierie, mais elle, bien sûr, se fichait que mon mari soit épuisé. Les riches, ça ne pense guère à la fatigue des pauvres. Là-bas, dans les deux autres alcôves, l'oncle et le fils dormaient. Des gens bizarres, je vous le dis. On prétend que le fils n'était pas l'enfant de son père mais de l'autre, le Modesto, car la femme couchait avec les deux. On la comprend dans un sens, vivre avec un infirme, ça ne doit pas être bien drôle. Enfin, tout ça, c'est des racontars ; personne n'a été dans leur lit pour voir, hein ? Regardez, tout se dégrade, la moisissure s'installe. Que voulez-vous ? On ne me paie pas pour entretenir cette baraque. Je fais ce que je peux. Même le jardin : on ne distingue plus le tracé des allées. C'était pourtant le plus beau jardin de la ville, peut-être même de la province. On venait le visiter de loin. Le pharmacien avait la passion des plantes et il en faisait venir de partout, d'Angleterre même.
— Puis-je y faire quelques pas ?
— Si vous voulez, grogna-t-elle, l'air mécontent. Il n'y a plus rien à voir, surtout en cette saison. Moi, je vous attends ici. J'ai des rhumatismes aux pieds et l'humidité ne me vaut rien. »

Lentement je traversai le jardin abandonné, plus vaste qu'on ne l'aurait cru en regardant le mur depuis la ruelle. Tout au fond, sur un mur recouvert de lierre vert, une niche contenait la statue d'une déesse, une Vénus probablement, gracieusement déhanchée, la tête penchée. Je me demandai si, en l'installant, le pharmacien sourd-muet avait pensé à Adela. A moins que la statue se trouvât là depuis bien avant l'arrivée des Pared dans la ville. Je m'enfonçai à droite dans une étroite allée qui sinuait parmi des arbustes, certains à feuillage persistant. L'herbe était mouillée, une odeur de pluie, violente, montait de la terre détrempée. Une roseraie délaissée couvrait une surface de trois mille mètres environ, une pergola et des arceaux supportaient sans doute les grimpants. De ce côté, le jardin surplombait l'Aragon qui serpentait paresseusement dans la vallée. Me retournant, j'examinai la façade. Cinq portes-fenêtres cintrées donnaient accès à une large terrasse ceinte d'une balustrade à colonnes d'où, par un large escalier de cinq marches, on descendait au jardin. J'essayais d'imaginer Avelino assis sur un banc, un livre entre les mains, plongé dans ses rêves. Une musique mélancolique se levait soudain, s'échappant par les portes-fenêtres grandes ouvertes. L'enfant délaissait sa lecture pour écouter, fixant, comme moi-même, la façade. Aimait-il ou détestait-il cette mère qui était la cause de sa solitude et de ses souffrances ? Qu'éprouvait-il pour cet oncle séduisant dont on le disait le fils ? Plaignait-il ou haïssait-il son père infirme ? A ces questions je ne trouverais sans doute jamais de réponse, Don Avelino lui-même se rappelait-il encore l'enfant qu'il avait été ? Je scrutais le décor. Dans ce jardin délaissé et frissonnant, dans ce palais à l'abandon, reposait, je le devinais, une part du secret de cet homme que je n'avais jamais vu, que je connaissais cependant mieux que je n'avais connu mon père ou ma femme. Un homme auquel, mystérieusement, je me sentais lié.

Rebroussant chemin par une allée latérale qui suivait le mur au-dessus de la rivière, je découvris un verger, du moins ce qu'il en restait, une cinquantaine de fruitiers retournés à l'état sauvage.

De retour à la maison, j'offris un pourboire à la vieille, qui l'empocha prestement en me demandant si j'avais entendu la nouvelle. Je répondis que oui.

« C'est la fin », commenta-t-elle d'un ton détaché.

Dans ses yeux très noirs et menus, je décelai une lueur de joie haineuse. J'en conclus que la mort de Franco n'avait pas dû l'affliger beaucoup. Sans doute avait-elle ses raisons de haïr le Généralissime. Je me demandai lesquelles. Avec ou sans Franco, sa vie resterait ce qu'elle était.

16

Le car me déposa devant la gare de Saragosse à onze heures trente, juste à temps pour le train de midi vingt en direction de Huesca.

Au moment du départ, je constatai avec soulagement que personne ne s'installait dans mon compartiment. Je me sentais fatigué, j'aurais mal supporté une promiscuité peut-être bruyante. Appuyant ma tempe droite contre la vitre, je me laissai bercer par le rythme saccadé des roues martelant les rails. Des faubourgs monotones défilaient : usines, entrepôts, maisonnettes de brique cernées de jardinets utilitaires, vastes ensembles d'immeubles rectangulaires. Regardant sans voir, je repensais aux quatre jours passés à Sangüesa. Je revoyais le salon douillet d'Elisa Fonseca, la petite pendule décorée d'angelots qui, sur la commode, sonnait les heures et les demis avec un tintement acide ; le visage net de la veuve, ses yeux bleus pleins d'une gaieté malicieuse ; le vaste palais tourné vers son jardin à l'abandon, envahi d'herbes folles. Ces images me procuraient un sourd malaise, qui aggravait ma fatigue. Ce voyage ne m'avait rien révélé d'essentiel sur l'homme que j'allais dans moins d'une heure rencontrer. Les vieilles pierres gardaient leur secret, ajoutant seulement quelques ombres moisies au portrait de Don Avelino, tel qu'il se formait dans mon esprit. Les événements ne font pas les caractères : ils les dévoilent. Le roman familial qu'Elisa Fonseca m'avait narré n'expliquait pas le personnage. Vécue par un autre, cette enfance aurait produit un caractère larmoyant et mélancolique. La vérité d'un homme, si cette vérité existe, il conviendrait peut-être de la chercher dans ses rêves. Ce que je savais de Don Avelino était à la fois beaucoup et presque rien. Le portrait se dégageait mal de la pénombre où il baignait. Plus les événements de sa vie me devenaient transparents, plus l'énigme s'épaississait, et plus aussi je me désintéressais du modèle. Approchant de Huesca, j'aurais dû, pensais-je, éprouver une curiosité intense, un frémissement d'impatience. Or, je ne ressentais qu'une indifférence teintée de lassitude. Ce détachement m'intriguait, m'inquiétait presque. L'idée me vint que le secret que je poursuivais avec tant d'acharnement depuis plus de deux mois, depuis que mes yeux avaient rencontré, au fichier de Murcie, ce visage long et triste, l'idée me vint que ce secret reposait peut-être au-dedans de moi-même.

Insensiblement, le paysage avait changé. Une plaine monotone, d'un gris crayeux, s'étendait à perte de vue, coupée de collines isolées aux sommets bizarrement aplatis, comme des pyramides tronquées. Pas un arbre à l'horizon. Une herbe basse, rêche et grisâtre, tapissait le sol. D'étroits canaux où courait une eau trouble suivaient la voie ferrée. « Plan de Développement de l'Agriculture et de l'Irrigation » proclamaient des panneaux ornés des cinq flèches de la Phalange. Comme tant d'autres projets grandioses, ce plan avait probablement avorté : les canaux se perdaient dans l'infini de ce paysage lunaire.

Au-dessus de cette toundra, le ciel était très haut, décoloré. Pas une maison à l'horizon. Rien que ce vide hérissé de collines lunaires.

Je m'assoupis, m'éveillant à l'arrêt du train. Sur le quai, des voyageurs marchaient d'un pas pressé, portant leurs bagages. Enfilant mon imperméable, je quittai le wagon. Une brise sibérienne cingla mes joues. Un instant, je restai immobile sur le quai, regardant si le service n'aurait pas dépêché quelqu'un pour m'accueillir, puisque j'avais téléphoné de Saragosse pour annoncer mon arrivée. Après une courte attente, je saisis mes valises et marchai vers la sortie.

La gare, un bâtiment de brique rectangulaire, datait de la fin du XIXe. Elle semblait déserte.

Les derniers voyageurs s'éloignèrent, et il ne resta bientôt dans le hall d'attente qu'un personnage inquiétant, coiffé d'une casquette à visière et vêtu d'un uniforme de velours côtelé marron, le bagagiste, supposai-je. Debout près de la porte, sous une affiche invitant à visiter la vallée d'Ordesa, il fumait une cigarette, l'air blasé. Il ne devait guère mesurer plus d'un mètre cinquante-six ou sept, une bosse haussait son épaule gauche ; borgne, son œil droit, blanc et vide, créait une sensation de malaise. Une barbe grisâtre obscurcissait le bas d'un visage chiffonné, creusé de rides. A cause de la dissymétrie de son œil mort et de sa bosse, il donnait l'impression de pencher des deux côtés à la fois. Détournant mon regard de ce personnage répugnant, j'allai jusqu'à la porte avec l'espoir de trouver un taxi.

« Trouverez pas », grommela l'affreux gnome d'un ton de satisfaction hargneuse.

Sa voix de basse à l'accent rauque me surprit désagréablement. Me tournant vers lui, je hasardai, m'efforçant de cacher le dégoût qu'il m'inspirait :

« Il y a peut-être moyen d'en appeler un par téléphone ?

— Pouvez essayer, fit-il sans bouger, dardant sur moi son œil valide, étroit et rusé. A cette heure-ci, ils mangent.

— La loi pourtant les oblige à assurer une permanence, lâchai-je, agacé.

— Possible, marmonna-t-il en jetant son mégot qu'il écrasa du pied.

— Le centre est loin ? demandai-je, décontenancé.

— Un kilomètre six, exactement. Deux cinq jusqu'à l'hôtel de la police.

— Comment savez-vous que c'est là que je vais ?

— Vous êtes pas flic ?

— Inspecteur, oui. »

Une sourde colère me gagnait. Dans l'attitude ironique du nabot, je décelais une volonté de provocation. Une lueur dédaigneuse brillait dans l'œil valide, d'une couleur d'huître. Me raisonnant, je parvins à me dominer. Après tout, pensai-je, le nabot n'était pas responsable de sa disgrâce.

« Si ça vous dit, je peux vous trouver une voiture. Ça vous coûtera quatre cents pesetas, tout compris.

— C'est interdit, fis-je d'un ton rageur.

— Comme vous voulez. C'était pour vous dépanner. »

Il avait jeté sa proposition du même ton de mépris, sans bouger ni me quitter de son œil trouble. J'allais refuser quand je me ravisai, comprenant que je me trouvais à sa merci. Si je lui criais, comme j'en avais le désir, de déguerpir, il me faudrait me coltiner mes deux grosses valises près d'une heure, par un froid hivernal.

« D'accord, maugréai-je. Mais c'est illégal. Ça sera long ?
— Pas trop », fit-il en s'écartant du mur.

Je le regardai s'éloigner, l'épaule droite très basse, donnant l'impression qu'il allait s'écrouler.

Dix minutes plus tard, une Renault s'arrêtait devant la gare et le nabot en descendait. Sans se presser, il porta mes valises jusqu'à la voiture et toucha négligemment sa casquette en empochant son pourboire. Mécontent de moi-même, je me glissai sur la banquette arrière et la Renault démarra, suivant une avenue bordée de garages, de postes d'essence, de magasins de meubles. Sous le ciel blanchâtre, ce faubourg fait d'immeubles de briques noircies avait un aspect sinistre.

Au bout de l'avenue, une place d'où partaient deux rues : l'une, en face, bordée d'immeubles juchés sur des arcades ; l'autre, à gauche, qui longeait un palais tarabiscoté précédé d'un escalier monumental menant à une terrasse circulaire, ceinte d'une balustrade de fines colonnes. Un dôme de verre coiffait le bâtiment qui s'ornait d'une profusion de décorations de stuc.

« Le casino, expliqua le chauffeur. Fermé. Doivent le restaurer à c' qu'on prétend. C'est pas demain la veille. »

Je m'abstins de faire le moindre commentaire. Nous roulions le long d'un jardin public ceinturé d'un muret surmonté d'une grille. De l'autre côté de la rue, j'aperçus des villas cossues, entourées de jardins. Nous débouchâmes enfin sur un terrain dégagé, planté d'arbres et orné de pelouses mangées de gale. Entourant ces jardins anémiques, des bâtiments administratifs datant de la première décennie du régime et construits dans le style traditionnel, brique et pierre mêlées. Cette architecture prestigieuse dont beaucoup se gaussaient à présent, ne voulant y voir qu'une prétentieuse imitation, avait mieux vieilli que les constructions d'une conception plus moderne, la patine conférant à ces copies orgueilleuses la dignité des reliques. Plus nobles, les matériaux résistaient mieux à l'usure du temps. Avec un peu plus de recul, on finirait par oublier de quelle volonté de puissance ces palais témoignaient et on les confondrait avec les vestiges des siècles passés. Dans une certaine mesure, ils paraissaient déjà hors du temps, figés dans une éternité majestueuse. Seules les statues d'athlètes musclés, sur leurs socles, mettaient une note de ridicule dans l'ensemble.

Après avoir réglé le prix convenu, je pénétrai dans un hall immense, dallé de marbre blanc. Dans une cage de verre, un garde gris, affalé dans un fauteuil, lisait son journal. J'attendis une minute qu'il daigne s'apercevoir de ma présence, mais il ne broncha pas, poursuivant sa lecture. Personne ne passait dans le hall, empli d'un silence angoissant. Déclinant mon identité, je demandai au planton à quel étage se trouvait la brigade criminelle, et, bondissant et coiffant sa casquette, le garde m'indiqua le troisième, ajoutant que je n'y trouverais personne, ces messieurs étant tous partis déjeuner.

« Je devais me présenter au directeur de la Sûreté, Don Avelino Pared, dis-je d'un ton distrait.

— Je ne l'ai pas vu descendre. Montez à tout hasard. Bureau 328, au fond du couloir à droite.

— Puis-je laisser mes valises ici ?

— Bien entendu, inspecteur. Je vais les rentrer dans la loge. »

Le remerciant, je me dirigeai vers l'ascenseur, suivi par l'écho de mes pas qui résonnait dans cette galerie démesurée.

Au troisième, je cherchai en vain le bureau 328. J'allais redescendre quand j'aperçus une porte entrouverte et, au fond d'une pièce longue et étroite, un homme assis derrière un bureau, son visage caché derrière ses paumes. Tombant d'une fenêtre placée à sa gauche, la lumière éclairait un crâne dégarni, parsemé de touffes de cheveux gris. J'attendis un moment, sans bouger, puis toussai pour signaler ma présence. Ecartant les mains, l'homme releva la tête et me dévisagea. Quelques secondes, je demeurai frappé de stupeur, n'osant pas reconnaître ce visage creusé de rides. Nul doute possible cependant : ces yeux mornes, cette grande bouche encadrée de deux plis qui rejoignaient le menton en galoche : c'était bien lui mais vieilli de trente ans. Je m'aperçus que ma mémoire conservait l'image d'un homme dans la force de l'âge, celle que les photos du dossier m'avaient révélée. Mon esprit hésitait devant ce

vieillard qui, sans bouger, me considérait d'un air indifférent.
« Inspecteur Santiago Laredo, muté de Murcie. »

Lentement, Don Avelino se leva, déployant un corps haut et maigre. Dans le même temps, les lèvres s'écartaient sur un sourire d'une séduction presque féminine, qui me désarçonna.

« A la bonne heure ! fit-il en s'avançant vers moi, la main tendue. Je suis content de vous voir. Je vous attendais depuis déjà quelques jours. Quand vous avez téléphoné, j'ai pensé que vous passeriez par ici et j'ai décidé de rester pour vous souhaiter la bienvenue. Avez-vous fait un bon voyage ?

— Excellent, merci. En arrivant, j'ai eu du mal à trouver un taxi, d'où mon retard que je vous prie d'excuser.

— Nous ne disposons dans le service que de trois véhicules, en assez mauvais état au demeurant. J'ai dû interdire qu'on les prenne en dehors du service, dit-il d'une voix chuchotée en retirant sa main, étrangement molle et glacée.

— Je disais cela sans la moindre arrière-pensée. Simplement, il n'y avait pas de taxi. Si un affreux nabot ne s'était pas trouvé là...

— Gatito ? » questionna-t-il en élargissant son sourire.

Et, voyant mon air surpris :

« On l'appelle ainsi parce qu'il a la passion des chats, recueillant tous ceux qu'il trouve errant à l'abandon. Curieux personnage, n'est-ce pas ? Son physique ne prévient pas en sa faveur, je le concède, mais il est inoffensif. Asseyez-vous, je vous prie. »

Tout en parlant, il m'entourait, m'enveloppait, me frôlant, touchant mon coude. J'observai qu'il se tenait voûté, les épaules affaissées, comme c'est souvent le cas des hommes grands, qui souffrent peut-être de leur taille. La bouche affichait le même sourire de tendre séduction, qui adoucissait l'amertume des plis aux commissures des lèvres. J'essayai de me rappeler tout ce qu'on m'avait rapporté de son regard, m'efforçant de retrouver le malaise ressenti en contemplant ses photos : seule l'extraordinaire noirceur des prunelles me surprenait, sans que j'y lise ni froideur ni dédain, au contraire. J'étais touché de l'affabilité de son accueil, ému des égards qu'il me montrait.

« Après Murcie, notre cité vous semblera bien terne. J'ai bien peur que vous vous ennuyiez parmi nous. Heureusement pour les habitants de Huesca et malheureusement pour vous, il ne se passe presque rien ici : quelques menus larcins, un cambriolage de temps à autre. Nos voyous sont de braves garçons. »

Debout près de moi, il appuyait sa main sur mon épaule, en un geste d'affectueuse complicité. Il portait une veste de tweed élimée, un pantalon de flanelle grise, un pull-over en V de la même couleur et, sur une chemise de soie bleue, une cravate rayée. Négligée, sa tenue n'en conservait pas moins un air d'élégance, très chic anglais selon l'expression de Baza. Une odeur indéfinissable émanait de sa personne : un mélange d'huile rance et de lavande.

« Remarquez, ajouta-t-il sans quitter son sourire dont je me sentais enveloppé, vous avez de la chance : un crime a été commis à Huesca, le premier depuis dix ans. Un événement en quelque sorte.

— Un crime ? fis-je, intrigué.

— Je vous raconterai ça. Une affaire sordide et banale probablement. Avez-vous déjeuné ? Parfait, je vous invite. J'espère que vous n'avez pas réservé dans un hôtel ? Il y en a deux dans la ville, également médiocres. Je vous conduirai chez une dame qui loue une chambre dans son appartement. Vous y serez très bien soigné, pour un prix modique. Vous aurez ainsi tout le temps de dénicher un logement convenable. Votre femme va venir vous rejoindre, je présume ? Elle devrait se plaire parmi nous, si la vie d'une paisible ville de province ne l'effraie pas. Avec un peu de bonne volonté, on peut mener à Huesca une existence fort agréable. La montagne n'est pas loin, pour ceux qui l'aiment. Vraiment ? Vous m'en voyez ravi. »

Il continua de bavarder en m'entraînant vers l'ascenseur. Une fois dehors, il passa familièrement sa main sous mon bras, se penchant pour me parler. A pied nous traversâmes le parc municipal, qui offrait un aspect négligé, comme c'est trop souvent le cas en Espagne. Distraitement, je répondais aux questions de Don Avelino sur mes enfants, ma carrière, mes supérieurs à Murcie.

« Ainsi, Don Anastasio m'adresse ses salutations ? Bien

aimable à lui. D'autant que je ne lui ai jamais caché le peu d'estime où je le tiens. Un excellent homme assurément, d'une parfaite urbanité. J'ai néanmoins peu de goût pour les policiers de salon. La politique et la police font rarement bon ménage, mon cher Laredo. Partagez-vous cette opinion ?

— Certainement. Je n'entends rien à la politique.

— Parfait, parfait, je sens que nous sommes faits pour nous entendre. Vous regardez le casino ? Surprenante pâtisserie, n'est-ce pas ? Après la guerre, il a servi d'hôpital militaire pour les grands blessés et les invalides. Tout le jour, on voyait ces malheureux assis au soleil, sur la terrasse, dans leurs uniformes miteux, observant d'un œil morne le mouvement de la foule. Leur présence finissait par déranger : elle rappelait de mauvais souvenirs. Alors, on les a exilés dans un faubourg éloigné, derrière la gare, où ils n'incommodent plus personne. Avez-vous remarqué avec quelle déconcertante facilité l'homme réussit à oublier ce qui dérange son confort ? Bientôt, quand vous évoquerez la guerre, les gens vous fixeront d'un air ébahi : " De quelle guerre parlez-vous donc ? " Ils commencent d'ailleurs déjà à effacer leurs souvenirs, se découvrant une furieuse et très ancienne passion pour la démocratie. Cette amnésie est un phénomène des plus curieux à observer. »

Tout en devisant, nous avions atteint la Grand-Rue et marchions sous les arcades, fouettés par un vent aigre et glacé.

« Un climat exaspéré mais tonique, observa Don Avelino en me pressant le coude. On étouffe l'été, on gèle l'hiver. Heureusement, il y a l'automne. On s'habitue, vous verrez. Demain peut-être le vent sera tombé et nous nous réveillerons dans une sorte de printemps, immobile et tiède. Ces sautes d'humeur rompent la monotonie du cycle. Habitués à ces extrêmes, les Aragonais sont gens robustes, dotés d'une étonnante résistance. Frustes sans doute, même bornés, ce qui d'ailleurs les retient de s'envoler au moindre souffle. Je goûte fort leur caractère. »

Nous croisions une foule de jeunes qui marchaient par groupes en direction du casino et du parc. Résonnant sous les arcades, leurs voix faisaient un vacarme affreux. Nous devions ralentir notre marche pour nous frayer un passage au milieu de cette marée vociférante. Avec étonnement, j'écoutais la rudesse de l'accent qui martelait chaque syllabe, rompant la mélodie de la phrase.

Au bout de la rue, sur la gauche, le restaurant " Rumbo " était installé dans un sous-sol. Suivant Don Avelino, je descendis quatre marches et pénétrai dans une vaste salle à l'atmosphère feutrée. Dans les glaces fixées dans les boiseries, les banquettes de velours grenat, les baguettes de cuivre courant au-dessus des dossiers, les tables recouvertes de nappes blanches empesées, les plantes vertes dans des jarres de faïence bleue, les parquets marquetés se dédoublaient, élargissant l'espace. Dans le fond de la salle, à gauche, une petite femme blonde trônait derrière un pupitre de chêne sculpté. Apercevant Don Avelino, elle le salua d'un sourire auquel il répondit par un geste furtif de la main.

Un silence ouaté nous accueillit, à peine troublé par le tintement des verres et des assiettes. Un léger murmure faisait vibrer l'atmosphère. On aurait pu se croire au tout début du siècle, dans un roman de Perez Galdos. Dans leurs chemises amidonnées et leurs vestons à la taille, de longs tabliers cachant leurs jambes, les serveurs, pour la plupart d'un âge respectable, contribuaient à créer l'illusion d'un univers miraculeusement préservé.

« J'aime cet endroit parce qu'on peut y parler sans forcer la voix, murmura Don Avelino en serrant la main d'un maître d'hôtel haut et corpulent, au teint rubicond. Je te présente l'inspecteur Laredo. Alfredo, un maître d'hôtel comme on n'en fait plus. »

Je serrai moi aussi la main d'Alfredo qui nous guida vers une table au fond de la salle, près d'une lucarne ouvrant sous les arcades. En levant la tête, on voyait défiler des jambes.

La carte me parut impressionnante. Se penchant vers moi jusqu'à me frôler, Don Avelino pointa son doigt sur la liste des plats :

« Je vous recommande le turbot, si vous aimez le poisson, ainsi que les tripes à la madrilène. »

Soulagé de n'avoir pas à choisir, j'acceptai sa suggestion. Je m'adossai à la banquette, promenant mon regard sur la salle, emplie presque exclusivement d'hommes, âgés pour la plupart. Depuis le moment où Don Avelino s'était avancé vers moi, la main tendue et le sourire à la bouche, j'éprouvais une sensation étrange : me laissant guider, suivant docilement le directeur, j'avais l'impression de redevenir un adolescent que son père sort un jeudi du pensionnat. Je n'aurais su dire ce qui me causait cette impression. La sollicitude affectueuse dont je me sentais entouré peut-être, ou cette façon qu'avait Don Avelino de presser mon coude, de me tenir par le bras, ou encore le son amical de sa voix sourde, la chaleur de son sourire, cette manière délicate mais ferme dont il usait pour décider à ma place, se souciant de mon logement, choisissant les mets que je devais manger. Rien de pressant dans son attitude, nulle trace d'autoritarisme : une attention bienveillante à laquelle on ne songe pas à résister, tant elle semble naturelle, évidente même. De me sentir l'objet de cette prévenance me causait un sentiment de gratitude émue auquel se mêlait un vague remords. Car ce vieil homme affectueusement incliné vers moi, remplissant mon verre d'un vin dont il me vantait la jeunesse allègre et vigoureuse, je l'avais trahi, fouillant dans son passé, exhumant ses plus intimes secrets. Pour un peu, je lui aurais fait mes excuses. D'un autre côté, ces marques de sollicitude m'embarrassaient. La pensée me venait par moments qu'il en rajoutait, comme s'il poursuivait, en me séduisant, un projet mûrement réfléchi. Je ne disposais bien entendu pas du moindre indice pouvant étayer ce soupçon dont je rougissais et que je m'empressais d'écarter, tant il me semblait absurde. L'impression cependant persistait, me laissant un léger malaise. Malgré son amabilité, quelque chose en lui me déplaisait.

Sans lui demander ce qu'il désirait, Alfredo lui avait apporté une grillade accompagnée d'une laitue que Don Avelino mangeait lentement, en s'appliquant à mâcher chaque bouchée, comme s'il devait se faire violence pour avaler la moindre nourriture. Inquiet, il se courbait, plongeant presque son nez allongé dans mon assiette :

« Ça vous plaît ?

— Très bon, merci.

— Parfait. Le chef est d'ailleurs excellent. »

En quelques mots, il me brossait un portrait de la ville, la divisant en cinq quartiers ayant chacun sa physionomie propre :

la vieille cité juchée sur la butte, autour de la cathédrale gothique, toile serrée de ruelles sinueuses où, dans des logis étroits et dépourvus de confort, s'entassait une population de fonctionnaires, d'artisans et de petits commerçants. Le Corso, large avenue ceinturant la vieille ville en suivant le tracé des anciennes fortifications ; là se trouvaient les banques, les cinémas, le théâtre municipal ainsi que deux églises fréquentées par la bonne société. Pour la plupart, les immeubles dataient du règne d'Isabelle II, quand la spéculation immobilière avait secoué tout le pays. Longtemps, la bourgeoisie avait habité ces immeubles robustes, avant de céder la place à la classe moyenne pour se fixer autour du parc municipal, dans ces villas que j'avais aperçues en arrivant. Le quartier de Saint-Laurent, derrière le Bas Corso, fait de boyaux sinistres où se cachaient les quelques établissements louches de la ville. Enfin le faubourg ouvrier, autour de la gare, guère étendu puisque Huesca ne comptait que deux fabriques employant chacune une centaine de personnes.

« Il n'y a guère de chance, vous en conviendrez, qu'un jeune inspecteur trouve ici l'occasion de se distinguer. Huesca est une voie de garage, l'antichambre de la retraite. Mais vous ne moisirez pas parmi nous, je vous le promets.

— Vous m'aviez parlé d'un crime ? questionnai-je, saisissant l'occasion.

— Ah, oui. Un homme qui a été retrouvé mort dans le cimetière, à deux kilomètres de la ville. Etranglé. Pas le moindre papier sur lui, rien qui permette de l'identifier.

— Un règlement de comptes ? hasardai-je.

— De quel compte ? fit-il avec causticité. La pègre locale sait tout juste compter jusqu'à cent. Non, l'hypothèse que certains avancent est qu'il s'agirait d'une affaire de mœurs. La victime pourrait être un touriste, tué et dévalisé par un jeune voyou faisant commerce de ses charmes intimes. »

Cette hypothèse, il l'avait énoncée sans grande conviction, me sembla-t-il. Son regard morne restait bizarrement attaché sur mon assiette, comme pour s'assurer que je mangeais tout.

« Dans un cimetière ? ne pus-je m'empêcher de demander.

— Vous mettez le doigt sur le détail qui, à mon sens, ruine cette hypothèse. Sans doute ces messieurs affectionnent-ils les endroits écartés et peu éclairés. Mais la trouille les empêcherait de se rendre à trois kilomètres de la ville, parmi les tombes. Des vertus qu'on pourrait prêter aux pédés, je ne pense pas que l'héroïsme soit la plus vraisemblable. Rien n'interdit, bien sûr, de penser que nous sommes tombés sur le seul héros de la corporation, mais j'en doute.

— Mais votre opinion à vous, Don Avelino ? »

De la main il fit un geste vague avant de murmurer :

« Je m'interdis d'avoir une opinion. C'est avec des opinions qu'on commet les pires erreurs. J'attends des faits : l'identité du mort, par exemple.

— Vous espérez réussir à l'identifier ?

— Pourquoi pas, mon cher Laredo. Cet inconnu venait bien de quelque part, il avait une raison de s'arrêter à Huesca, il a sans doute laissé des traces de son passage dans les endroits qu'il a traversés. Pour peu qu'on se donne la peine, on finit toujours par connaître ce que l'on désire savoir, ne pensez-vous pas ? »

Fusant de ses prunelles noires, une lueur m'atteignit qui me laissa quelques secondes chancelant, comme si j'avais reçu une gifle. Sans motif, je me sentis rougir. Quand je relevai les yeux, je ne lus rien dans son regard éteint. Peut-être avais-je rêvé ?

Comment, de cette affaire, Don Avelino passa à des considérations générales sur la police, cela m'échappa. Je me trouvai bientôt à l'écouter discourir.

« A Caïn, Javeh ne pose qu'une question : " Qu'as-tu fait de ton frère ? " Question exemplaire, qui les contient toutes. Les naïfs s'imaginent en effet que la police interroge pour découvrir la vérité. Mais, mon cher Laredo, comment découvrirait-elle la vérité, si elle ne la possédait pas ? Il peut arriver, il est arrivé à Colomb de découvrir l'Amérique en croyant avoir trouvé les Indes, qu'il était parti chercher. Dans la police, ces erreurs de navigation sont rares et d'ailleurs à déconseiller. Mieux vaut s'en tenir à ce que le premier policier de l'Histoire, Javeh, nous enseigne : questionner sur ce que l'on sait déjà. C'est aussi cette sagesse que les inquisiteurs, modèles de toutes les polices, pratiquaient en interrogeant les suspects assis sur l'orthodoxie. N'oubliez pas ceci, mon cher Laredo : la police, avant que d'êre une institution d'ordre, est une orthodoxie. Le dogme, voilà son fondement.

« Cela, le profane le sent d'instinct, remarquez. Ce qui assure le succès des romans policiers, ce n'est nullement l'intrigue, les péripéties, c'est la complicité entre l'auteur et le lecteur. Un jeu assez subtil qui repose sur la confiance. Si le lecteur n'avait pas la conviction que l'auteur, par le truchement du détective ou du commissaire, possède, dès avant le commencement du récit, l'exacte connaissance des faits, il fermerait le livre. Ce qui maintient son intérêt, c'est en effet le dévoilement progressif d'une vérité cachée et pourtant évidente. Voyez-vous, on ne découvre jamais un criminel, on le confond, c'est-à-dire qu'on le contraint à coïncider avec un acte qui lui a en quelque sorte échappé. Dans toute enquête, le postulat initial demeure : la vérité est déjà connue mais cachée dans le chaos des circonstances et des détails. Point d'émotion sans cette obscure certitude que tout se trouve à portée de la main, dans la trame du récit. Ainsi s'explique la fascination que la police exerce, ce mélange d'attirance et de répulsion : c'est qu'elle incarne l'aveuglement et la clairvoyance de la conscience, qui feint d'ignorer ce qu'elle sait.

« Rappelez-vous la question de Javeh. Il ne dit pas à Caïn : " Je sais que tu as tué ton frère, je t'ai vu l'assassiner. " Non, Il lui demande : " Qu'as-tu fait de ton frère ? ", et Il matérialise un œil qui poursuit partout le criminel en fuite, exaspérant son remords, l'acculant à la folie. Cette question, cet œil, c'est toute la police, mon cher Laredo. La question : ne trouvez-vous pas significatif que le mot ait, durant de longs siècles, été synonyme de torture ? Car Javeh torture Caïn, n'est-ce pas ? Il aurait pu le foudroyer, l'anéantir. Mais non. Il s'acharne sur lui. Il le précipite dans le délire, troublant son sommeil, hantant ses rêves, sans lui accorder le moindre répit. Torture propre, sans violence physique, d'un raffinement sublime : un œil grand ouvert suffit à ronger la vie du meurtrier, une question indéfiniment répétée le jette dans le désespoir.

« Avez-vous lu *Œdipe,* mon cher Laredo ? Ce malheureux s'obstine à poser des questions, malgré les avertissements et les mises en garde du chœur qui le supplie de n'en rien faire. Mais, lui, par souci d'honnêteté, veut savoir ce qui tue ses sujets, quel est l'homme dont les crimes engendrent ce fléau qui décime les habitants de la Cité. Il s'entête, poursuivant sa quête. Vous connaissez la fin de l'histoire : Œdipe se crève les yeux. L'œil et la question, toujours. »

En parlant, il avait allumé une cigarette qu'il tenait entre l'index et le médium. Derrière la fumée, son visage s'effaçait. Je ne distinguais que le regard figé, d'une opacité profonde. J'écoutais ses propos, me demandant où il voulait en venir et s'il pensait sérieusement ce qu'il disait.

« Un point m'a toujours intrigué dans la manière dont Javeh conduit l'affaire Caïn-Abel, reprit-il avec un sourire d'ironie. Fichier universel d'une infaillible rigueur, Javeh connaissait les intentions du meurtrier, Il savait le jour et l'heure où Caïn tuerait son frère. Rien ne l'empêchait de matérialiser l'œil quelques secondes avant l'attentat, posant la question : " Que vas-tu faire de ton frère ? " Le résultat, me semble-t-il, aurait été le même : affolé, Caïn se serait enfui. Or, Javeh laisse s'accomplir le crime. N'est-ce pas troublant ? Qu'en pensez-vous, mon cher Laredo ?

— Je suppose, fis-je distraitement, que, connaissant Caïn, Dieu savait que la jalousie et la haine dont son cœur débordait finiraient par s'extérioriser, d'une manière ou d'une autre.

— Bravo, mon cher Laredo. Je vous félicite d'avoir évité le couplet sur la nécessaire liberté de la créature, cette tarte à la crème de tous les scolastiques. Je trouve votre théorie très ingénieuse, d'une merveilleuse subtilité. Savez-vous, murmura-t-il soudain en se penchant vers moi jusqu'à me frôler, savez-vous que votre ingénieuse théorie comporte des conclusions terribles ? Avez-vous conscience qu'elle implique la *nécessité* du Mal ?

— J'avoue que je n'y avais pas songé, fis-je en reculant, vaguement gêné.

— Réfléchissez, mon cher Laredo, fit Don Avelino en se rapprochant de moi. Si votre idée est juste, et je crois qu'elle l'est, cela signifie que Dieu lui-même renonce à empêcher le crime, s'inclinant devant la toute-puissance du Mal. Pour de telles théories, on vous aurait, il n'y a pas longtemps, brûlé en place publique comme hérétique. Mais j'apprécie l'hérésie, ce piment de la foi... Au fait, fit-il, en changeant de ton, je vous recommande le gâteau au chocolat, qui est succulent, si toutefois vous aimez le chocolat. Parfait. Un gâteau, Alfredo. »

Le maître d'hôtel s'était approché de la table sans que je m'en aperçoive et il attendait debout, l'air parfaitement impassible. Inclinant la tête, il retira nos assiettes, et je constatai avec étonnement que Don Avelino n'avait pour ainsi dire rien mangé. Je me demandai s'il ne serait pas malade, ce qui expliquerait son menu de régime et son inappétence. Il avait d'ailleurs le teint cireux de ceux qui souffrent de l'estomac. Mais je me trompais peut-être. La tête me tournait légèrement car, tout au long du repas, Don Avelino n'avait pas arrêté de remplir mon verre. Plusieurs fois j'avais voulu protester, expliquant que je ne supportais pas l'alcool, mais je n'avais pas osé de peur de le vexer. J'éprouvais toujours cet indéfinissable malaise devant son empressement à me servir, à me conseiller. Ainsi, avais-je accepté de commander un gâteau au chocolat alors que je détestais le chocolat et je me reprochais maintenant une complaisance que je ne réussissais pas à m'expliquer. J'aurais également voulu lui demander de s'écarter quelque peu parce que cette proximité me causait une sensation d'étouffement. Je me taisais cependant, réfléchissant à ses propos alambiqués. Quel sens donner à ses élucubrations ? Je me rappelai ce que Don Anastasio m'avait raconté de ses années de Salamanque, quand il discourait doctement devant quelques camarades. L'idée me vint qu'il était peut-être fou. J'écartai cette pensée parce que Don Avelino paraissait parfaitement calme et sensé, malgré l'étrangeté de ses discours. Je conclus que les théories du directeur dépassaient mes capacités d'abstraction. Au fond, il n'avait guère changé depuis que, jeune étudiant à la faculté de Salamanque, il s'amusait à jongler avec les idées générales. Sans doute aimait-il provoquer en maniant le paradoxe. A moins qu'il ne se moquât ?

Après avoir bu le café, nous retournâmes à pied à l'hôtel de la police, traversant le parc où des groupes d'enfants s'ébattaient sous la surveillance de leurs mères, assises sur des bancs, au soleil. Tricotant ou les mains croisées sur leurs genoux, elles devisaient, observant leur progéniture. Le vent s'était calmé, la température devenait agréable sous un pâle soleil. Comme à l'aller, Don Avelino avait saisi mon coude pour me parler, ce qui me gênait. Je respirais son odeur, légèrement écœurante.

Arrivés au service, Don Avelino me fit faire le tour des bureaux, me présentant aux secrétaires et à mes collègues, trois inspecteurs. L'un, Rafael Gonzalvo, me plut aussitôt. D'à peu près mon âge, il avait une figure avenante, avec un regard hardi plein de loyauté, et il souriait avec spontanéité. D'allure sportive, il bougeait avec aisance, s'exprimant d'une voix assurée. Je lui adressai un sourire de sympathie en serrant sa main, forte et décidée. En fait, j'étais content d'échapper à l'étouffante sollicitude de Don Avelino, qui dit à Gonzalvo d'une voix suave :

« Je vous charge de mettre Laredo au courant, n'est-ce pas ? Voyez s'il peut vous être utile à quelque chose. »

Se tournant vers moi, il ajouta avec ce sourire qui ne le quittait pas :

« Je vous conduirai ce soir à votre logement. J'espère que vous vous plairez parmi nous. »

J'attendais qu'il parte mais il resta debout, courbé, cependant qu'une grimace tordait sa bouche. Fouillant dans la poche intérieure de son veston, il en retira une petite boîte en or d'où je le vis extraire un comprimé qu'il avala furtivement. Une seconde peut-être il demeura figé, s'efforçant de sourire, cependant que la douleur altérait ses traits. Je me rappelai qu'il avait déjà pris un médicament au début du repas sans que j'y attache de l'importance. J'étais tenté de lui demander s'il se sentait souffrant mais je gardai le silence, détournant mon regard de sa figure convulsée. Quelque chose dans ses yeux mornes m'avertissait que ma curiosité, même bienveillante, l'agacerait. D'ailleurs, Gonzalvo, qui n'avait pas pu ne pas remarquer l'expression de soudaine détresse sur le visage du directeur, feignait, lui aussi, de n'avoir rien vu, s'absorbant dans la lecture d'un dossier. Il me parut donc clair que Don Avelino ne supportait pas qu'on lui posât la moindre question sur sa santé, ce que je pouvais comprendre.

La crise s'apaisa et il répéta son sourire, apparemment soulagé.

« Je vous abandonne, fit-il d'une voix à peine altérée. Si vous aviez besoin de moi, n'hésitez pas à venir me trouver. »

D'un pas pressé, il s'éloigna, les épaules affaissées, le dos voûté.

Me tournant vers Gonzalvo, je lui demandai ce qu'avait Don Avelino.

« L'estomac, je crois, répondit-il avec un haussement d'épaules. Un ulcère ou quelque chose dans ce genre. Avec lui, impossible de rien savoir de précis. Mieux vaut faire semblant de ne rien remarquer. Il paraît qu'il ne peut presque rien avaler, se nourrissant de salade verte et d'eau minérale.

— C'est exact. A midi, il n'a presque rien mangé.

— Parce que tu as mangé avec le patron ? questionna Gonzalvo en me décochant un regard intrigué.

— O-oui. C'est-à-dire... Il m'a invité au restaurant, le " Rumbo ", je crois.

— Eh bien, mon vieux, tu peux dire que tu as de la chance. Depuis trois ans que je travaille avec lui, il n'a pas invité un seul d'entre nous, pas même à boire un café. Vous vous connaissiez ?

— Absolument pas. D'ailleurs son accueil m'a surpris. A Murcie, on m'avait prévenu qu'il était d'un caractère plutôt rébarbatif.

— Comme tu dis, lâcha Gonzalvo avec un sourire d'imperceptible ironie. Il a pour toi des égards... ex-tra-or-di-naires. »

Dans ses yeux, je lus qu'il me soupçonnait de lui cacher quelque chose. J'aurais voulu le détromper, mais j'y renonçai, sentant qu'il ne me croirait pas. Son scepticisme me semblait d'ailleurs compréhensible. A sa place, je n'aurais pas réagi autrement. J'étais moi-même décontenancé par cet accueil presque amical, tout à fait inhabituel dans la police.

Sans insister, Gonzalvo me fit signe de l'accompagner dans son bureau qui regardait, tout comme celui de Clara, la secrétaire, jolie blonde d'environ vingt-cinq ans, qui regardait donc des pelouses au-delà desquelles se dressaient les arbres du parc municipal, dénudés en cette saison. Avec satisfaction, je constatai qu'il s'agissait d'une vraie fenêtre qu'on pourrait ouvrir à la belle saison et non d'une de ces baies hermétiques comme à Murcie, qui vous donnent le sentiment de vivre dans un aquarium. Les locaux d'ailleurs me plaisaient, simples et nets. Je pensai que j'aimerais Huesca. Tout y respirait cette douce torpeur provinciale qui adoucit l'existence. Sans nul doute, Pilar aimerait également cette ville.

Mon bureau était accolé à celui de Gonzalvo, ce qui fait que nous travaillerions face à face. Persuadé que, lorsqu'il aurait admis que je ne lui cachais rien et que je n'étais aucunement lié à Don Avelino, sa défiance tomberait, je ne doutais pas que nous deviendrions amis. Je le souhaitais, tant son visage ouvert et ses manières directes me séduisaient. S'il me soupçonnait de lui avoir menti, il n'en laissait d'ailleurs rien paraître, me mettant avec une simplicité pleine de bonne humeur au courant des affaires en cours, aussi banales que me l'avait annoncé Don Avelino : vols de voitures, délits de grivèlerie, menues escroqueries. Un cambriolage enfin, commis chez un marchand de chaussures du Corso et dont les auteurs, dénoncés par un propriétaire de bar servant d'indicateur, attendaient dans le couloir. Je parcourus le rapport de Gonzalvo, aussi limpide que son regard. Des charges accablantes pesaient sur les trois jeunes voyous qui, eux aussi, correspondaient à la description que Don Avelino m'avait faite de la pègre locale. Veules, sans dignité ni courage, ils s'accusaient mutuellement, s'obstinant à nier l'évidence. J'admirai la patience de Gonzalvo qui les interrogeait sans hausser le ton, même quand leurs dénégations frôlaient la provocation. En chemisette à manches courtes, le col ouvert sur une toison abondante, bien calé dans son fauteuil de bois verni, Gonzalvo répétait ses questions, écoutant sans broncher les explications confuses des détenus. De toute évidence, leur indigence intellectuelle désarmait sa colère. Pour un peu, il les aurait plaints de si mal se défendre.

Une ou deux fois, nous sortîmes boire un café. Il n'y avait pas de distributeur automatique dans le couloir et nous devions monter au cinquième où se trouvaient le restaurant et la cafétéria. De là-haut, on dominait la ville, étendue sur la plaine autour de la butte d'où jaillissaient les tours de la cathédrale, demeurée inachevée.

Comme je félicitais Gonzalvo de sa patience et de sa compréhension, il haussa les épaules.

« Ce sont de pauvres gosses. Ils passeront deux ou trois ans en prison et ils en ressortiront pires qu'ils n'étaient. Leur vie est fichue.

— Ils peuvent devenir dangereux, remarquai-je.

— Bien sûr. Sont-ils les vrais coupables ? Imagine un peu ce qu'a été leur enfance. C'est tout juste s'ils savent signer de leur nom.

— La bêtise constituerait-elle une circonstance atténuante ?

— La bêtise peut-être pas. Mais la misère ? A leur place, aurions-nous échappé à la délinquance ?

— Je me demande si Don Avelino approuverait tes théories.

— Oh, les petits voyous de la ville ne jurent que par lui. Ils trouvent que c'est un homme, car ils respectent l'autorité. De plus, il sait leur parler.

— C'est curieux, fis-je en tournant mon regard vers la ville.

— Pourquoi ça, curieux ? Le directeur ne déteste pas les petits délinquants. Il trouve même dommage de les acculer à la récidive en les jetant en prison.

— Je le croyais impitoyable.

— Pas pour les voleurs à la tire ou les cambrioleurs du dimanche, comme il les appelle. Ce qu'il hait, c'est autre chose.

— Et quoi donc, selon toi ?

— C'est difficile à dire. La révolte de l'esprit. Tu le comprendras peut-être mieux que moi, puisqu'il te fait ses confidences.

— Tu te trompes, Gonzalvo. Durant le déjeuner, il m'a parlé d'Œdipe, de Caïn, de Dieu.

— Fichtre ! Le grand jeu, vraiment. D'habitude, il réserve ce genre de tirades aux gros poissons. Entre nous, que veut-il de toi ?

— Je me le demande. Avant de le connaître, j'avais peur de lui. Maintenant...

— Maintenant ?

— Eh bien, je me sens décontenancé. Il s'occupe de moi comme si j'étais son fils. Au restaurant, il choisissait à ma place, il me servait à boire, il m'a même déniché un logement sur le Corso.

— Chez Doña Molina, je connais. C'est là qu'il a vécu en débarquant à Huesca. Un vieil appartement rempli de reliques. Tu n'y seras pas mal en attendant de trouver un appartement. Tu fais venir ta femme ?

— Bien sûr. Seulement, elle veut habiter dans le centre. A Murcie, nous vivions dans une résidence éloignée, Pilar s'y ennuyait.

— Ça tombe bien. Les appartements de fonction sont en plein centre, dans le Bas Corso. Tu devrais pouvoir en avoir un d'ici deux mois, car l'un des inspecteurs de la mondaine quitte la ville. Je te le présenterai.

— Merci. Ça fera plaisir à Pilar. Comme elle ne conduit pas, elle se sent isolée. Elle prend des leçons de conduite depuis un mois et je lui ai laissé la voiture... Gonzalvo, je voudrais te dire une chose...

— Oui ?

— Tout à l'heure j'ai senti que tu ne me croyais pas quand je t'ai dit que je ne connaissais pas Don Avelino.

— Laisse tomber, fit-il avec un bon sourire. Les policiers sont méfiants de nature, tu le sais.

— Je voudrais que tu me croies, Gonzalvo. C'est important pour moi. Je comprends que ça te paraisse bizarre mais j'ignore pourquoi il se montre si... empressé à mon égard.

— Je te crois, vieux. Descendons régler cette affaire minable.

— Es-tu tout à fait sincère, Gonzalvo ?

— Oui, bien sûr. Simplement...

— Simplement, quoi ?

— Rien, un détail qui me chiffonne. On en reparlera. »

J'aurais voulu connaître le fond de sa pensée, mais je sentis qu'il ne m'en dirait pas davantage pour le moment. Son attitude me semblait d'ailleurs gênée. J'essayai vainement de deviner quel pouvait être ce détail auquel il venait de faire allusion. Je renonçai. J'étais soulagé de m'être expliqué franchement avec lui. Il m'aurait déplu qu'il persistât à s'imaginer que je lui cachais quelque chose.

De retour au bureau, Gonzalvo reprit son interrogatoire. Malgré la sympathie qu'il m'inspirait, je n'arrivais pas à partager son indulgence pour ces trois adolescents pâles et chétifs.

Au début de la soirée, leurs déclarations étaient assez accablantes pour que Clara puisse taper leurs dépositions que Gonzalvo leur donna à lire. Ils considérèrent les feuillets dactylographiés avec une expression stupide.

« Pour gagner du temps, déclara Gonzalvo, je vais vous les lire à voix haute. Vous me direz si vous êtes d'accord. »

J'admirai le tact avec lequel Gonzalvo avait su formuler sa proposition, évitant aux trois minables d'avoir à avouer qu'ils ne savaient pas lire.

« Ça va ? » demanda-t-il en les regardant.

D'un hochement de tête ils approuvèrent, s'approchant l'un après l'autre du bureau pour apposer des paraphes pâteux au bas du document.

A ce moment, Don Avelino parut, des dossiers sous le bras. S'adressant aux trois voyous, il leur adressa un sourire de complicité.

« Alors, encore ici ? Vous avez bien tout craché ? Parfait, parfait. Entre nous, cambrioler un magasin dans la nuit du samedi au dimanche, ce n'est guère malin. Vous n'avez pas réfléchi que le propriétaire emporterait sa caisse avec lui ? Mais qu'est-ce que vous avez dans la caboche ? Allez, tâchez à tout le moins de ne pas vous laisser intoxiquer par tous les faux caïds de la prison. »

Je trouvai qu'avec son air à la fois attentif et goguenard, il ressemblait à un directeur de collège. Il se tenait penché vers ces trois minables avec, sur son visage sévère, une expression indulgente, affectueuse presque. Un moment je crus même qu'il allait passer sa main dans leurs cheveux. Mais, se redressant, il se tourna vers nous :

« Ça y est ? » demanda-t-il d'un ton alerte.

Et, me regardant :

« Je fais appeler une voiture pour charger vos bagages. Tout s'est bien passé ? Parfait, parfait. Dans cinq minutes devant la porte de l'ascenseur.

— Est-il toujours comme ça ? demandai-je à Gonzalvo dès que Don Avelino eut quitté le bureau.

— Comment ça, ainsi ?

— Je ne sais pas. Il a l'air gentil.

— Ça t'étonne ?
— Un peu, je l'avoue. J'ai tant entendu parler de sa sévérité. Je l'imaginais plus sec, plus dur.
— Ne te fie pas aux apparences, fit Gonzalvo en enfilant sa veste. Il peut tuer avec le sourire.
— Tu parles sérieusement ?
— C'est une image. Mais j'imagine que oui. Je l'ai toujours vu sourire. Enfin, assez souvent. »

J'eus le sentiment que Gonzalvo hésitait à me livrer le fond de sa pensée ou qu'il n'arrivait pas à formuler clairement son impression sur le directeur.

« Gonzalvo.
— Oui ?
— Est-ce que tu l'aimes ?
— On ne me demande pas d'aimer mes supérieurs, vieux. J'aime ma femme et mes trois gosses, ça suffit à remplir ma vie. Puis-je te parler franchement ?
— Je t'en prie.
— Je trouve que tu t'occupes beaucoup trop de lui. Il fait partie de ces hommes qu'il ne faut pas regarder de trop près. A force de se pencher dessus, on risque de basculer. Allons, salut. »

Je réfléchis une seconde à ses paroles. Il avait probablement raison. Gonzalvo était un homme franc, tout d'une pièce, qui réagissait sainement. Le mieux que j'avais à faire c'était de suivre son conseil. Comment résister cependant à cette fascination qui, depuis plus de deux mois, inclinait toutes mes pensées vers Don Avelino ? Je quittai à mon tour le bureau, me disant que cela passerait. J'ignorais cependant ce qu'était *cela* et ne voyais donc pas comment *cela* pourrait passer.

17

Don Avelino s'installa sur la banquette arrière et, appuyant sa nuque sur le dossier, me demanda d'une voix sourde si je n'avais pas retiré une trop mauvaise impression de ma première journée à Huesca. Je répondis la vérité, à savoir que le bureau me semblait agréable et que j'étais certain de me plaire dans cette ville. Hochant la tête, il m'expliqua que je ne devrais pas non plus me déplaire chez Doña Molina. D'une famille distinguée, elle avait épousé un officier de la Marine, mort il y avait dix ans environ. Elle menait depuis une existence retirée, passant ses jours dans sa chambre à lire ou à écouter de la musique. Elle n'accueillait qu'exceptionnellement des locataires, n'en ayant nul besoin pour vivre à son aise, et ne redoutant rien tant que d'être dérangée dans ses habitudes. Aussi, ne consentait-elle à m'héberger que parce qu'il s'était porté garant de ma discrétion. Je le remerciai de sa sollicitude, et il eut un geste de la main comme pour signifier : ce n'est rien.

Le trajet, je devais m'en rendre compte par la suite, était court, mais nous avancions difficilement, la chaussée étant envahie de véhicules et d'une marée humaine qui, sans prêter attention aux voitures, descendait la Grand-Rue en direction du parc.

« C'est l'heure de la promenade, observa Don Avelino d'un ton détaché. Un jour viendra où les gens resteront enfermés chez eux à regarder la télévision. On appellera ça le progrès. »

Le son de sa voix me frappa. Je tournai la tête pour le regarder. Dans la clarté des réverbères, les rides du front et celles autour des yeux s'accusaient et les deux plis de la bouche tiraient la lèvre inférieure. J'éprouvai un sentiment de pitié devant cette figure parcheminée, griffée par la mort qui déjà tendait la peau.

Nous arrivâmes devant un immeuble cossu. De l'autre côté de la rue se dressait un temple corinthien dont le fronton portait au néon rouge : Olympia Cinéma.

Haute et sèche, Doña Molina me réserva un accueil d'une courtoisie distante. S'inclinant pour lui baiser la main, Don Avelino bavarda quelques instants avec elle cependant que j'attendais à l'écart. Le deuil seyait à Doña Molina qui avait dû être une très belle femme. Son sourire conservait l'habitude de la séduction, et une coquetterie inconsciente éclairait ses yeux. Elle prenait de toute évidence grand soin de sa personne. Je me sentais gêné parce qu'il sautait aux yeux qu'elle appartenait à un monde très différent du mien. J'admirais l'aisance avec laquelle Don Avelino lui parlait. Je me rappelai la maison de Sangüesa, le jardin à l'abandon. Entre Doña Molina et lui existait cette complicité qui résulte d'une même appartenance sociale. Je ne comprenais pas pourquoi Don Avelino avait insisté pour que je loge chez cette femme dont la voix affectée m'intimidait. Si je l'avais pu, j'aurais trouvé un prétexte pour refuser son hospitalité mais, bien entendu, il ne m'était pas possible de m'éclipser.

Nous précédant, Doña Molina nous mena au bout d'un couloir encombré de vieux meubles et de tableaux.

« Voilà votre chambre, cher monsieur. J'espère qu'elle vous conviendra, dit Doña Molina avec cette diction méticuleuse qui m'avait frappé lorsqu'elle nous avait accueillis. La salle de bains se trouve à gauche. Si vous aviez besoin de quelque chose dans la journée, vous pouvez tirer le cordon au-dessus du chevet de votre lit : Rosa, la femme de chambre, s'occupera de vous. Vous pouvez également lui confier votre linge sale. »

Je balbutiai des remerciements. La chambre me paraissait peu accueillante, avec son lit à baldaquin, ses meubles imposants, son parquet luisant, ses tentures de velours de Gênes et ses portraits dans des cadres noirs. J'attendais que Don Avelino prenne congé, souhaitant me retrouver enfin seul pour examiner les lieux. Mais loin de faire mine de partir, il allait et venait, ouvrant les placards, vérifiant que les tiroirs de la commode avaient bien été vidés.

« Le bruit ne vous importunera pas, dit-il en me désignant la fenêtre ouvrant sur un balcon qui dominait le Corso. C'est une double fenêtre. Comme vous pourrez vous en rendre compte, on n'entend rien. »

J'inclinai la tête. Sans paraître remarquer mon embarras, il alla dans la salle de bains pour s'assurer que Rosa n'avait pas oublié les serviettes. Puis il s'assit sur une chaise devant un bureau noir incrusté de nacre et, allumant une cigarette, me déclara d'un ton familier :

« Surtout ne soyez pas gêné à cause de moi. Peut-être préféreriez-vous que je vous laisse seul ?

— Non, pas du tout », fis-je lâchement.

Pour me donner une contenance, j'ouvris une valise, déposant tous les vêtements sur le lit. Comme je regardais autour de moi, il dit du même ton dégagé :

« Il doit y avoir des cintres dans la grande armoire, là-bas. »

Je le remerciai. Les cintres se trouvaient en effet là où il l'avait dit. Je suspendis mes vestons et mes complets, gêné de sentir son regard qui suivait chacun de mes mouvements. Son mutisme ajoutait à mon malaise. Plusieurs fois je l'observai à la dérobée : il restait assis, jambes croisées, fumant calmement. A cet instant, il ressemblait étonnamment aux photos de son dossier. Cela tenait, remarquai-je, à la fixité du regard. Je me demandai pourquoi il restait là et ce qu'il attendait. Quand j'eus fini de ranger mes affaires, il se leva et, promenant un regard satisfait autour de la chambre, déclara :

« Parfait. J'ai l'impression que vous vous plairez ici. Nous ne sommes d'ailleurs pas bien loin, j'habite juste en face, à côté du cinéma. Passez une bonne nuit. A demain. »

Ce brusque départ renforça ma perplexité. Pourquoi, après être resté plus d'une demi-heure à me regarder vider mes valises, prendre inopinément congé ? Et pourquoi m'avoir installé juste en face de son domicile, comme s'il avait voulu me garder sous la main ? Me souvenant de la remarque de Gonzalvo, je décidai de ne plus m'interroger.

Sur une console du couloir, je trouvai deux clés ainsi qu'un mot de Doña Molina : « La plus grosse ouvre le portail, la petite la porte de l'appartement. Bonne nuit. » Glissant les clés dans la poche de mon imperméable, je sortis dans la rue avec l'intention de me promener dans la ville en attendant l'heure du dîner. Au moment de fermer le portail, un rideau bougea au balcon du deuxième, dans l'immeuble d'en face. La silhouette de Don Avelino parut derrière la vitre. Sa main s'agita pour m'adresser un signe amical. J'y répondis, gêné, avant de m'éloigner à grands pas. Il faisait un froid vif qui brûlait ma peau. Mécontent, j'entrai dans un café de la Grand-Rue juste en face du restaurant " Rumbo ". J'allai au bar et commandai un verre de Xérès. Je pensai trop tard que le Xérès me donnait mal au foie. Je vidai quand même mon verre. La salle était bondée avec, parmi les clients, une majorité de jeunes. Tous criaient, parlant avec cet accent pesant qui m'avait déjà frappé le matin, sous les arcades. Je me demandai soudain si je ne devrais pas démissionner comme me l'avait conseillé Pilar. L'absurdité d'une pareille idée m'apparut aussitôt. Quelle raison avais-je de quitter la police ? Au bureau, l'atmosphère m'avait paru plus détendue qu'à Murcie ; la ville me faisait une impression plutôt favorable. Quant à la chambre, je n'y resterais que le temps indispensable pour dénicher un appartement, deux mois au plus, à en croire Gonzalvo. Je n'avais aucune raison de m'affoler. L'attitude de Don Avelino pouvait paraître étrange, mais elle s'expliquait peut-être le plus simplement du monde. M'inquiéter parce que mon supérieur hiérarchique m'accueillait avec une chaleur inhabituelle prouvait seulement une nervosité déréglée. Mon imagination me jouait des tours. Sans doute m'étais-je trop longtemps penché sur ce personnage énigmatique, au point d'en être obsédé. Combien de hauts fonctionnaires avaient derrière eux ce même passé de fureur et de sang ? La responsabilité de ces violences incombait à l'époque, non aux individus. Quoi de commun d'ailleurs entre le commissaire spécial chargé de la répression durant la guerre et le vieillard à la peau jaune et parcheminée qui était, tout à l'heure, assis à mon côté dans la voiture noire ? Je m'obstinais à lutter contre un fantôme.

Quand j'eus fini de boire mon Xérès, je montai au premier étage et dînai seul à ma table, près d'une lucarne dominant les arcades. Des passants, je ne voyais que leurs cheveux et leurs nuques.

Vers minuit enfin, je regagnai le Corso. De plus en plus froid, le vent soufflait. Je pensai que Pilar avait bien fait de prévoir des lainages. Derrière la fenêtre du second, dans l'immeuble d'en face, je crus apercevoir une lueur. Don Avelino veillait peut-être. Je me dis qu'à son âge il dormait probablement peu. Je me demandai s'il était sérieusement malade. Je me rappelai l'expression de son visage dans le bureau, après le déjeuner. Ce devait être l'estomac, comme me l'avait affirmé Gonzalvo. Les vieillards d'ailleurs souffrent souvent de l'estomac.

Nageur entre deux eaux, ni tout à fait dormant, ni encore éveillé, j'essayais furieusement d'atteindre la rive, éprouvant une folle panique. Un danger grave me menaçait, je ne savais lequel. Réussissant enfin à m'arracher à cette gangue où je m'enlisais, j'ouvris les yeux.
Au pied du lit, j'aperçus Don Avelino qui, penché, m'observait. Une minute peut-être, je restai hébété, sans comprendre. Rasé de frais, son visage paraissait plus pâle que la veille. Un large sourire détendait sa bouche :
« Je ne vous ai pas réveillé, j'espère ? Est-ce que vous aimez les *churros* ? »
Je continuais de le regarder d'un air probablement ahuri. Comment était-il entré dans ma chambre ? Que venait-il faire chez moi de si bonne heure ? Que me voulait-il ?
« J'ai pensé que vous les aimeriez, fit-il en levant sa main au bout de laquelle pendait un sachet de papier. Ils sont tout à fait excellents. Encore chauds. Prenez-vous du café ou du thé ?
— Café, parvins-je difficilement à articuler.
— Parfait. Ne vous gênez pas surtout. Faites comme si je n'étais pas là. J'ai pensé qu'il serait agréable de déjeuner ensemble. »
Me rappelant que je dormais nu, je ne bougeai pas, n'osant pas m'exhiber devant lui. Comme s'il avait deviné la raison de mon hésitation, il s'éloigna, déposant le paquet sur une table, puis il quitta la chambre. Je consultai ma montre : huit heures moins vingt-cinq. Sautant au bas du lit, j'enfilai un slip et un pantalon. Je me sentais encore assommé par la surprise, incapable de rassembler mes idées, me demandant où il avait

bien pu passer. Sans réfléchir, je marchai vers la porte, sortis dans le couloir. Foulant le tapis, je m'avançai, le cœur battant. Un léger bruit attira mon attention. Je tournai la tête. Dans l'entrebâillement d'une porte, je l'aperçus penché au-dessus d'une casserole posée sur la flamme du gaz, avec, sur son visage, un air concentré. Battant en retraite, je regagnai ma chambre et m'enfermai dans la salle de bains. Je fis ma toilette sans me presser, réfléchissant.

Quand je revins dans la chambre, la table était mise, le petit déjeuner prêt, et Don Avelino m'attendait en fumant une cigarette.

« J'espère que ma visite ne vous dérange pas ? Je voulais vous faire une petite surprise. Je sais trop ce que c'est que se retrouver seul dans une ville inconnue. Vous avez bien dormi ?

— Très bien.

— Parfait. Du reste la literie est d'excellente qualité, chose rare dans ce pays. Doña Molina appartient à l'ancienne génération, attachée au confort de la maison, quand les choses étaient faites pour durer. Avez-vous remarqué la finesse des draps et la délicatesse des broderies ? C'était le travail des sœurs Clarisses, qui amélioraient leur ordinaire en préparant les trousseaux des jeunes filles, quand il y avait encore des jeunes filles. Du lait ? »

Il me servait le lait et le café avec des gestes d'une onctuosité de prélat. Je me sentais empoté, gauche. Il leva vers moi son visage qu'éclairait son étrange sourire.

« Asseyez-vous. Mangez. »

J'obéis. Sentant son regard peser sur moi, j'osais à peine avaler.

« Comment les trouvez-vous ? »

Je le regardai, stupide.

« Les *churros,* précisa-t-il, pointant son doigt sur les rouleaux de beignets huileux.

— Excellents, mentis-je.

— N'est-ce pas ? Vous avez fait une bonne promenade hier soir ?

— Je suis rentré tout de suite après le dîner. Il faisait un vent glacé.

— Il a dû neiger dans les Pyrénées. Ne craignez rien : ce froid ne durera pas.

— Je ne crains pas le froid. Je le préfère même à la chaleur.

— Tiens, comme c'est curieux. Je croyais que les Andalous aimaient le soleil.

— L'Andalousie est un pays froid où le soleil brûle.

— Très joli. J'avais entendu dire ça du Maroc.

— Le Maroc, c'est l'Andalousie de l'arrière. »

Il ne mangeait bien sûr pas. Assis de profil, il se tournait de temps à autre pour saisir sa tasse et boire une gorgée de café noir. Soufflant sa fumée devant lui, il paraissait l'observer ensuite d'un air détaché. Parfois, ses yeux faisaient le tour de la pièce, comme pour s'assurer que tout était en ordre. Son attitude était calme, désinvolte, celle d'un père qui rend visite à son fils étudiant et qui constate avec satisfaction que son rejeton est bien installé. Des bouffées de colère m'agitaient encore. J'étais tenté de me lever et de lui crier de me ficher la paix. Ces accès de mauvaise humeur ne duraient pas. Petit à petit, je me détendais. Nous devisions paisiblement de sujets sans importance. Il me conta quelques anecdotes fort drôles, et je découvris qu'il maniait l'humour froid en virtuose. Plusieurs fois, j'éclatai même de rire, tant il mettait de malice dans ses propos. J'évitais néanmoins de trop le regarder parce que son masque de vieillesse me gênait. Dans ma mémoire, l'image ancienne vivait encore et la confrontation des deux m'était pénible. Furtivement, il avala un comprimé et je me demandai à nouveau de quoi il pouvait souffrir.

Nous quittâmes ensemble la maison. Suivant le Corso, nous tournâmes à gauche devant le théâtre municipal, bâti sous le règne d'Isabelle II et caché au fond d'une place plantée d'arbres. C'était un édifice simple, presque touchant, précédé d'un péristyle. Longeant le théâtre, nous arrivâmes au parc. Tout le long du trajet, Don Avelino ne cessa de bavarder, de plaisanter, saisissant parfois mon coude comme il l'avait fait la veille. Ce geste ne me causait plus aucune gêne. Je me sentais d'ailleurs d'excellente humeur, sans plus une ombre d'appréhension.

Au bureau, Clara m'accueillit avec le sourire. Je la trouvais jolie et le lui dis. Elle me répondit qu'il était malheureusement trop tard, car elle devait se marier dans trois mois. Nous plaisantâmes encore un moment là-dessus.

    Gonzalvo me proposa de l'accompagner en ville où il devait effectuer plusieurs vérifications pour une affaire de proxénétisme. Nous nous y rendîmes à pied, traversant à nouveau le parc jusqu'au casino. J'éprouvais ce sentiment de réconfort qu'on retire en retrouvant des lieux, des visages familiers. Je commençais à m'habituer à Huesca et à son vent aigrelet qui pinçait la peau.

    Traversant la Grand-Rue, nous passâmes sous un porche qui débouchait sur des venelles sinueuses, pleines de remugles nauséeux. Les maisons, plantées parfois de guingois, avaient un air rébarbatif. On les sentait humides et sombres. Un peu partout, des bars et des restaurants, sordides, le plus souvent dans des caves voûtées. Les tenanciers avaient le teint blafard et les chairs flasques de ceux qui vivent la nuit. En nous apercevant, ils nous accueillaient avec des sourires obséquieux, insistant pour nous offrir à boire. Avec soulagement, je constatai que Gonzalvo refusait l'alcool, n'acceptant que des jus de fruits ou de l'eau minérale. Sans marquer le moindre dégoût ni témoigner de cette vulgarité canaille dont usent tant de policiers, il interrogeait calmement les propriétaires des établissements, accueillant leurs mensonges avec bonhomie. Plus d'une heure nous errâmes dans ce quartier misérable. Tout juste sorties du lit, les yeux encore gonflés de sommeil, les putains nous considéraient avec mépris, répondant évasivement aux questions de Gonzalvo. Sous leur maquillage défait, leur teint livide ressortait. En peignoir ou en robe de chambre, elles faisaient songer à des malades dans les couloirs d'un hôpital. Je m'étonnai de la douceur avec laquelle Gonzalvo leur parlait, sans paraître affecté de leur dédain. L'affaire du reste paraissait aussi minable que le décor. Un jeune homme avait été dénoncé par lettre anonyme comme proxénète, probablement par un concurrent. Il ne devait pas avoir les épaules bien solides, le gars, parce que, sans en avoir l'air, chacun le chargeait, comme si tout le quartier s'était donné le mot pour l'évincer. Même sa protégée le défendait en l'accablant, niant qu'il vécût de son commerce mais acceptant qu'il ne travaillât pas et qu'elle lui fît de menus cadeaux. J'étouffais dans cet univers de couardise et de veulerie.

Je respirai en retrouvant la Grand-Rue, pleine d'une foule qui défilait sous les arcades. Nous allâmes boire un verre au " Mongo ", le restaurant où j'avais dîné la veille. Je dis à Gonzalvo que j'admirais son indulgence.

« Bah, répondit-il en haussant les épaules, je ne vais tout de même pas m'emporter contre ces médiocres. Ils ont bien assez à traîner leur misère.

— Tout de même, protestai-je, ces maquereaux ne méritent pas la pitié. Ce qu'ils font des filles, ça m'écœure.

— Bien sûr, dit Gonzalvo en contemplant son verre. Mais si l'on devait s'en prendre aux maquereaux, il y a plus urgent que cette bande de minables. Le vrai proxénétisme échappe à la police et à la loi. Il mange dans de la porcelaine fine et dort dans des lits moelleux.

— Tu les excuses ? »

Les mains sur le bar, Gonzalvo se tenait penché. Il leva vers moi ses yeux bruns.

« Ma mère est morte d'un cancer des poumons sans avoir jamais fumé une cigarette, fit-il soudain d'une voix paisible. Elle travaillait dans une usine de tabac. A force d'inhaler la nicotine, elle est morte comme un rat de laboratoire. Dans les mines, des enfants de dix ans trimaient douze heures par jour. Ils crevaient avant trente ans, usés. »

Je me demandai si Gonzalvo ne serait pas communiste. Je réfléchis que ce n'était guère probable, puisque tout candidat à la police faisait l'objet d'une enquête minutieuse. Son raisonnement me semblait spécieux et, par certains côtés, subversif. N'ayant pas l'habitude d'entendre de tels propos, surtout dans la bouche d'un collègue, je ne trouvais rien à répondre.

« Ce n'est pas la même chose, finis-je par dire.

— Non, convint-il, ce n'est pas pareil. Les patrons n'enfreignent pas la loi, ils se contentent de la faire. »

Nous changeâmes de sujet, car je ne souhaitais pas m'avancer sur ce terrain. La politique ne m'intéressait guère et j'avais bien l'impression que les propos de Gonzalvo relevaient de la politique. Je n'en étais pas certain cependant. Peut-être pensait-il seulement à sa mère ?

Nous parlâmes de Don Avelino. Je passai sous silence sa visite matinale, de peur que Gonzalvo n'en tirât des conclusions erronées. Sans non plus citer les noms de Baza et de Marina, je racontai à Gonzalvo ce que j'avais appris du passé du directeur. Il m'écouta avec attention, sans m'interrompre.

« Dis donc, fit-il, tu es un vrai flic : rien ne t'échappe. J'en avais entendu parler, remarque. Mais toutes ces théories fumeuses sur la métaphysique et la police, ça me donne mal à la tête. Moi, je ne veux être qu'un fonctionnaire. Je sers loyalement l'Etat sans me poser des questions. »

Buvant une gorgée, il parut réfléchir.

« Il manque d'ailleurs un chapitre dans ton topo. Sais-tu pourquoi dans les années cinquante il a refusé de quitter Huesca ? C'est une histoire assez lamentable. Au lendemain de la victoire des Alliés sur Hitler, les directions politiques des partis en exil se persuadèrent que l'heure avait sonné d'abattre Franco. Prenant leurs désirs pour la réalité, elles pensaient que le peuple espagnol n'attendait qu'un signal pour se dresser contre un régime haï. Elles décidèrent donc d'organiser la révolte populaire en introduisant dans le pays des bandes armées, qui déclencheraient l'insurrection. Quelques centaines de pauvres types franchirent ainsi la frontière, convaincus que les populations opprimées les accueilleraient en libérateurs. Tu devines leur déception en découvrant que, loin de les recevoir à bras ouverts, les paysans se barricadaient dans leurs maisons et qu'ils couraient, le lendemain, les dénoncer à la garde civile. Imagine un peu le sort de ces illuminés, perdus dans la montagne, affamés, transis de froid, traqués comme des fauves par la troupe guidée par les paysans. Un vrai jeu de massacre ! En deux mois, la plupart avaient péri. Restaient cependant quelques durs qui avaient fait la guérilla durant la guerre, la nôtre, puis lutté dans la clandestinité en France. Bref, des types qui savaient se battre et profiter du terrain pour échapper à la meute. Ceux-là tinrent longtemps le maquis et ils firent payer cher aux paysans leur complicité avec l'armée. Du travail cousu main, tu peux me croire. Débarquant à l'improviste dans un village, ils tiraient les hommes de leurs maisons, les collaient au mur et pan, pan, sans discussion. Tout de même, la force paie, parce que quelques paysans, peur ou conviction, se rallièrent, les fournissant en vivres, leur indiquant les pistes, leur signalant les mouvements des troupes. Et de nouveaux groupes de ces croisés de la démocratie passaient la frontière, grossissant les effectifs. Bref, l'état d'urgence fut proclamé, la frontière bouclée, la chasse au rebelle s'organisa. Deux ans peut-être, la bataille se poursuivit dans la neige, le gel, avec les péripéties que tu devines : embuscades, représailles, exécutions massives. Jusqu'à ce qu'il ne restât plus rien de ces fous de la liberté. Seulement, le gouvernement redoutait la contamination. Il voulait éliminer les brebis galeuses qui avaient entonné *l'Internationale* et renseigné les rouges. Et c'est là, tu t'en doutes, qu'on retrouve ton policier métaphysique. Reprenant du service, il sillonna les routes et les chemins de la province à bord d'une traction noire que conduisait Mendoza. Assis seul sur la banquette arrière, une couverture sur les jambes, un pistolet posé près de lui parce que la région n'était pas encore sûre à cent pour cent, il somnolait. Tout ce que tu m'as raconté s'est répété : la chambre d'hôtel, le repas pris seul avec un livre ouvert à côté de son assiette, les interrogatoires nocturnes. Une seule différence : il disposait, cette fois, d'assez de temps pour satisfaire sa manie du détail. Aussi, entendait-il les suspects dix, quinze heures, les rappelant pour vérifier un détail, les gardant parfois des semaines. Bref, du travail consciencieux. L'apparition, dans les hameaux les plus paumés, de cet homme maigre et triste provoquait la panique. Parmi les paysans, sa traction était devenue légendaire et on parlait de lui à la veillée avec des accents de terreur. Un véritable mythe prenait corps autour de Don Avelino. On murmurait qu'il n'était pas un homme mais une créature surnaturelle, un émissaire de Satan ; son regard de mort, assurait-on, vous fendait la peau, fouillant dans les entrailles. Une atmosphère moyenâgeuse, mon vieux ! En apercevant sa voiture, les enfants s'enfuyaient, les femmes couraient à l'église pour prier, les hommes s'enfermaient dans leurs maisons, attendant, le cœur serré. Et lui, tu l'imagines, jouissant de l'effet produit, mais n'en montrant, bien sûr, rien : compassé, tranquille, avec un air d'ennui. Pour ses investigations, il choisissait l'école, s'asseyant à la place de l'instituteur, sur l'estrade. En entrant dans la classe, les suspects le découvraient assis devant le tableau noir, le visage impassible. Une mise en scène soignée ! Tu vois ces pauvres paysans pénétrant de nuit dans l'école, s'asseyant sur un banc pour répondre aux questions de l'Inquisiteur ? Ils redevenaient des gosses, ils écarquillaient les yeux, ils béaient de stupeur.

« Cette corrida dura plusieurs années. Chaque village, chaque hameau, la ferme la plus isolée reçut la visite de Don Avelino. Une panique collective se répandit dans les montagnes, et il fallut que Madrid arrête la plaisanterie, qui risquait de mal tourner. Pour te donner une idée de la terreur que les paysans ressentaient : deux se pendirent en apprenant que la traction noire approchait de leur village.

— Comment, près de vingt-cinq ans après la fin de la guerre, a-t-on pu le laisser... ? fis-je, saisi d'une obscure frayeur.

— Oh, répondit Gonzalvo, je ne pense pas qu'il ait demandé l'autorisation. Il tenait seulement le prétexte pour vérifier sa théorie : la police totale, celle qui se fait dans les têtes. Le plus étonnant est que la répression ne fut nullement sauvage. Trente arrestations en tout, cinq condamnations à mort, vingt et une à des peines de dix à vingt ans de prison, quatre non-lieux. Curieux, tu ne trouves pas ? Parce que les paysans, eux, parlaient de milliers de victimes, de centaines de disparus. Et ils y croyaient ferme ! En fait, l'horreur résidait non pas dans la répression mais dans cette inquisition tatillonne et nocturne, dans cette mise en scène sinistre, dans le personnage enfin. D'hôtel en auberge, il promenait ses obsessions et son soupçon. »

La dernière pièce manquant à ce jeu de construction, le dossier de Don Avelino, était maintenant à sa place. J'avais enfin l'explication de cette note de la Sûreté de Madrid qui m'avait longtemps intrigué. Jusqu'au bout, cet homme énigmatique avait donc poursuivi sa sinistre besogne.

« Arrête de te poser des questions, dit soudain Gonzalvo en appuyant sa main sur mon épaule. Viens déjeuner à la maison. Tina sera ravie de te connaître. Don Avelino est mort, vois-tu. Il s'enfonce déjà dans le passé. »

Je grimaçai un sourire. Nous quittâmes ensemble le " Mongo " et nous nous engageâmes dans le Bas Corso, en direction de la basilique de Saint-Laurent, une de ces églises à l'architecture froide et orgueilleuse.

Tina, une brunette mince au visage malicieux, m'accueillit avec bonne humeur. Dans l'appartement, clair et meublé avec simplicité, une atmosphère de gaieté régnait.

Durant le repas, Tina me parla avec nostalgie de l'Andalousie. Native de Malaga, elle rêvait de retourner dans son pays, supportant mal les rigueurs du climat aragonais. Auprès de cette femme au caractère enjoué, j'oubliai Don Avelino. M'abandonnant à la bonne humeur générale, je participai à la conversation, riant des imitations que Tina faisait de l'accent aragonais. L'idée me vint à un moment donné que Gonzalvo voyait juste : Don Avelino était mort et enterré.

18

Les visites matinales de Don Avelino constituaient désormais un rite. En m'éveillant, mon premier réflexe était de m'assurer qu'il se trouvait dans la chambre. Si mon regard ne rencontrait pas, au pied du lit, sa haute silhouette courbée dans un sourire complice, je cherchais des yeux, sur la petite table, près de la porte, le sac de papier contenant les *churros*, que je n'aimais pas mais que je mangeais pour lui faire plaisir. Peut-être raffolait-il, dans sa jeunesse, de cette friandise huileuse. C'est du moins ce que me suggérait le regard d'envie avec lequel il me considérait pendant que, du bout des doigts, je rompais ces rubans gluant de graisse, les trempais dans mon café au lait et les mâchais avec une joie feinte. Ayant cessé de me déranger, ce regard me semblait n'exprimer que le regret d'un vieillard souffreteux. Assis de trois quarts, un coude appuyé sur le rebord de la table, la jambe gauche croisée au-dessus de la droite, le dos courbé, il fumait voluptueusement, examinant sa cigarette avec une expression rêveuse. Ou, levant ses yeux éteints, il observait les volutes de fumée tout en parlant de cette voix que Don Anselmo qualifiait, si justement, de crépusculaire. Proche du chuchotement, cette monodie courait sur un plan uniforme, sans ruptures ni intervalles. Loin d'engendrer la monotonie, elle forçait l'attention. Son esprit caustique conférait d'ailleurs à ce chant liturgique un frémissement intime, chaque mot prenant un relief singulier. Tombant d'une bouche creusée par la fatigue ou le dédain, ces boutades à l'emporte-pièce, ces remarques désabusées, ces formules cyniques rendaient un son d'allègre férocité. Souvent, n'y tenant plus, j'éclatais de rire, m'étouffant. Don Avelino fixait alors sur moi un regard plein d'une candeur feinte, comme si les motifs de mon hilarité lui échappaient. Cette comédie parfaitement jouée, avec juste la distance nécessaire, déchaînait mon rire.

« Voyons, murmurait-il d'un ton suave, qu'ai-je donc dit de si drôle ? Vous paraissez de bonne humeur, voilà qui est bien. Je craignais que vous fussiez incapable de vous amuser. »

Mon humeur changeait, il était vrai. Pour commencer, mon logement me convenait, contrairement aux inquiétudes que j'avais d'abord ressenties en découvrant ce décor pompeux. J'appréciais la discrétion de ma logeuse, qui ne se montrait guère. Nous nous rencontrions parfois dans le couloir et nous nous saluions, échangeant des politesses banales. Dans l'ensemble, nous ne nous voyions guère, menant chacun une existence retirée, partagée pour moi entre le bureau et ma chambre, pour elle entre son salon et sa cuisine. Des voix de soprano m'arrivaient certains jours, m'apprenant que Doña Molina était férue d'opéra. Ou encore, une pile de romans, sur l'une des consoles du couloir, m'indiquait qu'elle aimait la lecture, dévorant goulûment un roman par nuit. De cette vie tout intérieure vouée aux livres et à la musique, je retirais un avantage certain, à savoir l'indépendance et la paix. Je l'estimais à son prix. D'autant que cette tranquillité n'était contrebalancée ni par le désordre ni par la négligence. En rentrant du travail, je trouvais ma chambre rangée, mon linge lavé et repassé, étalé sur mon lit, parfois même un bouquet de fleurs sur la commode, à gauche de la porte, Rosa, que je n'avais jamais vue, s'occupant de tout avec une efficacité remarquable. Ainsi ma vie s'était organisée, m'ôtant tout souci domestique. Sans aucun des inconvénients de la vie d'hôtel, j'en goûtais les avantages. Même ce décor, qui m'avait au premier abord impressionné et auquel je craignais de ne pas réussir à m'habituer, me devenait familier, comme si ces meubles solennels qui avaient, les premiers jours, paru me repousser s'étaient petit à petit domestiqués, acceptant ma présence. J'osais les traiter avec désinvolture, étalant un peu partout ces objets personnels qui signifient l'appropriation : une chemise sur le dossier d'un fauteuil, un journal froissé sur la commode, une paire de souliers sous le secrétaire florentin, mes cigarettes sur la table de chevet. De les retrouver là où je les avais mis me procurait un sentiment de réconfort. Rosa ne s'obstinait pas en effet à substituer son ordre au mien, se contentant de retirer la poussière, de cirer les meubles et le parquet. Même le voisinage de Don Avelino, loin de m'ennuyer, me rassurait. Certains soirs, j'ouvrais la fenêtre et sortais sur le balcon, scrutant du regard l'immeuble d'en face. Mystérieusement averti de ma présence, Don Avelino se montrait derrière la vitre pour m'adresser un signe de sympathie auquel je répondais en agitant la main. Je restais accoudé à la rampe, observant le trafic des voitures et le défilé des passants. De reconnaître des visages, de répondre à des salutations et à des sourires me faisait sentir que je m'incorporais petit à petit à la trame cachée de la ville. Je prenais des habitudes, ce qui constitue le meilleur moyen de pénétrer la vie d'une communauté. L'apéritif au " Mongo ", sous les arcades de la Grand-Rue, la marchande de tabac du Corso, près de mon domicile, un restaurant du Bas Corso, non loin de la basilique de Saint-Laurent, une courte promenade entre le casino et le kiosque à musique du parc municipal : autant de rites dont la répétition renforçait l'illusion d'appartenir à une société étroite, soudée par des habitudes collectives. Etait-ce dû aux dimensions réduites de la ville, à cette léthargie où elle reposait ? Nulle part on ne me faisait sentir que j'étais un flic. Cet éloignement dissimulé derrière un sourire de façade dont je souffrais si vivement à Murcie, je ne le sentais pas à Huesca. Chacun ici semblait accepter que j'étais un homme parmi les hommes, faisant du mieux que je le pouvais un métier ni plus sot ni plus répugnant que d'autres.

Le changement de saison renforçait également ma bonne humeur. Depuis deux semaines, l'hiver s'était installé. Un hiver lumineux, presque chaud au soleil, glacial à l'ombre, avec des nuits de gel, scintillantes. Ces contrastes me revigoraient. Je me sentais habité d'une jubilation secrète. Sortant du restaurant, tard dans la nuit, je recevais avec bonne humeur une gifle de glace, qui me brûlait les joues. Je marchais gaiement, heureux de sentir mon sang s'échauffer et accélérer sa course à travers mon organisme. Pour savourer plus longtemps cette sensation, je faisais parfois un détour, longeant le parc jusqu'au théâtre municipal, passant devant les villas des notables, ceinturées de jardins frissonnants. En arrivant devant ma porte, je levais les yeux vers l'immeuble d'en face, m'assurant que la maigre lueur découpait le cadre de la fenêtre. Je me demandais à quoi Don Avelino occupait ses nuits de veille. Je l'imaginais assis dans un fauteuil, lisant un roman ou un recueil de poésies à la clarté de la lampe. A moins qu'il ne rêvassât, yeux mi-clos, comme il lui arrivait si souvent de le faire, absorbé dans je n'aurais su dire quelle méditation. Se remémorait-il le passé ? Lui arrivait-il de se rappeler Ramon Espuig, le Dr Ferral, ou ce Domingo Ortez qu'il avait probablement fait fusiller avant d'épouser sa belle-sœur et de s'installer dans son fauteuil, près du vieux poêle en fonte ? Ou bien sa mémoire visitait-elle la grande maison de Sangüesa, le jardin touffu plein d'odeurs de pluie ? Ces questions, je me les posais avec une curiosité détachée. Maintenant que je le connaissais, qu'à l'image du tueur impassible j'avais substitué celle du vieillard caustique, avalant furtivement des médicaments destinés à apaiser une douleur qu'il refusait orgueilleusement de partager, je n'éprouvais plus à son endroit ni haine ni dégoût. Non plus de la pitié. Une sorte de compassion pudique. Si je continuais à rôder en esprit autour de son énigme, c'était par simple curiosité. Le monstre, si l'on peut appliquer ce mot à un homme dont le caractère échappe à la norme, me semblait apprivoisé. Proche de sa fin, il n'était plus qu'une momie fripée, gorgée de mépris. Les prévenances dont il m'entourait, les soins qu'il me prodiguait, cette confiance abandonnée qu'il me témoignait continuaient certes de m'intriguer. Venant d'un autre que de lui, j'aurais pu me dire que cette complicité résultait d'une sympathie, d'une élection nécessairement mystérieuses. Ce n'était nullement le cas, je le devinais. Dès avant de me rencontrer, alors que, seul dans son bureau du troisième, il m'attendait, le visage enfoui entre ses mains, Don Avelino était décidé à me séduire. Quel dessein poursuivait-il en agissant de la sorte, me demandais-je encore, sans toutefois l'inquiétude soupçonneuse des premiers jours ? Avec amusement presque, je l'écoutais parler, évoquer des souvenirs, détailler des anecdotes ou se lancer dans des élucubrations pleines de subtiles considérations sur la police, son thème favori. Avec ironie, je suivais ses efforts pour m'amuser ou me subjuguer ; le regard attentif dont il m'enveloppait, couché sur moi presque, dans une attitude à la fois protectrice et câline ; ses gestes empressés pour me verser du café ou me tendre une pièce de dossier ; son inaltérable sourire qui, sans remonter jusqu'aux yeux, toujours voilés, adoucissait la dureté de sa bouche.

Peu m'importaient les arrière-pensées et les ruses de ce vieillard. J'imaginais mal qu'il pût me faire le moindre mal. Parce que j'étais heureux, à tout le moins content, je me sentais invulnérable. Si même Don Avelino était atteint de la rage, ses morsures avaient peu de chances de m'inoculer la maladie. Beaucoup d'années avaient passé depuis que son regard minéral paralysait ses victimes. Un air neuf agitait l'atmosphère. Une sorte d'allégresse excitait les esprits. Depuis la mort de l'illustre vieillard du Pardo chacun respirait plus librement, les regards exprimaient une hardiesse retrouvée, les bouches si longtemps scellées laissaient échapper des propos irrévérencieux. Comme une contagion, la liberté se répandait, chassant l'angoisse et dissipant l'ombre. Cette frénésie de vie s'exprimait dans les détails les plus quotidiens : une presse nouvelle annonçait des idées longtemps interdites, les radios diffusaient des pensées qu'on avait crues mortes, les cinémas projetaient des films où le corps de la femme s'exhibait sans voiles, des drapeaux, cachés durant trente-cinq ans au fond des malles, décoraient les fenêtres. A ce torrent, je m'abandonnais moi aussi, buvant à cette source vive. Sans trop me préoccuper de ce qui engendrait cette joie — la politique continuant de m'ennuyer —, je cédais à la contagion. Au cœur de cet hiver de soleil et de gel, c'était comme si le printemps avait éclaté dans les têtes.

Dans ce climat, quel mal Don Avelino aurait-il pu me causer ? Sa maigreur ridée, sa pâleur de cire, son odeur d'huile rance et de lavande, son élégance négligée, la voussure de son dos, ses propos d'amertume et de dérision : tout cela appartenait à un passé révolu. Selon l'expression de Gonzalvo, qui le considérait avec un éloignement méprisant, il n'était plus qu'un fossile. Tapi dans son bureau exigu dont il interdisait qu'on ouvrît la fenêtre, fût-ce pour aérer, il passait ses jours à consulter et à compulser ses dossiers, attendant l'heure de la retraite. Toute la Maison le traitait d'ailleurs avec une courtoisie déférente, qui cachait mal le peu de cas qu'on faisait de lui. On le laissait dans son service, comme on jette à un vieux cabot un os à ronger. Un vol de cyclomoteur ou de voiture, un cambriolage : ces riens occupaient désormais le tout-puissant chef de la police, devant qui des milliers d'hommes avaient tremblé. Si on ne l'écartait pas, c'était probablement par calcul : sa présence démontrait que le nouveau régime n'entendait pas inquiéter les serviteurs du franquisme. On faisait pourtant pis que l'écarter : on l'ignorait ostensiblement. Malgré son titre de directeur de la Sûreté, le pouvoir avait changé de mains, appartenant désormais à Manuel Perez, le directeur adjoint, un Levantin court et replet, au cheveu noir et graisseux, au regard de velours, qui, sans doute pour compenser sa petite taille, relevait fièrement un triple menton adipeux. Par son bureau du sixième étage, dallé de marbre, passaient toutes les affaires importantes et de là partaient aussi les directives ministérielles, les mutations et les avancements. Aussi, chacun tournait-il ses yeux vers l'étage supérieur, négligeant le cagibi du troisième où un vieil homme désabusé terminait sa carrière en noircissant du papier.

Cette situation, Don Avelino paraissait l'accepter de bonne grâce, sans donner l'impression de souffrir de l'abandon où on le laissait. Sans doute avait-il deviné sa disgrâce bien avant la mort de Franco, quand le gouvernement lui avait dépêché Don Manuel Perez, ou même, qui sait, plus loin encore, en recevant le « conseil », de cesser ses investigations dans les régions montagneuses de la province. De ce qu'il éprouva, alors, il ne laissa rien paraître. Fut-il blessé dans son amour-propre ? Gonzalvo m'assurait que son prédécesseur n'avait remarqué aucun changement dans son attitude. Sans illusions sur les hommes, Don Avelino n'en avait probablement pas sur le pouvoir. Peut-être se réjouit-il de constater que l'ingratitude s'entourait de précautions, comme si elle n'osait pas montrer son vrai visage.

A présent, il restait tapi dans la pénombre, observant avec délectation le grouillement des ambitions et les ruses de la lâcheté. Une ou deux fois, il fit devant moi une allusion au changement que les journaux ne cessaient de célébrer.

« J'ai toujours pensé, parce que l'on me l'avait enseigné à l'école, que nous formions, nous autres, les Espagnols, un peuple fier et courageux. Rappelez-vous Numance, la guerre de l'Indépendance, la guerre civile plus près de nous. Or, je m'interroge : comment cette nation de braves a-t-elle pu subir durant plus de trente-cinq ans une dictature abhorrée sans tenter le plus léger soulèvement pour recouvrer sa liberté ? Etrange, vous ne trouvez pas ? Je n'entends partout que des lamentations, le chœur des martyrs de la démocratie. Moi qui ai pourtant eu l'ouïe assez fine, je n'ai longtemps entendu que quelques plaintes isolées, fort dignes au demeurant. Vous verrez, Laredo, encore un temps et, dans cette ville, je symboliserai bientôt à moi tout seul les ténèbres moyenâgeuses. Savez-vous que certains déjà détournent la tête quand ils me croisent dans la rue ? Amusant, n'est-ce pas ? Nous vivons une époque hautement instructive. »

Ces pointes étaient rares. En règle générale, il faisait semblant de ne rien remarquer, poursuivant sa tâche avec une obstination paisible.

S'il ne disposait plus d'aucun pouvoir sur l'ensemble des services, il dirigeait en revanche le nôtre avec une minutie tatillonne. Cette rétention de l'autorité n'avait pas manqué, les premiers temps, de m'étonner. Habitué aux méthodes de Don Anselmo, qui laissait à ses inspecteurs une large initiative, cette surveillance soupçonneuse m'avait paru aussi vexante que ridicule. Pas un dossier n'échappait à son regard, s'agît-il du vol d'un fromage dans une épicerie. Aussi disposions-nous de loisirs nombreux, en attendant qu'il ait pris une décision. Soit l'effet de l'âge, soit trait de caractère, il retenait les dossiers des jours, des semaines parfois. Ce qu'il en faisait, aucun de nous ne l'aurait su dire. Il les entassait sur son bureau, les lisait peut-être, les annotant de son écriture serrée, hachée de traits verticaux, les l ou les h, puis il les rangeait dans un classeur où il les oubliait. Quand nous lui rappelions, une semaine ou un mois plus tard, qu'il conservait le dossier de l'affaire X ou Y dont il nous demandait des nouvelles, une expression de naïve surprise se peignait sur son visage et, souriant, il nous disait :

« Vraiment ? Je l'ai complètement oublié. Je vous le rends tout de suite. »

De ces oublis, je ne savais trop que penser. Sincères, comme j'inclinais à le croire, ou, comme le prétendait Gonzalvo, calculés ?

« C'est un vieux renard qui joue de son âge pour nous amadouer, disait Gonzalvo d'un ton de dédain.

— Quel intérêt aurait-il donc, objectais-je, à conserver des dossiers insignifiants ?

— Intérêt ? s'esclaffait Gonzalvo. Mais aucun, cela va de soi. Sauf celui de satisfaire son goût du secret, sa maladie de l'ombre. Observe-le : il a toujours l'air d'un conspirateur rasant les murs. »

La justesse de cette remarque me frappa. Don Avelino semblait en effet cultiver le mystère. Dans les couloirs, il marchait d'un pas pressé, une pile de dossiers sous le bras, le dos voûté, tête baissée, filant le plus près possible des murs, comme s'il voulait passer inaperçu. On le voyait surgir à l'improviste, le sourire à la bouche, l'œil noir aux aguets.

« Vous n'êtes pas submergés de travail, à ce que je vois ? Parfait, parfait. Au fait, que devient l'affaire Z ?

— Nous attendons que vous nous rendiez le dossier, Don Avelino.

— C'est moi qui l'ai ? Je vous l'apporte tout de suite. »

Ses brusques apparitions indisposaient Clara, qui ne l'aimait pas.

« Quel Tartuffe ! marmonnait-elle dès qu'il s'éloignait. Toujours à surveiller, à espionner.

— Laisse-le faire, lâchait Gonzalvo. Puisque ça l'amuse...

— Il m'énerve à fouiller partout. Jamais on ne l'entend venir. Tu le crois dans son bureau et tu le trouves aux toilettes.

— Il a tout de même le droit de pisser, non ? faisait Gonzalvo en riant.

— Si tu veux mon avis, il pisse beaucoup. D'ailleurs, il ne tient pas en place, se faufilant partout avec son sourire de chanoine. Je serais contente de ne plus voir sa tête sinistre. »

Cette maladie du secret nous agaçait et nous amusait à la fois. Rien ici de l'agitation qui régnait à Murcie. Des matinées entières, nous restions assis, désœuvrés, à plaisanter ou à deviser de sujets sans importance. Loin de me peser, cette inactivité me plaisait. Elle créait dans le service une atmosphère de détente et de complicité. Parfois, nous ressentions une légère vexation à être maintenus dans l'ignorance de certaines affaires. Ainsi du crime commis au cimetière dont la presse locale s'était un temps émue et qu'on avait fini par oublier presque, Don Avelino ayant conservé le dossier par-devers lui. Dans une petite cité où les assassinats constituent des événements considérables, nous éprouvions une certaine amertume, nous, inspecteurs de la brigade criminelle, de n'en savoir pas davantage que la marchande de journaux. Une fois ou deux, Gonzalvo avait posé la question à Don Avelino. Les yeux baissés, celui-ci s'était contenté de marmonner qu'il s'en occupait, façon courtoise de nous indiquer que nous n'aurions pas à nous mêler de l'enquête.

« Il s'en occupe, ricanait Mendoza, un inspecteur obèse qui attendait, lui aussi, sa retraite. On sait ce que ça veut dire. Il a lu vingt fois le dossier, il a griffonné des mots, puis il l'a classé et oublié.

— Je ne crois pas, rétorquait Gonzalvo d'un ton pensif. Je suis certain qu'il travaille dessus et que, le moment venu, il nous dira de sa voix la plus suave : " Au fait, le coupable, c'est X. "

— Tu me fais marrer. Tu lis trop de romans. Les commissaires de génie qui résolvent les affaires en fumant une pipe assis dans un fauteuil, je n'en ai jamais rencontré, depuis quarante ans que je suis dans la police. Avelino Pared, il est comme les autres : il doit vérifier, interroger : la routine, quoi.

— Mais il le fera, lâchait Gonzalvo. Je suis certain qu'il ne néglige pas la routine, comme tu dis. Seulement, la routine, il l'accomplit dans l'ombre. »

J'avais écouté leurs propos sans me mêler à la discussion. Sur les méthodes de Don Avelino, je n'avais que des idées confuses, ne l'ayant jamais vu à l'œuvre. Tout ce que j'avais appris de lui m'inclinait à donner raison à Gonzalvo : Don Avelino n'était pas un homme à se fier à son intuition. La question était de savoir s'il s'occupait réellement de l'affaire ou s'il l'avait oubliée et, plus généralement, si le vieillard que je côtoyais chaque jour restait le policier qu'il avait été.

Malgré les menues irritations, l'atmosphère du service restait bonne, sans tensions ni rivalités. De jour en jour, ma sympathie pour Gonzalvo devenait plus chaleureuse, et je prenais plaisir à bavarder avec lui. Dans son caractère, je découvrais une bonté sans mièvrerie, faite d'une indulgente compréhension. Se gardant de juger, moins encore de condamner, il considérait les hommes avec une bienveillance compatissante. La pire abjection ne le dégoûtait pas et, chez la plus veule des crapules, il trouvait moyen de dénicher un coin de lumière. Simplement, il tenait compte de toutes les circonstances. Avec attention, je l'écoutais évoquer son enfance, parler de sa femme et de ses gosses. Passionné de football, il cherchait à me faire partager son enthousiasme, sans toutefois y réussir. Mais il avait une façon telle de raconter les détails et les péripéties d'une partie, mimant les passes, que je suivais son récit avec plaisir, heureux de la joie qui éclairait son regard.

A lui seul, je m'ouvris de mon désarroi touchant l'attitude de Pilar qui, depuis mon arrivée à Huesca, ne m'avait pas écrit une seule lettre. Plusieurs fois, je lui avais téléphoné, inquiet de son silence. A l'autre bout du fil, sa voix résonnait, étrangement calme et distante. S'exprimant par petites phrases, elle me donnait des nouvelles des enfants, de la maison, s'excusant de n'avoir pas trouvé le temps de répondre à mes lettres, trop absorbée par les préparatifs de son départ. Faute aussi, ajoutait-elle, d'avoir rien de bien intéressant à m'apprendre. Comme j'insistais si tout allait bien, elle répondait que oui, bien sûr, quelle idée de pareillement m'inquiéter. Propos qu'elle ponctuait d'un petit rire contraint. Des silences séparaient nos répliques. Dans ces secondes de vide, toute la gêne de nos relations m'apparaissait. Je croyais entendre son souffle dans l'écouteur et peut-être l'entendais-je vraiment. Cherchant comment dissiper ce malaise, je posais des questions banales auxquelles elle faisait des réponses également succinctes. Ces conversations ambiguës me rappelaient les jours précédant mon départ de Murcie. J'avais l'impression qu'il dépendait de moi, par un mot ou par une phrase, d'écarter cette brume qui nous cachait l'un à l'autre. Peut-être aurais-je pu murmurer : « Je t'aime et tu me manques » et ces mots se formaient d'ailleurs dans mon esprit, sans cependant franchir le seuil de ma bouche. Au lieu de quoi, je répondais, moi aussi, à ses questions : Oui, j'allais bien, j'étais bien installé, le climat était rude mais sain, non, mon chef n'était pas aussi redoutable qu'on me l'avait peint, d'ailleurs il avait l'aspect d'une momie ; bien sûr, je mangeais bien... Ainsi passaient ces minutes précieuses, sans qu'aucune parole vraiment vivante ne nous rapprochât. Après avoir raccroché, j'éprouvais une lassitude mélancolique, me demandant pour quelle raison je n'avais pas prononcé ces mots si simples que, peut-être, Pilar attendait. Je finissais par m'avouer que je les taisais non par pudeur, mais parce qu'ils n'exprimaient pas la réalité. Pilar me manquait-elle ? Oui et non. Je regrettais des habitudes, une certaine intimité, cette tiédeur complice entourant deux êtres qui se sont aimés et qui ont vécu dix ans ensemble. Pourtant, ma solitude me plaisait, je me sentais plus libre, plus dégagé. J'appréhendais même le moment où nous nous retrouverions face à face, repris par la routine. Alors, pouvais-je, sans mentir, déclarer à Pilar que je l'aimais, quand son absence, loin de me peser, me libérait ?

En attendant la réunion mensuelle dans le bureau de Don Manuel Perez, au sixième, nous étions assis, Gonzalvo et moi, dans la cafétéria, devant une table de formica bleue. Sans m'interrompre, il m'avait écouté, hochant de temps à autre la tête.

« En somme, dit-il après un moment de réflexion, tu n'es pas mécontent de te retrouver célibataire et tu regrettes, d'un autre côté, que ta femme ne t'écrive pas des lettres passionnées.

— C'est un peu ça, fis-je avec un sourire.

— Ta situation n'a rien de bien original. Chaque homme traverse des périodes où il se sent partagé entre la nostalgie de l'indépendance et la mélancolie des habitudes. La plupart s'arrangent pour surmonter la contradiction par la tricherie.

— Tu veux dire que tu as, toi aussi, vécu ce... malaise ?

— Oh, à chacun de mes voyages. En me réveillant dans une ville inconnue, je me sens ivre de liberté, plein d'une gaieté fébrile. Je regarde toutes les femmes avec convoitise. Il me semble alors que je pourrais recommencer ma vie, tout reprendre à zéro. Au bout de quelques jours, le vertige cesse, je me sens fatigué et n'ai plus qu'une envie : retrouver la maison, revoir Tina.

— Dans mon cas, c'est différent, vois-tu. Même à Murcie

nous vivions comme séparés par une cloison de verre. J'aime Pilar, enfin, je le crois... Seulement...

— Tu ne penses pas à quelqu'un d'autre ? N'y a-t-il pas une autre femme que tu souhaiterais voir débarquer ici ?

— Peut-être.

— Ne t'en fais pas, vieux, fit Gonzalvo en tapotant mon épaule, le temps se charge de dénouer tout seul ce genre de situations. Viens, c'est l'heure de monter. »

Ces réunions, qui de jour en jour se multipliaient et dont rien ne ressortait jamais, nous assommaient pareillement. Deux ou trois heures, nous demeurions assis, écoutant la lecture de rapports ennuyeux, émaillés de statistiques et de courbes. Luttant contre le sommeil, nous feignions de suivre ces exposés aussi creux que fastidieux. D'où cette mode était venue, ce que nos chefs en attendaient, nous l'ignorions. Tout ce que nous savions, c'est que nous ne pouvions échapper à ces séances.

Assis très droit derrière son bureau de teck supportant trois téléphones à touches digitales, Don Manuel Perez essayait d'allonger sa taille en étirant sa colonne vertébrale. Son triple menton fièrement relevé, il toisait l'assistance d'un air qu'il croyait imposant et qui n'était que ridicule. Assis sur une chaise, de côté (il avait toujours refusé de prendre place derrière le bureau, malgré l'insistance du codirecteur), Don Avelino se penchait au contraire, le menton posé sur ses paumes. Fixant sur le rapporteur un regard d'une attention extrême, excessive prétendait Gonzalvo, il semblait boire ses paroles, sans toutefois marquer la moindre réaction. Autour de ces deux personnages, sur une double rangée de chaises, les commissaires et les inspecteurs, un bloc sur leurs genoux, dans une attitude d'élèves studieux. La liturgie voulait que les assistants enlèvent leurs vestes et défassent leurs nœuds de cravate, ce que, pour ma part, je refusais de faire, tout comme j'évitais de prendre des notes. Obéissant cependant à l'invitation de Don Manuel Perez qui, ouvrant la séance, lâchait d'un ton débonnaire : « Mettez-vous à l'aise, je vous prie », la plupart de mes collègues s'empressaient d'enlever leurs vestes, qu'ils accrochaient au dossier de leur siège. Ce mouvement d'une ponctualité toute militaire m'amusait, et mon regard cherchait celui de Don Avelino, qui restait impassible. Pourtant, j'étais certain qu'il remarquait l'ironie de cette gymnastique, si même il feignait de ne rien voir ni entendre. Certains inspecteurs retroussaient même les manches de leur chemise, adoptant des attitudes faussement détendues. On aurait dit des figurants dans un film policier américain. Il ne leur manquait que de mâcher du chewing-gum pour ressembler tout à fait à leurs modèles.

Ce jour-là, un jeune inspecteur débitait d'une voix monocorde un rapport sur l'évolution de la criminalité. Gras et blond, il trébuchait sur les mots, reprenant sa phrase depuis le début. Mes yeux rencontrèrent ceux de Gonzalvo et nous échangeâmes un sourire de connivence. Depuis un quart d'heure, la voix hésitante ronronnait.

« ... Au cours des quatre années écoulées, entendais-je comme dans un songe, la courbe délictuelle a suivi un mouvement ascensionnel continu, comme le montre le graphique...

— Ne pourrait-on dire, plus simplement : " Durant ces quatre dernières années, le nombre des délits a régulièrement augmenté ", ou quelque chose d'approchant ? »

Don Avelino avait parlé d'une voix suave, sans faire le moindre mouvement. S'arrêtant de lire, l'inspecteur le considérait d'un air ahuri. Tous les regards s'étaient d'ailleurs tournés vers Don Avelino qui, le menton entre ses paumes, fixait le rapporteur avec un large sourire.

« C'est-à-dire, balbutia le rapporteur. C'est pareil.

— Justement, murmura Don Avelino du même ton de douceur.

— Bien sûr, cher ami, intervint Don Manuel Perez en faisant tomber sur son collègue un regard de défiance, bien sûr, il est possible de dire ces choses plus simplement. Peut-être même le devrait-on. Seulement, il s'agit, n'est-ce pas, d'un rapport technique et toute technique comporte une terminologie. »

Sans répondre, Don Avelino se redressa et fit un geste signifiant : « Dans ce cas... », geste qu'il ponctua d'un sourire plein de candeur. Puis, reprenant sa pose, il lâcha dans un soupir !

« Excusez-moi de vous avoir interrompu, inspecteur. Poursuivez, je vous prie. »

Son intervention avait suscité un malaise qui tardait à se dissiper. Chacun observait son voisin, essayant de deviner quelle attitude adopter. Troublé, le rapporteur s'efforçait de reprendre sa lecture, mais son bredouillage tournait au bégaiement. Des gouttes de sueur mouillaient son front, glissant sur son nez court et relevé du bout. Petit à petit, il réussit à se maîtriser et l'atmosphère se détendit. Une vague gêne flottait dans l'air, comme si l'intervention saugrenue de Don Avelino avait rompu le charme. Je jubilais. Le ton de feinte candeur dont le directeur avait posé sa question, cette ironie douce, continuait d'éclater en fusées dans mon esprit. De peur de ne pouvoir pas maîtriser le fou rire qui me gagnait, je gardais les yeux baissés, évitant de regarder Gonzalvo que je sentais frétiller à côté de moi.

La séance s'achevait et nous nous apprêtions à nous lever quand, d'un ton d'innocence calculée, Don Manuel Perez demanda :

« Toujours rien de nouveau concernant ce crime ? Il faudrait peut-être décider ce que l'on dira à la presse... »

Tous les regards étaient à nouveau tournés vers Don Avelino qui lentement se redressa, souriant.

« ... Si nous connaissions à tout le moins l'identité de la victime, cela faciliterait notre tâche. N'a-t-on rien découvert ? »

Sans en avoir l'air, le directeur tenait, devant tous, à marquer un point sur son collègue qui, dans un souffle, dit :

« Justement, mon cher ami, il y a du nouveau. Nos collègues de Saragosse viennent de me communiquer l'identité de la victime : Carlos Bastet, né le 2 août 1917, à Jaca, dans cette province.

— Quoi ! s'écria Don Manuel Perez, incapable de dissimuler son étonnement. L'homme est du pays ? Mais, alors...

— Il vivait en France depuis mars 1939, à Albi pour être précis, où il possédait un garage-atelier de réparations. Marié, quatre enfants.

— Ce n'est donc pas une affaire de mœurs, fit Don Manuel Perez, l'air visiblement mécontent.

— Je ne le pense pas, répondit Don Avelino sans se départir de ce sourire candide qu'il arborait depuis le début de la séance.

— Vous pensez que ça pourrait être une affaire politique ? chuchota le directeur en plissant le front.
— Je n'en sais rien, fit Don Avelino, toujours souriant. Maintenant que nous connaissons l'identité de la victime, nous ne tarderons pas à découvrir les motifs de sa mort. »
Une seconde, Don Manuel Perez resta silencieux, l'air soucieux. Sans doute agacé par l'intervention inopinée de Don Avelino au cours d'une réunion qu'il prenait, lui, tout à fait au sérieux, il avait voulu, par sa question, embarrasser son collègue devant les commissaires et les inspecteurs. La pierre retombait lourdement dans son jardin. Réfléchissant, son visage bouffi avait une expression de ruse.
Un silence absolu régnait depuis que Don Avelino avait révélé l'identité de la victime. Chacun comprenait que la passe d'armes dont il venait d'être le témoin s'achevait par la victoire de Don Avelino, qui restait assis de côté, une expression angélique dans ses yeux attachés au directeur.
« Voyons, fit Don Manuel Perez d'un ton de soupçon, depuis quand connaissez-vous l'identité de la victime, mon cher ami ?
— Un de mes amis, qui travaille à Saragosse, m'a téléphoné il y a tout juste une heure, répondit Don Avelino dans un souffle. Il n'a pas été facile d'identifier le mort, puisque nous ne disposions d'aucun indice. On a cependant fini par retrouver sa voiture, dans le garage de l'hôtel Aragon où il était descendu.
— Je vois, murmura le directeur d'un ton irrité. Etait-il... ? Je veux dire : quel avait été son rôle pendant la guerre ?
— Militant du parti communiste, commissaire politique aux armées. Il paraît cependant établi que, depuis 1945, il avait abandonné toute activité politique. C'était d'ailleurs son premier voyage en Espagne.
— Pensez-vous que cette affaire puisse provoquer un scandale ? »
Sans répondre, Don Avelino leva et abaissa le bras droit, comme pour dire : Qui le sait ?
« Je suis sûr que tous ces messieurs sauront faire preuve de la plus grande discrétion, déclara-t-il enfin, tournant vers l'assistance son visage de momie.
— Certainement, fit Don Manuel Perez, qui ajouta d'une

voix plus forte : Messieurs, je compte que vous garderez le silence sur tout ce qui vient d'être dit. Dans les circonstances délicates que traverse le pays, il serait fâcheux que les journalistes échafaudent des hypothèses hasardeuses. Je suis persuadé, mon cher ami, poursuivit-il en regardant son collègue, que vous conduirez cette affaire avec tact et intelligence, qualités qui vous caractérisent. Messieurs, je vous remercie. Nous nous retrouverons le mois prochain. »

Nous nous levâmes et quittâmes lentement le bureau. Dans le couloir, les inspecteurs et les commissaires discutaient à voix feutrée. J'entendis dire à l'un : « Y a pas à dire, il est fortiche. C'est un coup de maître. » La réponse m'échappa.

Rejoignant Gonzalvo et Mendoza, qui, eux aussi, commentaient l'incident, je marchai à leurs côtés.

« Je te l'avais dit, fit Gonzalvo avec un sourire ironique. Tout vieux et tout malade qu'il se prétend, il garde encore ses dents.

— N'empêche que cette affaire me paraît louche, grommela Mendoza. D'abord, il est faux que le vieux n'ait appris que ce matin le nom du mort. En disant ça, il mentait comme un arracheur de dents. Ensuite, je flaire là-dessous quelque chose de pas très net.

— Je partage ton avis », dit Gonzalvo d'un ton préoccupé.

Laissant Mendoza au troisième étage, nous partîmes ensemble, Gonzalvo et moi, vers la ville, traversant à pied le parc. Le soleil brillait dans un ciel limpide et l'on aurait pu se croire au mois d'octobre, tant la température était douce. Sans nous être concertés, nous nous assîmes sur un banc, près du kiosque à musique coiffé d'un toit pointu. Quelques instants nous demeurâmes silencieux, observant le manège des jeunes gens et des jeunes filles qui se croisaient en échangeant des plaisanteries.

« Tu crois vraiment qu'il y a quelque chose de louche là-dessous ? questionnai-je enfin.

— Il a une idée derrière la tête, c'est sûr, répondit Gonzalvo d'une voix sourde. Laquelle ? Nous le saurons quand tout sera fini.

— Tu penses qu'il connaît le ou les assassins, c'est ça ?

— Avec lui, on peut s'attendre à tout. As-tu remarqué comment il a manœuvré pour forcer le directeur à poser sa question ? Un jeu de cape superbe : détourner l'attention du taureau pour l'emmener aux piques.

— Tu veux dire, fis-je, interloqué, que son intervention était calculée ?

— Tiens, comme si ce vieux renard faisait jamais rien au hasard. Rappelle-toi son sourire angélique, cet air de candeur, sa voix de velours. Il a voulu leur montrer qu'il n'était pas encore mort. Il a réussi d'ailleurs, le gros poussah ne fait pas le poids, malgré sa graisse de marchand levantin. Du travail d'artiste. »

Je réfléchissais : était-il possible... ? Gonzalvo disait vrai, je le sentais. L'idée pourtant d'une telle ruse me causait une vague frayeur. Malgré tout ce que je savais de cet homme, je m'étais persuadé que l'âge l'avait changé et qu'il ne pourrait plus causer la moindre blessure. Avec angoisse, je découvrais que la bête n'était pas au bout de ses forces.

« Raf, murmurai-je soudain, je voudrais te poser une question.

— Qu'y a-t-il ?

— J'ai confiance en toi. Je t'estime, tu le sais. Je voudrais que tu me répondes franchement. Te rappelles-tu ce que tu m'as dit le jour de mon arrivée, quand je t'ai juré que je ne connaissais pas Don Avelino avant de débarquer à Huesca ?

— Vaguement.

— Tu m'as dit que tu me croyais mais qu'un détail te chiffonnait, lequel, Raf ?

— Laisse tomber, vieux. Tu es trop émotif, tu attaches de l'importance à des riens.

— Je t'en prie, j'ai besoin de savoir.

— Eh bien, tu vas encore t'imaginer Dieu sait quoi. Je crois que ça signifie pas grand-chose. Voilà : Don Avelino avait demandé ta mutation à Huesca, ce qui me laissait penser qu'il te connaissait. »

Une minute peut-être, je restai le souffle coupé, incapable de bouger. Détournant le visage pour dissimuler mon émotion, je respirai lentement et profondément. Dans mon cerveau, les idées se mélangeaient.

« Ne te tracasse pas, vieux. Ça ne signifie rien.

— Es-tu sûr, Raf ? balbutiai-je. Je veux dire : as-tu une preuve qu'il a bien demandé que *moi* je sois transféré à Huesca ?

— Santiago Laredo, inspecteur de deuxième classe. J'ai moi-même vu le formulaire réglementaire, type A 322. Adressé à Don Anastasio Menendez, directeur général de la Sûreté à Murcie. »

Un soupçon horrible s'insinua dans mon esprit. Je revoyais le visage bouleversé du vieux Trevos, dans le couloir de l'hôtel de la police à Murcie, serrant ses dossiers contre sa poitrine, il demandait : « Ils ont enlevé une pièce, n'est-ce pas ? » Une question m'obsédait : pourquoi ?

« Tu parais bouleversé, vieux. Je t'assure que tu as tort de te mettre dans un pareil état. Ce type est un fou.

— Tu ne comprends pas, Raf. Il ne me connaissait pas, il n'avait jamais entendu prononcer mon nom. Or, il me choisit, moi. Assis dans son bureau, il attend mon arrivée, il m'enveloppe de sourires, de protestations d'amitié... Qu'est-ce que tout ça veut dire, Raf ? Je ne suis pas un trouillard, je t'en donne ma parole, et pourtant...

— J'y ai, moi aussi, réfléchi, Santi. Pour un motif ou un autre, il a dû se renseigner sur ton compte. Peut-être ta personnalité lui a-t-elle plu. Il se fait vieux, il marche vers la mort, il désire, avant le grand départ, léguer à quelqu'un ce qu'il considère être son testament. En somme, tu serais son dauphin, conclut Gonzalvo avec un rire qui sonna faux.

— J'ai pensé ça, moi aussi, murmurai-je. Ce n'est pas la véritable raison. Il y a en Espagne des milliers de jeunes inspecteurs, dont certains beaucoup plus intelligents, plus... Non, Raf, il existe une *autre* raison que nous ne devinons pas.

— Tu n'es pas andalou pour rien, plaisanta Gonzalvo. Tu parles comme une gitane superstitieuse. Ce type est fou, te dis-je, complètement dingue. Il ne peut rien contre toi, si tu le décides. M'entends-tu Santi ? Ecoute, ajouta-t-il en posant amicalement sa main sur mon épaule, tu m'as fait tout à l'heure une grande déclaration d'amitié. Je te demande de suivre le conseil que je vais te donner : cet après-midi, ne viens pas au bureau. Je dirai que tu es malade. Entre dans un cinéma, regarde un film bien cochon, avec plein de belles filles à poil, ensuite tu montes chez une putain quelconque et tu tires un bon coup. D'accord ? »

J'acquiesçai de la tête. Je l'accompagnai jusqu'à la Grand-Rue et pris congé de lui au coin du Corso. Il insista pour que j'aille déjeuner chez lui mais je refusai, prétextant une migraine. Je rentrai à pied à mon domicile.

Dans le vestibule, j'entendis une voix suraiguë. A en juger par ses plaintes, la cantatrice devait traverser un sale moment, peut-être même se mourait-elle. Sans faire de bruit, j'allai dans ma chambre. Je restai debout, contemplant avec ahurissement ce décor théâtral. Après avoir tiré les rideaux, je m'étendis tout habillé sur le lit. Dans la pénombre, je ne cessais de tourner et de retourner cette question : pourquoi *moi*, précisément ? Je sombrai dans un sommeil confus, traversé de cauchemars. Vers dix heures, je m'éveillai en sursaut. Hésitant si je sortirais ou non dîner, je décidai de me recoucher. Approchant de la fenêtre, j'écartai le rideau et fixai la fenêtre d'en face, qui était éclairée. Je me déshabillai et me glissai dans les draps.

19

A mon réveil, mon regard chercha le masque livide de Don Avelino. La chambre était vide et le paquet de *churros* ne se trouvait pas sur la table. Une angoisse subite me saisit. Sautant de mon lit, j'enfilai mon pantalon et m'avançai, nu-pieds, dans le couloir. Dans le silence, j'entendais les battements affolés de mon cœur. Un bruit soudain venant de la cuisine me fit sursauter. Don Avelino une casserole à la main s'approchait de la cuisinière à gaz. J'eus la sensation physique qu'il m'avait aperçu et je faillis lui crier que oui, j'étais là. Sans chemise, nu-pieds, je me sentais néanmoins ridicule. Regagnant précipitamment ma chambre, je m'enfermai dans la salle de bains où je restai un long moment adossé à la porte, attendant que mon cœur ralentisse ses mouvements.

Quand je sortis, Don Avelino était assis à sa place habituelle, fumant. Me saluant d'un sourire, il dit d'une voix désolée :

« Je n'ai pas trouvé de *churros* ce matin. Je vous ai acheté des croissants au beurre, cuits à la française. J'espère que vous les aimez ? »

Je murmurai des remerciements et m'assis de l'autre côté de la table, cependant qu'il se penchait pour me verser du lait et du café.

« Vous étiez souffrant, m'a-t-on dit ? Ce n'est pas trop grave, j'espère ?

— Une simple fatigue, j'ai dû prendre froid. Je voulais vous téléphoner mais...

— Oh, fit-il avec un geste de la main, comme vous avez pu le constater, le service n'est pas débordé. Si vous vous sentez encore patraque, vous pouvez vous reposer un jour de plus.

— Merci, je me sens bien. J'avais surtout besoin de sommeil.

— Oui, le sommeil constitue le meilleur des reconstituants,

murmura-t-il d'un ton rêveur en me regardant rompre un croissant et en tremper un bout dans ma tasse. Malheureusement, il n'agit guère sur les vieillards, qui en auraient pourtant le plus besoin. Je passe mes nuits à relire les poètes. Aimez-vous Machado ?

— Je ne l'ai jamais lu.

— Vous devriez. C'est la voix la plus pure de l'Espagne : un chant d'une transparence difficilement supportable. »

Il parla encore quelque temps de poésie, critiquant Lorca, trop flamboyant pour son goût, trop conventionnel dans son délire de métaphores. Je l'écoutais à peine. Rassemblant mon courage, je dis soudain :

« Don Avelino, me permettez-vous de vous poser une question ?

— Que puis-je pour vous ? Parlez, mon cher Laredo, fit-il en se courbant et en me fixant avec une expression d'attention.

— C'est bien vous qui avez demandé que je sois transféré de Murcie à Huesca, n'est-ce pas ? »

Il ne cilla pas. Pas une ride de son visage ne tressaillit. Un moment nous nous dévisageâmes en silence. Avec une attention douloureuse, j'essayai de déchiffrer son visage impassible.

« Quelle question saugrenue ! chuchota-t-il sans détourner son regard. Comment aurais-je pu demander votre mutation, puisque je ne vous connaissais pas ? Car nous ne nous connaissions pas avant votre arrivée à Huesca, vous l'admettez. »

Il mentait, j'en étais sûr. Son aplomb me laissait sans voix. De plus, qu'aurais-je pu répondre ? J'avais parfaitement saisi son allusion et je devais convenir qu'il était en droit, lui aussi, de me demander des comptes. Au bout d'un moment, je baissai les yeux.

« C'est Gonzalvo qui vous a dit cela, n'est-ce pas ? Il ne faut pas, mon cher Laredo, croire tout ce qu'on vous raconte. »

Je changeai de conversation, devinant qu'il ne m'en dirait pas davantage. D'ailleurs, Gonzalvo avait raison : que pouvait-il contre moi, ce vieillard gorgé de fiel ?

Une fois dehors j'allais tourner à gauche, selon notre habitude, mais il toucha mon bras :

« Si ça ne vous ennuie pas, nous passerons par la Grand-Rue. J'ai une petite vérification à faire. »

Nous suivîmes le Corso, devisant de banalités. Arrivés à la Grand-Rue, il traversa la chaussée, se dirigeant vers le " Mongo ". Sans se retourner, il descendit les trois marches et poussa la porte. Derrière le comptoir, Lorenzo, l'un des barmen, essuyait des verres. Levant la tête, il aperçut Don Avelino et se retourna brusquement, s'affairant autour du percolateur. Sa réaction m'intrigua.

Sans paraître rien remarquer, Don Avelino marcha jusqu'au bar et s'assit sur un tabouret. Avec un sourire sur son visage rond que remplissait presque un énorme nez d'où partaient deux rides qui rejoignaient la bouche, vaste et molle, Lorenzo dit :

« Bonjour, monsieur le directeur. Vous désirez quelque chose ? »

Sans répondre, Don Avelino m'interrogea du regard.

« Un café pour l'inspecteur. Un tilleul », lâcha Don Avelino d'un ton las.

La salle était vide. Assis de côté, le coude sur le comptoir, Don Avelino fixait le carrelage parsemé de sciure.

« Ces jours derniers, j'ai relu *Crime et Châtiment,* fit-il d'une voix très basse. Il y a là un type de juge d'instruction qui vous intéressera, Laredo. Ce pourrait être un policier. Il connaît le coupable, il l'a reconnu plutôt, et il ne l'arrête pas, attendant qu'il se dénonce. L'Œil, toujours. Tout le secret de la police tient dans l'Œil béant. Je vous passerai le livre. »

Lorenzo s'approcha et posa les deux tasses devant nous. Avec soin, Don Avelino défit les papiers enveloppant le sucre et les roula lentement en boules qu'il glissa sur la soucoupe. Puis il remua longuement sa boisson, d'un air absorbé. Avec curiosité, je l'observai, me demandant ce qu'il était venu faire là à une pareille heure. Son visage semblait las, vaguement indifférent. Dans son imperméable sale, il avait un aspect négligé. Furtivement, il tira un comprimé de la boîte qu'il gardait dans sa poche et il le porta à sa bouche, buvant ensuite une gorgée d'infusion.

« Lorenzo, murmura-t-il soudain sans regarder le barman. Quand as-tu vu l'homme pour la première fois ? »

Don Avelino avait formulé sa question d'une voix paisible,

tout en regardant la tasse. Lorenzo avait reculé d'un pas et son regard rusé fixait le directeur.

« Quel homme ? » questionna-t-il d'une voix mal assurée.

Lentement, Don Avelino releva la tête, posant sur le barman ses yeux éteints. Une seconde ils demeurèrent immobiles, se dévisageant. Dans le silence, la respiration de Lorenzo résonnait bizarrement. Avec curiosité, je l'observai alors que, sous le morne regard de Don Avelino, il pâlissait. Les mouvements de sa pomme d'Adam s'accélérèrent.

« Vous voulez parler de celui qu'on a retrouvé au cimetière ? demanda-t-il d'un ton de lassitude. Il est venu ici trois jours avant qu'on le trouve... là-bas. Il était une heure et demie environ. Il portait une petite valise. Il s'est approché du bar et il a commandé un Xérès sec ainsi que des calamars frits. Il est resté longtemps. Quand il a eu bu son apéritif, il m'a demandé si la salle du premier existait toujours. Ça m'a étonné. Je lui ai dit que oui et il est monté. »

Don Avelino détourna son regard. Le silence dura un moment que je trouvai long.

« Tu l'avais déjà vu ? demanda Don Avelino sur le même ton détaché.

— Jamais, je vous le jure.

— Il est revenu ?

— Deux autres fois. Il est monté directement au premier, s'asseyant à une table, près d'une lucarne.

— Avec qui a-t-il parlé ?

— Avec personne que je sache. »

Une seconde fois, Don Avelino leva son regard vers Lorenzo, qui finit par baisser la tête.

« C'est-à-dire, balbutia-t-il. Je ne suis pas sûr, vous comprenez. Je ne voudrais pas causer du tort à quelqu'un. Vous me promettez que personne ne saura que je vous ai parlé, n'est-ce pas ? »

Don Avelino ne répondit pas, continuant de regarder le barman.

« Voilà, fit Lorenzo. Ce type m'avait intrigué. Il donnait l'impression de connaître la ville, n'est-ce pas. Il regardait tout d'un air bizarre, comme quelqu'un qui vérifie ce qui a bien pu changer dans le décor. Bref, un soir, en rentrant chez moi, il devait être une heure, une heure et demie du matin, j'ai cru le reconnaître alors qu'il bavardait en bas de la Rue-Haute, sur le Corso. Je peux me tromper, bien sûr. Je crois bien que c'était lui à cause de sa carrure, de son attitude. L'autre, c'était Gatito, le bagagiste. Voilà, je ne sais rien de plus, monsieur le directeur. Parole d'homme. »

Don Avelino ne fit pas le moindre commentaire. Il demeura quelques instants courbé, les yeux au carrelage. Enfin, il tira un billet de sa poche et le déposa sur le comptoir, puis se laissa glisser de son tabouret.

« Merci, Lorenzo, murmura-t-il. Tu salueras ta femme de ma part. »

Nous marchâmes vers le parc, sans échanger un mot. Don Avelino semblait distrait.

« Comment avez-vous deviné ? finis-je par demander comme nous atteignions le parc.

— Ça n'a rien de mystérieux, fit-il. Vous savez, mon cher Laredo, on me prête je ne sais quel talent, quel don magique. En réalité, je suis un homme très ordinaire qui ne fait que se servir de son cerveau. Puisque Bastet avait laissé sa voiture au garage de l'hôtel, c'est qu'il a voyagé par le train. J'ai vérifié qu'aucun chauffeur ne l'avait chargé. Il a donc marché depuis la gare, ce qui représente une bonne petite trotte, même si l'on ne porte qu'une valise légère. Il y avait de fortes chances qu'arrivant dans la Grand-Rue l'homme soit entré dans un café pour boire un verre, ce qu'il a fait. Rien là de très subtil, vous le constatez.

— Pourquoi le " Mongo " ?

— Le jour de son arrivée, il faisait froid, je l'ai vérifié, l'homme devait par conséquent avoir choisi le trottoir de droite, qui est exposé au soleil. De ce côté de la rue, on ne rencontre que trois cafés. Les deux premiers ont un aspect peu engageant et ils sont surtout fréquentés par la jeunesse, qui écoute cette affreuse musique américaine. Or l'homme approchait la soixantaine. Vous le voyez, tout cela est à la portée du premier imbécile venu.

— Pourtant vous étiez sûr que Lorenzo avait rencontré l'inconnu. Comment ?

— Nous nous sommes croisés hier, sur le Corso. Il a eu la tentation de changer de trottoir. J'en ai conclu qu'il se sentait gêné de ne pas être venu me trouver quand le journal a publié la nouvelle. Du reste, vous vous trompez : je n'étais pas sûr. C'était une supposition.

« Savez-vous, mon cher Laredo, que nous bavardons comme Holmes et Watson, plaisanta Don Avelino en passant sa main sous mon bras. Le fin limier initiant le jeune inspecteur à ses méthodes géniales !

« Mais je ne suis pas Holmes et mes méthodes n'existent que dans l'imagination des gens. Ce que j'ai trouvé, vous l'auriez facilement découvert. On a dû, je le devine, vous parler de moi, là-bas. Je ne veux pas savoir ce qu'on vous a raconté. Sachez seulement ceci, mon cher Laredo : je n'ai, dans toute ma carrière, obtenu aucun résultat extraordinaire, pas même avec Ramon Espuig, à Barcelone, dont on vous a peut-être parlé et qui était un homme très courageux et très estimable. Si j'ai paru à certains plus lucide ou plus intelligent, cela résulte d'une confusion. La vérité est que mon intelligence se situe dans l'honnête moyenne, elle ne surpasse en rien la vôtre, pour prendre un exemple. Non, la différence se situait ailleurs, elle découlait du fait que je croyais à mon métier. Ça vous paraît paradoxal ? Sachez qu'il y a peu de policiers de vocation, j'entends qui aient entendu, dès l'enfance, l'appel de l'ordre. Car, vous le comprenez, j'en suis sûr, l'ordre ou l'harmonie, peu importe le mot, devient, chez de rares individus, une passion, aussi exclusive et dévorante que les autres. Si j'ai parfois réussi, c'est que je voulais passionnément l'ordre. Non pas l'ordre social, comme les imbéciles le croient : l'ordre absolu, Laredo, la paix définitive. »

Ces derniers mots, il les avait chuchotés en se penchant vers moi, m'envoyant une bouffée de son odeur écœurante. Je me demandais pourquoi il m'avait fait ce long discours. Sans lâcher mon bras, il m'entraîna dans le hall de l'hôtel de la police, vers l'un des ascenceurs.

« Venez, chuchota-t-il toujours sur le même ton de confidence. Je vais vous montrer quelque chose. »

Il appuya sur le dernier bouton et resta silencieux. Toujours silencieux, il me conduisait vers un grenier long peut-être de cinquante mètres, d'une largeur de vingt à trente, composé d'interminables couloirs tapissés de dossiers cartonnés, portant chacun un numéro.

« Vous ne voyez rien là de bien neuf, n'est-ce pas ? Un fichier comme tant d'autres, un peu plus vaste peut-être. Son apparence dissimule cependant une originalité rare. Ce qu'il y a là, fit-il en promenant son regard sur les rayons, c'est la vie de toute une province, le résultat de quinze années de travail, la seule œuvre que je laisserai après ma mort. Soixante-dix mille vies, pas un habitant de la province qui ne figure dans ces archives. Qu'en dites-vous ? »

Je le regardai, ébahi. Je pensai que Gonzalvo avait raison : c'était un fou.

« Vous aimez les dossiers, n'est-ce pas ? Rien de tel que le papier pour ficeler un homme. L'Œil, vous vous rappelez ? Voici la véritable essence de la police, son œil dormant. Tenez, dit-il en saisissant un dossier et en l'ouvrant, une première feuille, blanche, avec les renseignements d'état civil, une seconde, verte, pour la vie professionnelle, carrière, activités, finances, bref ce qui, avec le nom et l'origine, enracine un individu. Voulez-vous savoir ce que vaut un homme ? Examinez son compte en banque. Au-dessus d'une certaine somme, c'est une crapule ; au-dessous, c'est une loque ; entre les deux c'est un couard. Une troisième, rose, pour les mœurs : aime-t-il se faire fouetter, ramper sur le plancher, jouit-il à brutaliser les femmes, ne bande-t-il que s'il profère des insanités ? Dans tous les cas, vous le tenez. Un homme qui sait qu'on a percé ses secrets d'alcôve n'est pas tout à fait un homme. N'est-ce pas votre avis ? »

Son regard me perçait de part en part. Sa voix suave assoupissait mon esprit. Comme hypnotisé, je le contemplais, compulsant avec des gestes caressants le dossier qu'il avait déposé, ouvert, sur une table. Je me rappelais les propos délirants de Trevos, au fichier de Murcie. Je m'expliquais aussi le détail qui m'avait intrigué : si Don Avelino avait refusé le poste prestigieux qu'on lui offrait à Madrid, s'il avait voulu demeurer à Huesca, c'était pour parachever son grand œuvre, ce monument extravagant, cette cathédrale de papier. Je faillis le planter là, prendre la fuite. Je sentais que, si je laissais passer cette occasion, il serait trop tard. Mais je ne bougeai pas, immobilisé par le regard qui fouillait au-dedans de moi.

« Le rouge enfin, la politique et le social, c'est-à-dire les rêves absurdes et les théories fumeuses qui font mourir tant d'hommes. Quatre couleurs pour éclairer un destin. Tout ce qu'on appelle si pompeusement le mystère d'un homme tient dans ces paperasses.

« Certes, reprit-il après une courte pause en changeant de voix, ce sont là des méthodes artisanales, grossières pour tout dire. Le jour approche où une machine étincelante contiendra non pas une région ni une province, mais une nation, un continent, le monde même. Il suffira d'appuyer sur un bouton et le décret tombera, scellant un destin. Alors, la police aura réellement accompli sa vocation : elle sera enfin cet Œil qui vous suit partout, invisible. En attendant, soupira-t-il, j'ai fait ce que j'ai pu.

« Bien entendu, ajouta-t-il en m'enveloppant dans un sourire, j'ai conservé quelques dossiers chez moi, les plus confidentiels. Je vous les montrerai bientôt. Je suis sûr que l'un d'eux vous intéressera. Vous avez l'œil du poète, capable de déchiffrer la beauté de ces mots d'aspect terne. Allons, venez, mon cher Laredo. »

Touchant mon coude, il m'entraîna vers l'ascenseur. J'éprouvais un vague malaise, la tête me tournait, j'avais le front mouillé de sueur.

« Je vous aime bien, Laredo, déclara-t-il quand nous fûmes arrivés au troisième. Vous êtes un esthète. D'une certaine façon, nous étions faits pour nous entendre. »

M'adressant un dernier sourire, il s'éloigna en rasant le mur, les épaules affaissées, la nuque courbée. Je pensai qu'il ressemblait à un employé des pompes funèbres.

J'allai me rafraîchir le visage avant de passer au bureau. Dans la glace, au-dessus du lavabo, je vis mon visage mélancolique et me souris à moi-même, avec dégoût.

En ouvrant la porte du bureau, mon regard se heurta à celui, limpide, de Clara :

« J'ai une lettre pour vous », me dit-elle en me tendant une enveloppe.

Aussitôt je reconnus la couleur, ceruléenne, de l'encre, l'ample dessin de l'écriture arrondie. Saisissant la lettre, je retournai dans le couloir et m'appuyai sur une colonne revêtue de marbre.

« J'ai longtemps réfléchi à ce que je t'écrirais, Santi chéri. Je n'ai pas de talent épistolaire, tu le sais, et le papier, non pas blanc mais bleu, m'impressionne. Je me décide néanmoins, devinant qu'autant que moi, davantage peut-être, tu attends cette explication.

Quand tu liras ces mots, j'aurai quitté Murcie pour Almeria où je compte vivre quelque temps auprès de mes parents, en attendant de prendre une décision. Car, cela ne t'étonne pas, n'est-ce pas ? je n'irai pas te rejoindre à Huesca, ni d'ailleurs nulle part.

Depuis ton départ, je me dis souvent que les choses seraient plus simples si je te détestais, car la haine m'insufflerait une énergie dont j'aurais bien besoin. Seulement, je n'éprouve aucune animosité à ton endroit. Pour tout dire, je ne ressens rien. Il m'arrive même de faire un effort pour rappeler l'amour que tu as, dans le passé, su m'inspirer. Sans rien rencontrer dans ma mémoire que le vide.

Je ne te fais donc aucun reproche, Santi chéri, sauf celui, comique, d'être toi-même, un homme que j'ai renoncé à comprendre et dont la vertigineuse vacuité me désespère. Je ne me sens tout bêtement plus la force de vivre auprès d'un fantôme enveloppé de brume. Peut-être suis-je trop platement réaliste ; j'ai besoin de sentir une présence charnelle à mes côtés, de toucher une chair dure, d'entendre le son d'une voix matérielle proférant des sons que je puisse interpréter. Est-ce montrer trop d'exigence ? Je pense que non. Tout le monde n'est pas fait pour évoluer dans un rêve et tout mon poids, quoique nullement excessif (j'ai réussi à perdre cinq kilos !), m'attache à la terre ferme.

Tu es trop honnête pour feindre l'étonnement. Tu n'ignorais pas que nous devions, un jour ou l'autre, nous dire ces mots, qui me font, crois-le, autant de mal qu'à toi. Je saisis l'occasion, qui est notre éloignement.

J'ai naturellement envisagé, mon si cher Santi, que nous pourrions, sans amour, sans complicité, vieillir ensemble, nous tenant mutuellement chaud contre la solitude. J'écarte cette résignation parce que je gèle dans mon coin, depuis des années, et que, en bonne Andalouse, je suis frileuse.

Santi chéri, je ne sais pas te parler de ces choses simplement. Ni te dire combien je t'ai désiré, aimé, espérant que tu sortirais de ce songe morbide où tu t'enlisais, un jour après l'autre. D'ailleurs je ne suis nullement sûre de ne plus t'aimer. N'est-ce pas comique ? Je ne suis sûre que d'une chose : je ne retournerai plus jamais auprès de toi, quand bien même je devrais crever de désespoir. J'ai passé la limite : je n'aspire plus qu'à guérir, si possible, de cette longue maladie.

Comme j'abandonne le domicile conjugal — bizarre expression, tu ne trouves pas ? — tu peux user de tous les droits qu'une législation de mâles t'accorde si généreusement. Epouse indigne, je ne mérite que le mépris. Peut-être cette situation changera-t-elle, maintenant que la démocratie fleurit sur toutes les bouches. Je le souhaite pour les autres femmes, qui n'ont pas la chance d'avoir à traiter avec un homme tel que toi. Car d'avance je souscris à tes décisions, sachant qu'elles seront justes.

J'emmène les enfants avec moi. Je leur ai dit la vérité, à savoir que nous ne nous entendions pas. Tu avoueras qu'il nous était difficile de nous entendre, alors que nous ne nous parlions pas ou presque.

Santi, j'ignore quel homme est ton nouveau directeur, à quoi il ressemble et comment il se comporte. Mais je suis certaine que son esprit de cadavre a contaminé le tien, te précipitant dans cette torpeur où tu as vécu les derniers temps auprès de moi, marqué du signe de l'absence. J'ai plusieurs fois tenté de te réveiller, de t'arracher à ce rêve de néant, sans succès. Je voudrais te secouer une dernière fois : quel est donc, Santi chéri, ce vertige qui te jette dans le vide, les yeux grands ouverts ? Au fond de toi, je devine parfois un secret terrible, qui te retire du monde des vivants. Refuseras-tu, cette fois encore, de m'entendre ?

Santi, mon amour, j'ignorais jusqu'à ce jour combien le souvenir fait mal. A l'improviste, ton image surgit devant mes yeux, je me heurte à ton regard, je rencontre ton sourire furtif, j'entends ta voix qui m'appelle, je respire ton odeur : foudroyée, je m'arrête et vacille. Combien tu m'es cher, Santi, et comme je souhaiterais te savoir heureux !

Ne tente pas de me faire revenir sur ma décision, Santi. Tu me connais assez, je pense, pour savoir que tu n'y réussirais pas. Mon doux chéri, je te dis adieu en baisant ta bouche.

Pilar. »

Je pliai la lettre et la glissai dans la poche de ma veste. M'adossant à la colonne, je levai les yeux vers le plafond et je restai ainsi sans bouger.

« Mauvaises nouvelles ? »

Je tournai brusquement la tête. Si j'avais, à cet instant, rencontré son sourire de séduction, si j'avais surpris chez Don Avelino la plus petite trace de curiosité trouble, je lui aurais envoyé dans la figure le poing que je serrais furieusement, à me faire mal. Mais une expression de gravité s'étendait sur son visage fripé, son regard semblait plus opaque encore que d'habitude.

« Venez, ne restez pas ici », me glissa-t-il d'une voix sourde, m'entraînant vers son bureau.

Approchant de moi un fauteuil de bois vernissé, il contourna son bureau, écarta son siège qu'il installa de côté, à ma droite. Des flots d'une colère aveugle, démente, se levaient dans mes entrailles, fouettant mon visage qui s'échauffait, provoquant des court-circuits dans mon encéphale, me laissant quelques secondes étourdi, à la limite de l'évanouissement. Je fixais avec une haine épileptique ce vieillard courbé. Ivre de rage, je guettais le prétexte qui m'aurait précipité sur lui. Mais, délicatesse ou pressentiment, il feignait de m'ignorer, s'asseyait sur le côté du bureau, chaussait des lunettes d'écaille et se penchait pour étudier un dossier. Je ne l'avais jamais encore vu avec ses lunettes, qui accusaient son âge. A la maigre clarté de la lampe qui n'éclairait que le plateau du bureau, Don Avelino avait l'air d'un vieux professeur occupé à corriger des copies. Le dos rond, la nuque inclinée, il semblait se concentrer sur ses papiers. Une demi-heure peut-être s'écoula, lui penché sur son dossier, moi écoutant le tumulte de mon cœur qui, doucement, s'apaisait. Un silence ouaté régnait dans cette pièce étroite et longue, aux murs d'un jaune sale, presque nue (un classeur que fermait un volet à glissières, un vieil almanach décoré d'un paysage alpin, le bureau enfin, flanqué des deux fauteuils), sans autre ouverture qu'une petite fenêtre, dans le coin gauche, donnant, je le devinai, sur une courette intérieure, sorte de puits servant de bouche d'aération. Depuis près de vingt ans, Don Avelino passait ses jours dans cet espace confiné et mangé d'ombres. Que cachait ce goût de l'isolement et de l'obscurité ? Je plaignais presque cet homme défait par l'âge, obstinément courbé au-dessus de ses paperasses.

« Ça va mieux ? demanda-t-il soudain, ôtant ses lunettes pour me considérer avec une attention bienveillante.

— Oui, merci, fis-je, esquissant un mouvement pour me lever.

— Ne bougez pas, dit-il d'un ton tranquille. Il est inutile qu'on vous voie dans cet état. »

Je me rassis.

« C'est votre femme, n'est-ce pas ? »

J'acquiesçai de la tête, mollement.

« Vous vous y attendiez, je présume ? Oh, cela se lisait dans votre regard, je n'ai aucun mérite à jouer les devins. Vous donniez l'impression d'attendre, en la redoutant, cette lettre. Vous étiez très amoureux ? »

Je me contentai de hausser les épaules.

« C'est une curieuse maladie, l'amour, reprit-il d'une voix confidentielle. J'ai vu certains de mes amis, sages et pondérés, perdre subitement la tête et commettre les pires folies, brusquement transformés. Il y a, dans l'état amoureux, de la magie. C'est un bouleversement fort bizarre à observer.

— Vous n'avez jamais aimé ? m'entendis-je questionner.

— Pas au sens où vous l'entendez, je ne pense pas. J'aurais voulu, remarquez, afin de connaître ce qu'on éprouve. J'enviais ceux qui vivaient une telle expérience, à proprement parler ineffable. J'ai même essayé, je crois. Ça n'a pas marché. Le ridicule de la chose arrêtait mon élan.

« J'ai, dans mon enfance, passionnément aimé ma mère, femme d'une radieuse beauté mais d'un caractère fantasque. Imaginative, elle se prenait à tout le moins pour Marie Stuart, s'inventant des malheurs augustes et des passions éclatantes. Elle habillait l'ennui des couleurs de la tragédie, courant d'une maladie à l'autre, passant ses journées couchée dans le noir, et se levant au milieu de la nuit pour jouer du piano. Dénuée d'humour, elle s'abîmait dans ses rôles. De moi, elle avait fait son page, me forçant à porter un costume d'Eton, ce qui m'attirait quelques désagréments. Connaissez-vous Sangüesa ? »

Pensant qu'il ne fallait pas mentir à un tel homme, j'opinai du chef.

« Vous imaginez sans peine, poursuivit-il, l'impression que nous produisions dans cette bourgade renfermée sur ses traditions. Quand je marchais dans les rues, tous les gosses me poursuivaient en m'accablant de sarcasmes. Je me défendais par le mépris, qui est l'arme des timides.

« Peut-être avez-vous vu la maison, un palais caché dans une ruelle qui descend vers l'Aragon. Je me réfugiais dans le jardin, près d'une roseraie ; je bâtissais des romans héroïques dans lesquels, cela va de soi, je jouais un rôle prestigieux, sauvant ma mère, princesse malheureuse. Je l'écoutais jouer du piano en pleurant.

« Oui, fit-il d'un ton rêveur, j'ai aimé alors, je le suppose. Autant dire que je ne vivais pas. J'évoluais dans mon rêve, nourri de musique et de romans. Heureusement, j'ai fini par guérir... »

J'étais ému de ses confidences chuchotées. Penché vers moi, sa figure cireuse marquée de rides, il avait un air mélancolique qui me serrait le cœur. Je revoyais la grande maison avec son jardin délaissé, j'entendais le récit d'Elisa Fonseca. Pourtant, ma défiance ne désarmait pas : si même ces confidences obéissaient à un obscur calcul ? S'il cherchait à endormir mes soupçons en touchant mon cœur ? Avec dégoût, j'écartai ces pensées. Tout policier qu'il fût, il n'en restait pas moins un homme, prisonnier des sortilèges de l'enfance.

« Si vous le voulez bien, je vous emmène déjeuner à la maison. Ma femme sera ravie de vous connaître. Je lui ai beaucoup parlé de vous. Du reste vous avez connu sa nièce à Murcie n'est-ce pas ? »

A cette seconde, j'eus la sensation que son regard me transperçait. Je levai les yeux, qui se heurtèrent à ce nuage d'opacité où ses prunelles sombres flottaient.

« C'est exact, lâchai-je.

— Marina est une femme admirable », murmura-t-il.

Je pensai qu'il faisait allusion à son attitude envers Concha, et j'acquiesçai distraitement. Une idée informe se frayait en effet difficilement passage à travers la brume noyant mon cerveau. Je m'efforçai vainement de la saisir. Cette impression fugitive me procura une sourde irritation. J'avais conscience qu'il s'agissait d'une idée importante, essentielle même, mais elle se dérobait, glissant dès que je croyais la saisir.

20

La porte de l'appartement s'ouvrit alors que nous venions d'atteindre le palier. Amelia ayant dû guetter notre arrivée depuis le moment où nous tournions le coin de la Grand-Rue pour nous engager sur le Corso. Tapie dans le vestibule, derrière le battant, elle attendait que nous entrions, de sorte que je ne pouvais pas l'apercevoir. Quand mes yeux se furent enfin accommodés à la pénombre, ils rencontrèrent une chevelure monumentale, tissée de fils d'argent et surmontée d'un chignon. Continuant de descendre, ils se heurtèrent à un visage paré des vestiges d'une beauté fanée. Un immense sourire exhibait des dents éclatantes. Sous ce masque, un corps difforme se ployait, écrasé par le poids d'une graisse morbide. Enorme, le cul tirait vers l'arrière cependant que la poitrine, monstrueuse, tirait vers l'avant et que le ventre s'affaissait, touchant presque les genoux. L'inconsciente coquetterie du regard brun, les deux accroche-cœurs plantés de chaque côté du front, renforçaient le malaise que suscitait cette obésité fantastique et pitoyable. Une seconde peut-être, je demeurai bouche bée, incapable d'une réaction quelconque.

« L'inspecteur Laredo dont je t'ai déjà parlé, murmura Don Avelino en retirant son imperméable. C'est un ami de Marina. Il vient de Murcie.

— Enchantée, inspecteur. Vous avez vu ma nièce récemment ? Comment se porte-t-elle ? Nous nous écrivons si rarement ! Il y a près de cinq ans que je ne l'ai vue. Entrez, inspecteur, entrez.

— Il s'appelle Santiago, dit Don Avelino, qui, tourné vers moi, ajouta : Je vous abandonne une minute. »

Suivant Amelia qui me conduisait vers la salle à manger ouverte sur le Corso, je fixais, sous le corsage à fleurs, le dos enrobé d'une épaisse couche de graisse, deux fesses géantes qui se balançaient mollement, deux jambes éléphantesques enfin. Je croyais rêver le décor plus que je ne le voyais, car la description que Don Anselmo m'avait faite de l'appartement de Barcelone résonnait dans ma mémoire, et je reconnaissais chaque détail : les meubles contorsionnés, furieusement astiqués, les paysages léchés, la suspension au-dessus de la nappe à carreaux. En surimpression, les salons du palais de Sangüesa surgissaient, accentuant jusqu'au pathétique la banalité vertigineuse de cet intérieur. Désarçonné, je m'interrogeais : que signifiait cette application à la médiocrité ?

« Il y a peu de temps que vous êtes parmi nous, je crois ? Vous vous acclimaterez très vite, je n'en doute pas. Huesca est une ville si agréable ! Les gens sont d'une incroyable gentillesse. Pour moi, je m'y sens comme si j'y étais née. Pour rien au monde je ne voudrais changer. Asseyez-vous, je vous prie. Désirez-vous un apéritif ? Nous ne buvons pas non plus d'alcool, car mon mari ne le supporte pas à cause de son estomac. Un ulcère. Il prend son travail trop à cœur. Heureusement, il approche de la retraite. Quel dommage que je n'ai pas été avertie plus tôt que vous viendriez déjeuner ! Je vous aurais préparé un bon petit plat. Je ne me défends pas trop mal en cuisine, voyez-vous. »

Elle pépiait plutôt qu'elle ne parlait. Fluette, sa voix s'accordait à son visage, à l'expression du regard surtout, plein d'une candeur désarmante. Dans le même temps qu'elle jetait ces mots dépourvus de signification, elle n'arrêtait pas de remuer, en regardant autour d'elle.

« Avez-vous vu Concha ? Pauvre Marina ! Je pense parfois que nous aurions dû prendre cette enfant avec nous, quand ma sœur est morte. A cause de Concha, Marina gâche sa vie. Elle qui était si mignonne ! »

En entendant les pas de son mari dans le couloir, une expression de frayeur se peignit sur son visage. Je me demandai ce que sa réaction signifiait.

« Je vous laisse, je vais préparer le repas », dit-elle en s'éloignant précipitamment, comme si elle prenait la fuite.

Au cours du repas, je surpris plusieurs fois cette expression de panique dans ses yeux enfantins. Don Avelino pourtant se montrait plein d'attentions à son égard, l'interrogeant, écoutant d'un air intéressé son babillage insignifiant. Je sentais petit à petit un sourd malaise m'envahir. Les observant à la dérobée, j'essayais de comprendre ce qui suscitait cette sensation de gêne, d'angoisse presque. Je me rappelais les propos réticents de Don Anselmo et de Marina.

« Désirez-vous un autre morceau de gâteau ? » demanda-t-elle avec ce sourire d'une niaiserie touchante.

Je tendis mon assiette.

« Moi, ajouta Amelia d'un ton faussement enjoué, je m'abstiens. Je suis bien assez grosse comme ça.

— Voyons, Amelia, intervint Don Avelino avec ce sourire suave que je lui connaissais. Vous n'allez pas devenir comme ces femmes qui vivent dans l'obsession de leurs kilos en trop. Reprenez-en donc, si vous en avez envie.

— Vous croyez ? fit-elle d'une voix timide, en fixant sur lui un regard d'une détresse suppliante. Le médecin insiste pour que je maigrisse.

— Les médecins sont des ânes. D'ailleurs, grosse ou mince, vous finirez également par mourir, ma chère. De cette fatalité, aucun médecin ne vous délivrera.

— Mon Dieu ! vous avez raison, Avelino. Je me laisse tenter. Tant pis ! »

Le vouvoiement certes m'étonnait. Ce qui serrait ma gorge cependant, c'était, sous l'apparence anodine des mots, quelque chose qui glissait, comme une ombre menaçante. Avec un sourire contraint, Amelia avait tendu son assiette, et Don Avelino lui découpait une portion énorme, qu'il lui servait avec ce même sourire de séduction.

« Mon Dieu, je vais finir par ne plus pouvoir bouger si je dévore de la sorte. C'est vraiment trop, Avelino.

— Si vous le souhaitez, je vous en retire un morceau », dit-il en la fixant de son air impassible.

Une seconde Amelia resta l'assiette en l'air, tournant autour d'elle ses yeux affolés. Enfin, elle reposa son assiette devant elle en partant d'un rire forcé.

« Non, non, fit-elle. C'est trop bon. D'ailleurs, vous avez raison, on meurt pareillement, qu'on soit grosse ou maigre. »

Je venais de recevoir un choc dans la poitrine. Figé, j'écoutais les battements de mon cœur. Je revoyais cette photo que Marina m'avait montrée, représentant Don Avelino penché au-dessus de Concha, le sourire à la bouche. Je me rappelais l'expression répandue sur son visage : une attention caressante et meurtrière. Un insupportable soupçon germait dans mon esprit. Je faillis me lever et quitter la table. Mes yeux retournèrent vers Amelia : courbée, elle avalait de grosses bouchées en coulissant de brefs regards vers son mari, qui la contemplait avec un air de contentement. Dans les prunelles d'Amelia, je crus discerner un désespoir enfantin, qui nouait ma gorge. Je pensai que je rêvais, que mon imagination m'égarait.

Nous bûmes le café assis dans un canapé, près de la fenêtre. Selon son habitude, Don Avelino n'avait presque rien mangé. Entre ces deux silhouettes, haute et maigre l'une, écrasée l'autre sous le fardeau d'une graisse morbide, le contraste paraissait hallucinant. Sans cesse mes yeux allaient de l'un à l'autre, comme pour s'assurer de la réalité de ce spectacle. Ma mémoire me restituait l'image d'Amelia le jour de ses fiançailles : du fond de ces quarante années écoulées, son regard extasié me fixait. Qu'avait-il bien pu se passer pour faire de cette jeune fille naïve cette infirme à l'expression traquée ? Je devinais non pas un drame, mais les soins mortifères d'une tendresse persuasive et méprisante.

« Venez, fit soudain Don Avelino en se levant, je veux vous montrer quelque chose. »

Saisissant mon coude, il me guida vers une porte, à gauche. A sa suite, je pénétrai dans une pièce rectangulaire aux murs entièrement recouverts d'étagères supportant, les unes des livres reliés, les autres des dossiers cartonnés. Près de la fenêtre regardant le Corso, un bureau flanqué d'une chaise et d'un vieux fauteuil de reps marron.

« Je m'assieds ici pour lire, dit-il avec un sourire. Votre fenêtre se trouve juste en face. J'aperçois la lumière et je pense à vous. Car je pense souvent à vous, mon cher Laredo. »

Posant amicalement sa main sur mon épaule, il m'enveloppa d'un regard profond.

« Voici, ajouta-t-il en désignant les dossiers, mes archives secrètes. »

S'approchant des étagères, il tendit la main comme pour caresser le dos des dossiers.

« Que d'énigmes dans ces cartons ! murmura-t-il. Des secrets misérables. Tiens, fit-il soudain en saisissant un dossier et en le contemplant d'un air de surprise. Comme le hasard fait bien les choses. Regardez ! »

En voyant, sur l'étiquette blanche, mon nom calligraphié avec soin, mon cœur bondit dans ma poitrine, mes jambes flageolèrent. Reculant d'un pas, je m'appuyai au bureau pour ne pas tomber, car la tête me tournait. Sans me regarder, Don Avelino ouvrait mon dossier, feignait de le feuilleter, le déposait enfin sur le bureau.

« Vous n'êtes pas bien ? demanda-t-il. Voyons, j'espère que ce n'est pas ce dossier qui vous émeut pareillement ? C'est l'usage, vous ne l'ignorez pas, que les dossiers accompagnent toute mutation. Du reste, ajouta-t-il, ce carton ne contient rien de compromettant. Si cela peut vous rassurer, je ne l'ai communiqué à personne. Tenez, asseyez-vous là pour y jeter un coup d'œil. Si, si, je ne souhaite pas que vous me soupçonniez de vous cacher quelque chose. »

Avec une ferme douceur, il appuyait sur mon épaule. Abasourdi, je m'affalai sur la chaise. Se penchant jusqu'à frôler ma joue, il écarta la première chemise. Le nom de mon père me sauta aux yeux, et je parcourus fiévreusement ces dates, ces noms où se résumait une vie. Tout à coup, une vague de feu me submergea. Les mots se brouillèrent et mes doigts s'accrochèrent au rebord du bureau. « Adhère clandestinement à la CNT en mars 1928. Titulaire de la carte numéro 32921. Soupçonné de renseigner la centrale syndicale. Par mesure de précaution, muté à Benamid, province de Cordoue. Entretient des relations étroites avec Angel Linarès Moral, instituteur, militant du parti socialiste. Paraît avoir cessé toute activité politique en 1935. Se bat courageusement dans les rangs des nationaux. Après le conflit, une surveillance discrète est maintenue. Elément peu sûr dont le ralliement à la cause nationale semble dicté par la prudence et le calcul. »

Une minute je demeurai accablé.

« Est-ce exact ? finis-je par murmurer.

— Vous l'ignoriez ? questionna Don Avelino d'un ton affable. Aucun doute pourtant, on a retrouvé sa carte, portant sa photo. Il est étrange qu'il ne vous en ait pas parlé ? »

Dans ma tête, les souvenirs se pressaient, cognant à mon front. Tout s'éclairait : l'air de lassitude et de dégoût de mon père, son aversion de l'uniforme, son amitié pour l'instituteur. Combien il avait dû souffrir, lui, le pacifiste, de battre la campagne coiffé de ce bicorne abhorré ! Et quels efforts il avait dû accomplir pour ne rien livrer de ses véritables sentiments à sa femme et à ses enfants ! Même ses propos désabusés m'apparaissaient sous un éclairage différent. S'il s'était mis à détester Benamid, c'était sans doute à cause du conservatisme frileux de sa population et parce qu'il se sentait isolé dans cet exil. Cet homme, que j'avais non pas détesté mais assurément méprisé, le jugeant faible et inconsistant, je le découvrais soudain. Un sentiment d'ironique pitié alourdissait mon cœur. Avec amertume, je constatais que je n'avais rien deviné du seul homme dont l'amitié m'importait.

Près de mon cou, je sentais l'haleine de Don Avelino. Une vague nausée me levait le cœur.

Doucement, les doigts du directeur écartèrent plusieurs feuillets et le nom réapparut : Angel Linarès Moral. J'avais toujours ignoré son nom maternel. Comme fasciné, je contemplais le visage que ces lettres ressuscitaient. L'angoisse serrait ma poitrine.

Avec précaution, Don Avelino écarta le premier feuillet, découvrant un bout de papier jauni, tout froissé, sur lequel des caractères d'imprimerie composaient un texte que je reconnus aussitôt, avec un sentiment d'horreur et de dégoût. Comment, après tant d'années, ce chiffon avait-il pu se retrouver là ? Par quels moyens les services de police se l'étaient-ils procuré ? Je réfléchissais intensément, essayant de trouver une réponse à ces questions. Un éclair traversa soudain mon esprit : mon père ! Désemparé, Angel s'était confié à Alberto Laredo, son ami, lui remettant le billet et sollicitant son aide. Pas de doute possible : c'est bien ainsi que les choses s'étaient passées. Je devinais la suite également. Examinant attentivement ce papier, mon père avait cru reconnaître les caractères du journal auquel il était abonné. Consultant la collection des anciens numéros, il n'avait pas tardé à... Quelle sottise ! Quelle impardonnable stupidité ! Car je me rappelais maintenant ce détail : j'avais négligé de jeter l'exemplaire dans lequel j'avais découpé les caractères, me contentant de le glisser sous la pile des vieux numéros dont ma mère se servait pour allumer le feu. Je n'étais qu'un enfant, je n'avais pas mesuré le risque. Cette découverte me laissait assommé. J'imaginais la stupeur et le dégoût de mon père quand il avait découvert mon infamie. Comme si son regard de brume pesait encore sur moi, je me sentais rougir. Dans le même temps j'éprouvais une admiration teintée de respect pour l'auteur de mes jours. Il aurait pu taire sa découverte, régler l'affaire en famille. Il s'en était loyalement ouvert à son ami, surmontant sa honte. Me souvenant de la dernière visite de l'instituteur, le jour de son départ, je repensais à ses paroles : répondant à la confiance par la confiance, il avait, lui aussi, confessé ses penchants, soulageant mon père du sentiment de dégoût dont il était sans doute accablé. La dignité de cette amitié ajoutait à ma confusion. Cet Alberto Laredo que j'avais si longtemps cru dénué de caractère, voilà que j'en découvrais la ferme loyauté, une dignité courageuse qui, par contraste, n'en rendaient ma conduite que plus abjecte. Pour un peu, j'aurais pleuré de tristesse, si j'avais été capable de verser des larmes. Je restais immobile, comme foudroyé.

Debout dans mon dos, si près de moi que son souffle résonnait à mon oreille, Don Avelino m'observait, sans bouger ni parler.

« Pourquoi me montrez-vous tout ça ? demandai-je d'une voix tremblante de haine.

— Mais je vous l'ai dit : pour que vous n'alliez pas imaginer que je vous cache quelque chose, fit-il d'un ton affable. Croyez-vous, mon cher Laredo, que je ne me suis pas aperçu que vous me soupçonnez de je ne sais quels desseins ? Je pourrais moi aussi vous poser la question : pour quels motifs avez-vous consulté mon dossier et mené une enquête à mon sujet, exemplaire, je dois le reconnaître ? »

J'inclinai la tête, vaincu. Avec un soupir, il se laissa choir dans le fauteuil, à ma gauche, et, croisant ses mains sous son menton, il me considéra avec un air de gravité.

« Cette question, je ne vous la pose pas, parce que je connais la réponse : au départ, vous ne vouliez que savoir qui était cet homme auprès de qui vous étiez appelé à travailler et dont on vous disait de tous côtés tant de mal. Ensuite vous vous êtes pris à votre propre jeu. Je me trompe ? »

Je secouai doucement la tête. La nuit était tombée, et seule la clarté de la rue filtrant à travers les rideaux éclairait le visage de Don Avelino. Assis sur ma chaise, devant cette table chargée de livres et de papiers, j'avais l'impression de retourner en arrière, à cette époque, où, pensionnaire à Cordoue, mon directeur de conscience s'installait près de moi et, de cette même voix confidentielle, m'interrogeait sur ma pureté, exigeant des précisions dont je rougissais. Dans cette lumière indécise, c'était cette même atmosphère d'intimité trouble, de confidences ambiguës, d'effusion suspecte. Comme dans mon adolescence, je me tenais immobile, tête baissée, vaguement honteux. Mais je n'osais ni me lever ni protester, écrasé par le sentiment de ma culpabilité.

« Vous êtes un vrai policier, mon cher Laredo, un policier dans l'âme, comme le prouve d'ailleurs ce billet... écrit à un âge où les enfants s'amusent d'ordinaire à des jeux plus futiles. Là où vos camarades ne voyaient rien vous avez su discerner l'imposture. J'ai moi aussi ouvert très tôt l'œil intérieur, l'œil du soupçon, dans cette maison que vous avez visitée et où je n'ai pas voulu retourner. Dès l'âge de dix ans, j'ai su ce que c'était que le mépris, mon cher Laredo.

« Au fond, murmura-t-il soudain en se penchant vers moi et en attachant son regard au mien, nous sommes, vous et moi, frères dans la désillusion. Nous étions faits pour nous rencontrer. Sans doute vous arrive-t-il de me détester, comme on hait une part de soi-même, la part d'Angel, sans jeu de mots. Vous avez vu, n'est-ce pas, ces quatre alcôves, dans la maison de Sangüesa. Le soir, on tirait les rideaux et chacune devenait un théâtre où les plus basses passions se déchaînaient. Mon père avait la défiance des infirmes. Aussi était-il aux aguets, se levant souvent pour écarter le rideau fermant l'alcôve de son frère. Parce qu'il n'entendait rien, un vacarme terrible retentissait dans sa tête.

Dans son imagination rongée par le soupçon, il entendait des baisers, des étreintes, des chuchotements et des rires. Pour compenser sa surdité, il avait développé un œil d'une acuité redoutable. Je peux vous le confier à vous, mon cher Laredo, j'ai longtemps vécu dans la terreur de cet œil glacé auquel rien n'échappait.

« Oui, murmura-t-il d'un air pensif, nous sommes frères dans le soupçon. Voilà pourquoi je ne vous en veux pas d'avoir fouillé dans mon passé.

« Dans tout ça, dit-il en changeant de ton et en désignant du doigt le dossier, il y a deux points qui m'intriguent : quelles raisons aviez-vous de haïr cet instituteur ? »

Toujours penché, un regard d'intense curiosité attaché au mien, il attendit ma réponse.

« Il était innocent, lâchai-je à regret.

— Je crois comprendre, murmura Don Avelino. Il n'imaginait pas le mal, c'est bien cela ? Entre nous, vous lui avez infligé une sévère leçon. Oh, je ne vous le reproche pas.

« Au fait, reprit-il, vous intéresserait-il de savoir ce qu'il en est advenu ? Arrêté à Malaga en 1952, accusé d'avoir participé à un attentat contre un haut dignitaire du régime, il a été condamné à mort, fusillé. Il est mort en criant : " Vive la liberté ! ", ce qui ne démontre pas un très grand sens des réalités.

« Un deuxième point, si j'ose : pourquoi avoir envoyé ces lettres ? Je m'étonne qu'un homme aussi manifestement voué à la police ait eu recours à ce procédé quelque peu grossier. J'entends : vous désiriez qu'il se sache découvert. Mais ces billets anonymes ?

— J'étais jeune, finis-je par murmurer.

— Vous avez raison, soupira-t-il, il faut du temps pour se guérir du romantisme. Bien entendu, vous avez deviné comment ces papiers sont arrivés jusqu'ici : on les a retrouvés à la mort de votre père. On ne se défie pas assez des écrits. On ne se méfie pas assez, tout court. »

Avec un faible soupir, il pressa le commutateur et la lampe s'alluma sur le bureau, m'aveuglant. Lentement, il referma le dossier, se leva, marqua une hésitation.

« Désirez-vous le conserver ? » questionna-t-il d'une voix douce.

J'hésitai avant de secouer la tête. Il alla donc le ranger sur le rayonnage. Devant moi, j'aperçus un pistolet dont la crosse s'ornait d'incrustations de nacre. Au bout d'un moment, Don Avelino revint s'asseoir dans le fauteuil.

« Pourquoi m'avez-vous amené ici ? Que voulez-vous de moi ? demandai-je d'une voix ferme.

— Ainsi vous me soupçonnez toujours ? Réfléchissez, mon cher Laredo : que puis-je contre vous ? Quels motifs aurais-je de vous vouloir du mal ? Nous nous ressemblons, d'une certaine façon. Nous partageons une même passion pour l'ordre des consciences. Ne pouvez-vous pas admettre que j'aie pour vous une sorte d'amitié ? »

Il ne m'avait jamais paru plus vieux, plus usé qu'à cette minute. Peut-être était-il sincère après tout ?

« Vous vous trompez sur un point essentiel, Don Avelino. Angel Linarès... Non seulement je ne suis pas fier de ce que j'ai fait, mais... j'ai des remords, je n'ai jamais cessé de souffrir de ce souvenir. Je ne suis pas sûr, voyez-vous, d'être un policier dans le sens où vous l'entendez.

— Vraiment ? fit-il avec un étonnement feint. C'est très curieux.

— Qu'est-ce qui vous étonne ? Vous n'avez jamais ressenti le moindre remords, Don Avelino ? Vous ne pensez jamais à Domingo Ortez, l'oncle d'Amelia ? »

J'avais réagi avec trop de vivacité. Sans paraître remarquer l'ironie un rien pesante de ma dernière question, Don Avelino resta un court temps comme absorbé dans une méditation intense.

« Laissez-moi, reprit-il d'une voix plus claire, répondre par une question : croyez-vous au Christ ? J'entends à Jésus, le Christ, au Rédempteur, non pas à Dieu. »

Je le regardai, ahuri, me demandant où il voulait en venir. Je pensai que Gonzalvo avait décidément raison : c'était un fou.

« Je ne sais pas, balbutiai-je. Peut-être que oui.

— Pour un policier, poursuivit Don Avelino d'une voix confidentielle, il s'agit, voyez-vous, d'une question essentielle.

Dieu protège la Loi et donc aussi la police. Mais le Fils... Rappelez-vous l'épisode de la femme adultère. Sa réponse à ceux qui lui demandent s'il faut ou non appliquer la Loi, son persiflage cruel, ce dédain dont il fait preuve, cela constitue la condamnation de toute police. A la simplicité de la Loi, à son évidence rigoureuse, Il substitue un commandement trouble, qui ruine la possibilité d'un ordre exact. A ce passage, je réfléchis souvent. D'une certaine façon, il a raison, n'est-ce pas : il en appelle à la loi du cœur contre le code. Il fonde les rapports entre les hommes sur la conscience du sentiment, ce qui ne peut que séduire les femmes et les artistes.

« Pour ma part, fit-il en baissant la voix et en plongeant son regard dans le mien, je refuse ces attendrissements nauséeux. Je choisis l'ordre contre la confusion informe, le code, avec toutes ses imperfections et ses duretés révoltantes, contre ces béatitudes larmoyantes. Dans cette attitude, le repentir ni le remords n'ont leur place. A-t-il donc fait preuve de pitié envers Caïn, ce Javeh qui, sachant le crime dont le cœur de cet homme se délectait, ne l'a pas empêché de verser le sang du juste ? Et notre doux et larmoyant prophète lui-même qu'a-t-il tenté pour sauver Judas du désespoir ? »

J'en étais tout à fait persuadé à présent : cet homme délirait. Fasciné, je le contemplais. Les deux plis aux coins de la bouche se creusaient, les yeux s'obscurcissaient, devenant d'une opacité de silex, une expression de mépris vertigineux se peignait sur le visage maigre et froissé.

« Le repentir, murmura-t-il d'une voix à peine audible, constitue le plus subtil danger pour la police. Car la Loi ne résiste pas à l'indécision. Vous me demandiez si je n'avais dans ma vie ressenti aucun remords. J'ai toujours refusé de m'interroger sur la Loi, mon cher Laredo, me contentant de la servir et de l'appliquer. J'ai pu regretter les incohérences du code et souhaiter sa modification. Quant à sa légitimité, je n'ai pas accepté de me poser la question. »

Ces derniers mots furent prononcés d'un ton de froide violence qui me fit frissonner. J'ouvris la bouche pour protester mais, me ravisant, gardai le silence. Je songeais qu'on ne discute pas avec la folie.

21

« Allons, fit-il brusquement en se levant de son fauteuil. Il est temps de sonder les reins de ce nain. Peut-être saurons-nous pourquoi Carlos Bastet a été tué. »

Malgré l'heure tardive et la fatigue qui alourdissait mes paupières, je ne songeai pas à protester. Dans le couloir, nous rencontrâmes Amelia, écrasée sous son enveloppe de graisse, qui semblait nous guetter. D'un ton détaché, Don Avelino lui déclara qu'il ne dînerait pas et qu'il rentrerait probablement tard. Sans poser la moindre question, elle l'aida à enfiler un épais pardessus gris, élimé. Cependant qu'elle lui tendait le vêtement, une expression de béatitude se répandait sur son visage. Avec un large sourire, elle me serra la main.

« J'espère que nous vous reverrons souvent, Santiago. Considérez cette maison comme la vôtre. »

Bredouillant des remerciements, je suivis Don Avelino dans l'escalier, évitant de me retourner.

Une fois dehors, je respirai profondément. Une fine neige descendait lentement, noyant la ville.

Sans parler, nous nous engageâmes dans les ruelles de la vieille cité et descendîmes, après avoir contourné la cathédrale, une venelle faiblement éclairée, nous arrêtant devant une maison étroite et haute, bizarrement penchée. Ayant franchi la porte, nous traversâmes un vestibule lépreux que remplissait presque un escalier raide, aux marches usées. Sous la pente de l'escalier, se cachait une porte peinte en gris avec un marteau de bronze que Don Avelino saisit, frappant trois coups qui résonnèrent longtemps dans le silence.

« C'est qui ? chuchota une voix derrière le battant.

— Avelino Pared. »

Avec précaution, la porte s'écarta devant Gatito dont l'œil valide nous examinait avec suspicion. Sa vareuse de velours côtelé n'était pas boutonnée, découvrant un tricot sale et troué. Une touffe de cheveux grisâtres se dressait au sommet de son crâne et une barbe de plusieurs jours obscurcissait ses joues et son menton.

« Qu'est-ce qu'il y a ? Qu'est-ce que vous me voulez ? » demanda-t-il d'un ton hargneux.

Sans lui répondre, Don Avelino pénétra dans la pièce. Une suffocante odeur de pisse de chat me prit à la gorge. A droite, dans une alcôve garnie de rideaux à fleurs, j'aperçus un lit défait avec des draps froissés d'une couleur indéfinissable ; à gauche, un évier rempli de vaisselle graisseuse ; une table recouverte d'une toile cirée verte au centre, sur laquelle on distinguait les reliefs du dîner et une bouteille de gros rouge, près d'un verre taché. Sur les murs jaunâtres, un calendrier avec le portrait d'une jeune femme blonde, couchée dans un pré, devant des sommets enneigés. Enfin une armée de chats répandus partout, lovés les uns sur le lit crasseux, juchés les autres sur la table, couchés sur les chaises, pelotonnés dans les coins. Un peuple de chats efflanqués, galeux, teigneux, éborgnés, de toutes couleurs et de toutes races.

« Tu aimes toujours autant les chats, à ce que je vois ? fit Don Avelino en promenant un regard détaché autour de lui.

— Les chats, ça ne ment pas, grommela le nabot dont l'œil nous observait du même air de soupçon.

— Depuis le temps que tu recueilles tous les chats perdus, tu dois en avoir une armée. Combien sont-ils ? Cent, deux cents ?

— Pas tant, lâcha Gatito avec réticence. Une trentaine peut-être.

— Tiens, fit Don Avelino écartant une chaise et chassant de la main, avant de s'asseoir, un chat noir au pelage teigneux. C'est une passion qui remonte à loin. Dix, vingt ans ?

— Je compte pas, grogna le nain en me faisant signe de prendre moi aussi une chaise. Y en a beaucoup qui crèvent, ajouta-t-il en s'asseyant de l'autre côté de la table. Sont tous malades ou blessés. Les gens sont dégueulasses.

— Heureusement qu'il y a de bonnes âmes pour s'en occuper, murmura Don Avelino d'une voix suave.

— Vous vous intéressez aux bêtes maintenant ? ironisa Gatito.
— J'ai eu un chien étant enfant. Un pékinois. Il s'appelait Listo.
— Les chiens, lâcha Gatito avec dédain, c'est bassesse et servilité. Le chat, lui... Un concentré de vie, une pile d'énergie, voilà ce que c'est. »
Le chat noir venait justement de bondir sur la table. S'approchant de Don Avelino, il se frottait à sa main, lui assenant de petits coups de tête pour réclamer une caresse. Obtempérant, Don Avelino passa sa paume sur l'échine de l'animal qui aussitôt s'étira, la queue dressée.
« Ce n'est pas mal vu, murmura Don Avelino en contemplant le chat noir. Un concentré de vie : il y a de ça en effet. Au fait, tu as bien une cave, n'est-ce pas ? »
Entendant la question, Gatito tressaillit comme s'il avait reçu une décharge électrique, et sa bouche se tordit bizarrement.
« Pourquoi que vous me demandez ça ? fit le nain d'une voix sourde.
— Comme ça », murmura Don Avelino d'un ton distrait en continuant de caresser le chat noir qui s'enroulait en ronronnant autour de sa main.
Une minute s'écoula, pleine d'une tension dont je cherchais à comprendre la cause. Retirant sa main, Don Avelino se dressa, faisant tomber sur Gatito un regard morne.
« Montre-la-nous, dit-il d'une voix paisible.
— Quoi ? La cave ? questionna le nain en fixant sur le directeur son œil soudain exorbité.
— Pourquoi pas ? Prends la clé.
— Il fait froid en bas, on y voit à peine, lâcha Gatito d'une voix sombre, sans bouger de sa chaise.
— Ne t'inquiète pas. Va chercher la clé. »
A regret, le nabot se leva, hésita. Une pâleur cadavérique avait recouvert son visage, qui grimaçait.
« Que voulez-vous savoir ? demanda-t-il soudain d'un ton humble, suppliant presque.
— Je veux voir, c'est tout. »
Avec un haussement d'épaules, Gatito se dirigea vers l'évier,

saisissant une clé posée sur l'étagère remplie de vaisselle. Sans un mot, il nous précéda. Ayant traversé une petite cour, nous nous enfonçâmes dans un escalier creusé dans la roche, faiblement éclairé par une ampoule pendue au bout d'un fil.

Devant la porte, le nain marqua une nouvelle hésitation et, se retournant, murmura :

« Je vous dirai ce que vous voulez savoir. »

Une seconde les deux hommes se dévisagèrent en silence.

« Ouvre », répondit Don Avelino d'un ton tranquille.

La clé tourna dans la serrure, la porte s'écarta avec un gémissement étouffé, la lumière jaillit. Saisi d'horreur, je reculai : dans cette cave profonde et sombre, voûtée, des centaines de cadavres de chats, raidis, certains les yeux encore exorbités de fureur, la gueule grande ouverte. Fermant les paupières, je m'adossai au mur.

Impassible, Don Avelino contemplait ce spectacle de cauchemar. Quant au nabot, une lueur de haine éclairait son œil valide et un sourire de provocation crispait sa bouche. Debout sous l'ampoule qui pendait de la voûte, refoulant les ombres vers les recoins, il avait l'air d'une créature surnaturelle, un de ces génies cruels du folklore arabe.

« Tu t'y prends comment ? demanda Don Avelino d'un air intéressé. Tu les noies ?

— Parfois, lâcha le nabot avec hargne. Je préfère les mains.

— Il ne doit pas être facile de tuer un chat. Tu n'as jamais été blessé ?

— Pas qu'une fois, oui. C'est que ça a une de ces forces, ces bestioles. Ça vous fait des sauts jusqu'au plafond. Ça vous bondit à la gorge, toutes griffes dehors et ça vous enfonce les crocs dans les chairs, jusqu'à l'os. On dirait pas : un chat, c'est un fauve. Réduit, mais fauve quand même.

— C'est ça que tu aimes, la bagarre ?

— Oh, non, protesta le nabot. Ça me ferait plutôt peur. Non, c'est la fin, les frissons sous les doigts, comme des spasmes, des ondes électriques qui vous passent dans tout le corps... »

Don Avelino hocha plusieurs fois la tête, comme pour dire : « Je comprends. »

« Carlos Bastet, dit-il de la même voix posée, tu l'as connu quand ?
— En 36. Début juillet. Il était venu pour organiser la résistance au coup d'Etat. Les nationaux l'ont emporté et il est resté coincé. Se cachait en attendant de pouvoir quitter la ville.
— Il a été pris ?
— Non, quand ils sont allés le cueillir, il avait disparu. L'ai jamais revu depuis. J' savais même pas s'il était encore vivant ou mort. Une nuit, il est venu ici. D'abord je ne l'ai pas reconnu. Ça remonte à loin tout ça. Il avait changé, moi aussi.
— Qu'est-ce qu'il te voulait ?
— L'était devenu fou. Voulait que je lui donne l'absolution. Est même tombé à genoux devant moi.
— Qu'avait-il à se faire pardonner ?
— La guerre, à ce que j'ai compris. Il avait fait partie des sections spéciales, à Gérone. Avec des camarades, ils embarquaient des types pour les promener dans la campagne, si vous voyez ce que je veux dire. Il prétendait qu'il n'avait jamais pu oublier, qu'il avait des remords. Un dingue. Je vous dis. Parlait de Jésus-Christ, de l'Espagne.
— Pourquoi est-ce à toi qu'il a voulu se confesser ?
— Hé, mais c'est tout juste ce que je lui ai demandé. Paraît qu'à cause de ce qui m'est arrivé, vous savez bien, parce que je suis une victime. Un truc comme ça. Etait plus fou que moi, j' vous dis.
— Que lui as-tu dit ?
— Que j'en avais plein le cul de ces histoires, que j'avais tout oublié. Je l'ai envoyé chez Don Pedro.
— Don Pedro Cortez ? Ils se connaissaient ?
— Amis d'enfance, je crois. Et puis, ils avaient fait le même boulot, hein ? Ils avaient plein de choses à se raconter. Je lui ai montré la maison et je ne l'ai plus revu. Je sais, reprit Gatito d'un ton de sarcasme, tout est contre moi. Je tue des chats, donc je peux tuer un homme. Seulement, c'est pas moi qui ai fait le coup, je le jure. J'ai appris sa mort par le journal. »
Don Avelino ne réagit pas. Ecoutait-il seulement les justifications du nabot ? Pour moi, je restais adossé au mur, frissonnant, contemplant d'un regard hébété ce tableau d'épouvante : l'af-

freux nabot, le visage contorsionné, un œil vide et blanc, l'autre d'une trouble clarté, une épaule plus basse que l'autre, sale, montrant sa bouche édentée dans un sourire hideux. Don Avelino, impassible, comme indifférent, regardant distraitement ces centaines de chats qui semblaient vouloir bondir sur leur bourreau.

Soudain, Don Avelino se tourna, marcha vers le couloir ; lentement, il traversa la cour dont les pavés étaient recouverts d'une fine couche de neige.

« Vous m'arrêtez ? jeta Gatito d'une voix rauque.

— Pas encore, murmura Don Avelino d'une voix indifférente. Je reviendrai peut-être te voir.

— L'ai pas tué, fit le nabot, l'air sombre. Me croyez pas ?

— Dans mon métier, on ne croit rien ni personne », lâcha Don Avelino avant de se diriger vers la porte.

22

La neige s'épaississait, suscitant un silence oppressant où le bruit de nos pas résonnait de façon inquiétante. Transi, tremblant, je relevai le col de mon imperméable, enfouissant mes mains au fond de mes poches.

« Est-il l'assassin ? » demandai-je comme nous atteignions le Corso.

Pour toute réponse, Don Avelino haussa les épaules. Il marchait courbé, le bas de son visage caché par le col de son pardessus. Il paraissait préoccupé, pressant le pas, ce qui m'obligeait, pour n'être pas distancé, à accélérer mon allure.

Sans s'arrêter, il passa devant son immeuble, continuant en direction du théâtre. Avec inquiétude, je me demandais où il m'entraînait à cette heure tardive, sous cette neige glacée. Je me sentais épuisé, je vacillais, l'horrible spectacle que je venais de contempler hantait encore mon esprit. Pas âme qui vive dans les rues, noyées dans la neige qui descendait dans un silence de minute en minute plus menaçant. Autour des réverbères, les flocons tourbillonnaient, papillons dansant autour de la flamme. Plusieurs fois, je fus sur le point de déclarer à Don Avelino que je n'en pouvais plus et que j'allais me coucher. Je poursuivais cependant, hagard, bizarrement résigné.

A un carrefour, tout au bout du Corso, une maison biscornue se dressait, sa façade arrondie épousant l'angle de deux rues, dont l'une allait se perdre dans la campagne et la seconde, qui était la route nationale, filait vers la montagne et vers la France.

De larges fenêtres donnaient à cet immeuble d'un modernisme épuré, datant probablement des années 1925, l'allure d'un paquebot illuminé. Un charme nostalgique et vaguement inquiétant s'en dégageait.

Sans même prendre la peine de s'assurer que je le suivais, Don

Avelino pénétra dans l'immeuble, s'engageant dans un escalier dont la montée suivait une rampe élégante. Des faïences aux motifs tarabiscotés ornaient les marches et les murs, et des appliques en forme de tulipes diffusaient une lumière égale et blanche.

Au deuxième étage, Don Avelino s'approcha d'une porte vernissée à deux battants et appuya sur la sonnette, déclenchant un carillon frêle. Au bout d'un moment, des pas feutrés résonnèrent dans le silence, une plaque de cuivre glissa, découvrant un judas derrière lequel un œil se colla. Puis la porte s'ouvrit devant un homme presque aussi haut et maigre que Don Avelino, les joues et le menton cachés par une barbe jaunâtre. D'un bleu intense, les yeux, derrière des binocles cerclés de métal, nous fixèrent avec une expression à la fois hardie et bienveillante, cependant qu'un sourire très doux écartait la bouche, mince et serrée.

« Bonsoir, Don Avelino, fit l'homme d'une voix profonde. Je m'attendais à votre visite. Entrez, je vous prie.

— L'inspecteur Laredo », murmura distraitement Don Avelino en me désignant des yeux.

Me saluant d'un mouvement de tête, Don Pedro nous introduisit dans une salle à manger fort vaste que ceinturaient des baies arrondies, regardant le Corso et les deux rues qui en partaient. Suivant le dessin de la façade, une estrade d'une largeur de deux mètres environ entourait la pièce. A la proue de cet étrange navire, dominant la pièce envahie d'une pénombre feutrée, une table chargée de livres et de papiers ainsi que quatre chaises. Toute la lumière provenait d'une lampe basse installée sur cette table que recouvrait un tapis de feutre vert.

« Je lisais, murmura Don Pedro avec un sourire d'une ineffable douceur en nous guidant vers la table et en nous désignant d'un geste les sièges. En vieillissant, je dors de moins en moins et je reste souvent ici, lisant ou rêvassant. Dans ma jeunesse, je ne voyais dans la nuit que la complice de mon désir et je n'en percevais que la pulsation fiévreuse. La vraie nuit appartient à la vieillesse. »

Je m'étais assis face à la baie et dominais, en contrebas, tout le Corso en enfilade, jusqu'au cinéma Olympia dont l'enseigne rougeoyante vacillait dans une brume de neige. Un long moment, je fixai les trottoirs désert, les maisons comme effacées par la neige qui continuait de descendre mollement. De rares voitures passaient, leurs phares blancs éclairant la chaussée mouillée.

« Je savais que vous viendriez, dit Don Pedro en regardant Don Avelino, assis en face de lui. J'ai même envisagé de vous éviter le dérangement en me rendant à votre domicile et ne l'ai pas fait parce que je ne puis vous apprendre grand-chose, hélas.

— Pourquoi hélas ? susurra Don Avelino qui se tenait très droit sur sa chaise, les yeux fixés sur son interlocuteur.

— Parce que je me reproche, maintenant que Carlos est mort, de ne l'avoir pas reçu. Si j'avais accepté de le recevoir, il vivrait peut-être encore.

— Vous le connaissiez bien ?

— Depuis l'enfance. Jusqu'à l'âge de seize ans, il a été mon meilleur ami. Mieux même : un frère. En ce temps-là, l'amitié gardait encore son sens d'absolu. Ensuite, nous nous sommes perdus de vue. Comme vous le savez sans doute, il avait adhéré au PCE et moi à la Phalange.

— En 1936, vous ne l'avez pas revu ?

— Non. J'ai su qu'il se trouvait à Huesca au moment du soulèvement et qu'il vivait dans la clandestinité en attendant de franchir les lignes. Le front se trouvait, vous ne l'ignorez pas, à deux kilomètres, autour du cimetière. J'ai même espéré qu'il viendrait me voir. Il n'a pas osé. Il a eu tort, car je l'aurais caché sans hésiter. C'était un pur, voyez-vous, un caractère entier, et, par-delà nos divergences politiques, je lui conservais toute mon estime. Il a néanmoins pensé que nos options pesaient plus lourd que l'amitié. Je le regrette.

— Puis-je vous poser une question, Don Pedro : pourquoi, l'aimant et l'estimant, avez-vous refusé de le rencontrer ?

— Je me pose également la question. Ma femme s'y opposait. Elle avait peur. Elle prétendait qu'il ne convenait pas de remuer le passé.

— Saviez-vous ce qu'il voulait ?

— En partie. Gatito m'avait prévenu. Pour l'autre partie, je le devine. Voyez-vous, Don Avelino, pour comprendre le passé immédiat, il faut remonter à très loin... »

Croisant ses mains longues et pâles, aux ongles soignés, Don Pedro parut réfléchir. Eclairé par la lampe posée à droite, son long visage émacié gardait une expression de dignité.

« Je vous ai dit que nous étions comme deux frères. Nos familles se fréquentaient de longue date. Je passais chez ses parents une partie de mes vacances d'été, dans une propriété des environs de Jaca. L'un et l'autre étions des exaltés, ne vivant que pour et par les idées. Nous rêvions d'un monde harmonieux, fondé sur l'Idéal. Deux Espagnols de l'ancien temps. Durs et verticaux, absolument dédaigneux des contingences. Vous connaissez l'espèce, j'imagine. Dans l'ensemble, nos pensées s'accordaient : nous rêvions d'abolir le capitalisme, de distribuer la terre aux paysans qui la travaillent, de nationaliser le commerce et les banques. Bref, nous voulions le grand chambardement. Seulement, cette Révolution, je la voulais nationale, c'est-à-dire ancrée dans les traditions. Ça risque de vous faire sourire, Don Avelino : j'avais la passion de l'Espagne. Passion farouche, aveugle, douloureuse. J'aimais mon pays à la folie. Carlos, lui, prétendait que la Révolution ne pouvait être qu'internationale ou mondiale. Sur un simple adjectif, cette amitié magnifique s'est rompue, ce qui ne plaide guère, vous en conviendrez, en faveur de la politique.

« Quand la guerre a éclaté, nous nous sommes jetés dans la mêlée avec toute la rage de nos vingt ans. Chacun dans un camp, nous avons versé généreusement le sang de nos adversaires.

« Ce qui s'est passé en lui, je ne puis que le supposer. Avant de militer au PCE, Carlos était, comme moi, un chrétien fanatique. D'ailleurs, si j'y repense, je constate que nos vies ont été établies sur le fanatisme. Des Quichotte, voyez-vous : une seule idée et en avant toute, sans un regard ni à droite ni à gauche. Avec la vieillesse, viennent aussi les questions. Cette cause pour laquelle j'ai accepté de tuer, je ne la reconnais pas dans la réalité présente. Je ne l'ai pas reconnue dès le lendemain de la victoire. Je vais vous amuser, Don Avelino : j'ai été un phalangiste sincère, persuadé d'accomplir une révolution sociale. La chose peut paraître loufoque, je l'admets. Nous étions une poignée, en 1936, à nous définir comme des nationalistes de gauche. En voyant revenir de Biarritz où elles avaient attendu la fin des hostilités en jouant au baccara et en organisant des thés patriotiques, en voyant donc rappliquer nos duchesses endiamantées ; en voyant tous les arrivistes occuper les premières places et le goupillon épouser le sabre pour célébrer le retour du même, j'ai su que j'avais tué pour rien. Je ne vous dirai pas que j'ai été désespéré, car je ne voudrais pas me montrer grandiloquent. Mettons que je suis devenu un homme déçu. Vous ne pouvez d'ailleurs pas ignorer ces choses, puisque, depuis 1942, la police n'a pas cessé de me surveiller, n'est-il pas vrai ?

— Sur ordre de Madrid, murmura Don Avelino avec un geste de la main.

— Certes, je ne vous reproche rien. Est-il besoin de vous dire, poursuivit Don Pedro d'une voix d'ironie, que j'ai perdu, au fil des ans, toutes les illusions de ma jeunesse ? Sur mes mains, je garde cependant ce nuage de sang, versé pour rien.

« L'évolution suivie par Carlos a sans doute été parallèle à la mienne, sinon identique, reprit Don Pedro après un court silence. Le vaste mythe d'une patrie socialiste s'est effondré, découvrant, sous la brume des mots, ces briques dont l'Histoire est faite, je veux parler des victimes, entassées par millions pour bâtir la cathédrale de l'illusion. Plus entier que moi — il a toujours été plus excessif; plus radicalement logique —, plus désespéré sans doute, il a trouvé refuge dans son enfance, s'accrochant à la figure du Christ pour ne pas mourir tout à fait seul. Une idée a germé dans sa tête, une de ces idées espagnoles, absurdes et magnifiques : se réconcilier avec son ami, obtenir son pardon après lui avoir avoué ses crimes, il rêvait d'une de ces scènes grandiloquentes comme notre peuple les affectionne. Or, j'ai refusé de tenir mon rôle dans cette pièce sacramentelle. Pas par peur, non, ni par indifférence. Par simple lassitude, Don Avelino. Je me sentais incapable de prononcer ces nobles tirades que la situation eût exigées. Je vais avoir soixante-huit ans, je vis seul avec ma femme et mes livres, je passe mes jours et une partie de mes nuits à cette place, observant le mouvement de la vie. Mes enfants sont dispersés, certains fort loin d'ici, leurs vies n'obéissent pas aux règles que je leur ai enseignées et que je considérais comme découlant de principes irréfutables. La guerre n'est plus qu'un souvenir lointain, un cauchemar qui hante encore mes nuits et que je tente de maintenir à distance. Le sort même de l'Espagne a cessé de me passionner. Tout ce que j'observe autour de moi, cette agitation furieuse, ces criailleries, cette frénésie d'argent — tout cela me dégoûte, Don Avelino.

« Pour tenir mon rôle dans le mélodrame de Carlos, il aurait fallu que j'aie conservé un brin d'enthousiasme, une once d'espoir. Or, qu'aurais-je pu lui dire, alors que mon cœur ne renferme qu'un grand vide ? Il rêvait d'une superbe scène de fraternisation, les deux amis devenus adversaires s'embrassant en proférant des tirades sublimes. Mais je suis fatigué du sublime, je n'aspire plus qu'à mourir le moins mal possible, avec un minimum de dignité.

« Trois jours et trois nuits, j'ai regardé Carlos déambuler sous mes fenêtres, levant les yeux vers la lumière de ma lampe, attendant que je lui adresse un signe. Je souffrais de le voir espérer je ne sais quelle rédemption alors que je sais qu'il n'y a pas de rachat. Quoique je fasse, je mourrai coupable. Personne ne peut effacer de mes mains cette souillure de sang. Ni non plus de mon cœur ce désespoir nauséeux. Dans ces conditions, je ne pouvais rien pour Carlos. En moi, il en appelait à l'Espagne de son adolescence, et cette Espagne, n'est-ce pas, n'existe plus. »

Il se tut, abaissant son regard vers la rue enneigée. Au bout d'un moment, il releva la tête, plantant ses yeux de gentiane dans ceux de Don Avelino.

« Je n'ai pas pu le tuer et vous le savez. A mon âge, on ne songe plus à se débarrasser de quiconque : on ne se préoccupe que de gagner des heures et des jours. Il y a d'ailleurs dans toute cette affaire un détail qui m'intrigue : comment une police aussi bien organisée que la nôtre a-t-elle pu laisser Carlos Bastet, s'il courait le moindre risque, se promener quatre jours et quatre nuits dans cette ville où un étranger n'a aucune chance de passer inaperçu ? Or, la police n'est pas intervenue... »

En entendant Don Pedro formuler sa question, je ressentis

comme une décharge électrique parcourir tout mon corps. Je fixai Don Avelino, guettant sa réponse.

En entrant dans la pièce, il avait retiré son pardessus, il portait son éternelle veste de tweed, une chemise bleu pâle dont le col paraissait froissé. Courbé selon son habitude, les mains sous le menton, il regardait son interlocuteur avec cet air d'attention *excessive* qu'il adoptait dans les réunions ou les séminaires. Eclairé par en dessous, son visage ridé révélait le masque mortuaire, les os saillant sous la peau blafarde. Il ne cilla pas, il ne marqua aucune réaction.

« Aucune police n'est parfaite, hélas », murmura-t-il d'une voix éteinte.

Don Pedro ne se hâta pas de répondre, donnant l'impression de réfléchir. Avec sa barbe jaunasse, son crâne haut et dégarni planté de quelques rares cheveux entre le blond et le gris, son regard bleu embusqué derrière les verres de ses lunettes, il me faisait songer à l'un des personnages de *l'Enterrement du comte d'Orgaz*, un de ces hidalgos qui assistent, l'air parfaitement détaché, au prodige qui s'opère sous leurs yeux. Les joues ravalées, les pommettes hautes, la bouche hermétique renforçaient cette ressemblance, comme aussi la dissymétrie typique du regard, l'œil droit presque rond, le gauche au contraire étiré vers la tempe, tous deux plantés au plus près de l'arête du nez, finement incurvé. Une impression de sérénité émanait de toute sa personne. Tout le décor participait du reste de cette atmosphère de recueillement et de spiritualité. Dans la pénombre, les meubles, simples et stricts, n'occupaient que l'espace indispensable, ménageant des vides. Autour de la lampe, nous nous tenions comme sur une scène dominant la ville qu'insensiblement la neige recouvrait. Le silence refluait, nous enveloppant.

« La police sans doute pas, fit Don Pedro en gardant ses yeux sur Don Avelino, mais certains policiers atteignent tout de même à une sorte de perfection.

« Mon grand-père, mon père sont nés dans cette ville où j'ai moi-même vu le jour et dont je connais chaque pierre, chaque visage. Il y a vingt ans que vous vivez parmi nous, Don Avelino : vous êtes désormais des nôtres. Je n'ai certes pas la prétention de vous connaître, mais enfin, j'ai de vous deux ou trois intuitions fortes, qui m'autorisent à penser que vous n'êtes pas homme à voir un étranger débarquer parmi nous sans vous informer discrètement de son identité, de ce qu'il cherche. J'ai l'absolue conviction qu'à la minute même où Carlos Bastet posait son pied sur le quai de la gare, vous saviez tout de lui et suiviez son manège, fort peu discret au demeurant.

« En répondant à votre coup de sonnette, je vous ai dit que je vous attendais, ce qui est l'exacte vérité. J'aurais pu ajouter que je vous attendais plus tôt. Permettez-moi, si ce n'est pas indiscret, de vous poser à mon tour une question : qu'êtes-vous venu chercher si tard, alors que Carlos est mort depuis près de deux mois ?

— Les motifs de sa mort, répondit Don Avelino à voix très basse.

— Oh, fit Don Pedro avec un sourire fugitif, mais vous les connaissez aussi bien que moi, ces motifs !

« Carlos était fou, pas davantage fou que vous et moi certes, mais enfin, quelque peu toqué, comme tout bon Espagnol. Son idée fixe était la réconciliation des Espagnols, le pardon des offenses. Au Moyen Age, il se serait sans doute traîné à genoux dans la cathédrale, une corde au cou, proclamant ses fautes à voix haute. A notre époque, il se contentait de rechercher des frères dans le sang versé qui seuls, pensait-il, pouvaient l'absoudre, puisque seuls aussi ils pouvaient le comprendre. Or, nous vivons sur le fil du rasoir, Don Avelino. L'Espagne dort et digère, mais des rêves étranges hantent son sommeil. Notre paix repose sur l'oubli. Partout le mot d'ordre semble être : ne réveillons pas les morts, comme si l'on redoutait, en ressuscitant le passé, de lâcher tous les démons tapis dans les mémoires. Avec sa folie ingénue, Carlos dérangeait ce calme trompeur, et c'est cela qui l'a tué.

« L'homme qui l'a exécuté a pris peur à la pensée que ce dément risquait de réveiller le passé. C'est un fou, lui aussi, mais d'une folie moins poétique et plus pitoyable.

« Connaissez-vous sa lamentable histoire, Don Avelino ? A l'époque, comme on aime à le dire si pudiquement aujourd'hui, c'est-à-dire au temps de la fureur politique, ce pauvre bougre s'était persuadé que le Jour du Jugement était arrivé. Les misérables de son espèce, croyait-il, allaient occuper les premières places, conformément à la promesse, alors que les riches et les puissants seraient précipités dans la géhenne. Il était de tous les défilés, de toutes les parades, brandissant hardiment le drapeau noir et le drapeau rouge, menaçant les habitants de la ville de son poing fermé, braillant de toute la puissance de ses maigres poumons les refrains de *l'Internationale*. Au sens propre, il ne se tenait plus. Déchaîné, ivre de son importance, il courait partout où l'Histoire, s'imaginait-il, se défaisait avant de se refaire. Il avait, notez bien, des motifs de souhaiter une revanche éclatante, qui remettrait enfin le monde sur ses pieds : non seulement il était pauvre, presque illettré, mais encore bossu, contrefait, d'une taille presque naine. Que l'injustice du monde se confondît avec l'injustice de son destin, comment en aurait-il douté ? Aussi applaudissait-il à cette apocalypse rougeoyante. On le vit un jour défiler sur le Corso coiffé d'une mitre, une chasuble blanc et or au-dessus de son bleu de travail, tenant un calice dans une main et un énorme pistolet dans l'autre. Bien entendu, il était saoul et il proférait d'une voix enrouée des blasphèmes grotesques. Il connut là en quelque sorte son heure de gloire. On le trouvait partout : la foule mettait-elle le feu à un couvent, saccageait-elle la maison d'un riche, vous étiez sûr que le nabot était au premier rang, haranguant la populace, car il possédait un indéniable talent de tribun. A sa façon, c'était un personnage, et il inspirait, en ces jours d'incertitude, une frayeur superstitieuse. Pour tenir les enfants tranquilles, les parents de la bourgeoisie les menaçaient du Nain, qui faisait germer dans les imaginations des tableaux de meurtre et de pillage.

« Lorsque, le 19 juillet, nous réussîmes, nous autres nationaux, à nous emparer de la ville, le nabot fut bien sûr jeté en prison.

« Je commandais, vous le savez, les sections spéciales, chargées de l'épuration. De nuit, nous procédions aux arrestations et conduisions les suspects au cimetière, où ils étaient abattus. Vous avez, je crois, connu, vous aussi, ces nuits de solitude et de sang. Je ne vous demande pas quel souvenir vous en gardez. Pour moi, je revois encore ces visages mouillés de sueur, ces yeux remplis d'un étonnement incrédule, j'entends le claquement des dents dans la voiture. En un mot, je n'ai pas oublié.

« Pour quelle raison nous décidâmes d'épargner le nabot, je ne me le rappelle pas. Peut-être nous parut-il trop insignifiant, trop grotesque, trop méprisable, dans son affreuse disgrâce. Nous le menâmes une nuit au cimetière avec une vingtaine de types qui furent abattus l'un après l'autre. Cela se passait très simplement — avez-vous remarqué, Don Avelino, avec quelle simplicité on tue les hommes ? — : chacun s'avançait seul vers une fosse creusée dans la journée, l'un de nous appliquait le canon de son arme contre la tempe, le corps basculait, et c'était déjà le tour du suivant. Dans l'ensemble, ces hommes mouraient dignement, criant une de ces phrases décisives qu'on croit devoir adresser à la postérité, qui ne les entendra jamais. Dix-neuf fois, le nain regarda le spectacle, dix-neuf fois il mourut par procuration. Enfin, son tour vint et il marcha jusqu'au bord de la fosse, regardant les corps entassés dans la tranchée. Quelqu'un lui mit le revolver contre la tempe, appuya sur la gâchette : nous rîmes bien sûr très fort de la plaisanterie, puisque l'arme n'était pas chargée.

« Cette expérience unique, qui défie toute imagination, acheva de détraquer la cervelle du malheureux, passablement fêlée déjà.

« Imaginez un peu, reprit Don Pedro après un court silence, quelles terreurs ce pauvre fou a dû éprouver en voyant apparaître Carlos Bastet, en l'écoutant évoquer ce passé d'horreur. Son imagination lui a probablement représenté le retour du chaos, une suite de vengeances atroces.

« Je n'ai pas tué, Carlos, vous ai-je dit sans mentir. Je pourrais avec autant de véracité vous déclarer que nous l'avons tous tué : le nain, moi, vous. A des degrés divers, nous sommes en effet tous responsables de sa mort.

« Non, Don Avelino, les motifs de ce drame n'ont rien de mystérieux. J'ai d'ailleurs la conviction que vous les connaissiez aussi bien que moi. Il doit y avoir une autre raison à votre visite de cette nuit. »

Cette dernière phrase, Don Pedro l'avait prononcée d'un ton très ferme. Depuis le début de cette conversation, il conservait d'ailleurs une attitude d'assurance tranquille, s'exprimant posément et ne quittant pas des yeux son interlocuteur. De son côté, Don Avelino s'enfonçait dans une absence minérale. La fatigue tirait ses traits. Mon regard allait sans cesse de l'un à l'autre, essayant de percer cette part de silence d'où les mots s'élevaient. Dehors, la neige tombait à gros flocons, brouillant tout.

« Vous me soupçonnez d'avoir pu empêcher cette mort et de n'avoir rien fait, c'est bien cela ?

— Je ne vous soupçonne pas, Don Avelino. Je sais.

— Pourquoi aurais-je agi de la sorte ? Je ne connaissais pas votre ami.

— Les pourquoi n'expliquent pour ainsi dire rien, Don Avelino. Je ne vous accuse pas d'avoir fermé les yeux : vous avez seulement détourné le regard. Les motifs ?

« Je vous ai dit tout à l'heure que j'étais sans illusions. J'ai négligé de préciser que ma fidélité à la religion de mon enfance ne s'est pas démentie, résistant à tous les échecs. Une religion sommaire, peu dogmatique, une foi de charbonnier, si les charbonniers ont encore la foi. La conception virginale de Marie, le mystère de la Trinité, la prédestination et la liberté de la créature : ces abstractions me dépassent. Car ma foi ne découle pas d'un dogme, elle s'appuie sur une présence. J'aime le Christ, Don Avelino, je l'aime d'amour, c'est-à-dire de façon irraisonnée, irraisonnable. Cette déclaration vous paraîtra sans doute absurde et, d'une certaine façon, ridicule. Une chose est sûre : si je ne gardais pas cette figure d'homme présente dans ma mémoire, je serais absolument et définitivement désespéré. Remarquez que je ne demande même pas qui est cet homme. Je ne me pose pas la question de sa divinité : il me suffit du son de sa voix, de ce souffle...

« Vous êtes, Don Avelino, un homme de l'ancienne Loi. Je me trompe ? »

Une minute peut-être Don Avelino parut absorbé dans ses pensées.

« Je trouve surprenant que des hommes de votre espèce puissent aimer ce... prophète larmoyant. Vous possédez un esprit clair, lucide. Non, fit-il soudain d'une voix changée et frémissante, vous ne vous trompez pas : je hais le Christ ! »

Don Pedro détourna les yeux, contemplant l'épais rideau de neige, derrière la vitre. Un frisson m'avait parcouru en entendant le cri de Don Avelino.

« Si ce fou revenait parmi nous pour prêcher sa doctrine fumeuse, ma conscience me dicterait de l'arrêter et, si possible, de le faire disparaître. Comprenez-moi bien, Don Pedro : j'ai le plus grand respect pour le personnage. Je tiens seulement qu'on ne bâtit pas un ordre sur le sentiment. Tout ce que la police abhorre, cet illuminé l'incarne : l'errance, la subversion, l'esprit d'indécision.

— Je vous suis, Don Avelino, vous ne pouvez pas accepter le pardon, c'est bien cela ? murmura Don Pedro d'une voix mélancolique.

— Là où le pardon intervient, la Loi se dissout. D'ailleurs, ajouta-t-il avec un sourire désabusé, l'Eglise l'a compris, qui pardonne d'abord et livre ensuite le coupable au bras séculier, s'inclinant ainsi devant la nécessité de la Loi.

— Je n'en disconviens pas, Don Avelino : la peur nous tient armés et nous allons de vengeance en vengeance, en une chaîne sans fin. A cette peur, l'Eglise n'échappe pas et je ne vous ai pas dit que j'avais foi en l'Eglise. Une dernière question, Don Avelino : ne croyez-vous pas que le nain ait déjà payé trop cher et qu'il mérite, si ce mot signifie quelque chose, le pardon ?

— La police, Don Pedro, murmura Don Avelino au bout d'un silence, n'entend pas le pardon, elle ne connaît que le code.

— Le policier cependant ?

— Un vrai policier n'a pas d'existence propre. Il incarne une idée.

— Vous n'êtes pas fatigué de porter la vôtre ?

— Parfois, Don Pedro, parfois. Je résiste à l'alanguissement. »

Ils se levèrent ensemble, se serrèrent la main.

Tout au long du trajet jusqu'à nos domiciles, nous n'échangeâmes pas une parole, Don Avelino et moi, absorbés chacun dans nos pensées. Nos visages cachés derrière les cols de nos pardessus, nous nous hâtions pour échapper aux morsures du froid. Sur la ville, un silence oppressant s'étendait d'où se détachaient des bruits isolés, vite étouffés.

« Allons, murmura Don Avelino quand nous fûmes arrivés devant la porte de mon immeuble, la journée a été longue pour vous. Tout est clair désormais. A demain. »

Je le regardai traverser le Corso, courbé, enveloppé de flocons qui effaçaient sa silhouette.

23

Je montai vite dans ma chambre et me hâtai de me glisser dans mon lit, enfouissant ma tête sous les couvertures. Rompu, des frissons de fièvre me secouaient et je claquais des dents. Dans ma tête des pensées confuses, incohérentes se heurtaient. A plusieurs reprises, je coulai dans un sommeil peuplé de cauchemars. Clouée dans un fauteuil d'où son énorme masse de chair l'empêchait de bouger, je voyais Amelia, monstrueuse. Un délicat sourire à la bouche, Don Avelino s'inclinait vers elle, introduisant dans sa bouche de gigantesques gâteaux à la crème. « Mangez, ma chère, lui susurrait-il d'un ton d'affection. Il faut vous nourrir. » Ecartant ses lèvres, la malheureuse ingurgitait ces pâtisseries monumentales qu'elle mâchait ensuite longuement et péniblement avec, au fond de ses yeux, une expression d'étonnement douloureux. Une écume blanchâtre débordait de ses lèvres, coulant sur le menton. Bouleversé, je voulais intervenir, je criais : « Arrêtez, arrêtez. » Fixant sur moi ses yeux candides, Amelia demandait : « Qu'avez-vous donc ? Vous êtes fou ? J'adore les gâteaux. En désirez-vous un peu ? » Avec un renvoi écœurant, elle dégorgeait une bouillie qu'elle me tendait avec un sourire de tendresse. « Tenez, cela vous fera du bien. Vous êtes trop maigre. » Dégoûté, je contemplais cette pâtée nauséeuse. Je me penchais cependant et lapais cette bouillie d'une répugnante douceur. « C'est bien, murmurait Amelia. Vous êtes un gentil garçon. Venez près de moi, n'ayez pas peur. » Défaisant son corsage, elle dégageait un sein gonflé, énorme, dont la pointe violacée prenait la forme d'une fleur arachnéenne. J'y collais ma bouche avec une sensation d'une ineffable volupté. Reposant ma tête sur cette poitrine vaste et tiède, je fermais les yeux, m'abandonnais. Marina, car Amelia avait mystérieusement pris les traits de sa nièce, caressait tendrement mon front. Mais, surgi de je n'aurais su dire où, le nabot se dressait devant moi, ricanant. Son œil mort me fixait. Tenant dans sa main droite un chat tigré d'une affreuse maigreur, il me le tendait en répétant avec un rire qui découvrait sa bouche édentée : « Le chat, c'est la vie. Je tiens entre mes doigts toute l'énergie de l'univers. » Epouvanté, je secouais furieusement la tête. La fourrure du chat égorgé frôlait déjà mes narines et, reculant, je jetais un hurlement de terreur. A ce moment, Pilar s'avançait vers moi, me souriant avec tristesse ; je tendais mes bras pour l'étreindre mais elle s'évanouissait, me laissant planté là, en proie à un sentiment de désespoir. Sans que je comprenne comment elle était arrivée là, ni ce qu'elle faisait en ces lieux, Concha, la mongolienne, se blottissait contre moi avec des grognements de bête.

Le cœur battant, je me réveillai, le visage mouillé d'une sueur glacée. Couché sur le dos, les yeux grands ouverts, je repensais à la folle journée que j'avais vécue, m'interrogeant sur la signification de cette course éperdue. Me souvenant de la décision que j'avais prise, un sentiment de paix m'envahissait. Cette sérénité, je ne l'avais pas connue depuis le jour où, au fichier de Murcie, je m'étais penché au-dessus de la photo de Don Avelino. L'image du vieux Trevos ressuscitait dans ma mémoire, et ses propos résonnaient encore à mes oreilles. Note après note, mesure par mesure, un accent après l'autre, j'avais étudié cette partition dont le vieux fou m'avait parlé. A présent, toute la symphonie se déroulait dans mon esprit. Avec mélancolie, j'en écoutais l'accord final, en mineur, un accord étouffé, proche du silence où il s'abîmait. Le visage de Don Avelino m'apparaissait alors que, debout derrière mon dos, il se penchait pour feuilleter délicatement mon dossier. Son index désignait le nom d'Angel Linarès. Tout s'éclairait dans mon esprit, comme me l'avait d'ailleurs déclaré Don Avelino devant le portail de l'immeuble, faisant peut-être allusion, il est vrai, à la mort de Carlos Bastet. Mais pensait-il, proférant ces paroles, à ce mort dont le sort ne l'avait manifestement pas beaucoup intéressé ? S'il parlait par énigmes, Don Avelino ne s'arrêtait guère aux cas particuliers. Ce fou de Bastet semblait n'avoir surgi dans la ville que pour permettre au directeur de rédiger le dernier paragraphe de son testament. Je discernais quelle mystérieuse affinité me liait à ce policier d'une inflexible tristesse. Cette fraternité, je l'avais devinée le premier jour, en ouvrant ce dossier qui avait englouti ma vie. Jour après jour, je n'avais pas depuis cessé de glisser, m'enfonçant de plus en plus profond. Enfin, je me sentais délivré, dépouillé de tout, plus libre que je ne l'avais jamais été. Tout ce qui m'avait longtemps paru confus, énigmatique, noyé d'obscurité m'apparaissait enfin d'une évidence fatale, qui désarmait ma haine. J'imaginais Don Avelino dans le bureau de son appartement, assis devant la fenêtre regardant le Corso. Courbé au-dessus de ma partition, ce musicien nocturne avait aussitôt perçu la mélodie de mon cœur. M'ayant reconnu, il m'avait appelé, tissant patiemment les fils où je viendrais m'échouer. A quels signes il m'avait reconnu, je le devinais. Notre complicité portait un nom : Angel Linarès. De ce premier crime, tout le reste découlait, obéissant à une logique supérieure, irréfutable. La nuit où, dans la maison de Benamid, je composais l'infâme billet qui ruinerait une vie insouciante et libre, j'avais, sans le savoir, rencontré Don Avelino. Depuis, je n'avais fait que cheminer vers lui. Trevos ne se trompait pas : pour qui sait lire, un fichier contient les décrets fixant les destinées. Nul hasard. Une rigueur toute mathématique au contraire. Le développement organique d'un thème dont les premières mesures renferment aussi la dernière.

Je m'étonnais de n'éprouver ni colère ni haine envers Don Avelino. En réfléchissant, je ne trouvais d'ailleurs rien à lui reprocher. Je partageais sa culpabilité ou sa folie. Il se montrait seulement plus conséquent que moi, excluant avec une inexorable lucidité le remords et le repentir, ces fuites piteuses. Fidèle à sa vocation de policier, il tenait que chaque faute se paie, sans regarder aux circonstances. Cette rigueur, il me l'avait aujourd'hui fait toucher du doigt en m'entraînant dans cette enquête hallucinée qui ne comportait d'autre énigme que celle de sa fidélité. Avec détachement, il avait observé Carlos Bastet s'agiter pour tenter d'effacer son passé, rêvant d'une molle effusion. S'il avait, selon l'expression de Don Pedro, détourné les yeux, ce n'était, je le savais, ni par négligence ni par indifférence, mais parce que l'intention n'importe pas au vrai policier, qui ne connaît que des forfaits accomplis. Plus cet exalté se débattait, plus vite il courait à sa perte, et Don Avelino n'avait eu qu'à attendre que le poids des souvenirs le précipite dans la mort.

Je me souvenais de mon premier repas avec le directeur, au " Rumbo ". Le sens de ses propos, qui m'avaient alors paru délirants, me devenait transparent. La réponse à l'énigme d'un Javeh abandonnant le juste à la vindicte de son frère, cette réponse Don Avelino l'avait toujours sue, depuis peut-être l'enfance.

L'unique leçon que cet homme sans espoir voulait me donner, il me l'avait assenée brutalement. Par lui j'avais en effet découvert qu'aucun homme n'échappe au passé : l'affreux nabot, étrangleur de chats, continuait d'agoniser depuis quarante ans ; Don Pedro se survivait, accroché à la figure du Christ pour résister au vertige : la ville, la province, le pays tout entier participaient, par-delà le tapage et l'activité frénétiques, d'une mémoire souillée de sang, hantée de cadavres. Quant à Don Avelino, il poursuivait jusqu'au bout sa besogne. Son délire d'ordre imaginait un peuple d'automates qui ne conserveraient que l'apparence du vivant, sans mémoire, soumis à l'éclat glacé de cet œil immense et vide. Cette mort, je la sentais en moi, j'en respirais sur ma peau l'odeur douceâtre. Dans un sursaut d'énergie vitale, Pilar m'avait abandonné, écœurée par mon odeur de cadavre ; ma mémoire ne m'appartenait plus ; je n'imaginais aucun futur. De cette ruine, devais-je accuser cet homme long et triste ? C'est librement que j'étais venu vers lui, désirant connaître l'énigme.

Je repensais à ce qu'il m'avait dit d'Œdipe, lors de notre première rencontre : comme le fils de Laïos, je m'étais obstiné à poser les questions interdites, passant outre aux avertissements et aux conseils de prudence. Marina, Baza, Pilar, tous m'avaient prévenu d'arrêter ce voyage aux enfers. Je me retrouvais les yeux crevés, voyant néanmoins toutes choses avec une lucidité supérieure. Traversant les apparences qui arrêtaient autrefois mon regard, je distinguais ces fils invisibles auxquels les humains sont suspendus, marionnettes grotesques. D'une certaine façon, je plaignais Don Avelino, me souvenant de cette phrase du directeur de la Sûreté de Murcie, Don Anastasio : « Don Avelino a toujours été un policier triste. » Tristesse dont je comprenais à présent la cause.

Je me réveillai tard et ne m'étonnai pas de ne pas trouver Don Avelino au pied de mon lit. Je ne sortis pas dans le couloir, sachant qu'il ne serait pas non plus dans la cuisine. Nous nous étions tout dit. Nous n'avions plus désormais besoin de *churros* ni de croissants. Passant dans la salle de bains, je fis ma toilette et m'habillai. Dans un café du Corso, je m'arrêtai pour déjeuner. Dans un ciel limpide, le soleil luisait. Pas de trace de neige, comme si elle n'était tombée que dans mes rêves. A pied, je traversai le parc, respirant à pleins poumons.

Au bureau régnait une atmosphère d'excitation. Clara, Mendoza et Gonzalvo discutaient avec animation. En me voyant, ils s'arrêtèrent de parler et Gonzalvo m'apprit la cause de leur fébrilité : l'assassin de Carlos Bastet avait été trouvé pendu dans une cave remplie de cadavres de chats étranglés. Il s'agissait de Gatito, le bagagiste. Je feignis l'étonnement, posant quelques questions. En arrivant au bureau, Don Avelino avait envoyé Mendoza et Gonzalvo procéder à l'arrestation du nabot. Après l'avoir longtemps cherché, ils avaient fini par descendre dans la cave.

« Une scène hallucinante, dit Gonzalvo encore sous le coup de l'émotion. Tu ne peux t'imaginer l'effet de tous ces chats crevés, certains la gueule ouverte, comme prêts à bondir. »

Je convins que ce spectacle devait être horrible à voir en effet.

« Quand même, murmura Gonzalvo d'un ton rêveur, Don Avelino est très fort. J'ai beau ne pas l'aimer, je lui tire mon chapeau. On le croyait gâteux, on le soupçonnait d'avoir oublié toute l'affaire et, brusquement, toc ! C'est un grand flic, il n'y a pas à dire.

— Moi, je trouve qu'il y a quelque chose de louche dans toute cette affaire, grogna Mendoza.

— Quoi donc ? questionna Gonzalvo.
— J' sais pas, fit Mendoza en haussant les épaules. Deux morts pour une ville comme Huesca, ça fait beaucoup.
— C'est tout de même pas Don Avelino qui a descendu ces deux types ! lâcha Gonzalvo avec brusquerie.
— J' dis pas ça. Je trouve tout ça bizarre, voilà tout.
— Moi, c'est surtout ce nabot que je trouve bizarre, intervint Clara avec une moue de dégoût. Etrangler des chats, vous vous rendez compte !
— Ça le faisait peut-être jouir, ricana Mendoza.
— Tu crois ? questionna Clara. C'était un fou.
— Pour ça oui », fit Gonzalvo en riant.

Nous passâmes la matinée à rédiger un rapport sur une série de vols commis dans une grande surface du quartier de la gare. Gonzalvo me demanda si j'avais des nouvelles de Pilar, et je lui répondis qu'elle m'avait écrit pour m'annoncer qu'elle me quittait. Cette nouvelle parut l'affecter. Me tapotant l'épaule, il me dit de ne pas trop m'en faire. Je lui rétorquai que je ne m'en faisais pas et que, d'une certaine manière, je m'y attendais, ce qui était la vérité. Sentant que mes propos l'avaient désarçonné, j'ajoutai que c'était tout de même dur. Hochant la tête, il fixa sur moi un regard compatissant.

« Je comprends, vieux. »

A midi, il insista pour que j'aille manger chez lui mais je déclinai son invitation, prétextant que j'avais besoin de solitude. Il répéta qu'il comprenait. En le regardant s'éloigner sous les arcades, je fus triste de lui avoir menti. Je ne pouvais pourtant pas lui avouer que je ne pensais pas à Pilar et que je n'éprouvais aucune peine de son départ. Mon mariage appartenait à un passé qui me semblait très lointain.

Je montai au premier étage du " Mongo " et m'installai près de la lucarne dominant les arcades. En baissant les yeux, je voyais les crânes des passants. Vue d'en haut, la foule ressemblait à une procession de fourmis chevelues. Avec sympathie, je pensai à Carlos Bastet, qui s'était assis plusieurs fois à cette même place. Cet inconnu, j'imaginais qu'il devait ressembler à Angel Linarès, mort en criant « Vive la liberté ! ». Leur candeur me touchait et me désolait à la fois : dans leur innocence, ils n'avaient pas imaginé qu'un enfant puisse, par jeu, précipiter un homme dans l'abîme. Tous deux étaient morts sans comprendre.

L'après-midi, je poursuivis mon travail avec Gonzalvo. Deux fois nous montâmes à la cafétéria où nous nous attardâmes. Je prenais plaisir à contempler le visage plein de franchise de mon collègue. Je me demandai s'il connaissait le noir secret contenu dans le cœur de l'homme. Avec mélancolie, je conclus que non. Gonzalvo aussi appartenait à la race des purs. Plusieurs fois son regard se posa sur moi. Je devinai que mon attitude l'intriguait et qu'il l'attribuait au départ de Pilar. Sa sympathie me toucha. J'aurais souhaité lui expliquer que je me sentais délivré, apaisé, mais il ne m'aurait pas compris.

« Et tes gosses ? me demanda-t-il soudain.

— Pilar les emmène avec elle », fis-je.

En prononçant ces mots, j'eus brusquement la révélation de ce que cette séparation signifiait pour moi et j'aperçus clairement ma solitude. Devant mes yeux, les visages d'Anita et de Julian ressuscitèrent, me causant une douleur brutale.

La nuit était depuis longtemps tombée quand je croisai Don Avelino dans le couloir. Je l'aperçus de loin, l'air de fuir d'invisibles regards, serrant des dossiers sous son bras. Me voyant, sa bouche s'écarta pour me sourire. Touchant mon coude, il me demanda si j'étais libre à dîner et, sur ma réponse affirmative, il me fixa rendez-vous à dix heures, au " Rumbo ". Nous devisions librement, d'un ton paisible, comme si de rien n'était, sans faire la moindre allusion aux événements de la veille.

A l'heure convenue, je le trouvai assis à sa place habituelle. Se levant pour m'accueillir, il me tendit la main, que je serrai avant de m'asseoir à sa gauche, sur la banquette. Comme à notre premier repas, il choisit mes plats et mes vins, l'air empressé et plein d'affabilité. Puis, toujours comme à notre première rencontre, il s'assit de trois quarts, me regardant manger, emplissant mon verre dès que je l'avais vidé, discourant d'un ton dégagé sur ses sujets favoris : la police, Dieu, l'ordre, toujours.

« On dit bien un ordre monastique : ne trouvez-vous pas cela admirable ? Ce que l'on demande au novice, ce n'est pas tant de respecter la règle que de faire acte de totale soumission, d'abdiquer sa volonté. Dans sa sagesse, l'Eglise a compris que l'ordre achevé, le seul qui mérite ce nom, se fait dans les têtes. Là où l'esprit critique, le désir et l'inquiétude persistent, là aussi le désordre subsiste. Combien la police est loin de cet ordre qui se fait, remarquez bien, avec le consentement — que dis-je ? — avec l'ardente participation de l'individu ! Faire en sorte que les hommes *veuillent* leur soumission, voilà l'idéal du vrai policier. Heureusement, nous approchons d'une ère où les hommes ne supporteront plus le fardeau de leur liberté, où ils ne sauront même plus désirer. L'heure de la police aura alors sonné. Plus personne ne songera à fuir son œil tranquille. La paix enfin s'installera. »

Je l'écoutais distraitement, car je possédais la clé permettant d'accéder à ces élucubrations en apparence dépourvues de sens. Je le vis tirer furtivement de sa poche la petite boîte en or et avaler très vite un comprimé. Quelques secondes, il resta figé, le visage creusé par la douleur. Après une expiration profonde, il reprit son sourire.

« Savez-vous, mon cher Laredo, que j'ai été très heureux de notre rencontre ? Nous avons tous deux accompli un long voyage avant de nous rejoindre. Mais ce dur pèlerinage valait, je pense, d'être entrepris. Je vous aime bien, Laredo. Vous êtes un homme lucide, qui ne se paie pas de mots. J'ai apprécié la façon dont vous avez mené votre enquête, sans rien négliger. Vous avez l'âme d'un policier.

— Je vous aime bien, moi aussi, Don Avelino.

— J'en suis touché. Je ne pense pas m'être beaucoup soucié des sentiments qu'on me portait, tout au long de ma vie. Il m'importait pourtant d'être compris de vous. Allons, contre toutes mes habitudes, je désire boire une goutte de vin avec vous. »

Se versant un doigt de vin, il leva son verre.

« A notre rencontre, mon cher Laredo. Et au succès de vos projets.

— A votre rigueur, Don Avelino.

— J'accepte le mot, mon cher Laredo, encore qu'il ne s'agisse pas tant de ma rigueur que de la rigueur de la vie, pour qui sait la regarder en face. »

Nous trinquâmes et bûmes chacun une gorgée. En quittant la table, j'observai que Don Avelino glissait un billet de mille pesetas au gros Alfredo, qui protestait en secouant la tête.

Sous les arcades, le froid nous saisit. Un nuage de vapeur s'échappait de nos bouches à chaque expiration. Sans même nous concerter, nous tournâmes le dos au Corso, nous dirigeant vers le parc. Dans l'implacable clarté d'une nuit de gel, le casino, avec ses colonnes et son dôme, prenait une allure fantastique. Sans parler, nous nous enfonçâmes dans le parc dont les allées scintillaient comme si elles avaient été recouvertes de neige glacée. Saisissant mon coude, Don Avelino se pencha vers moi, ses yeux à hauteur de ma bouche.

« Un vrai policier, mon cher Laredo, doit ignorer la pitié, cette confusion ignoble. Ce que la police veut, c'est l'ordre, c'est-à-dire la justice. Or, la compassion, la charité — ce mol attendrissement — engendrent inexorablement le désordre. D'ailleurs, y a-t-il quelque chose en l'homme qui mérite la pitié ? Il faut laisser à Dieu seul le pardon. Pensez à ce pauvre Bastet. Il s'imaginait qu'on peut, par des remords larmoyants, effacer le passé. Il n'a réussi qu'à précipiter sa mort après avoir suscité la peur. " Chacun est le fils de ses œuvres ", voilà une parole forte et vraie. Ce pourrait être notre devise, n'est-ce pas ? Vous n'avez retenu de cet instituteur candide, Linarès, que ce qui le condamnait, et vous avez eu raison. Ce qu'il y a de plus authentique dans l'homme, c'est sa bassesse. Je me rappelle souvent la maison de Sangüesa : quelle prodigieuse leçon d'humanité, mon cher Laredo ! J'y ai puisé assez de mépris pour traverser la vie sans jamais éprouver la moindre pitié pour mon prochain. Je vais vous faire un aveu : je me demande parfois si vous aurez le courage de résister aux alanguissements. Hier, j'observais le regard que vous posiez sur ma chère Amelia. Vous n'étiez pas loin de la plaindre, n'est-ce pas ? Vous imaginiez je ne sais quel roman. Oh, je ne vous le reproche pas. Vous devriez seulement vous défier de votre imagination, qui s'emballe trop vite. Amelia est une femme parfaitement heureuse. Sa tête ne renferme pas la plus petite idée, rien que des désirs insignifiants. N'est-ce pas merveilleux ? Elle a traversé la vie comme un doux rêve plein de pâtisseries, de molles effusions, de chimères absurdes. Quelle chance ! Amelia constitue en quelque sorte un idéal humain. C'est sur une humanité composée d'Amelias que la police pourra enfin établir son règne. Je vous choque ? »

Abandonnant l'allée centrale, nous nous étions enfoncés dans une sente qui sinuait parmi des arbustes à feuillage persistant. Leur masse composait une ombre haute où la silhouette du directeur se noyait. J'avais insensiblement ralenti mon pas cependant que Don Avelino poursuivait seul, s'éloignant. A une dizaine de pas, il s'arrêta, attendit.

La première détonation me fit sursauter. L'odeur de la poudre chatouilla désagréablement mes narines. J'avais le sentiment que toute la ville avait dû entendre l'explosion. Don Avelino restait debout, oscillant d'avant en arrière. Saisi soudain d'une rage démente, je vidai mon chargeur. Tremblant de fureur, je tirais sur ma lâcheté, sur mon abjection.

Au lieu de s'écrouler, Don Avelino s'agenouilla avant de glisser tout doucement, face contre terre. J'attendis une minute. Des abois de chiens déchirèrent le silence. Un volet claqua et une voix de femme, tremblante, cria : « Qu'est-ce que c'est ? » Le silence retomba.

Je quittai l'enceinte du parc sans me presser et gagnai mon domicile en passant par le théâtre municipal. Je ne ressentais ni peur ni colère, rien qu'une vague fatigue. J'avais toujours su que je tuerais cet homme, je le comprenais. Depuis des mois, ce projet dormait au fond de mon cœur.

Me glissant dans mon lit, je m'endormis aussitôt d'un sommeil profond.

Une minute peut-être s'écoula avant que je comprenne qu'on frappait à la porte de ma chambre. M'asseyant dans mon lit, je criai « Entrez » d'une voix incertaine. Avec ahurissement, je vis entrer Gonzalvo, l'air sombre et préoccupé. Sans me souhaiter le bonjour, il saisit une chaise et l'approcha du lit. Un long moment, il garda le silence, me fixant avec une expression de perplexité.

« Tu as tué le vieux, n'est-ce pas ? »

Je ne réagis pas. Il eut un bizarre mouvement des épaules, comme s'il voulait se débarrasser d'un poids.

« Ce matin, j'ai trouvé une lettre, glissée sous ma porte, avec tous les détails... Il me demande de te conduire à la frontière avant que Don Manuel, le directeur, ne reçoive à son tour une lettre, envoyée par la poste celle-là. Le temps presse. Nous disposons de quatre heures, cinq au plus. Il y a quelque chose que je ne comprends pas, murmura Gonzalvo après un bref silence. Comment pouvait-il deviner ? Tu l'avais menacé ? »

Avec un sourire de lassitude, je secouai la tête.

« Savais-tu qu'il était très malade ? demanda-t-il d'une voix très basse. Il n'en avait plus pour longtemps. »

Je faillis rire. Jusqu'au bout Don Avelino s'était joué de moi, menant la partie à sa guise. Par-delà la mort, il continuait de se moquer de moi. Je revoyais le pistolet à la crosse de nacre, posé en évidence sur son bureau : je me rappelais ses propos de la veille, pendant le dîner.

« Un cancer, fit Gonzalvo en plissant le front. Les pilules, c'était pour ça. Il souffrait terriblement. Dans sa lettre, il prétend que tu ne l'as pas tué par pitié. Il a même souligné le mot.

— Il a raison.

— Pourquoi, alors ? »

Je regardai tristement Gonzalvo. Comment lui expliquer ? Il ne comprenait pas.

« Je le haïssais, mentis-je sans conviction.

— C'était un salaud, c'est sûr. Tout de même, le tuer. Que vas-tu faire ?

— Je ne sais pas. Tenter de vivre.

— Il t'a prévenu. Ça prouve qu'il t'aimait bien, tu ne crois pas ?

— Peut-être. »

Je m'habillai très vite et glissai quelques affaires dans une valise. Nous partîmes aussitôt en direction de Canfranc et de Pau. Gonzalvo conduisait en silence, fixant la route. D'abord désertique, hérissé de montagnes minérales, le paysage devint plus verdoyant en approchant de la frontière. Nous croisâmes de nombreux skieurs qui, en nous dépassant, actionnaient joyeusement leurs avertisseurs. Avec mélancolie, je pensai que j'abandonnais mon pays et que je ne le retrouverais peut-être jamais.

Cette fois, j'avais tout perdu. J'étais aussi nu et plus seul qu'au jour de ma naissance.

Peu après Jaca, nous nous arrêtâmes dans un restaurant au bord de la route. Au cours du repas, Gonzalvo me demanda d'une voix timide :

« Tu ne veux vraiment pas me dire pourquoi tu l'as descendu ? »

Je regardai son visage, rayonnant de bonté. J'eus pitié de lui.

« Il m'avait fait venir pour ça, fis-je.

— Je le savais ! s'écria Gonzalvo avec un sourire radieux. Cet homme, c'était le diable. Tout en lui était tordu. »

Je le laissai à ses illusions. D'ailleurs, je ne lui avais pas vraiment menti. La vérité était seulement moins simple qu'il ne le pensait.

Nous nous séparâmes à Pau et je le regardai partir avec un sentiment d'affreuse mélancolie.

Au crépuscule, je me promenai dans les rues, nettes et paisibles. Depuis le boulevard, je contemplai les Pyrénées. Le ciel était dégagé, la lumière limpide, les sommets blanchis se détachaient sur un ciel très pâle. C'était le premier soir de mon exil.

Depuis des années, j'habite une petite ville assoupie, ceinte de remparts. J'enseigne l'espagnol dans une institution religieuse. On me dit bon professeur, d'une sévère exactitude. Je bois du pastis, je joue à la pétanque. Les gens me trouvent intelligent parce que j'acquiesce à tous leurs propos. D'ailleurs, je n'ai d'opinion tranchée sur rien. A la télévision, je ne regarde que les films, ceux qui passent à vingt heures trente exclusivement, avec une préférence pour le plus épais comique. Je m'habille de couleurs ternes. Je cultive mon jardinet, devant mon appartement du rez-de-chaussée, et je ne manque pas une occasion de demander des conseils aux voisins sur la meilleure façon de tailler les rosiers ou de multiplier les delphiniums. Je possède un chien que j'ai adopté dans un refuge de la SPA. Je paie ponctuellement les traites sur mon appartement. Le dimanche, je joue au tiercé, et le mardi au loto, non dans l'espoir de m'enrichir, mais pour avoir un sujet de conversation quand je vais au bureau-tabac du coin. Le dimanche après-midi, nous nous promenons bras dessus, bras dessous, Marina et moi, en prenant bien soin de saluer tous ceux que nous croisons. Entendant un bruit de pas dans mon dos, il m'arrive pourtant de ralentir ma marche et de me retourner brusquement, le cœur battant. Sous l'apparence rassurante du quotidien, je distingue en effet une réalité redoutable, ignorée de la majorité. Dans un grenier poussiéreux, je vois un humble scribe, courbé au-dessus d'une feuille de papier grisâtre. Avec application, il écrit des mots neutres, dévidant des phrases incolores qui sont autant de fils invisibles ; des milliards de phrases qui courent, voyagent d'un bureau à un autre, alimentent des machines étincelantes, tissant une toile serrée où chacun de nous finira par s'échouer, quand l'heure arrivera.

Saint-Victor-de-Malcap, 1981.